메이드
The Maid

메이드
The Maid

니타 프로스 지음 | 노진선 옮김

마시멜로

재키에게

나는 당신의 메이드다. 당신이 객실을 난장판으로 만들어놓고, 내가 무엇을 보게 될지 전혀 신경 쓰지 않은 채 신나서 구경하러 나갈 때 유령처럼 방에 들어가 청소하는 사람이다.

당신의 쓰레기통을 비우고, 당신이 아무에게도 보여주고 싶지 않은 영수증을 버리는 사람이다. 당신의 침대 시트를 갈고, 당신이 전날 밤에 거기서 잤는지, 혼자서 밤을 보냈는지 아닌지 알수 있는 사람이다. 문 옆에 있던 신발을 가지런히 놓아두고, 베개를 톡톡 쳐서 다시 부풀리고, 베개에 떨어진 머리카락을 발견하는 사람이다. 당신의 머리카락이라고? 그럴 리가. 당신이 과음하고 나서 변기 커버에 토사물을 묻히거나 그보다 더한 것을 묻혀도 깨끗이 청소하는 사람이다.

내가 청소를 마치면 당신의 방은 새 방 같아진다. 네 개의 봉긋한 베개가 놓인 침대는 마치 아무도 거기 누운 적이 없는 듯 말끔하게 정리된다. 당신이 남긴 먼지와 때는 진공청소기의 망각 속으로 빨려 들어간다. 깨끗하게 닦은 거울은 당신에게 자신의 해맑은 얼굴을 그대로 보여준다. 방은 마치 아무도 머무른 적이 없는 듯하다. 당신의 오물과 거짓, 기만이 모두 지워진 듯하다.

나는 당신의 메이드다. 당신에 대해 모르는 게 없다. 하지만 잘 생각해보라. 당신은 나에 대해 뭘 아는가?

THE
MAID

월요일

1

나도 내 이름이 우습다는 걸 잘 안다. 4년 전 이 일을 시작하기 전에는 전혀 우스운 이름이 아니었다. 나는 리전시 그랜드 호텔의 메이드로 일하고 있으며 이름은 몰리다. 메이드 몰리. 농담 같겠지만 아니다(미국에는 몰리 메이드라는 청소 전문 업체가 있다-옮긴이).

이 일을 하기 전에 몰리는 그저 연이 끊긴 엄마가 지어준 이름이었다. 엄마는 너무 오래전에 떠난 터라 내게는 엄마에 대한 기억이 전혀 없다. 사진 몇 장과 할머니에게 들은 이야기가 전부다. 할머니 말에 따르면 엄마는 몰리가 귀여운 이름이라고 생각한 모양이다. 뺨이 발그레하고 머리를 양 갈래로 땋아 내린 여자아이가 떠오른다고 했다. 하지만 자라고 보니 나는 뺨이 발갛지도, 머리를 양 갈래로 땋아 내리지도 않았다. 내 머리카락은 그저 진갈색 직모이고 나는 늘 깔끔한 칼 단발을 유지한다. 정확히 정수리 한가운데에 가르마를 타서 머리카락이 찰랑찰랑 떨어지게 빗질해준다. 나는 심플하고 단정한 게 좋다.

얼굴은 광대뼈가 튀어나왔고 피부는 창백하다. 가끔씩 사람들은 내 피부를 칭찬하는데 이유를 모르겠다. 내 피부는 내가 온종일 리전시 그랜드의 고매하신 투숙객들을 위해 스무 개 남짓의 객실을 청소하며 벗겼다 씌우고 벗겼다 씌우는 시트처럼 새하얗다. 리전시 그랜드는 오성급 부티크 호텔로 '고아한 정취와 현대에 찾아보기 힘든 격조 높은 예법'을 자랑한다.

내가 고급 호텔에서 그렇게 높은 직책을 맡을 줄은 꿈에도 몰랐다. 다른 사람들은 나와 생각이 다르다는 걸 안다. 그들은 메이드가 미천한 직업이라고 생각한다. 우린 모두 의사나 변호사, 돈 많은 거물급 부동산 중개업자를 꿈꿔야 한다고 믿는다. 하지만 난 아니다. 난 내 직업이 너무 감사해서 혹시 꿈이 아닌지 확인하려고 매일 팔을 꼬집어본다. 정말이다. 특히 할머니가 없는 지금은 더욱 그렇다. 할머니가 없으니 집도 예전 같지 않다. 우리가 함께 살던 아파트는 모든 색이 다 빠져버린 듯하다. 하지만 리전시 그랜드에 들어서는 순간 세상은 다시 총천연색으로 화사해진다.

반짝이는 황동 난간을 잡고 진홍색 플러시 카펫이 깔린 계단을 올라 위풍당당한 포르티코(기둥을 받쳐서 만든 현관 지붕-옮긴이)에 들어서는 동안 나는 오즈의 나라로 들어가는 도로시가 된다. 빛나는 회전문을 밀치고 안으로 들어가 유리에 비친 내 진짜 모습을 바라본다. 검은 머리와 창백한 피부는 특별할 게 없지만 살아 있다는 기분을 느끼자 뺨에 혈색이 돌아온다.

문을 통과하고 나면 종종 걸음을 멈추고 웅장한 로비를 감상한다. 이 웅장함은 절대 퇴색하지 않는다. 칙칙해지거나 먼지가 쌓이지도 않는다. 무뎌지거나 희미해지지도 않는다. 다행히도 매일 똑같다. 로비 왼쪽에는 프런트 데스크와 컨시어지(호텔에서 고객을 맞이하며 객실 서비스를 총괄하는 곳-옮긴이)가 있는데, 칠흑 같은 흑요석으로 만든 카운터에서는 펭귄처럼 검은 양복에 흰 와이셔츠를 입고 똑똑해 보이는 접수원들이 손님을 응대한다. 그리고 호화로운 로비가 있다. 순연한 백색으로 빛나는 고급 이탈리아산 대리석이 깔린 로비는 좌우에 2층으로 올라가는 계단이 있어 2층 테라스로 시선을 쭉 잡아끈다. 테라스는 정교한 장식이 달린 아르데코풍으로 꾸며졌고, 으리으리한 계단 역시 대리석으로 만들어졌다.

계단 난간은 휘황찬란하고 화려하며 양 끝에 달린 황금색 구체는 난간을 타고 올라간 황동 뱀 두 마리의 입속에 들어 있다. 투숙객들은 종종 계단에 서서 빛나는 난간 기둥에 손을 올린 채 발아래 펼쳐진 아름다운 광경을 살펴볼 것이다. 캐리어를 끌고 로비를 종횡으로 가로지르는 포터들, 고급스러운 안락의자에 느긋하게 앉아 있는 투숙객들이나 에메랄드색 2인용 소파에 콕 박혀 있는 연인들. 그들의 비밀은 의자의 푹신하고 보드라운 벨벳 속으로 빨려 들어간다.

하지만 내가 이 로비를 좋아하는 가장 큰 이유는 후각이 즐겁기 때문이다. 근무를 시작하며 호텔 향을 음미할 때 처음 들이마시는 향긋한 숨에는 고급 여성용 향수와 가죽 안락의자의 무거운 머스크 향, 반질반질한 대리석 바닥에 하루 두 번씩 뿌리는 레몬 광택제의 톡 쏘는 향이 섞여 있다. 아니무스의 향. 삶 그 자체의 향이다.

매일 리전시 그랜드 호텔에 출근할 때마다 살아 있는 기분이 든다. 나는 이 호텔의 구조와 광채, 색채의 일부가 된다. 디자인의 일부가 되어 태피스트리에서 빠질 수 없는 밝고 독보적인 사각형 조각이 된다.

할머니는 늘 이렇게 말씀하셨다.

"네가 하는 일을 사랑하면 넌 평생 하루도 일하는 게 아니야."

그 말이 맞는다. 매일의 일이 내게는 즐거움이다. 이 일은 내 천직이다. 나는 청소가 너무 신나고, 내가 밀고 다니는 청소 카트도 사랑하고, 내가 입는 유니폼도 마음에 쏙 든다.

필요한 물건이 완벽하게 갖춰진 이른 아침의 청소 카트보다 더 좋은 것은 이 세상에 없다. 내 좁은 소견으로는 청소 카트야말로 풍요와 미의 보고다. 바스락거리는 종이로 섬세하게 포장된, 오렌지꽃 향기가 나는 작은 비누, 앙증맞은 크랩트리 앤 에블린 샴푸, 사각형 화장지, 위생 필름으로 포장된 두루마리 화장지, 세 가지 사이즈(목욕용, 세안용, 손 닦는 용)의 표백한 수건, 홍차와 커피를 서빙할 때 쟁반에 까는 깔개. 마지막으로 청소 도구도 빼놓을 수 없다. 깃털로 된 먼지떨이, 레몬 향 가구 광택제, 살짝 향이 나는 소독된 쓰레기봉투, 그뿐만 아니라 감탄이 나올 정도로 골고루 갖춰진 용해제와 살균제 스프레이가 둥그런 커피 자국이나 토사물은 물론 심지어 혈흔 같은 가지각색의 얼룩과 싸울 준비를 하고 있다. 잘 구비된 청소 카트는 이리저리 이동하며 위생의 기적을 일으킨다. 바퀴 달린 청소 기계다. 그리고 앞서도 말했듯이 아름답다.

그리고 메이드 유니폼이 있다. 유니폼과 청소 카트 중 하나를 골라야 한다면 도저히 고를 수 없으리라. 내게 유니폼은 곧 자유다. 궁극의 투명 망토다. 리전시 그랜드에서는 메이드 유니폼을 매일 호텔 세탁실에서 드라이클리닝한다. 세탁실은 호텔의 깊숙하고 축축한 곳에 자리하는데 메이드 탈의실에서 복도를 따라 더 안쪽으로 들어가면 나온다. 유니폼은 매일 내가 출근하기 전에 내 사물함 문에 걸려 있다. 얇은 비닐 커버를 씌우고, 검은 마커로 내 이름을 휘갈겨 쓴 작은 포스트잇을 붙여서. 아침마다 사물함에 걸린 유니폼을 볼 때의 즐거움이란. 청결하고 소독되고 새로 다림질까지 마친 유니폼은 내겐 제2의 살갗으로 새 종이와 실내 수영장, 공(空)의 상태가 뒤섞인 냄새가 난다. 새로운 시작이다. 마치 전날, 그리고 이전의 많은 날이 말끔히 지워진 듯하다.

이 유니폼은 〈다운튼 애비〉에 나오는 메이드 복장처럼 촌스럽지 않고, 그렇다고 플레이보이 클럽의 웨이트리스 복장과도 다르다. 눈부시게 새하얗고 빳빳한 와이셔츠에 몸에 딱 맞는 검은색 타이트스커트(허리를 쉽게 숙일 수 있도록 잘 늘어나는 천으로 만들었다)로 이뤄진 메이드 복을 입으면 나는 비로소 온전해진다. 늘 그렇지는 않더라도 대개는 무슨 말을 하고 뭘 해야 할지 아는 사람처럼 자신감이 넘친다. 일을 마치고 유니폼을 벗으면 벌거벗고 미완성이고 무방비 상태인 기분이다.

사실 나는 사회생활에서 종종 어려움을 겪는다. 마치 다른 사람들은 다들 잘 아는 복잡한 규칙에 따라 난해한 게임을 하고 있는데 나만 늘 그 게임을 처음 하는 듯하다. 나는 놀랄 만큼 주기적으로 무례를 범하고, 칭찬의 뜻으로 한 말이 오히려 상대를 화나게 하고, 상대의 몸짓을 오해하고, 좋지 않은 타이밍에 해서는 안 될 말을 한다. 할머니가 말해주지 않았다면 누군가의 미소가 꼭 행복하다는 의미가 아님을, 때로는 날 비웃는 의미도 있다는 사실을 몰랐을 것이다. 또한 상대의 따귀를 때리고 싶을 때 오히려 고맙다고 말하는 경우가 있다는 사실도.

할머니는 상대의 행동에 담긴 뜻을 읽어내는 내 능력이 매일, 모든 면에서 좋아지고 있다고 입버릇처럼 말했지만 지금은 할머니가 없어서 힘들다. 예전에는 일을 마치고 서둘러 귀가하면 현관문을 벌컥 열어젖히며 하루 종일 마음에 담아둔 질문을 던졌다.

"나 왔어, 할머니! 정말 황동을 케첩으로 닦아도 윤이 나? 아니면 하던 대로 식초와 소금을 섞어서 닦는 게 나아? 홍차에 우유가 아니라 크림을 넣어서 마시는 사람이 있다는 게 사실이야? 왜 오늘 동료들이 날 룸바라고 불렀을까?"

하지만 이제는 현관문을 열어도 "아, 몰리, 할머니가 설명해주마" 또는 "일단 네가 마실 맛있는 홍차를 끓인 다음에 네 질문에 전부 대답해주마"라고 말해주는 사람이 없다. 아늑한 방 두 개짜리 우리 집은 온기 없고 공허하고 텅 빈 느낌이다. 동굴처럼. 또는 관처럼. 또는 무덤처럼.

내가 사람의 표정을 잘 읽지 못하기 때문에 좀처럼 파티에 초대받지 못하는 듯하다. 사실 나는 파티를 아주 좋아하는데 말이다. 듣자 하니 나는 대화할 때 어색하고, 동갑내기 친구도 없다는 소문이 파다하다. 솔직히 그 소문은 사실이다. 나는 동갑내기 친구가 없고, 따지고 보면 나이와 관계없이 친구가 별로 없다.

하지만 직장에서 유니폼을 입고 있을 때는 주위 환경에 자연스럽게 녹아든다. 많은 복도와 객실의 흑백 줄무늬 벽지처럼 호텔 장식의 일부가 된다. 유니폼을 입고 있으면 입만 열지 않는 한 난 누구든 될 수 있다. 당신이 하루에 열 번은 날 지나쳤다 해도, 경찰서에서 다른 사람들과 일렬로 세워놓은 채 날 찾아내라고 하면 찾지 못한다.

얼마 전에 나는 스물다섯 살이 되었다. 할머니가 무슨 말이라도 할 수 있었다면 "너도 이제 한 세기의 4분의 1을 살았구나"라고 하셨을 것이다. 하지만 할머니는 그렇게 말할 수 없다. 죽었기 때문이다.

그렇다, 죽었다. 죽은 걸 죽었다고 하지 왜 다른 표현을 쓴단 말인가? 할머니는 돌아가시지 않았다. '돌아가다'는 미풍에 돌아가는 바람개비에나 써야 한다. 할머니는 그렇게 평온하게 떠나지 않았다. 죽었다. 9개월쯤 전에.

할머니가 죽은 다음 날은 화창하고 따뜻했다. 그날도 나는 평소처럼 출근했다. 호텔 매니저 알렉산더 스노우 씨는 날 보더니 깜짝 놀랐다. 그분을 보면 올빼미가 생각난다. 짤막하고 넓적한 얼굴에 비해 너무 큰 뿔테 안경을 썼고, 숱이 줄어드는 머리카락은 기름을 발라서 뒤로 넘겼으며 헤어라인은 M자였다. 나 말고 다른 사람들은 그를 별로 좋아하지 않았다. 할머니는 "남의 생각은 신경 쓰지 마라. 중요한 건 네 생각이야"라고 말씀하시곤 했는데 나도 동의한다. 사람은 자신의 도덕률에 따라 살아야지 맹목적으로 다른 사람의 생각을 따라서는 안 된다.

"몰리, 자네가 왜 여기 있나?"

할머니가 죽은 다음 날 호텔에 출근한 내게 스노우 씨가 말했다.

"할머니 일은 정말 안됐네. 프레스턴 씨에게 어제 자네 할머니가 돌아가셨다고 들었어. 이미 자네를 대신할 다른 직원까지 불러뒀는데. 오늘은 자네가 출근하지 않을 거라고 짐작했거든."

"왜 그런 짐작을 하셨어요, 스노우 씨? 저희 할머니 말대로 짐작(assume)은 상대와 날 바보로 만든다고요(ASS out of U and ME, assume의 철자를 ass, u, me로 풀어서 만든 농담으로 1970년대에 유행했다─옮긴이)."

스노우 씨는 마치 입으로 쥐를 토해낼 듯한 표정이었다.

"내 조의를 받아주게. 그리고 정말 오늘 일해도 괜찮겠나?"

"죽은 사람은 할머니지 제가 아니에요. 일은 계속해야죠."

스노우 씨의 눈이 휘둥그레졌다. 아마 충격을 받았다는 뜻이겠지? 도저히 이해할 수가 없다. 왜 사람들은 거짓보다 진실에 더 충격을 받을까? 그래도 스노우 씨는 내 뜻을 따랐다.

"좋도록 하게, 몰리."

몇 분 뒤 나는 매일 그랬듯이 아래층 탈의실에서 메이드 유니폼으로 갈아입었다. 오늘 아침에도 그랬고, 내일도 그럴 것이다. 비록 오늘 다른 누군가가 죽기는 했어도. 우리 집이 아니라 호텔에서.

그렇다. 오늘 객실 침대에서 죽어 있는 투숙객을 발견했다. 블랙 씨였다. 그 유명한 블랙 씨. 그 점을 제외하면 오늘은 여느 날과 다름없었다.

충격적인 사건이 그날 일어난 일의 기억을 바꿀 수 있다는 게 참으로 흥미롭지 않은가? 근무하는 날은 대개 그날이 그날이고, 매일의 업무는 서로 섞여버린다. 4층에서 비운 쓰레기는 3층의 쓰레기와 하나가 된다. 분명히 거리 서쪽이 내려다보이는 모퉁이의 410호 스위트룸을 청소하는 중이라고 철석같이 믿었는데, 사실은 반대편에 있는 동쪽 모퉁이 객실 430호를 청소하고 있다. 이 객실은 410호 스위트룸과 좌우만 바뀌었을 뿐 똑같기 때문이다. 그러다 평소와 다른 일(이를테면 침대에서 죽어 있는 블랙 씨를 발견한다든가 하는)이 일어나면 갑자기 그날 하루가 선명해지면서 순식간에 기체에서 단단한 고체로 변해버린다. 모든 순간이 이전 근무 날과 다른, 독특하고 잊지 못할 순간이 된다.

오늘 오후 근무가 거의 끝나가던 3시쯤에 충격적인 사건이 일어났다. 블랙 씨가 묵고 있는 4층 펜트하우스를 포함해 내가 맡은 객실의 청소를 모두 마쳤지만 나는 다시 펜트하우스로 돌아가 욕실 청소를 마저 끝내야 했다.

블랙 씨의 펜트하우스를 두 번 청소한다는 이유로 혹시라도 내가 일을 대충 한다거나 체계적이지 못하다고 생각하지는 마시길. 객실을 청소할 때 나는 철두철미하게 해치운다. 티끌 하나 없이 새 방처럼 만든다. 내가 닦지 않은 표면은 없고, 지우지 않은 때는 없다. 할머니가 늘 말했듯이 '청결은 신앙심에 버금간다'. 다른 어떤 교리보다도 그 말에 따라 사는 게 낫다. 나는 어느 한 구석도 대충 넘어가지 않고 반질반질하게 닦는다. 손자국은 모조리 지우고, 얼룩 한 점도 남기지 않는다.

따라서 오늘 아침에 블랙 씨의 펜트하우스를 박박 문질러 닦았을 때 욕실을 청소하지 않은 이유는 그저 게으름을 피워서가 아니다. 그때 욕실에 사람이 있었기 때문이다. 내가 도착한 직후에 블랙 씨의 현재 부인인 지젤이 욕실로 후다닥 들어갔다. 그녀는 내게 (욕실을 제외한) 펜트하우스를 청소하라고 허락하고는 오랫동안 욕실에서 나오지 않았다. 오죽했으면 욕실 문틈으로 증기가 뱀처럼 새어 나와 피어오르기 시작했다.

찰스 블랙 씨와 그의 두 번째 부인인 지젤 블랙은 리전시 그랜드의 오랜 단골이다. 호텔 직원 중에서 그들을 모르는 사람은 없다. 사실 전 국민이 다 아는 유명 인사지만. 블랙 씨는 시내에서 부동산 관련 업무를 처리할 때마다 매달 적어도 일주일은 우리 호텔에 머물렀다. 그는 유명한 기획자이자 재계의 거물, 재력가였다. 그와 지젤은 종종 신문의 사회 문화 면을 장식했다. 언론에서는 블랙 씨를 '중년의 실버 폭스(silver fox, 잘생긴 중년 남성을 지칭하는 말로 조지 클루니가 대표적이다-옮긴이)'라고 언급하곤 하는데 정확히 말해서 그는 은도 아니고, 여우도 아니다. 한편 지젤은 종종 '젊고 늘씬한 트로피 와이프(성공한 중장년 남성들이 몇 차례 결혼 끝에 마치 트로피를 받듯이 젊고 아름다운 아내를 얻는다는 뜻이다-옮긴이)'로 묘사되었다.

나는 그 말이 칭찬이라고 생각했는데 기사를 읽은 할머니는 아니라고 했다. 이유를 물었더니 '말 자체가 아니라 상징적 의미'

때문이라고 했다.

블랙 부부는 결혼한 지 얼마 안 되었다. 아마 2년쯤 되었으리라. 우리 리전시 그랜드는 이 고매한 부부가 정기적으로 찾아주는 행운을 누렸다. 덕분에 호텔은 명망이 올라갔고 손님이 늘었다. 또한 이는 결과적으로 내가 이 호텔에서 계속 일할 수 있다는 뜻이다.

한번은 23개월도 더 전에 할머니랑 금융가를 걸어가고 있는데 할머니가 블랙 씨 소유의 건물을 모두 가리키며 알려주었다. 그제야 나는 시내의 4분의 1이 애석하게도 그의 소유임을 깨달았다. 이제는 불가능해졌지만. 알다시피 시체는 부동산을 소유할 수 없으니 말이다.

"리전시 그랜드는 블랙 씨의 소유가 아니야."

블랙 씨가 아직 쌩쌩하게 살아 있을 때 스노우 씨가 그렇게 말한 적이 있다. 그러고는 그 말에 마침표를 찍듯 살짝 코웃음을 쳤다. 나는 그 코웃음이 무슨 의미인지 모르겠다. 내가 블랙 씨의 후처인 지젤을 좋아하게 된 이유는 그녀가 매사에 분명하게 말하기 때문이다. 그녀는 말로 자기 생각을 표현할 줄 안다.

오늘 아침에 블랙 씨의 펜트하우스에 처음 들어갔을 때 나는 구석구석 청소했다. 지젤이 들어가 있는 욕실만 제외하고. 그녀는 평소와 다른 듯했다. 내가 펜트하우스에 들어섰을 때 그녀의 눈은 빨갛게 부어 있었다. 알레르기인가? 아니면 슬퍼서 울었나? 지젤은 꾸물거리지 않았다. 오히려 내가 들어가자마자 욕실로 달려가 문을 쾅 닫아버렸다.

나는 지젤이 어떻게 행동하든 지금 내가 해야 할 일을 하기로 했다. 그래서 즉시 청소에 돌입해 맹렬하게 쓸고 닦았다. 객실이 완벽하게 정돈되자 나는 화장지를 든 채 닫힌 욕실 문 앞에 서서 지젤에게 외쳤다. 스노우 씨에게 배운 대로.

"객실이 완전무결한 상태로 돌아갔습니다! 욕실 청소하러 다시 오겠습니다!"

"알았어! 소리 지를 필요 없어! 귀청 떨어지겠네!" 지젤이 대답했다.

마침내 지젤이 욕실에서 나오자 나는 그녀에게 정말로 알레르기 반응이 나타났거나 그녀가 속상할 경우를 대비해 화장지를 내밀었다. 평소 지젤이 수다스러운 성격이라서 짧게나마 대화를 나눌 줄 알았는데 그녀는 그냥 옷을 입으러 침실로 들어가 버렸다.

나는 펜트하우스를 나와서 4층 객실을 하나씩 청소했다. 베개를 톡톡 쳐서 다시 부풀리고, 도금된 액자 속 거울을 닦았다. 벽지와 벽에 생긴 자국과 얼룩에 스프레이를 뿌렸다. 사용한 시트와 축축해진 수건들을 수거했다. 자기로 만든 변기와 세면대에 소독제를 뿌려 닦았다.

4층 객실을 절반쯤 청소했을 때 카트를 끌고 지하실로 내려가서 잠깐 쉬었다. 사용한 시트와 수건이 든 크고 묵직한 자루 두 개를 세탁실에 내려놓았다. 지하는 공기가 통하지 않는 데다 눈부신 형광등이 달려 있고 천장까지 낮지만 그래도 자루를 두고 가니 마음이 가벼웠다. 다시 복도로 나갔을 때는 카트도 훨씬 가벼워졌다. 비록 땀이 살짝 나기는 했어도.

나는 주방에서 설거지를 하는 후안 마누엘을 보고 가기로 했다. 미로처럼 얽힌 복도를 (왼쪽, 오른쪽, 왼쪽, 왼쪽, 오른쪽으로) 요리조리 돌아 능숙하게 빠져나갔다. 미궁에서 훈련받은 똑똑한 생쥐처럼. 널찍한 주방 문을 밀치고 들어가자 후안 마누엘이 하던 일을 멈추고 시원한 얼음물이 담긴 큰 잔을 얼른 가져다주었다. 정말 고마웠다.

잠시 기분 좋게 노닥거리다가 주방에서 나왔다. 하우스 키핑 부서로 가서 깨끗한 수건과 시트를 다시 카트에 채워 넣었다. 그 다음에는 공기가 상쾌한 2층으로 올라가서 다른 객실을 청소했는데 이상하게 팁이 잔돈뿐이었다. 하지만 그 이야기는 나중에 자세히 하기로 하자.

손목시계를 보니 3시였다. 다시 4층으로 돌아가 블랙 씨의 욕실을 청소해야 할 시간이었다. 나는 객실 문 앞에 서서 안에서 인기척이 나는지 귀를 쫑긋 세웠다. 그러고는 규정대로 문을 두드리며 큰 소리로, 하지만 정중하면서도 권위적으로 외쳤다.

"하우스 키핑입니다!"

대답이 없었다. 마스터키 카드를 꺼내 문에 댄 다음, 뒤돌아서 등으로 문을 밀며 청소 카트를 끌고 들어갔다.

"블랙 씨? 블랙 부인? 욕실 청소를 마저 끝내도 될까요? 객실을 다시 완전무결한 상태로 돌려놓고 싶어요."

여전히 아무 대답이 없었다. 틀림없이 두 사람 다 나간 것이다. 그런 줄 알았다. 방해받지 않고 꼼꼼히 청소할 수 있으므로 더 잘

된 일이었다. 육중한 객실 문이 저절로 닫히도록 내버려둔 다음, 거실을 둘러보았다. 몇 시간 전 내가 떠났을 때와 달리 깔끔하지도 깨끗하지도 않았다. 거리가 내려다보이는 멋진 통창에는 커튼이 쳐졌고, 유리 테이블에는 소형 냉장고에 들어 있던 작은 스카치위스키 몇 병이 쓰러져 있었으며, 옆에는 위스키가 반 남은 유리잔이, 그 옆에는 피우지 않은 시가가 있었다. 바닥에는 구겨진 냅킨이 떨어져 있었고, 다이밴 소파(등받이와 팔걸이가 없고 누울 수 있는 긴 소파-옮긴이)에는 술을 마신 사람이 앉았던 자국이 남아 있었다. 아침에 출입문 옆 서랍장에서 봤던 지젤의 노란 가방은 사라지고 없었다. 이는 그녀가 시내를 쏘다니고 있다는 뜻이었다.

메이드의 일은 끝이 없구나.

나는 그렇게 생각하며 다이밴 소파의 쿠션을 집어 들고 톡톡쳐서 다시 부풀린 다음 제자리에 놓아두고, 소파 표면에 아무런 자국도 남지 않도록 손으로 쓸어내렸다. 테이블을 치우기 전에 다른 방 상태부터 확인하기로 했다. 아무래도 스위트룸 전체를 처음부터 다시 청소해야 할 듯했다.

뒤쪽에 있는 침실로 다가가 보니 문이 열려 있고, 호텔에서 제공하는 흰색 플러시 가운이 문지방 바로 앞에 떨어져 있었다. 내가 서 있는 각도에서 침실 벽장이 보였는데 한쪽 문이 아직 열려 있었다. 오늘 아침에 이 방에서 나갈 때도 저랬다. 벽장 안 금고가 열려 있어서 벽장 문을 제대로 닫을 수 없었기 때문이다. 금고속 내용물은 일부 그대로였지만(그 정도는 금방 알 수 있다) 아침에 날 깜짝 놀라게 했던 물건은 사라졌다. 어떤 면에서는 안심이었다. 나는 벽장에서 눈을 돌리고 바닥에 떨어진 가운을 조심스럽게 넘어서 침실로 들어갔다.

그제야 비로소 그를 보았다. 블랙 씨. 그는 아까 객실 문 앞에서 나와 부딪칠 뻔했을 때와 똑같이 더블브레스트 양복을 입고 있었다. 다만 가슴 포켓에 꽂았던 종이는 사라졌다. 그는 침대에 등을 댄 채 누워 있었다. 침대는 그가 등을 대고 눕기 전까지 오랫동안 뒤척인 듯 헝클어져 있었다. 그의 머리 밑에 베개가 하나 있었고, 두 개는 옆에 비스듬히 놓여 있었다. 네 번째 베개를 찾아내야 했는데 오늘 아침에 침대를 정리할 때 분명히 베개가 네 개였기 때문이다. 세세한 부분까지 신경 쓰는 것을 중시하는 내가 베개를 세 개만 두었을 리 없다.

블랙 씨의 벗겨진 신발은 침실 반대편에 놓여 있었다. 그걸 정확히 기억하는 이유는 신발 한 짝은 남쪽을, 다른 짝은 동쪽을 가리켰기 때문이다. 그걸 보자마자 나는 신발 두 짝이 같은 방향을 가리키도록 놓아두는 것이 메이드로서 의무라 생각했고, 방을 나서기 전에 엉킨 신발 끈도 잘 풀어놓았다.

물론 처음 이 침실에 들어왔을 때는 블랙 씨가 죽었다고 생각하지 않았다. 거실에서 약간 과한 낮술을 즐기다가 곤히 잠들었다고만 생각했다. 하지만 침실을 좀 더 둘러보자 다른 이상한 점들이 눈에 띄었다. 블랙 씨의 왼쪽 머리맡 테이블에 열린 약병이 있고 거기서 작은 푸른색 알약이 여러 개 쏟아져 일부는 테이블에, 나머지는 바닥에 떨어져 있었다. 그중 두어 개는 발에 밟혀 고운 가루가 되어 카펫 속으로 들어가버렸다. 저걸 없애려면 강력한 진공청소기로 가루를 빨아들인 다음, 카펫 탈취제를 뿌려야 원래의 완전무결한 상태로 돌아갈 것이다.

스위트룸에 들어갔을 때 침대에서 곤히 잠든 손님을 발견하는 일은 흔치 않다. 오히려 당혹스럽게도 전혀 다른 상태, 낯 뜨거운 현장을 보게 되는 일이 더 자주 있다. 잠을 자거나 사적인 활동을 하기로 마음먹은 손님들은 대부분 내가 만약의 사태에 대비해 늘 출입문 옆 서랍장 위에 놓아두는 '방해하지 마시오. 쿨쿨' 팻말을 객실 문고리에 걸어둘 정도의 예의는 있다. 그리고 내가 안 좋은 때에 우연히 객실에 들어가면 대다수 손님은 곧바로 소리를 지른다. 하지만 그날 블랙 씨는 그러지 않았다. 원래 내가 들어가지 말아야 할 때 들어가면 블랙 씨는 소리를 지르거나 꺼지라고 명령한다. 그런데 오늘은 그저 곤히 자고 있었다.

그제야 침실 문 옆에 서 있었던 10초 남짓 동안 블랙 씨의 숨소리를 듣지 못했음을 깨달았다. 나는 잠을 깊이 자는 사람들의 특징을 잘 안다. 우리 할머니가 그랬기 때문이다. 하지만 아무리 깊이 자도 숨은 쉬어야 한다.

나는 블랙 씨가 괜찮은지 확인하는 게 현명한 처사라고 생각했다. 메이드로서 의무이기도 하다. 그래서 한 걸음 살짝 내디뎌 그의 얼굴을 살폈다. 블랙 씨는 안색이 나빴고 얼굴이 부어 있었으며 어느 모로 보나…… 상태가 좋지 않았다. 조심조심 침대 옆으로 다가가 그를 내려다보았다. 얼굴의 주름은 깊어졌고, 입꼬리가 내려가 성난 표정이었다. 그게 블랙 씨의 평소 표정이기는 했지만. 눈가에 기이한 붉은색과 자주색 자국이 있었는데 마치 바늘로 콕콕 찌른 듯했다. 그제야 갑자기 머릿속에서 비상벨이 울렸다. 이 상황이 처음 내가 생각했던 것보다 훨씬 더 잘못되었다는 불편한 사실을 완전히 깨달은 것이다.

나는 손을 천천히 뻗어 블랙 씨의 어깨를 톡톡 쳤다. 어깨는 가구처럼 딱딱하고 차가웠다. 그의 숨이 느껴질지 모른다는 절박한 희망 속에서 그의 입 앞에 손을 대보았지만 소용없었다.

"안 돼, 안 돼, 안 돼."

나는 그렇게 말하며 두 손가락을 그의 목에 대고 맥박을 확인했다. 아무것도 느껴지지 않았다. 나는 블랙 씨의 어깨를 잡고 흔들었다.

"사장님! 사장님! 일어나세요!"

지금 생각해보니 어리석은 짓이었지만 당시에는 블랙 씨가 정말 죽었으리라고는 도저히 생각할 수 없었다.

내가 블랙 씨의 어깨에서 손을 떼자 그가 침대 위로 털썩 쓰러졌고, 머리가 침대 머리판에 살짝 부딪히기까지 했다. 나는 경직된 양팔을 몸에 딱 붙인 채 뒷걸음질했다. 그러고는 전화가 있는 반대편 머리맡 테이블로 걸어가 프런트 데스크에 전화했다.

"리전시 그랜드 프런트입니다. 뭘 도와드릴까요?"

"안녕하세요. 전 손님이 아니에요. 원래 도움을 청하는 전화는 잘 하지 않아요. 전 메이드 몰리예요. 지금 스위트룸 401호에 있는데 좀 특이한 상황에 처했어요. 여기 아주 엉망이에요."

"왜 여기로 전화했죠? 방이 어질러졌으면 하우스 키핑 부서로 연락하세요."

"제가 메이드라니까요." 나는 언성을 높였다. "스노우 씨한테 연락해서 이 스위트룸에…… 영원히 일어날 수 없는 손님이 있다고 전해주세요."

"영원히 일어날 수 없다고요?"

이러니 직설적이고 명확한 화법이 늘 최선이라는 것이다. 하지만 이 순간에는 내가 잠시 정신이 나갔다.

"죽었어요. 침대에 죽어 있다고요. 스노우 씨에게 전화하세요. 그리고 응급 구조대에 연락해주세요. 당장!"

나는 그렇게 말하고 전화를 끊었다. 솔직히 말해서 그 뒤에 일어난 일은 전부 초현실적이고 꿈만 같다. 심장이 가슴속에서 땡그랑거리고, 히치콕 영화에서처럼 방이 한쪽으로 기울고, 손이 축축해져서 하마터면 전화기를 내려놓다가 떨어뜨릴 뻔했다.

고개를 들자 맞은편 벽에 걸린 금박 테두리 거울에 겁에 질린 내 얼굴뿐 아니라 아까 미처 알아보지 못한 것들이 전부 비쳤다. 그 순간 현기증이 더 심해져 방바닥이 귀신의 집처럼 기울었다. 나는 손을 가슴에 올리고 아직 떨리는 심장을 진정시키려 했지만 허사였다.

눈에 잘 띄는 곳에 있으면서도 보이지 않는 존재가 되기란 생각보다 쉽다. 내가 메이드를 하면서 알게 된 사실이다. 조직에서 너무도 중요하고 결정적인 존재이면서도 동시에 철저히 간과될 수 있다. 이는 메이드뿐 아니라 다른 사람에게도 적용되는 진실인 듯하다. 불편한 진실이다.

방안이 캄캄해졌고 나는 곧 기절해버렸다. 외부 자극이 너무 많아지면 가끔씩 그러듯이.

스노우 씨의 고급스러운 사무실에 앉아 있는 지금도 손이 떨리고 신경이 날카롭다. 이미 벌어진 일이고 되돌릴 수 없다. 그런데도 손이 계속 떨린다.

나는 마음을 가라앉히려고 할머니에게 배운 방법을 사용한다. 영화를 보다가 견딜 수 없을 정도로 긴장되는 순간이 오면 할머니는 리모컨을 집어 들고 빨리 감기 버튼을 누르며 이렇게 말했다.

"됐다. 결과가 정해졌는데 괜히 마음 졸일 필요 없지. 일어날 일은 어떻게든 일어나는 거야."

영화에서는 그렇지만 현실은 약간 다르다. 현실에서는 행동이 결과를 바꿀 수 있다. 슬픔에서 행복으로, 실망에서 만족으로, 그름에서 옳음으로.

할머니의 방법은 효과가 있다. 나는 기억을 앞으로 빨리 감아 적당한 곳에서 재생한다. 그러자 떨리던 손이 즉시 차분해진다. 기억 속 나는 아직 스위트룸에 있지만 침실은 아니었다. 출입문 옆에 있었다. 다시 서둘러 침실로 달려가 전화기를 들고 프런트 데스크에 전화했다. 이번에는 스노우 씨를 바꿔달라고 했다. 전화기에서 "여보세요? 무슨 일이시죠?"라고 말하는 스노우 씨의 목소리가 들리자 이번에는 확실히 말하기로 했다.

"저 몰리예요. 블랙 씨가 죽었어요. 저 지금 블랙 씨의 스위트룸에 있어요. 지금 당장 응급 구조대에 전화해주세요."

13분쯤 지나자 스노우 씨가 소규모 구조대원과 경찰 부대를 달고 스위트룸으로 들어왔다. 그는 마치 어린아이를 대하듯이 내 팔꿈치를 잡아 한쪽으로 데려갔다.

지금 나는 로비와 붙어 있는 그의 사무실에서 적갈색 가죽 의자에 앉아 있다. 등받이가 높고 단단한 의자는 움직일 때마다 끼익 끼익 소리가 난다. 스노우 씨가 사무실에서 나간 지 꽤 되었다. 한 시간쯤? 아니면 그보다 더 되었을까? 스노우 씨는 자기가 돌아올 때까지 여기 꼼짝 말고 있으라고 했다.

나는 한 손에는 예쁜 찻잔을, 다른 손에는 쇼트브레드 비스킷을 들고 있다. 이걸 누가 가져왔는지 기억나지 않는다. 찻잔을 입으로 가져간다. 홍차는 따뜻하지만 혀를 델 정도는 아닌, 딱 적당한 온도다. 지금도 손이 파르르 떨린다. 누가 이렇게 홍차를 잘 끓였을까? 스노우 씨일까? 아니면 주방에 있는 직원? 혹시 후안 마누엘인가? 어쩌면 바에 있는 로드니일지도 모른다. 로드니가 내게 이렇게 훌륭한 홍차를 끓여줬다고 생각하니 기분이 좋다.

찻잔(분홍색 장미와 초록색 가시가 그려진 고급 도자기 찻잔)을 내려다보는데 불현듯 할머니가 보고 싶다. 눈물이 핑 돌 정도로.

쇼트브레드 비스킷을 입으로 가져간다. 비스킷이 이 사이에서 기분 좋게 오도독 부서진다. 바삭한 식감에 은은하고 버터 맛이 나는 풍미다. 전반적으로 근사한 비스킷이다. 달콤했다. 아, 정말 달콤했다.

2

나는 스노우 씨 사무실에 혼자 남아 있다. 내가 맡은 방의 청소가 늦어지고 팁도 수거하지 못해서 걱정이 이만저만이 아니다. 평소에는 이 시간쯤이면 적어도 한 층의 객실 청소를 다 마쳤는데 오늘은 아니다. 다른 메이드들이 어떻게 생각할지, 그들이 내 몫까지 대신 해야 하는 건 아닌지 염려된다. 꽤 오랜 시간이 흘렀는데도 스노우 씨는 오지 않는다. 나는 배에서 부글부글 올라오는 두려움을 가라앉히려 한다.

그때 좋은 방법이 생각났다. 기억력을 최대한 발휘해 스위트룸 침대에서 블랙 씨를 발견하기 전까지 있었던 일을 전부 되짚어보는 것이다.

오늘은 평소와 다름없이 시작되었다. 나는 호텔의 위풍당당한 회전문을 통과했다. 엄밀히 말해서 호텔 뒤쪽의 직원 전용 출입문으로 들어가야 하지만 그 규칙을 지키는 직원은 거의 없었다. 나는 그 규칙을 깨는 게 즐겁다.

호텔 메인 출입문으로 이어지는 진홍색 계단의 반질반질한 황동 난간을 잡을 때의 서늘한 느낌이 좋다. 발아래로 밟히는 플러시 카펫의 폭신한 촉감도 좋다. 리전시 그랜드의 도어맨 프레스턴 씨에게 인사하는 것도 좋다. 살짝 통통한 체격에 모자를 쓰고 금색 호텔 문장을 수놓은 긴 트렌치코트를 입은 프레스턴 씨는 이 호텔에서 20년 넘게 일했다.

"안녕하세요, 프레스턴 씨."

"아, 몰리, 너도 좋은 하루 보내렴."

프레스턴 씨가 모자챙을 살짝 건드리며 인사했다.

"최근에 따님은 만나셨어요?"

"그럼, 일요일에 함께 저녁을 먹었단다. 내일 법원에서 열리는 재판에 참석한다는구나. 아직도 믿기지가 않아. 우리 어린 딸이 판사님 앞에 서다니. 그 모습을 메리가 볼 수 있다면 좋을 텐데."

"따님이 자랑스러우시겠어요."

"물론이지."

프레스턴 씨는 혼자 된 지 10년이 넘었지만 재혼을 하지 않았다. 사람들이 이유를 물을 때마다 그의 대답은 한결같다.

"내 심장의 주인은 메리야."

프레스턴 씨는 고결하고 좋은 사람이다. 사기꾼이 아니다. 내가 사기꾼을 얼마나 혐오하는지 말했던가? 사기꾼은 모래 늪에 던져버리거나 쓰레기 속에서 질식해 죽어도 싼 종족이다. 프레스턴 씨는 그런 종족이 아니다. 내 아빠였으면 좋겠다 싶은 사람이다. 비록 나는 평생 아빠 없이 살아서 그 주제에 대해서는 잘 모르지만. 아빠는 엄마와 같은 시기에 사라졌다. 우리 할머니가 늘 말하던 대로 하자면 내가 '콩알'만 할 때. 아마 생후 6개월에서 1년 사이쯤일 것이다. 그때부터 할머니가 날 키웠고 우리는 일심

동체가 되었다. 죽음이 우리를 갈라놓을 때까지.

프레스턴 씨를 보면 할머니가 생각난다. 프레스턴 씨와 할머니는 아는 사이였다. 두 사람이 어떻게 알게 되었는지는 잘 모르지만 할머니는 프레스턴 씨와 친했고, 그의 아내 메리와도 꽤 가까웠다. 삼가 고인의 명복을 빈다.

내가 프레스턴 씨를 좋아하는 이유는 사람들에게 올바르게 행동하도록 자극하기 때문이다. 명성이 자자한 고급 호텔에서 도어맨으로 일하다 보면 온갖 꼴을 다 보기 마련이다. 조강지처를 집에 남겨두고 출장 와서 하룻밤 즐길 젊고 섹시한 여자를 데려오는 사업가라든가, 너무 취해 도어맨이 서 있는 포디엄에 오줌을 싸는 록스타라든가, 눈물과 마스카라가 얼룩진 얼굴로 황급히 호텔을 빠져나가는 젊고 아름다운 블랙 부인(블랙 씨의 후처)이라든가. 프레스턴 씨는 자신의 행동 수칙을 적용해 상대를 호되게 벌하기도 한다.

한번은 앞에서 언급한 록스타에게 너무 화가 난 나머지 프레스턴 씨가 파파라치에게 제보를 했고, 그들이 구름떼처럼 몰려드는 바람에 록스타는 다시는 리전시 그랜드에 머물지 못했다는 소문을 들었다.

"그 소문 정말이에요, 프레스턴 씨? 그때 파파라치에게 연락한 사람이 아저씨예요?"

나는 그렇게 물어본 적이 있다.

"신사에게는 뭘 했는지, 하지 않았는지 절대 묻지 마라. 진정한 신사라면 그렇게 행동할 수밖에 없었던 명분이 있을 거다. 그리고 진정한 신사라면 절대 대답하지 않을 거야."

프레스턴 씨는 그런 사람이다.

그렇게 프레스턴 씨를 지난 다음 널찍한 로비를 재빨리 가로지르고, 황급히 계단을 내려가 미로처럼 복잡하게 얽힌 복도로 들어섰다. 이 복도를 따라가면 주방과 세탁실 그리고 내가 가장 좋아하는 곳인 하우스 키핑 부서가 나온다. 으리으리하지는 않아도(황동도 대리석도 벨벳도 없다) 내가 속한 곳이다.

늘 그랬듯이 세탁한 메이드 유니폼으로 갈아입고 청소 카트를 가져와 일을 시작할 수 있도록 비품이 다시 채워졌는지 확인했다. 하지만 비품은 채워져 있지 않았다. 놀랍지도 않았다. 어젯밤에 근무한 사람이 상사인 셰릴 그린이었기 때문이다. 리전시 그랜드 직원들은 셰릴이 없는 자리에서는 그녀를 체르노빌이라고 부른다[셰릴(Cheryl)과 체르노빌(Chernobyl)은 철자가 비슷하다. 또 체르노빌에서는 방사능 유출 사고가 일어났기 때문에 일종의 재앙, 끔찍한 사람을 뜻하기도 한다-옮긴이]. 정확히 말해서 셰릴은 체르노빌 출신이 아니다. 우크라이나 인도 아니다. 나처럼 태어나서 지금까지 이 도시에서 살았다.

나는 셰릴을 좋게 보지 않지만 그렇다고 해서 그녀의 (또는 누구든) 험담을 하고 싶지는 않다는 사실을 분명히 밝혀둔다. '내가 대접받고 싶은 대로 남을 대접하라'고 할머니는 누누이 말씀하셨고, 그게 내 삶의 철칙이다. 나는 지난 25년간 여러 별명으로 불렸고, '몽둥이와 돌멩이는 내 뼈를 부러뜨릴 수 있어도 말은 날 상처 줄 수 없다'는 격언이 틀렸음을 알게 되었다. 말로 입은 상처가 훨씬 더 아프다.

셰릴은 상사이기는 해도 확실히 나보다 실력이 뛰어나지는 않다. 그 둘은 다르다. 사람을 평가할 때는 직업이나 사회적 지위가 아니라 행동을 봐야 한다. 셰릴은 칠칠치 못하고 게으르다. 사람을 속이고 대충대충 넘어간다. 걸을 때는 발을 질질 끈다. 나는 셰릴이 객실의 변기를 닦은 걸레로 세면대를 닦는 걸 실제로 본 적이 있다. 그런 짓을 한다는 게 믿기는가?

"지금 뭐 하는 거예요? 너무 비위생적이잖아요."

그 현장을 목격한 날 내가 말했을 때 셰릴은 어깨를 으쓱였다.

"이 방 손님들은 팁이 너무 짜. 이걸로 배우게 될 거야."

전혀 논리적이지 않다. 수석 메이드가 대변 파편을 세면대에 퍼뜨린다는 걸 손님들이 어떻게 알겠는가? 그리고 그게 팁을 더 줘야 한다는 뜻임을 그들이 무슨 수로 알겠는가?

"다람쥐 볼기짝만큼이나 저급한 짓이구나."

셰릴이 한 짓을 들은 할머니가 말했다.

오늘 아침에 출근했을 때 내 청소 카트는 축축하고 더러운 수건과 전날 사용한 비누로 가득 차 있었다. 내가 수석 메이드였다면 카트의 비품을 다시 채우는 즐거움을 누렸으리라.

비품을 채우느라 시간이 걸렸고, 그 일을 마쳤을 무렵에 마침내 셰릴이 출근했다. 늘 그렇듯이 지각이었고 발을 질질 끌며 들어왔다. 나는 셰릴이 평소처럼 '1라운드를 뛰려고' 벌써 4층에 다녀온 게 아닐까 의심스러웠다. '1라운드를 뛴다'는 것은 셰릴이 내 담당인 펜트하우스에 몰래 들어가 베개 밑에 놓인 팁 중에서 가장 큰 금액의 돈을 가로채고 푼돈만 남겨둔다는 뜻이다. 나는 셰릴이 그런 짓을 한다는 걸 알고 있다. 비록 증명할 수는 없지만. 셰릴은 원래 그런 사람, 다시 말해 사기꾼이다. 그렇다고 로빈 후드 같은 부류는 아니다.

로빈 후드는 더 많은 사람의 이익을 위해, 부당한 대우를 받은 사람들에게 정의를 실현해주기 위해 돈을 훔쳤다. 그런 도둑질은 정당한 반면 다른 도둑질은 그렇지 않다. 하지만 오해 없기를. 셰릴은 로빈 후드가 아니다. 그녀가 다른 사람의 돈을 훔치는 이유는 한 가지뿐이다. 다른 사람의 희생을 통해 자신이 득을 보기 위해서다. 그렇기에 셰릴은 영웅이 아니라 기생충이다.

나는 건성으로 셰릴에게 인사한 다음 선샤인과 수니타에게도 인사했다. 둘은 나와 함께 근무하는 메이드인데 선샤인은 필리핀에서 왔다.

"왜 이름이 선샤인이야?"

처음 만난 날 내가 물었다.

"내 환한 미소 때문이지."

선샤인이 한 손으로 허리를 짚고는 깃털 먼지떨이를 휘두르며 말했다.

그제야 태양과 선샤인이 얼마나 비슷한지 알 수 있었다. 선샤인은 환하게 빛났다. 수다스러웠고 손님들은 그녀를 좋아했다. 수니타는 스리랑카에서 왔는데 선샤인과 달리 말이 거의 없었다.

"좋은 아침. 별일 없어?"

함께 근무할 때면 나는 수니타에게 그렇게 인사한다.

수니타는 고개를 한 번 끄덕이고는 단답형으로 대답하지만 상관없다. 수니타는 함께 일하기 좋고, 게으름을 피우거나 늑장을 부리지 않는다. 일만 잘한다면 나는 다른 메이드에게 아무런 불만도 없다. 수니타와 선샤인에 대해서 이거 하나는 확실히 말할 수 있다. 두 사람은 깨끗하게 청소하는 법을 알고 있으며 같은 메이드로서 나는 그 점을 존경한다.

청소 카트가 준비되자 나는 카트를 밀며 주방으로 갔다. 후안 마누엘을 만나기 위해서였다. 그는 좋은 동료로 늘 유쾌하고 누구하고든 잘 지낸다. 나는 카트를 주방 앞에 세워두고 문에 달린 유리 너머로 주방을 훔쳐보았다. 후안 마누엘이 초대형 식기 세척기 앞에 서서 접시가 꽂힌 선반을 세척기에 밀어 넣고 있었다. 다른 직원들은 은 뚜껑을 덮은 쟁반이나 크림이 세 겹 들어가는 신선한 케이크, 또는 다른 고급 디저트를 나르며 돌아다녔다. 후안 마누엘의 상사가 보이지 않으므로 지금이 들어가기에 좋은 때였다. 나는 주방 가장자리를 따라 살금살금 그의 자리로 갔다.

"안녕!"

아마 내가 너무 큰 소리로 외쳤을 것이다. 하지만 식기 세척기 소음 때문에 큰 소리로 말해야 했다.

후안 마누엘이 질겁하며 돌아보았다.

"히홀레(Hijole, 아이고), 깜짝 놀랐잖아!"

"지금 시간 괜찮아?"

"응."

후안 마누엘이 앞치마에 손을 닦으며 대답하더니 커다란 금속 싱크대로 달려가 깨끗한 잔에 차디찬 물을 따라 내게 건넸다.

"아, 고마워."

지하실도 덥지만 주방은 지옥 불이나 다름없었다. 후안 마누엘이 어떻게 이 일을 하는지 모르겠다. 견디기 힘든 이 열기와 습기 속에서 몇 시간 동안 서서 접시에 남은 음식을 긁어서 버려야 하니 말이다. 그 많은 음식물 쓰레기며 그 많은 세균은 또 어쩌고. 나는 매일 그를 만나러 갈 때마다 그 생각은 하지 않으려고 노력한다.

"네가 묵을 방의 키카드를 가져왔어. 308호. 오늘 아침 일찍 손님이 체크아웃한 방이야. 내가 지금 청소할 거니까 언제든 쓸 수 있어. 알았지?"

내가 후안 마누엘에게 키카드를 몰래 넘긴 지 적어도 1년은 되었다. 로드니에게 후안 마누엘의 불행한 사연을 들은 뒤로 쭉 그랬다.

"정말 고맙다, 친구야." 후안 마누엘이 말했다.

"내일 아침 9시까지는 안전할 거야. 그 시간에 셰릴이 출근하니까. 원래 3층은 셰릴 담당이 아니지만 그래도 무슨 일이 생길지 몰라."

그때 그의 손목에 생긴 성난 상처가 눈에 들어왔다. 둥그렇고 벌건 자국이었다.

"이건 뭐야? 데었어?" 내가 물었다.

"아! 응, 식기 세척기에 데었어."

"안전사고 같은데. 스노우 씨는 안전 문제에 아주 철저해. 네가 말하면 식기 세척기를 검사할 거야."

"아냐, 아냐, 내 실수야. 팔을 넣지 말아야 할 곳에 넣었어." 후안 마누엘이 대답했다.

"그랬구나. 조심해."

"알았어."

대화를 나누는 동안 후안 마누엘은 나와 눈을 마주치지 않았는데 지극히 그답지 않은 행동이었다. 자기가 사고를 냈다는 사실이 민망해서 그런가 보다는 생각하고 나는 화제를 바꿨다.

"가족에게서 연락은 왔어?"

"어제 엄마가 이걸 보냈어."

후안 마누엘은 앞치마 주머니에서 휴대전화를 꺼내 사진을 보여주었다. 그의 가족은 북부 멕시코에 살았다. 2년 전에 아버지가 돌아가시면서 수입이 줄어들자 후안 마누엘은 집으로 돈을 보냈다. 그에게는 네 명의 누이와 두 형제, 여섯 명의 이모와 고모, 일곱 명의 이모부와 고모부와 삼촌, 조카 하나가 있다. 그는 나와 비슷한 나이로 장남이었다. 사진 속에는 온 가족이 플라스틱 테이블에 둘러앉아 카메라를 보며 웃고 있었다. 그의 어머니가 상석에 서서 바비큐가 든 접시를 자랑스럽게 들고 있었다.

"이래서 내가 여기, 이 주방에, 이 나라에 있는 거야. 가족들이 일요일마다 고기를 먹을 수 있으니까. 우리 엄마가 널 만났다면 보자마자 마음에 들어 하셨을 거야, 몰리. 엄마랑 나는 똑같거든. 우리는 좋은 사람을 알아볼 수 있어."

후안 마누엘이 사진 속 엄마의 얼굴을 가리켰다.

"봐! 엄마는 어떤 일이 있어도 미소를 잃지 않아. 아, 몰리."

그가 눈시울을 붉혔고 나는 어찌해야 좋을지 알 수 없었다. 앞으로 그의 가족사진은 보고 싶지 않았다. 그걸 볼 때마다 이상한 기분이 들었다. 예전에 실수로 손님의 귀고리를 배수구로 차버린 적이 있는데 그때 느낀 감정과 똑같았다.

"나 그만 가야겠어. 오늘 청소해야 할 객실이 스물한 개야."

"그래그래, 널 보니까 좋다. 곧 또 봐, 미스 몰리."

나는 서둘러 조용하고 환한 복도로 나와 완벽하게 정리된 내 카트로 갔다. 즉시 기분이 훨씬 나아졌다.

이제 호텔 내부에 있는 레스토랑인 소셜 바 앤드 그릴에 가야 했다. 로드니가 근무를 시작했을 것이다. 로드니 스타일스는 수석 바텐더로 숱이 많고 곱슬거리는 머리카락에 흰 와이셔츠의 첫 단추를 멋지게 풀어서 완벽하게 매끈한 가슴을 살짝 내보이고 다닌다. 엄밀히 말하면 완벽하다기보다 완벽에 가깝다. 흉골에 작고 둥근 흉터가 있기 때문이다. 어쨌든 핵심은 그의 가슴에 털이 없다는 사실이다. 털 많은 남자를 어떻게 좋아할 수 있는지 나로서는 이해가 안 간다. 그렇다고 털 많은 남자에게 편견이 있다는 뜻은 아니다. 다만 만약 내가 좋아하는 남자가 털북숭이라면 그의 피부가 깨끗하고 만질만질해질 때까지 왁스를 발라 털을 뽑아버릴 것이다.

실제로 그런 일을 해볼 기회는 없었다. 지금까지 남자는 딱 한 명 사귀어봤다. 윌버는 가슴에 털은 없었지만 내게 큰 상처를 주었다. 거기다 거짓말쟁이에 사기꾼이었다. 그러니 어쩌면 가슴에 털이 있다고 해서 최악은 아닐지도 모른다.

나는 심호흡하며 머릿속에서 윌버 생각을 씻어내려 한다. 내 게는 감사하게도 그런 재능이 있다. 객실을 청소하듯 머릿속도 청소할 수 있다. 재수 없는 사람들이나 불편한 상황이 떠올라도 말끔히 지워버린다. 치워버린다. 아주 쉽게 없애버린다. 내 마음은 완전무결한 상태로 돌아간다.

하지만 스노우 씨 사무실에 앉아서 그가 돌아오기를 기다리고 있는 지금은 깨끗한 마음을 유지하기가 어렵다. 자꾸만 블랙 씨가 생각난다. 내 손에 닿던 온기 없는 살갗의 감촉과 그 밖의 것들도.

이제는 식어버린 차를 한 모금 마신다. 오늘 아침에 있었던 일에 한 번 더 집중할 것이다. 사소한 것까지 전부 기억해내보자. 어디까지 했더라?

아, 맞다, 후안 마누엘. 그를 만난 뒤에 카트를 끌고 엘리베이터를 타서 로비로 올라갔다. 문이 열리자 첸 부부가 서 있었다. 첸 부부도 블랙 부부처럼 우리 호텔의 단골이었다. 비록 그들은 대만인이지만. 첸 씨는 옷감을 판다고 들었다. 첸 부인은 늘 남편의 출장에 동행한다. 그날 그녀는 예쁜 검은색 술이 달린 와인색 원피스를 입고 있었다. 첸 부부는 늘 흠잡을 데 없이 정중한데 이는 참으로 훌륭한 성품이다.

그들은 곧바로 날 알아보았다. 한 말씀 드리자면, 그런 투숙객은 대단히 드물다. 그들은 엘리베이터에 타기 전에 내가 먼저 내릴 수 있도록 옆으로 비켜서기까지 했다.

"저희 호텔을 자주 찾아주셔서 감사합니다, 첸 씨, 그리고 첸 부인."

스노우 씨는 투숙객들에게 인사할 때 그들의 이름을 부르도록 가르쳤다. 투숙객을 가족처럼 대하는 것이다.

"방을 늘 깨끗하게 청소해줘서 우리가 고맙죠. 덕분에 여기 오면 제 아내가 쉴 수 있어요." 첸 씨가 말했다.

"당신이 대신 다 해줘서 나는 점점 게을러지고 있어요." 첸 부인이 말했다.

나는 관심 받는 걸 즐기는 사람은 아니다. 칭찬을 받으면 그저 묵례하거나 아무 말도 하지 않는 편이 더 좋았다. 하지만 그 순간에는 묵례하며 무릎을 굽혀 인사하고는 "즐거운 시간 보내세요" 라고 말했다.

첸 부부는 엘리베이터에 올라탔고 문이 닫혔다.

로비는 적당히 붐볐다. 새 손님들이 도착했고 몇몇 사람은 체크아웃했다. 얼핏 보기에는 깨끗하고 정돈된 듯했다. 손봐야 할 곳이 없는 듯했다. 하지만 가끔씩 사이드 테이블에 신문을 어질러놓고 가버리는 손님이 있었다. 또한 깨끗한 대리석 바닥에 테이크아웃 컵을 버리는 손님도 있는데 그럴 경우에는 컵에 남아 있던 마지막 방울이 흘러 바닥에 음산한 얼룩을 남겼다. 그런 불운한 사태가 눈에 띌 때마다 나는 즉시 치운다. 엄밀히 말해 로비 청소는 내 일이 아니지만 스노우 씨 말대로 좋은 직원은 일을 찾아서 하는 법이다.

나는 카트를 밀며 소셜 바 앤드 그릴로 들어가 문 옆에 세워두었다. 로드니가 바 뒤에 앉아 바 테이블에 신문을 펼친 채 읽고 있었다.

나는 내가 자신감과 목적의식이 넘치는 여자임을 보여주려고 씩씩하게 걸어갔다.

"나 왔어."

로드니가 고개를 들었다.

"아, 몰리, 조간신문 가지러 왔어?"

"네 짐작이 전적으로 맞아."

매일 나는 청소를 시작할 때마다 객실에 놓아둘 신문 한 더미를 가져갔다.

"이거 봤어?"

로드니가 앞에 있는 신문을 가리키며 말했다. 그는 손목에 번쩍이는 롤렉스 시계를 차고 있었다. 나는 명품에 대해서는 잘 모르지만 롤렉스가 고가 브랜드라는 건 잘 알고 있다. 이는 스노우 씨가 바텐더로서 로드니의 뛰어난 재능을 인정하고 평균치보다 더 많은 보수를 준다는 뜻이리라.

나는 로드니가 가리키는 헤드라인을 보았다.

'블랙 제국을 뒤흔드는 가정불화.'

"좀 봐도 돼?"

"그럼."

로드니가 내 쪽으로 신문을 돌려주었다. 사진 몇 장이 실렸는데 가장 큰 사진에는 고급 더블브레스트 양복을 입은 블랙 씨가 그의 얼굴에 카메라를 들이미는 기자들을 팔로 막고 있었다. 그의 팔에 매달린 지젤은 머리부터 발끝까지 완벽하게 꾸민 차림새에 검은색 선글라스를 쓰고 있었다. 옷차림으로 보아 최근에 찍힌 사진 같았다. 혹시 어제 찍은 사진일까?

"블랙 가에 문제가 생긴 모양이야." 로드니가 말했다. "블랙 씨의 딸 빅토리아는 블랙 제국의 주식 49퍼센트를 소유한 주주인데 블랙 씨가 그 지분을 돌려받고 싶어 한대."

나는 기사를 훑어보았다. 블랙 씨에게는 장성한 세 자녀가 있는데 한 아들은 애틀랜틱시티에 살았고, 다른 아들은 태국과 버진 아일랜드 또는 파티가 있는 곳이면 어디든 오가며 살았다. 기사에서 블랙 부인(첫 번째 블랙 부인)은 두 아들을 '망나니'라고 표현하며 이렇게 말했다.

'블랙 프라퍼티스 앤 인베스트먼츠가 살아남는 유일한 길은 이미 이 기업의 실질적 경영자인 내 딸 빅토리아가 적어도 절반의 지분을 소유하는 주주가 되는 겁니다.'

기사는 블랙 씨와 전 부인 간에 벌어진 추잡한 법적 공방을 계속 설명했다. 블랙 씨나 딸의 편을 드는 다른 거물들도 언급되었다. 기사에는 2년 전 블랙 씨가 지젤(그의 나이의 절반도 안 되는 여자)과 재혼하면서 블랙 제국에 균열이 생겼을 거라고 암시했다.

"가여운 지젤." 내가 큰 소리로 말했다.

"그러게. 안 그래도 가뜩이나 힘든데." 로드니가 말했다.

그 말을 들으니 문득 궁금해졌다.

"지젤을 잘 알아?"

로드니는 신문을 휙 가져가 바 테이블 밑에 넣고 내가 가져갈 새 신문을 한 더미 꺼냈다.

"누구?"

"지젤."

"블랙 씨는 그 여자 혼자 이 바에 오는 것도 허락하지 않아. 아마 나보다는 네가 그 여자랑 더 많이 얘기했을걸."

그 말이 맞았다. 나는 지젤과 자주 이야기를 나눴다. 우리, 그러니까 악명 높은 부동산 거물의 후처로 젊고 아름다운 지젤 블랙과 하찮은 메이드인 나, 몰리 사이에는 최근 뜻밖에도 즐거운 유대감(감히 우정이라고 불러도 될까?)이 형성되었다. 하지만 이런 유대감을 떠벌리고 다니지는 않았다. 프레스턴 씨가 신사에 대해 했던 격언은 숙녀에게도 그대로 적용되는바 입 다물고 다니는 게 최선이기 때문이다.

나는 로드니가 대화를 이어가기를 기다리면서 침묵이 흐르도록 내버려둔다. 싱글이되 그다지 절박하지 않은 여자가 앞에 있는 좋은 신랑감에게 이성적인 관심이 있을 때 그러듯이. 로드니에게서는 베르가모트와 이국적이고 남성적이며 신비로운 향이 풍겼다.

대화는 이어지지 않았지만 나는 실망하지 않았다. 적어도 크게 실망하지는 않았다.

"몰리, 이거 신문."

로드니가 몸을 내밀며 바 테이블에 팔꿈치를 올리자 그의 팔 근육이 멋지게 불거졌다. (여기는 식탁이 아니라 바이므로 테이블에 팔꿈치를 올리면 예의에 어긋난다는 말이 적용되지 않는다.)

"그건 그렇고 몰리, 내 친구 후안 마누엘을 도와줘서 고마워. 넌 정말…… 특별한 여자야."

마치 할머니가 내 양 볼을 꼬집기라도 한 듯이 얼굴이 달아올랐다.

"널 위해서도 그렇게 했을 거야. 아마 더한 일도 했을걸. 친구 좋다는 게 뭐야. 안 그래? 무리해서라도 돕는 거지."

로드니는 내 손목에 손을 올리더니 은근슬쩍 꽉 잡았다. 그 느낌이 너무나 좋았고, 불현듯 누군가의 손이 내 몸에 닿은 지 정말 오래되었음을 깨달았다. 하지만 아쉽게도 로드니는 금세 손목을 놓았다. 나는 그가 좀 더 말하기를 기다렸다. 어쩌면 다시 데이트를 청하기를 기다렸는지도 모르겠다. 로드니 스타일스와의 두 번째 데이트야말로 내가 세상에서 가장 고대하는 일이었다. 그와 처음으로 데이트한 지 1년이 훌쩍 넘었고 지금까지 내 인생의 하이라이트로 남아 있다.

하지만 기다려도 소용없었다. 로드니는 커피 머신으로 몸을 돌리더니 커피를 새로 내렸다.

"그만 올라가봐. 안 그러면 체르노빌이 너한테 폭탄을 떨어뜨릴 거야." 로드니가 말했다.

나는 웃었다. 사실 웃음이라기보다 껄껄거리는 기침에 가까웠다. 셰릴을 비웃은 게 아니라 로드니의 말이 웃겨서 웃은 것이므로 아무 문제 없었다.

"너랑 이야기할 수 있어서 정말 좋았어. 다음에 또 얘기할 수 있지?" 내가 제안했다.

"물론이지. 난 일주일 내내 여기 있어(스탠드업 코미디언들이 농담을 한 뒤에 자주 쓰는 말로, 일주일 내내 여기서 공연하니 또 오라는 뜻이다-옮긴이). 하하."

"당연한 거 아니야?" 나는 덤덤하게 말했다.

"농담이야." 로드니가 윙크했다.

비록 농담은 이해할 수 없었지만 윙크는 확실히 이해했다. 나는 몸이 붕 뜬 기분으로 바에서 나와 청소 카트를 끌고 자리를 떴다. 귀에서 툭툭거리는 맥박 소리가 들렸다. 흥분한 심장이 펌프질을 해대는 소리였다.

나는 카트를 끌고 로비를 가로지르며 손님들을 볼 때마다 묵례했다.

"신중하면서도 예의 바르고 눈에 보이지 않지만 늘 존재하는 고객 서비스."

스노우 씨는 종종 그렇게 말했다.

나는 이 호텔에서 그런 매너를 교육받았는데 솔직히 말해서 그다지 힘들지 않았다. 이미 할머니에게 그런 행동 양식에 대해 많이 배웠기 때문일 것이다. 비록 그걸 완벽하게 연마할 기회는 호텔이 훨씬 많았지만.

엘리베이터를 타고 4층으로 올라가는 동안 머릿속에서 행복한 가락이 맴돌았다. 나는 블랙 부부의 객실, 401호 스위트룸으로 향했다. 막 노크하려는데 문이 벌컥 열리더니 블랙 씨가 튀어나왔다. 그의 트레이드마크인 더블브레스트 양복을 입었고, 왼쪽 가슴 포켓에 종이가 꽂혀 있었는데 삐죽 나온 부분에 멋 부려 쓴 작은 글씨체로 '양도 증서'라고 적혀 있었다. 블랙 씨가 너무 세차게 튀어나오는 바람에 나는 하마터면 그와 부딪쳐서 넘어질 뻔했다.

"비켜."

블랙 씨는 종종 그랬다. 나와 부딪칠 뻔하거나 날 투명인간 취급했다.

"죄송합니다, 블랙 씨. 즐거운 하루 보내세요."

나는 닫히려는 문을 향해 발을 밀어 넣었다가 그래도 노크는 하기로 마음먹고 외쳤다.

"하우스 키핑입니다!"

지젤은 목욕 가운을 입고 거실의 다이밴 소파에 앉아 양손에 머리를 묻고 있었다. 울고 있는 걸까? 확실하지 않았다. 길고 매끄러운 진갈색 머리카락은 헝클어져 있었다. 그렇게 헝클어진 머리카락을 보니 긴장이 되었다.

"지금 객실을 완전무결한 상태로 되돌려도 될까요?"

지젤이 고개를 들었다. 얼굴은 벌겋고 눈은 부어 있었다. 그녀는 유리 테이블에 있던 휴대전화를 집어 들더니 자리에서 일어나 욕실로 달려가 문을 쾅 닫았다. 이윽고 환풍기가 돌아가며 요란하게 털털거리는 소리가 났다. 시설부에 환풍기를 고쳐달라고 말해야겠다. 그다음에는 샤워기에서 물이 쏟아지는 소리가 났다.

"괜찮으시면 외출 준비하실 동안 객실을 청소하도록 하겠습니다!"

나는 욕실 문에 대고 큰 소리로 외쳤지만, 대답이 없었다.

"청소하겠다고요! 대답을 안 하셔서…….."

여전히 대답이 없었다. 이런 식의 행동은 지젤답지 않았다. 내가 청소할 때마다 꽤 수다스럽게 떠들어대던 그녀였다. 그녀는 나에게 자주 말을 걸었고, 그녀와 함께 있을 때면 나는 다른 사람에게서 거의 느끼지 못하는 감정을 느꼈다. 마치 집에서 할머니와 소파에 나란히 앉아 있을 때처럼 편안했다.

나는 다시 한번 큰 소리로 말했다.

"우리 할머니가 늘 말했거든요! 기분이 나아지는 최고의 방법은 청소라고요! 슬플 때는 먼지떨이를 들어라!"

하지만 털털 돌아가는 환풍기와 샤워기의 물소리 때문에 지젤은 내 말을 듣지 못했다.

나는 거실부터 청소하기로 했다. 테이블의 유리 상판은 얼룩과 지문으로 난장판이었다. 틈만 나면 주위를 지저분하게 만드는 인간의 성향은 언제 봐도 놀랍다. 나는 암모니아 병을 집어 들고 작업을 시작해 유리 테이블을 눈이 부실 정도로 반짝이게 되돌려놓았다.

거실을 훑어보니 커튼이 열려 있었다. 다행히 창문은 지문으로 더럽혀지지 않았다. 그거 하나는 다행이었다. 문 옆 서랍장 위에 봉투 몇 개가 열린 채 놓여 있었다. 봉투의 찢어진 모서리가 바닥에 떨어져 있었다. 나는 그걸 주워 쓰레기통에 버렸다. 봉투 옆에 금색 사슬 끈이 달린 노란색 가방이 있었다. 비싸 보였지만 지젤은 싸구려 가방인 양 내던지기 일쑤였다. 가방 위쪽의 지퍼가 열려 있고, 항공권 확인증이 삐져나와 있었다. 나는 염탐하는 사람은 아니었지만 거기 적힌 글씨가 저절로 눈에 들어왔다. 케이맨 제도로 가는 편도 항공권 두 장이었다. 이게 내 지갑이었다면 귀중품이 쏟아지지 않게 지퍼를 단단히 잠그고 다녔으리라. 나는 가방을 봉투와 나란히 두고 사슬로 된 끈도 가지런히 정돈했다.

다시 거실을 훑어보았다. 카펫이 많이 밟혀 있었다. 블랙 씨나 지젤 또는 둘 다 서성인 것처럼 카펫 양쪽 모두 털이 눌려 있었다. 나는 청소 카트에서 진공청소기를 꺼내 코드를 꽂았다.

"소음 죄송합니다!"

큰소리로 외치고는 일직선으로 청소기를 밀고 다녔다. 카펫 털이 다시 똑바로 세워져 가레산스이(물을 사용하지 않고 바위나 모래, 이끼만으로 만든 정원-옮긴이)의 모래에 새로 갈퀴질한 무늬처럼 청소기가 지나간 자국이 남을 때까지. 실제로는 일본 정원에 가본 적이 없지만 할머니와 나는 거실 소파에 나란히 앉아 그곳으로 여행을 떠나곤 했다.

"오늘 밤에는 어디로 떠날까?"

할머니는 가끔 그렇게 물었다.

"데이비드 애튼버러와 함께 아마존으로 갈까? 아니면 〈내셔널 지오그래픽〉과 함께 일본으로 갈까?"

그날 밤 나는 일본을 골랐고, 우리는 일본 정원에 대해 자세히 알게 되었다. 물론 할머니가 아프기 전의 일이다. 이제는 안락의자 여행을 떠날 수 없다. 케이블 방송은 물론 넷플릭스를 볼 돈조차 없기 때문이다. 돈이 있다고 해도 할머니와 함께 안락의자 여행을 떠났을 때와는 다를 것이다.

스노우 씨 사무실에 앉아 오늘 하루를 돌아보는 지금, 아침에 지젤이 욕실에 그렇게 오래 있었다는 게 새삼 정말 이상하다는 생각이 든다. 마치 나와 이야기하고 싶지 않아서 피하는 듯했다.

진공청소기로 카펫을 청소한 뒤에는 침실로 갔다. 침대는 헝클어져 있었고, 베개 위에는 팁이 없었다. 실망이었다. 솔직히 말해서 요즘은 블랙 부부의 후한 팁에 의존해서 살았다. 이제는 나 혼자 돈을 벌고, 집세를 내줄 할머니가 없기 때문에 지난 몇 달은 두 사람 덕분에 버틸 수 있었다.

나는 침대 시트를 벗기고 빳빳한 새 시트를 간 다음, 모서리를 깔끔하게 접어서 매트리스 밑에 넣고, 마지막으로 네 개의 볼록한 베개를 올려놓았다. 호텔 규정대로 딱딱한 베개 두 개와 푹신한 베개 두 개. 남편과 아내에게 각각 두 개씩. 벽장 문이 열려 있었지만 닫을 수가 없었다. 벽장 안의 금고가 열려 있었기 때문이다. 금고 안에는 여권이 두 개가 아닌 하나가 있었고, 법적 문서로 보이는 서류, 그리고 돈다발이 있었다. 100달러짜리 빳삭한 신권이 적어도 다섯 다발은 되었다.

심지어 나 자신에게도 인정하기 싫었지만 요즘 돈에 쪼들리고 있었다. 그 사실이 자랑스럽지는 않아도 금고 속 돈다발이 날 유혹한 것은 사실이었다. 너무 큰 유혹인지라 나는 최대한 빠르게 침실 청소를 마저 끝냈다. 신발을 가지런히 놓고, 네글리제는 개켜서 화장대 의자에 걸쳐놓고 등등. 그러고는 침실에서 나와 스위트룸의 다른 방도 재빨리 청소했다.

다시 거실로 돌아가 바와 소형 냉장고를 살펴보았다. 미니어처 봄베이진 다섯 병과(아마 지젤이 마셨으리라) 미니어처 스카치 세 병이(이건 틀림없이 블랙 씨다) 사라졌다. 나는 병을 다시 채워 넣고 쓰레기통을 모두 비웠다.

마침내 샤워기가 꺼지고 환풍기도 꺼지더니 의심의 여지 없이 지젤이 흐느끼는 소리가 들렸다.

그녀가 너무 슬피 울길래 나는 청소를 다 마쳤다고 말하고는 청소 카트에서 화장지를 꺼내 욕실 문 앞에서 기다렸다.

마침내 지젤이 포근한 호텔 전용 목욕 가운을 입고 욕실에서 나왔다. 나는 저 가운을 입으면 어떤 느낌일지 늘 궁금했다. 틀림없이 구름이 안아주는 느낌이리라. 머리에도 목욕 수건을 감아 완벽하게 돌돌 말았다. 내가 좋아하는 특별 간식인 소프트아이스크림처럼.

나는 그녀에게 화장지를 내밀며 말했다.

"이슈가 있을 때는 티슈가 필요하죠."

지젤이 한숨을 쉬며 말했다.

"다정하기도 하지. 하지만 티슈로는 해결이 안 돼."

지젤에 날 돌아서 침실로 들어가더니 옷장을 뒤지는 소리가 났다.

"괜찮으세요? 제가 도와드릴 일은 없을까요?"

"오늘은 괜찮아, 몰리. 지금은 아무 기운도 없어."

지젤의 목소리는 평소와 달랐다. 바람 빠진 타이어가 말할 수 있다면 그런 목소리일 것이다. 물론 만화에서나 가능하겠지만.

지젤이 무척 속상한 상태라는 게 분명했다.

"알겠습니다." 나는 쾌활한 목소리로 말했다. "지금 욕실을 청소해도 될까요?"

"아니, 몰리, 미안하지만 지금은 하지 말아줘."

나는 날 빨리 내보내려고 그러는 거라고는 생각하지 않았다.

"그럼 이따가 다시 와서 청소할까요?"

"좋은 생각이야."

나는 그녀의 칭찬에 무릎을 굽혀서 인사한 다음 청소 카트를 끌고 스위트룸에서 나갔다.

4층의 다른 객실과 스위트룸을 청소하기 시작했는데 갈수록 불안해졌다. 대체 지젤이 왜 저럴까? 평소에는 오늘 자기가 어디 갈 것인지, 뭘 할 것인지 내게 다 이야기했다. 이걸 입어야 할지, 저걸 입어야 할지 내 의견을 묻기도 했다. "몰리 메이드, 너처럼 유능한 메이드는 없어. 넌 최고야. 그걸 절대 잊지 마" 같은 기분 좋은 말도 해주었다. 나는 그런 말을 들으면 얼굴이 달아오르곤 했다. 친절한 말을 들을 때마다 어깨가 조금씩 펴졌다.

내게 주는 팁을 잊어버렸다는 것 또한 지젤답지 않았다.

그때 머릿속에서 할머니의 목소리가 들렸다.

'살다 보면 누구나 힘든 날이 있다. 하지만 좋은 날은 없고 늘 힘든 날만 있다면 인생을 돌아봐야 해.'

나는 조금 떨어진 첸 부부의 객실로 가다가 그 방에 막 들어가려는 셰릴을 보았다.

"내가 네 대신 시트를 미리 벗겨서 지하로 가져가려던 참이었어. 특별히 널 배려해서 말이야." 셰릴이 말했다.

"괜찮아요. 제가 할게요."

나는 카트를 밀며 셰릴 옆으로 지나갔다.

"그래도 마음 써줘서 고마워요."

그러고는 문을 밀치며 방으로 들어갔고, 그녀의 찡그린 얼굴 앞에서 문이 저절로 탁 닫히도록 내버려두었다.

침실 베개에는 빠삭한 20달러 지폐가 있었다. 날 위한 팁이었다. 내 노동과 존재, 나아가 내가 필요하다는 사실을 인정한다는 의미였다.

"이런 게 진짜로 마음 써주는 거야, 셰릴."

나는 20달러 지폐를 접어 주머니에 넣으며 큰 소리로 말했다. 청소하는 동안 만약 셰릴이 내가 맡은 객실에서 팁을 훔쳐 가는 현장을 직접 목격하게 된다면 어떻게 할지 실컷 상상해보았다. 나는 그녀의 얼굴에 표백제 스프레이를 뿌리고, 목욕 가운 끈으로 목을 조른 다음, 발코니에서 밀어버릴 것이다.

3

스노우 씨 사무실을 향해 다가오는 발소리가 들린다. 나는 끽끽 소리가 나고 등받이가 높은 적갈색 가죽 의자에 얌전히 앉아 있다. 여기 얼마나 오래 있었는지 모르겠지만 체감하기로는 120분이 넘는 듯하다. 여러 생각과 회상으로 주의를 돌리려고 해도 점점 더 불안해질 뿐이다. 그때 스노우 씨가 들어온다.

"몰리, 기다려줘서 고맙네. 자네 정말 참을성이 뛰어나군."

그제야 나는 스노우 씨 뒤에 다른 사람, 암청색 옷을 입은 형체가 있음을 깨닫는다. 형체가 앞으로 나온다. 여자 형사다. 체구가 크고 운동선수처럼 어깨가 떡 벌어져서 당당해 보인다. 그녀의 눈이 어딘가 마음에 들지 않는다. 나는 사람들에게 투명인간 취급을 받는 데 익숙한데 이 형사는 날 똑바로(감히 말하건대 꿰뚫어) 본다. 내가 아주 불안해질 정도로. 손에 든 찻잔은 차디차고, 내 손도 얼음장 같다.

"몰리, 여긴 스타크 형사님이야. 형사님, 이쪽은 몰리 그레이입니다. 블랙 씨를 발견한 직원이죠."

형사에게 인사할 때의 지침이 무엇인지 잘 모르겠다. 사업가, 국가 원수, 인스타그램 유명인에게 인사하는 법은 배웠지만 형사를 만났을 때 인사하는 법은 배운 적이 없다. 내 독창성과 예전에 〈형사 콜롬보〉 드라마를 본 기억에 의존할 수밖에 없다.

나는 자리에서 일어난다. 그제야 아직 찻잔을 들고 있음을 깨닫고 스노우 씨의 마호가니 책상으로 가서 찻잔을 내려놓으려는데 컵 받침이 없다. 반대편 선반에 있는 컵 받침이 눈에 띈다. 선반에는 닦으려면 힘들지만 바라보기에는 흐뭇한, 화려한 가죽 장정 책이 가득 꽂혀 있다. 나는 컵 받침을 집어 들고 스노우 씨 책상으로 돌아가 모서리에 딱 맞춰서 사각형 컵 받침을 내려놓은 다음, 장미가 그려진 찻잔을 그 위에 놓는다. 차가운 차를 한 방울도 흘리지 않으려고 조심하면서.

"자."

나는 형사에게 다가가 그녀의 총기 있는 눈을 바라본다.

"안녕하세요, 형사님."

나는 텔레비전에서 본 대로 그렇게 말하고는 한 발을 다른 발 뒤에 놓고 무릎을 살짝 굽혔다 펴며 묵례한다.

형사는 스노우 씨를 힐끗 보고는 다시 날 본다.

"하루 종일 힘드셨겠어요."

형사의 목소리에서 온기가 느껴지는 것 같다.

"아, 힘들기만 한 건 아니었어요. 마침 오늘 하루를 돌이켜보는 중이었거든요. 사실 전반적으로 즐거운 날이었답니다. 대략 3시 전까지는요."

형사는 다시 스노우 씨를 바라본다.

"충격을 받아서 그렇습니다. 충격." 스노우 씨가 말한다.

그 말이 맞을지도 모른다. 불현듯 어떤 생각이 떠올랐는데 이 걸 꼭 말해야만 할 것 같다.

"스노우 씨, 차와 맛있는 쇼트브레드 비스킷을 내주셔서 감사 합니다. 이걸 직접 가져오셨나요? 아니면 다른 사람이 가져왔나 요? 둘 다 정말 훌륭했어요. 쇼트브레드가 어디 건지 물어봐도 될까요?"

스노우 씨가 헛기침을 하더니 입을 열었다.

"둘 다 우리 호텔 주방에서 직접 만든 거야, 몰리. 다음에 기꺼 이 또 대접하도록 하지. 하지만 지금은 그보다 더 중요한 이야기 를 해야 하네. 지금 스타크 형사님이 자네에게 몇 가지 질문을 하 실 거야. 자네가 어떻게 맨 처음 객실에 들어가서 블랙 씨의······ 그······."

"시신이요." 내가 거들었다.

스노우 씨는 반질반질하게 닦은 자신의 구두를 내려다본다.

형사는 가슴 앞에서 팔짱을 낀다. 그녀의 눈이 의미심장하게 내 눈을 파고드는데 정확히 무슨 의미인지 모르겠다. 할머니가 있다면 물어봤으리라. 하지만 할머니는 없다. 앞으로도 계속 없 을 것이다.

"몰리." 스노우 씨가 말한다. "자넨 곤경에 처한 게 아니야. 하 지만 형사님은 증인인 자네와 이야기하고 싶어 하네. 그 현장에 서 또는 오늘 어디선가 자네가 수사에 도움이 될 만한 사소한 무 언가를 봤을 수 있어."

"수사요? 블랙 씨가 어떻게 죽었는지 짐작 가는 게 있으신가요?"

스타크 형사가 헛기침을 한다.

"지금 시점에서는 아무것도 짐작하지 않습니다."

"현명하시네요. 그러니까 블랙 씨가 살해되었다고 생각하지 않으시는 거죠?"

스타크 형사의 눈이 커진다.

"살해되었다기보다는 심장마비로 죽은 것 같더군요. 눈가에 심장마비 증상과 일치하는 점상출혈이 있어서요."

"점상출혈이요?" 스노우 씨가 물었다.

"눈가에 생기는 작은 멍이죠. 심장마비가 일어나는 동안 생깁니다. 하지만…… 다른 이유로 생길 수도 있고요. 지금으로서는 아무것도 확실하지 않아요. 타살(foul play) 가능성을 배제하기 위해 철저히 수사할 거예요."

'파울 플레이(foul play, 한 단어로 타살을 의미한다-옮긴이)'라는 말을 들으니 할머니가 즐겨 하던 정말 웃긴 농담이 생각난다. 닭들이 공연하는 〈햄릿〉을 뭐라고 부를까? 파울 플레이(fowl play, 발음은 같지만 여기서 fowl은 가금류를, 플레이는 연극을 의미한다-옮긴이).

나는 그 생각이 나서 빙그레 웃는다.

"몰리, 지금 얼마나 심각한 상황인지 알고 있나?"

스노우 씨가 눈살을 찌푸린 채 말한다.

나는 그제야 내 실수를, 상대가 내 미소를 오해할 수 있음을 깨닫는다.

"죄송합니다, 매니저님. 웃기는 농담이 생각났어요."

형사는 팔짱을 풀고 두 손으로 허리를 딱 짚는다. 이번에도 그녀는 날 뚫어지게 보며 말한다.

"서까지 동행해주면 좋겠어요, 몰리. 참고인 진술이 필요해요."

"유감이지만 그건 불가능해요. 아직 근무가 끝나지 않았고, 스노우 씨는 제가 메이드로서 맡은 일을 다 해내기를 바라실 거예요."

"아, 괜찮네, 몰리." 스노우 씨가 말한다. "지금은 예외적인 상황이고, 난 자네가 스타크 형사를 꼭 도왔으면 하네. 풀타임 근무로 쳐줄 테니 보수는 걱정하지 말고."

그 말을 들으니 안심이다. 현재 재정 상황으로는 수입이 줄어드는 걸 감당할 수가 없다.

"정말 감사합니다, 스노우 씨."

나는 이내 다른 생각이 떠오른다.

"그러니까 제가 지금 곤란한 상황에 처한 건 아니죠?"

"당연하지. 그렇죠, 형사님?" 스노우 씨가 말한다.

"네, 전혀 아니에요. 오늘 당신이 뭘 봤는지, 평소와 다른 점은 무엇이었는지 알고 싶을 뿐이에요. 특히 현장에서요."

"블랙 씨의 스위트룸 말인가요?"

"네."

"죽은 블랙 씨를 발견했을 때요?"

"음, 그렇죠."

"알겠습니다. 제가 쓴 찻잔은 어디에 둘까요, 스노우 씨? 주방에 돌려주고 가는 게 좋겠죠? '손님 눈에 띌 쓰레기를 절대 그대로 두지 마라.'"

나는 최근에 직무 능력 향상 세미나에서 스노우 씨가 한 말을
인용한다. 하지만 안타깝게도 스노우 씨는 내 재치 넘치는 응수
를 알아주지 않는다.

"찻잔은 내가 치울 테니 걱정하지 말게." 그가 말한다.

그 말이 끝나자마자 형사는 날 데리고 스노우 씨의 사무실에
서 나가 리전시 그랜드의 훌륭한 로비를 가로질러 직원 전용 문
으로 나간다.

나는 경찰서에 있다. 리전시 그랜드나 할머니의 집이 아닌 제3의 장소에 다른 곳에 있으니 기분이 이상하다. 이제는 할머니의 집이 아니라 '내 집'이라고 해야 하지만 아직 그 말이 잘 나오지 않는다. 내가 집세를 낼 수 있는 한 오로지 나만의 집이다.

지금은 평생 한 번도 와본 적이 없는 곳에 있다. 오늘 오게 되리라고는 꿈에도 생각하지 못한 곳이다. 콘크리트 벽돌을 쌓아 만든 비좁은 흰색 방으로 의자 두 개와 테이블 하나뿐이고 왼쪽 천장 구석에 카메라가 달려 있다. 카메라의 빨간 불이 날 보며 깜박거린다. 천장에 달린 형광등은 너무 강렬하고 눈부시다. 나는 인테리어와 옷에 있어서는 눈부신 흰색을 좋아하지만 이 방에는 어울리지 않는다. 흰색은 깨끗한 방에만 어울린다. 분명히 말하는데 이 방은 전혀 깨끗하지 않다.

직업병인지 모르겠지만 내게는 다른 사람은 못 보는 먼지까지 보인다. 검은 서류 가방을 주기적으로 문질러서 생긴 듯한 벽의 얼룩, 내 앞의 흰 테이블에 찍힌, O자 모양의 갈색 커피잔 자국 두 개, 문손잡이 주위에 마구 찍힌 회색 엄지 지문, 어느 경찰의 젖은 신발이 바닥에 남긴 기하학적 무늬의 발자국.

스타크 형사는 몇 분 전에 날 이 방에 두고 나갔다. 차를 타고 오는 동안 우리는 즐거운 시간을 보냈다. 고맙게도 그녀는 내가 조수석에 앉게 해주었다. 천만다행히도 나는 용의자가 아니었으므로 뒷좌석에 앉아야 할 이유가 없었다. 스타크 형사는 차에서 잡담을 나누려고 했지만 나는 그런 데에 서투르다.

"리전시 그랜드에서 일한 지 얼마나 됐죠?" 그녀가 물었다.

"오늘로 4년 13주하고 닷새요. 하루 정도는 틀렸을지 모르지만 그 이상은 차이가 나지 않을 거예요. 달력을 보여주시면 정확히 말씀드릴 수 있어요."

"아, 그 정도면 충분해요."

스타크 형사는 잠시 천천히 고개를 저었고, 나는 내가 쓸데없는 정보를 주었다는 뜻으로 받아들였다. 스노우 씨는 내게 '키스(KISS)'를 가르쳐줬는데, 여러분이 알고 있는 그 키스가 아니다. '간단히 말해, 멍청아(Keep It Simple, Stupid)'의 약자다. 정확히 말해서 스노우 씨가 날 '멍청아'라고 부르지는 않았다. 그저 가끔씩 내가 너무 자세히 설명한다는 암시였고, 나는 그게 사람들을 짜증 나게 할 수 있음을 알게 되었다.

경찰서에 도착하자 스타크 형사가 안내 데스크를 지키는 순경에게 인사했다. 훌륭한 행동이었다. 나는 이른바 상사라고 하는 사람들이 아랫사람에게 인사하는 것을 높게 평가한다. "지위가 높은 사람이건 낮은 사람이건 기본 예의는 지켜야 하는 거야"라고 할머니는 말하곤 했다.

경찰서에 도착한 뒤에 스타크 형사는 뒤쪽에 있는 작은 방으로 날 안내했다.

"이야기를 시작하기 전에 마실 것 좀 드릴까요? 커피?"

"홍차도 있나요?"

"있는지 볼게요."

그녀가 스티로폼 컵을 들고 돌아온다.

"미안한데 우리 경찰서에는 홍차가 없네요. 대신 물을 좀 가져왔어요."

스티로폼 컵. 나는 스티로폼을 혐오한다. 소리가 나는 것도 싫고, 먼지가 잘 달라붙는 것도 싫다. 손톱으로 조금만 긁어도 자국이 영원히 남는다. 하지만 예의 바르게 굴어야 했으므로 유난 떨지 않을 것이다.

"고맙습니다."

스타크 형사는 헛기침을 하고 내 맞은편에 앉는다. 노란색 노트 패드와 빅(Bic) 볼펜을 가져왔는데 볼펜 뚜껑에는 이로 잘근잘근 씹은 자국이 있다. 나는 그 뚜껑에 우글거릴 세균은 생각하지 않으려 한다. 스타크 형사는 노트 패드를 테이블에 내려놓고 그 옆에 펜을 놓는다. 그러고는 몸을 앞으로 내밀어 다시 날 뚫어지게 보며 말한다.

"당신은 곤란한 상황에 처한 게 아니에요, 몰리. 그걸 알아줬으면 좋겠어요."

"잘 알고 있어요."

노란색 노트 패드는 테이블 모서리에서 47도 정도 비뚜름하게 놓여 있다. 그 불일치를 바로잡으려고 나도 모르게 손이 나가 노트 패드를 모서리와 딱 맞게 놓는다. 펜도 비뚜름하게 놓였지만 지구상의 어떤 힘을 동원해도 내가 그 볼펜을 만지는 일은 없을 것이다. 스타크 형사는 고개를 갸웃한 채 날 지켜본다. 야박하게 들릴지 모르지만 그 모습이 꼭 숲에서 나는 소리를 들으려고 귀를 쫑긋 세운 대형견 같다. 마침내 그녀가 입을 연다.

"스노우 씨 말이 맞는 것 같네요. 당신은 충격을 받은 상태예요. 충격에 빠진 사람들이 감정을 표현하기 힘들어하는 건 매우 흔한 증상이죠. 전에도 본 적이 있어요."

스타크 형사는 내가 어떤 사람인지 전혀 모른다. 스노우 씨가 나에 대해 제대로 말하지 않은 것 같다. 스타크 형사는 내가 죽은 블랙 씨를 발견하고 충격을 받아 이상한 행동을 한다고 생각하는 모양이다. 내가 충격을 받은 건 맞지만 지금은 몇 시간 전보다 기분이 훨씬 나아졌고, 지금 내 행동은 평소와 별로 다르지 않다.

내가 진실로 원하는 건 집에 가서 맛있는 홍차를 마시고, 로드니에게 오늘 있었던 일을 문자로 알리는 것이다. 그가 어떻게 해서든 날 위로해주거나 다시 데이트를 신청하지 않을까 하는 희망을 품고서. 설사 그렇게 되지 않는다고 해도 세상이 끝나는 건 아니다. 나는 욕조 목욕을 하거나 애거사 크리스티 소설을 읽을 것이다. 할머니는 애거사 크리스티 소설을 엄청 많이 구입했는데 나는 전부 다 한 번 이상 읽었다.

나는 스타크 형사에게 이런 생각은 일절 말하지 않기로 하고 대신 새빨간 거짓말은 하지 않는 한도 내에서 동의해준다.

"아마 형사님 말이 맞을 거예요. 제 행동이 이상하다고 생각하신다면 죄송합니다."

"충분히 이해합니다."

스타크 형사는 그렇게 말하고는 입꼬리를 올려 미소 짓는다. 적어도 내 눈에는 미소로 보인다. 확신은 못 하겠지만.

"오늘 오후 블랙 씨의 스위트룸에 들어갔을 때 뭘 봤죠? 평소와 다르거나 잘못된 게 있었나요?"

매일 근무할 때마다 나는 '평소와 다르거나 잘못된 것'을 숱하게 마주한다. 비단 블랙 씨의 방에서만이 아니다. 오늘은 3층 객실에서 벽에 고정해둔 커튼 봉이 떨어져 있었고, 4층 객실에서는 욕실 선반에 휴대용 쿠커가 버젓이 놓여 있는가 하면, 두 사람만 잘 수 있는 객실에서 여섯 명의 여자가 킥킥거리며 침대 밑에 에어매트리스를 감추려 했다. 나는 메이드로서의 의무를 다해 이 모든 위반 사례(이것 말고도 더 있었다)를 스노우 씨에게 보고했다.

"리전시 그랜드의 품격을 유지하려는 자네의 헌신은 끝이 없군."

스노우 씨는 그렇게 말했지만 미소 짓지 않았다. 그의 입술은 완벽한 일직선을 유지했다.

"감사합니다."

나는 내 보고에 꽤 뿌듯해하며 대답했다.

스타크 형사가 정말로 알고 싶어 하는 건 무엇일까? 나는 어디까지 알려줄 준비가 되었을까?

"형사님, 오늘 오후에 제가 들어갔을 때 블랙 씨의 스위트룸은 평소처럼 어질러져 있었어요. 머리맡 테이블의 약을 제외하고는 평소와 다른 점도 별로 없었고요."

나는 일부러 약을 언급했다. 아무리 멍청한 수사관이라고 해도 현장에서 약병은 보았을 테니 말이다. 하지만 그 외의 다른 것, 그러니까 바닥에 떨어진 목욕 가운이라든가 문이 열린 금고, 사라진 돈다발, 항공권 확인증, 내가 두 번째로 스위트룸에 갔을 때 사라진 지젤의 가방은 이야기하고 싶지 않았다. 블랙 씨의 침실 거울에서 본 것도.

나는 살인 사건이 나오는 드라마를 워낙 많이 본 터라 유력한 용의자로 몰리는 사람들이 누구인지 잘 알고 있다. 그중에서 첫 번째가 종종 배우자인데 지젤이 조금이라도 의심받는 것만은 절대 피하고 싶다. 지젤은 이 모든 일에 아무런 잘못이 없으며 내 친구이기도 하다. 나는 지젤이 걱정된다.

"지금 그 약을 조사하는 중입니다." 형사가 말한다.

"그건 지젤의 약이에요." 나도 모르게 그렇게 말한다.

내 입에서 지젤의 이름이 튀어나오다니 믿을 수가 없다. 어쩌면 정말로 충격을 받은 상태인지도 모르겠다. 입과 생각이 평상시와 달리 따로 놀기 때문이다.

"그걸 어떻게 알죠? 약병에는 아무것도 붙어 있지 않던데요."

형사가 노트 패드에 무언가를 적으며 고개를 숙인 채 물었다.

"지젤의 세면도구는 전부 제가 관리하니까요. 욕실을 청소할 때 세면도구를 일렬로 세워두거든요. 길이가 긴 것부터 짧은 것 순서대로. 가끔씩 손님에게 선호하는 다른 정돈법이 있는지 물어보기는 하지만요."

"다른 정돈법이요?"

"네, 이를테면 화장품, 의약품, 여성용품으로 분류한다든 가……."

스타크 형사의 입이 살짝 벌어진다.

"아니면 면도용품, 모이스처라이저, 헤어 토닉, 이런 식으로요. 무슨 말인지 아시죠?"

스타크 형사는 너무 오랫동안 말이 없다. 무슨 이런 바보가 있 냐는 눈으로 날 바라본다. 이 간단한 논리조차 이해하지 못하는 사람은 본인인데도. 사실 내가 약의 주인이 지젤임을 아는 이유 는 청소하는 동안 그녀가 그 약을 입에 넣는 걸 몇 번 봤기 때문 이다. 심지어 물어본 적도 있었다.

"이거? 내가 흥분했을 때 마음을 가라앉혀주는 약이야. 하나 줄까?" 지젤은 그렇게 말했다.

나는 공손히 거절했다. 약은 아플 때만 먹는다. 남용했을 때 무 슨 일이 일어날지 뼈저리게 알고 있다.

스타크 형사가 질문을 계속한다.

"블랙 씨의 스위트룸에 도착했을 때 곧장 침실로 갔나요?"

"아뇨, 그건 우리 호텔 지침에 어긋나요. 안에 사람이 있을지 도 모른다고 생각해서 우선 제가 왔다는 걸 알렸죠. 나중에 보니 제 짐작이 완벽하게 맞았지만요."

형사는 날 바라볼 뿐 아무 말도 하지 않는다.

나는 기다리다가 말한다.

"안 적으시나요?"

"뭘요?"

"방금 제가 한 말이요."

스타크 형사는 속내를 알 수 없는 표정으로 날 보더니 볼펜을 집어 들고 내 말을 적은 다음 노트 패드 위에 펜을 탁 내려놓고 묻는다.

"그다음에는요?"

"음, 대답하는 사람이 없어서 조심스럽게 거실로 들어갔죠. 꽤나 어질러져 있더군요. 청소하고 싶었지만 먼저 객실을 마저 둘러보는 게 맞겠다는 생각이 들었죠. 침실로 들어갔더니 블랙 씨가 침대에 누워 있었어요. 낮잠을 자는 것처럼요."

스타크 형사가 휘갈겨 쓰는 동안 이로 씹은 볼펜 꼭지가 날 향해 위협적으로 흔들린다.

"계속하세요." 그녀가 말한다.

나는 블랙 씨에게 다가가 숨을 쉬는지, 맥박이 뛰는지 확인했지만 둘 다 느끼지 못했으며 프런트 데스크에 도와달라고 전화한 일을 설명한다. 전부 다는 아니더라도 거의 다.

이제 스타크 형사의 볼펜이 맹렬하게 움직이고 그녀는 가끔씩 글을 쓰다 말고 날 올려다본다. 세균 공장인 볼펜 뚜껑을 입에 넣으면서.

"하나만 묻죠. 평소에 블랙 씨와 가까웠나요? 그분과 대화를 나눈 적이 있어요? 청소와 관련된 이야기 말고요."

"아뇨, 블랙 씨는 늘 냉담했어요. 술을 많이 마셨고 절 좋아하지 않는 것 같았죠. 그래서 전 가능한 한 그분을 피해 다녔어요."

"지젤 블랙은요?" 형사가 묻는다.

나는 지젤을 생각한다. 우리가 이야기를 나눴던 그 모든 시간, 공유했던 은밀한 이야기들. 우정은 그렇게 쌓이는 것이다. 한 번에 사소한 진실을 하나씩 털어놓으며.

나는 지젤을 처음 만난 몇 달 전을 떠올린다. 그전에도 블랙 부부의 스위트룸을 자주 청소하기는 했지만 지젤을 만난 적은 한 번도 없었다. 그때가 아침이었는데 아마 9시 30분쯤 되었으리라. 문을 두드렸더니 지젤이 열어주었다. 그녀는 새틴 또는 실크로 만든 가운을 입고 있었고, 진갈색 머리카락은 완벽한 웨이브를 이루며 어깨로 흘러내렸다. 저녁에 할머니와 나란히 앉아서 보곤 했던 옛날 흑백 영화 속 신인 여배우가 생각났다. 하지만 지젤에게는 고전적인 동시에 아주 현대적인 면도 있어서 마치 두 세상 사이에 걸쳐 있는 듯했다.

그녀는 들어오라고 했고, 나는 고맙다고 인사하며 그녀에게 등을 돌린 채 카트를 끌고 들어갔다.

"난 지젤 블랙이에요."

그녀가 손을 내밀었고, 나는 어찌해야 할지 몰랐다. 대다수 손님은 메이드와 접촉하기를 꺼리며 특히 손은 만지지 않으려 한다. 그들은 우리에게 다른 사람의 때가 묻었다고 생각할 뿐 절대 자기들 때도 묻었다는 사실은 생각하지 않는다. 하지만 지젤은 그렇지 않았다. 그녀는 다른 사람과 달랐다. 늘 그랬다. 아마 그래서 내가 그녀를 그토록 좋아했으리라. 나는 카트 속 새 수건에 얼른 양손을 닦고 그녀와 악수했다.

"만나 뵙게 돼서 정말 기쁩니다."

"이름이?"

나는 또 한 번 당황했다. 내게 이름을 묻는 손님은 거의 없었다.

"몰리라고 합니다."

나는 그렇게 웅얼거리고는 무릎을 굽혀 인사했다.

"메이드 이름이 몰리라고? 진짜 웃긴다!"

지젤이 폭소를 터뜨렸다.

"정말이에요, 사모님."

나는 신발을 내려다보며 대답했다.

"아, 난 '사모님'이 아니에요. 오랫동안 사모님으로 살지 않았어요. 지젤이라고 불러요. 매일 이 난장판을 청소하게 해서 미안해요. 나랑 찰스가 좀 지저분한 성격이라서. 하지만 자기가 왔다가면 문을 열 때마다 방이 깨끗해져서 너무 좋아. 매일 새로 태어나는 것 같다니까."

지젤은 내 노력을 알아차렸고 인정했으며 고마워했다. 그 순간 나는 투명인간이 아니었다.

"뭐든지 시켜만 주세요…… 지젤."

지젤은 미소 지었다. 고양이 같은 초록색 눈까지 함께 웃는 진짜 미소였다.

나는 얼굴이 달아올랐다. 이제 뭘 해야 할지, 무슨 말을 해야 할지 몰랐다. 이렇게 지체 높은 손님과 대화를 나누는 건 매일 있는 일이 아니었다. 또한 손님이 내 존재를 인정해주는 것도 매일 있는 일이 아니었다.

나는 깃털 먼지떨이를 집어 들고 청소를 시작하려 했지만 지
젤은 대화를 이어나갔다.

"말해봐, 몰리. 매일 나 같은 사람들의 방을 청소하는 메이드
로 사는 건 어때?"

지금까지 그런 질문을 한 손님은 한 명도 없었다. 서비스 예법
을 다룬 스노우 씨의 포괄적인 직무 능력 향상 세미나에서도 들
어보지 못한 질문에는 어떻게 대답해야 할까?

"메이드 일은 힘들어요. 하지만 객실을 새 방처럼 만들어놓고
슬그머니 빠져나가 연기처럼 사라지는 게 즐겁더라고요."

지젤은 다이밴 소파에 앉아 손가락 두 개로 밤색 머리카락을
빙빙 돌렸다.

"그렇게 눈에 띄지 않고 연기처럼 사라질 수 있다니 믿기지가
않네. 나한테는 사생활도 인생도 없거든. 어딜 가든 사람들이 내
얼굴로 카메라를 들이밀지. 게다가 우리 남편은 폭군이야. 부자
와 결혼하면 모든 문제가 해결될 줄 알았는데 막상 결혼하고 나
니 아니더라고. 전혀 아니야."

나는 말문이 막혔다. 이 상황에서 적절한 대답은 뭘까? 지젤이
다시 말을 이었기 때문에 나는 생각할 시간이 없었다.

"그러니까 간단히 말해서, 몰리, 내 인생은 시궁창이라는 거야."

지젤은 소파에서 일어나 미니바로 가더니 미니어처 봄베이진
을 한 병 꺼내 유리잔에 따랐다. 그러고는 잔을 들고 다시 소파로
돌아가 털썩 앉았다.

"우린 누구나 문제가 있죠."

"정말? 자기는 문제가 뭔데?"

이번에도 역시 준비되지 않은 질문이었다. 나는 할머니의 충고를 떠올렸다.

'정직이 최선의 방책이란다.'

"음." 나는 말문을 열었다. "전 남편은 없지만 한동안 남자 친구가 있었는데 그 사람 때문에 지금도 돈에 쪼들리고 있어요. 제 정인은…… 알고 보니…… 썩어빠진 종자였어요."

"정인에 썩어빠진 종자라니, 자기 말투가 좀 웃긴다. 그거 알아?" 지젤은 술을 꿀꺽 마셨다. "할머니 같아. 여왕님 같기도 하고."

"우리 할머니 때문이에요. 전 할머니 손에 자랐거든요. 할머니는 공식적으로 많이 배운 분은 아니세요. 고등학교까지만 다니고 평생 남의 집을 청소하셨죠. 아파서 그만두기 전까지는요. 하지만 혼자 공부하셨어요. 모르는 게 없으셨죠. 할머니는 세 가지 E가 중요하다고 하셨어요. 에티켓(Etiquette), 유창한 언변(Elocution), 학식(Erudition). 제게도 많은 걸 가르쳐주셨죠. 사실 제가 아는 건 전부 할머니께 배웠어요."

"흠."

"할머니는 늘 공손하게 행동하고 사람들을 존중해야 한다고 하셨어요. 중요한 건 사회적 지위가 아니라 행실이라고요."

"그래, 이해했어. 나도 자기 할머니를 만났더라면 좋아했을 거야. 할머니가 그렇게 말하라고 가르친 거야? 〈마이 페어 레이디〉에 나오는 일라이자처럼 우아하게?"

"네, 그런 것 같아요."

지젤은 소파에서 일어나 내 바로 앞에 서더니 턱을 치켜들고 유심히 바라보았다.

"자기 피부 끝내준다. 백옥 같아. 난 자기가 마음에 들어, 메이드 몰리. 조금 이상하지만 그래도 좋아."

그녀는 급히 침실로 달려가 갈색 남자 지갑을 들고 오더니 안을 뒤져서 100달러짜리 새 지폐를 꺼내 내 손에 쥐여주었다.

"받아. 팁이야."

"아뇨, 이렇게 큰돈은……."

"그이는 돈이 없어진 줄도 모를 거야. 설사 안다고 한들 어쩌겠어? 날 죽이기라도 하겠어?"

나는 손안의 지폐를 내려다보았다. 빳빳하고 깃털처럼 가벼웠다.

"감사합니다."

나는 간신히 쉰 목소리로 속삭였다. 이제껏 내가 받은 팁 중에서 가장 거액이었다.

"천만에, 별거 아니야." 지젤이 말했다.

지젤과 나의 우정은 그렇게 시작되었다. 그녀가 호텔에 머무르는 날이 늘어날수록 우리의 우정도 지속되고 깊어졌다. 그렇게 1년이 지나며 우리는 꽤 가까워졌다. 지젤은 종종 호텔 정문 앞에서 대기 중인 파파라치를 피하려고 내게 심부름을 시켰다.

"몰리, 오늘 정말 힘들었어. 찰스의 딸이 나더러 꽃뱀이라는 거야. 찰스의 전 부인은 내가 남자 보는 눈이 없대. 자기가 몰래 나가서 바비큐 칩이랑 콜라 좀 사다 줄래? 찰스는 내가 과자 먹는 걸 싫어해. 하지만 오늘 오후에는 그이가 외출하고 없으니까 먹어도 돼. 여기."

지젤은 내게 50달러 지폐를 주었고, 내가 과자를 사서 돌아오면 늘 이렇게 말했다.

"자기가 최고야, 몰리. 잔돈은 가져."

지젤은 가끔씩 내가 올바르게 행동하고 말하는 법을 모를 때도 있다는 사실을 이해하는 듯했다. 한번은 평소처럼 청소하려고 스위트룸에 들어갔는데 블랙 씨가 문 옆 책상에 앉아 더러운 시가를 피우며 서류를 읽고 있었다.

"사장님, 지금 스위트룸을 완전무결한 상태로 되돌려도 괜찮을까요?" 내가 물었다.

블랙 씨는 안경 위로 날 바라보며 "어떨 거 같나?"라고 묻더니 내 얼굴에 연기를 뿜어냈다. 자기가 용이라도 된다는 듯이.

"괜찮을 것 같습니다."

나는 그렇게 대답한 뒤 진공청소기를 켰다. 그러자 지젤이 황급히 침실에서 나오더니 한 팔로 날 감싸고는 청소기를 끄라고 손짓했다.

"몰리, 그이 말은 지금 절대 청소하지 말라는 뜻이야. 한마디로 꺼지라는 거지."

나는 바보 천치가 된 기분이었다.

"죄송합니다."

지젤은 내 손을 잡고 "괜찮아. 자긴 잘못한 거 없어"라고 말했다. 블랙 씨가 듣지 못하도록 나직이. 그러고는 문까지 날 배웅하더니 '미안해'라고 소리 없이 말하고는 내가 카트를 밀고 나갈 수 있도록 문을 붙잡아주었다.

지젤은 그렇게 좋은 사람이다. 날 바보 취급하지 않고 내가 상황을 이해하도록 도와준다.

"몰리, 자기는 사람들에게 너무 가까이 다가가는 경향이 있어. 사람들과 이야기할 때는 그렇게 코앞에 있지 말고 뒤로 살짝 물러나. 자기와 상대 사이에 청소 카트가 있다고 상상해. 실제로 카트가 없을 때도."

"이렇게요?"

나는 정확히 카트 길이에 해당되는 지점에 서서 물었다.

"그래! 딱 좋아."

지젤은 그렇게 말하며 내 양팔을 꼭 잡았다.

"늘 그 정도로 떨어져서 말해. 나나 다른 친한 친구가 아닌 한."

다른 친한 친구. 지젤은 날 잘 몰랐다. 내게 친한 친구는 그녀뿐이었다.

가끔은 스위트룸을 청소하는 동안 지젤은 유부녀인데도 외로워한다는 느낌, 내가 그녀와 함께 있고 싶어 하듯 그녀도 나와 함께 있고 싶어 한다는 느낌이 들었다.

"몰리!"

어느 날 정오가 다 된 시간인데도 지젤이 실크 파자마 바람으로 문을 열어주며 외쳤다.

"자기가 와서 너무 좋다. 오늘은 빨리 청소하고 꽃단장하는 거야."

그녀가 기뻐하며 손뼉을 쳤다.

"네?"

"내가 화장하는 법을 가르쳐줄게. 자기는 진짜 예뻐, 몰리. 그거 알아? 피부가 백옥 같다고. 근데 머리 색이 짙어서 얼굴이 창백해 보여. 문제는 자기가 별로 노력하지 않는다는 거야. 자기가타고난 장점을 강화해야 해."

나는 재빨리 스위트룸을 청소했다. 빨리하려니 대충 할 수밖에 없었지만 그래도 그럭저럭 마쳤다. 이제는 점심시간이라서 쉬어도 될 것 같았다. 지젤은 욕실 앞 복도에 있는 화장대에 날 앉히더니 메이크업 박스를 가져왔다. 나도 잘 아는 물건이다. 나는매일 그녀의 화장품을 다시 정돈하고, 그녀가 벗겨놓은 화장품뚜껑을 다시 닫고, 각각의 튜브와 용기를 제자리에 끼워 넣기 때문이다.

지젤이 파자마 소매를 걷어 올리더니 따뜻한 두 손으로 내 어깨를 잡고 거울 속 나를 바라보았다. 어깨에 그녀의 손이 놓여 있으니 기분이 좋았다. 할머니가 생각났다.

지젤은 빗을 들어 내 머리를 빗겼다.

"자기 머리는 실크 같아. 스트레이트파마야?"

"아뇨, 하지만 자주 감아요. 주기적으로 꼼꼼하게. 꽤 깨끗해요."

"당연히 그러겠지." 지젤이 킥킥 웃었다.

"재미있어서 웃는 거예요, 아니면 날 비웃는 거예요? 둘은 큰 차이가 있어요."

"알지. 나도 많은 사람에게 농담의 단골 소재였어. 재미있어서 웃는 거야, 몰리. 난 절대 자기를 비웃지 않아."

"고맙습니다. 오늘 프런트 데스크 직원들이 절 비웃었거든요. 저한테 새 별명을 지어줬나 보더라고요. 솔직히 말해서 왜 그런 별명을 붙였는지 잘 모르겠어요."

"뭐라고 했는데?"

"룸바요. 할머니랑 예전에 〈댄싱 위드 더 스타〉를 보곤 했는데 룸바는 굉장히 활기찬 스포츠 댄스던데요."

지젤이 움찔했다.

"그 춤을 말하는 게 아닐 거야, 몰리. 내 생각에는 로봇 청소기 룸바를 말하는 거 같아."

그제야 이해가 갔다. 나는 눈물이 핑 도는 걸 들키지 않으려고 무릎에 놓인 손을 내려다보았다. 하지만 실패했다.

지젤이 빗질을 멈추고는 다시 양손으로 내 어깨를 잡았다.

"몰리, 그 사람들 신경 쓰지 마. 머저리들이야."

"고맙습니다."

지젤이 내 얼굴에 화장하는 동안 나는 의자에 뻣뻣하게 앉아 거울에 비친 나와 그녀를 바라보았다. 누가 들어와서 지젤 블랙에게 화장 받는 나를 보기라도 하면 어쩌나 걱정이 되었다. 손님이 이렇게 나올 때 어떻게 대처해야 하는지 스노우 씨의 직무 능력 향상 세미나에서는 한 번도 다룬 적이 없었다.

"눈 감아 봐."

지젤이 내 눈꺼풀을 닦고 새 메이크업 스펀지에 차가운 파운데이션을 묻혀 얼굴 전체에 살짝 발랐다.

"말해봐, 몰리. 자기 혼자 살지? 가족은 아무도 없어?"

"네, 지금은요. 몇 달 전에 할머니가 돌아가셨어요. 그전에도 우리 둘뿐이었고요."

지젤이 파우더를 열고 가루를 브러시로 쓸어서 내 얼굴에 바르려고 했다. 나는 그녀를 막으며 물었다.

"그거 깨끗해요? 브러시요."

지젤이 한숨을 쉬었다.

"그래, 몰리, 깨끗해. 이 세상에서 자기만 깔끔한 거 아니야."

나는 그 말이 무척이나 기뻤다. 내가 이미 알고 있는 사실, 다시 말해 지젤과 나는 매우 다르지만 바탕은 비슷하다는 사실을 확인해줬기 때문이다.

지젤은 브러시로 내 얼굴을 쓸었다. 깃털 먼지떨이 같은 느낌이었다. 다만 크기가 아주 작아서 작은 참새가 볼을 터는 듯했다.

"힘들어? 그렇게 혼자 사는 거 말이야. 난 못 견뎠을 거야. 혼자 힘으로 어떻게 살아야 할지 모르겠어."

사실 매우 힘들다. 나는 지금도 집에 들어갈 때마다 할머니가 있는 것처럼 인사했다. 머릿속에서 할머니의 목소리가 들렸다. 매일 할머니가 집 안을 돌아다니는 소리가 들렸다. 그게 정상인지, 아니면 내가 미쳐가고 있는지 가끔씩 궁금했다.

"힘들죠. 하지만 적응돼요."

지젤은 화장을 멈추고 거울 속 내 눈을 보며 말했다.

"자기가 부러워. 그렇게 계속 살아갈 수 있다는 게. 완전히 자립해서 다른 사람이 어떻게 생각하든 신경 쓰지 않는 배짱도 있고. 게다가 귀찮게 말을 거는 사람 없이 거리를 걸어 다닐 수 있잖아."

내가 얼마나 힘들게 사는지 지젤은 전혀 몰랐다. 눈곱만큼도.

"저도 꽃길만 걷는 건 아니에요."

"그럴지도 모르지. 하지만 적어도 다른 사람에게 의지하지는 않잖아. 찰스랑 나는 겉보기에는 아주 번지르르하지만 가끔은…… 가끔은 그렇지 않아. 그리고 그이 자식들은 날 싫어해. 나랑 나이가 비슷한데 솔직히 말해서 적응이 안 돼. 찰스의 전 부인? 그 여자는 이상할 정도로 친절한데 그게 제일 싫어. 요전에 여기 온 적이 있거든? 찰스가 자리를 뜨자마자 그 여자가 뭐라고 했는지 알아? '아직 할 수 있을 때 찰스 곁을 떠나요.' 가장 싫은 점은 그 말이 맞는다는 거야. 가끔은 내가 옳은 선택을 했는지 의문이 들어."

"사실 저도 그래요. 저도 잘못된 선택을 했거든요. 예전 남자친구요. 아직도 매일 후회하죠."

지젤은 아이섀도를 집어 들더니 다시 눈을 감아보라고 했다. 나는 그 말대로 했다. 지젤은 내 얼굴에 화장하며 계속 말했다.

"몇 년 전까지만 해도 내게 인생 목표는 오로지 하나였어. 날 책임져줄 부자를 만나 사랑에 빠지는 거. 그러다가 어떤 여자를 만났는데, 그 여자를 내 멘토라고 부를게. 그 멘토가 내게 방법을 가르쳐줬어. 난 남자들을 만날 수 있는 곳으로 갔고, 멋진 옷도 몇 벌 샀지. '믿으면 받으리라.' 멘토는 입버릇처럼 그렇게 말했어. 세 번 다 다른 남자랑 결혼했다가 이혼해서 매번 남자 재산의 절반씩 받은 여자야. 정말 굉장하지 않아? 멘토는 안정된 삶을 살고 있었어. 생트로페와 베니스 비치에도 집이 하나씩 있었고. 메이드랑 셰프, 운전사를 데리고 혼자 살았지. 이래라저래라 하는 사람도 없고, 참견하는 사람도 없어. 나도 그렇게 살고 싶어. 누군들 안 그러겠어?"

"이제 눈 떠도 돼요?"

"아직 안 돼. 하지만 거의 다 됐어."

지젤이 이번에는 숱이 적은 브러시로 바꿔서 내 눈꺼풀을 쓸었다. 서늘하고 부드러운 감촉이었다.

"적어도 자기한테는 명령하는 남편이 없잖아. 위선자 남편. 찰스는 바람을 피우고 있어. 자기도 알고 있었어? 찰스는 내가 다른 남자를 힐끗 보기만 해도 질투하면서 정작 자기는 다른 두 도시에 적어도 두 명의 정부를 뒀어. 내가 아는 것만 두 명이야. 이 도시에도 한 명 있어. 그 사실을 처음 알았을 때는 찰스의 목을 졸라서 죽여버리고 싶었어. 찰스는 그 사실이 새어 나가지 않게 파파라치에게 돈까지 주더라고. 반면 나는 이 방에서 나갈 때마다 매번 어디를 갈 것인지 상세하게 보고해야 해."

나는 눈을 뜨고 허리를 곧추세웠다. 블랙 씨의 불륜 사실을 알게 되어 마음이 무척 괴로웠다.

"전 바람피우는 사람들을 정말 싫어해요. 혐오해요. 블랙 씨도 그러면 안 되죠. 옳지 않아요, 지젤."

지젤의 손은 여전히 내 얼굴 가까이에 있었다. 파자마 소매를 팔꿈치 위까지 걷어 올린 터라 팔의 멍이 보였다. 그녀가 몸을 앞으로 숙이자 상의가 움직이며 쇄골 밑의 푸르뎅뎅한 자국도 보였다.

"이건 어쩌다 생긴 거예요?"

내가 물었다. 완벽히 납득할 수 있는 설명이 필요했다.

지젤이 어깨를 으쓱였다.

"말했듯이 우리 부부 사이가 늘 좋지는 않아."

속이 뒤틀리는 익숙한 느낌이 들었다. 의식 표면 아래서 분노와 원망이 부글거렸다. 폭발하면 안 되는 화산이었다. 아직은.

"당신은 더 나은 대접을 받아야 해요, 지젤. 당신은 좋은 종자예요."

"글쎄, 그렇게 좋은 사람은 아니야. 노력은 해. 하지만 가끔씩…… 가끔은 좋은 사람이 되기가 너무 힘들어. 옳은 일을 하기도 힘들고."

지젤은 메이크업 박스에서 핏빛 립스틱을 꺼내더니 내 입술에 발랐다.

"그래도 한 가지는 맞아. 난 더 나은 대접을 받을 자격이 있어. 백마 탄 왕자님을 만날 자격이 있지. 결국 그렇게 되게 할 거야. 지금 노력 중이야. 믿어라, 그러면 받을 것이다. 맞지?"

지젤은 립스틱을 내려놓고 화장대에 있던 큼직한 모래시계를 집어 들었다. 나도 자주 본 시계였다. 곡선을 이루는 유리는 암모니아로 닦고, 황동은 금속 클리너로 닦아 윤을 냈다. 아름다운 물건이었다. 고급스럽고 우아하며 만지고 바라보기가 즐거웠다.

"이 시계 봤지?"

지젤이 모래시계를 내 앞에 내밀었다.

"내가 만났다는 여자 있잖아. 멘토. 그 여자에게 선물로 받은 거야. 처음 받을 때는 아무것도 들어 있지 않았는데 내게 좋아하는 해변의 모래를 담으라고 하더라고. 그래서 내가 '미쳤어요? 난 바다를 본 적도 없는데. 대체 무슨 근거로 내가 곧 해변에 가게 된다는 거예요?'라고 했지. 하지만 그 말대로 됐어. 지난 몇 년간 나는 온갖 해변에 다 가봤어. 찰스를 만나기 전에도 남자와 함께 여러 곳을 다녔지. 코트다쥐르, 폴리네시아, 몰디브, 케이맨 제도. 케이맨 제도가 가장 좋았어. 거기서는 영원히 살 수 있어. 거기에 찰스의 별장이 있어서 마지막으로 찰스가 날 거기 데려갔을 때 이 시계에 해변의 모래를 넣었지. 난 가끔씩 시계를 뒤집어서 모래가 떨어지는 걸 멍하니 지켜봐. 시간이 흐르는 걸 보는 거야. 자기도 뭐든 해야 해. 너무 늦기 전에 자기가 원하는 삶을 살라고……. 다 됐다!"

지젤은 내가 거울에 비친 모습을 볼 수 있도록 옆으로 비켜섰다. 그러고는 뒤로 가서 다시 내 어깨에 양손을 올렸다.

"봤지? 화장을 조금만 해도 갑자기 아주 섹시해지잖아."

나는 고개를 좌우로 돌려보았다. 평소 내 모습은 거의 보이지 않았다. 왠지 내가 '더 나아' 보인다는 걸, 적어도 다른 사람들과 더 비슷해 보인다는 건 알겠지만 어딘가 굉장히 거부감이 드는 변화였다.

"마음에 들어? 미운 아기 오리가 백조로 변한 것 같네. 무도회에 간 신데렐라 같아."

다행히도 나는 이런 경우에 무엇이 예의 바른 행동인지 알고 있었다. 누가 칭찬해줄 때는 고맙다고 말해야 한다. 누가 내게 친절을 베풀면 설사 그게 마음에 들지 않아도 고맙다고 해야 한다.

"화장시켜 주셔서 감사합니다."

"천만에. 그리고 이거 받아."

지젤이 아름다운 모래시계를 집어 들며 말했다.

"선물이야. 내가 몰리에게 주는 선물."

그녀는 반짝이는 물건을 내 손에 놓았다. 할머니가 돌아가신 뒤로 처음 받는 선물이었다. 할머니 말고 다른 사람에게 선물을 받은 적이 언제인지 기억나지 않았다.

"마음에 쏙 들어요."

진심이었다. 어떤 꽃단장보다 고마웠다. 이제 이 모래시계가 내 것이라니, 오늘부터 소중히 간직하며 닦을 수 있다니 믿기지 않았다. 이 안에는 내가 결코 가보지 못한 머나먼 이국의 모래가 담겨 있었다. 또한 친구에게 받은 특별한 선물이었다.

"혹시 당신이 다시 돌려받고 싶을지 모르니까 여기 호텔 사물함에 보관할게요."

사실은 이 모래시계가 너무 좋았지만 집에 가져갈 수는 없었다. 집에는 할머니 물건만 두고 싶었다.

"정말이에요, 지젤. 마음에 쏙 들어요. 매일 감탄하면서 볼 거예요."

"내가 모를 줄 알고? 이미 매일 감탄하면서 보고 있었잖아."

나는 빙그레 웃었다.

"네, 아마 그랬을 거예요. 제가 제안 하나 해도 될까요?"

지젤이 한 손으로 허리를 짚고 서 있는 동안 나는 화장대에 늘어놓은 화장도구를 정돈했다.

"블랙 씨랑 헤어지는 걸 고려해보세요. 당신을 다치게 했잖아요. 그런 남자는 없는 편이 더 나아요."

"헤어지는 게 그렇게 쉬우면 좋을 텐데. 하지만 우리에겐 시간이 있어, 미스 몰리. 어떤 상처도 시간이 흐르면 낫는다잖아."

맞는 말이다. 시간이 지나면 상처는 처음처럼 아프지 않다. 그리고 놀랍게도 기분이 조금씩 나아지면서 힘들었던 과거를 그리워하게 된다.

그런 생각이 떠오르자마자 늦었다는 걸 깨달았다. 휴대전화를 보니 오후 1시 3분이었다. 점심시간이 3분이나 지났다니!

"전 그만 가봐야 해요, 지젤. 제가 이렇게 늑장을 부리는 걸 알면 상사인 셰릴이 화를 많이 낼 거예요."

"아, 그 여자. 어제 염탐하러 여기에 왔더라고. 객실에 들어와서 청소 서비스에 만족하냐고 물었어. 내가 '최고의 메이드가 우리 객실 담당인데 만족 못 할 이유가 없죠'라고 했더니 머저리 같은 표정으로 우두커니 서서 '제가 몰리보다 훨씬 더 잘할 거예요. 제가 상사거든요'라고 하는 거야. 그래서 내가 '됐어요'라고 했지. 그러고는 지갑에서 10달러를 꺼내 주면서 '나한테 필요한 메이드는 몰리뿐이에요'라고 말했어. 그랬더니 그제야 가더라고.

정말 가관이었어. '똥 씹은 표정'이 무슨 뜻인지 제대로 알게 됐다니까."

할머니는 내게 저속한 표현은 쓰지 말라고 가르쳤고 나도 거의 쓰지 않는다. 하지만 이 경우에는 지젤의 표현이 어찌나 잘 어울리는지 나도 모르게 빙그레 웃었다.

"몰리? 몰리?" 스타크 형사다.

"죄송해요. 뭘 물어보셨죠?"

"지젤 블랙을 아냐고 물었어요. 그 여자와 어떤 교류가 있었나요? 대화를 나눴다든가. 그 여자가 블랙 씨에 대해 이상한 말을 한 적 있었어요? 수사에 도움이 될 만한 말을 들은 적은요?"

"수사요?"

"아까 말했듯이 블랙 씨는 자연사일 가능성이 크지만 다른 가능성도 따져보는 게 내 일이라서요. 그래서 당신과 이야기를 나누는 겁니다."

스타크 형사가 한 손으로 이마를 훔친다.

"그러니까 다시 묻죠. 지젤 블랙과 이야기한 적이 있나요?"

"형사님, 전 호텔 메이드예요. 어떤 손님이 메이드랑 이야기하고 싶겠어요?"

스타크 형사는 그 말을 곰곰이 생각하더니 고개를 끄덕인다. 내 대답이 매우 흡족한 모양이다.

"고마워요, 몰리. 오늘 힘들었을 거예요. 그럴 만도 하죠. 내가 집까지 데려다줄게요."

그 말대로 스타크 형사는 날 데려다주었다.

5

나는 열쇠로 현관문을 열고 안으로 들어간 다음, 문을 닫고 빗장을 걸어 잠근다. 홈 스위트 홈.

현관 옆 앤티크 의자에 놓인 쿠션을 내려다본다. 할머니는 쿠션에 니들포인트로 평온을 구하는 기도의 한 구절을 수놓았다.

'내가 바꿀 수 없는 일은 받아들이는 평온을 주시고, 바꿀 수 있는 일은 바꾸는 용기를 주시며, 이 두 가지를 구분할 수 있는 지혜를 주십시오.'

나는 바지 주머니에서 휴대전화를 꺼내 의자에 내려놓는다. 신발을 벗고 밑창을 천으로 닦아 벽장에 넣어둔다.

"할머니, 저 왔어요!"

나는 큰 소리로 외친다. 할머니가 돌아가신 지 9개월이 되었지만 여전히 그렇게 할머니를 불러야 할 것 같다. 특히 오늘은.

할머니가 돌아가신 뒤로 내 저녁 루틴은 예전 같지 않다. 할머니가 살아 계실 때는 저녁 내내 둘이 붙어 있었다. 가장 먼저 그날의 청소를 마친 다음, 함께 저녁을 준비했다. 수요일에는 스파게티, 금요일에는 슈퍼에서 싼값에 순살 생선을 구할 경우에는 생선 요리. 그러고는 소파에 나란히 앉아 〈형사 콜롬보〉 재방송을 보며 저녁을 먹었다.

할머니는 〈형사 콜롬보〉를 좋아했고 나도 그랬다. 할머니는 종 종 콜롬보에게 당신 같은 가정부가 필요하다고 말하곤 했다.

"저 트렌치코트를 보렴. 당장 빨아서 다리미로 싹싹 다려야 해."

할머니는 고개를 절레절레 흔들며 텔레비전 속 콜롬보에게 말을 걸곤 했다. 마치 그가 실존 인물이고 바로 앞에 있다는 듯이.

"시가는 피우지 말아요, 이 양반아. 아주 지저분한 습관이야."

하지만 그런 나쁜 습관이 있는데도 우리는 콜롬보가 인간쓰레 기들의 간교한 계획을 간파하고, 그들이 죄의 합당한 대가를 치르게 하는 점을 존경했다.

이제는 〈형사 콜롬보〉를 보지 않는다. 이 또한 할머니가 돌아가신 뒤로는 그래야 할 것 같았다. 그래도 청소 루틴은 지키려고 노력한다.

월요일, 바닥 청소와 허드렛일.

화요일, 구석구석 묵은 때 벗겨내기.

수요일, 욕실과 부엌 청소.

목요일, 털털 먼지 털기.

금요일, 빨래와 건조.

토요일, 내키는 대로.

일요일, 장보기와 식자재 다듬기.

할머니는 깨끗하고 정돈된 집이 중요하다고 귀에 못이 박히도록 말했다.

"깨끗한 집, 깨끗한 몸, 깨끗한 회사. 이게 어떤 결과를 가져오는지 아니?"

할머니가 이걸 가르쳐줬을 때 내 나이는 많아야 다섯 살이었다. 나는 할머니를 올려다보며 물었다.

"어떤 결과를 가져와요, 할머니?"

"양심에 거리낌이 없고 도덕적으로 깨끗한 삶을 살게 된단다."

이 말을 진정으로 이해하기까지 몇 년이 걸렸지만 지금은 정말 맞는 말이라는 생각이 든다.

나는 부엌 청소함에서 빗자루와 쓰레받기, 대걸레와 양동이를 꺼냈다. 비질부터 꼼꼼히 하기로 하고 침실로 들어가 문과 대각선에 있는 귀퉁이부터 쓸기 시작한다. 퀸사이즈 침대가 방 대부분을 차지하는 터라 쓸 공간이 많지 않지만 원래 먼지는 물건 밑에 숨고, 틈새에 사는 법이다. 나는 침대 스커트 자락을 들어 올리고 침대 밑을 쓸어 바닥에 달라붙은 먼지를 죄다 끄집어내 침실 밖으로 몰아낸다. 벽마다 할머니가 그린 영국 시골 풍경화가 걸려 있는데 그 그림들을 볼 때마다 할머니가 생각난다.

정말 힘든 하루였다. 정말로. 기억하기보다 잊고 싶은 날이지만 그렇게는 안 된다. 우리는 기억하기 싫은 일을 마음 깊은 곳에 묻어두지만 그 일은 절대 사라지지 않는다. 우리와 늘 함께한다.

나는 계속 복도를 쓸고 욕실로 들어가 흑백 타일도 쓴다. 금이 가고 낡기는 했어도 일주일에 두 번씩 걸레로 닦으면 아직 반짝거린다. 머리카락 몇 개를 쓸어내고 욕실에서 나온다.

이는 할머니 침실 바로 앞에 서 있다. 문은 닫혀 있고 나는 머뭇거린다. 이 방에는 들어가지 않을 것이다. 몇 달 동안 이 방 문지방을 넘지 않았다. 오늘도 그럴 것이다.

현관에서 가장 먼 거실 귀퉁이부터 쓸기 시작해 할머니의 특이한 수집품을 모아둔 장식장을 돌아 소파 밑, 복도 양쪽에 자리한 주방을 지나 다시 현관에 이른다. 자잘한 티끌은 한곳에 모아두었다. 침실 문 앞에 하나, 욕실 앞에 하나, 여기 현관문 옆에 하나, 부엌에 하나. 각각 쓰레받기에 담아 내용물을 살펴본다. 크럼펫(영국의 전통 핫케이크-옮긴이) 부스러기, 먼지 약간과 섬유 조각들, 머리카락 몇 가닥이 전부다. 전반적으로 깨끗한 일주일을 보낸 편이다. 할머니의 흔적은 남아 있지 않다. 전혀.

쓰레받기를 부엌 쓰레기통에 휙 털어 비우고는 양동이에 미지근한 물을 담아 미스터 클린, 달빛 미풍 향(할머니가 가장 좋아하는 향)을 조금 풀었다. 양동이와 대걸레를 들고 침실로 가서 역시 대각선 귀퉁이부터 시작한다. 몇 년 전 할머니가 만들어준 베들레헴 스타(가운데에 큼직한 별 하나가 있는 도안-옮긴이) 퀼트 이불은 물론 침대 스커트 자락에도 물이 튀지 않도록 조심한다. 퀼트 이불은 오래 덮어서 색이 바래기는 했어도 여전히 내 보물이다.

집을 한 바퀴 다 돌아 다시 현관에서 끝난다. 현관문에 웬만해서는 지워지지 않는 검은색 흠집이 나 있다. 내가 호텔에서 신는, 검은 밑창이 달린 신발로 긁은 게 틀림없다. 나는 문지르고 문지르고 또 문지르며 "없어져라, 망할 얼룩아"라고 큰 소리로 말한다. 마침내 얼룩이 눈앞에서 희미해지더니 그 아래 있던 나뭇결이 어슴푸레하게 모습을 드러낸다.

재미있게도 청소할 때마다 옛 기억이 부글부글 올라온다. 다른 사람도 그러는지 궁금하다. 그러니까 청소하는 모든 사람들 말이다. 오늘 다소 파란만장한 하루를 보내기는 했어도 지금 내가 생각하는 건 오늘 있었던 일, 블랙 씨와 그에 관한 끔찍한 일이 아니라 오래전 내가 열한 살 무렵일 때의 일이다. 하루는 할머니에게 엄마에 대해 물었다. 가끔씩 난 그렇게 묻곤 했다.

"엄마는 어떤 사람이었어요? 어디로, 왜 떠난 거예요?"

나는 엄마가 아빠랑 달아났다는 걸 알고 있었다. 할머니 말에 따르면 우리 아빠는 '썩어빠진 종자'이며 '믿을 수 없는 사람(fly-by-night)'이라고 했다.

"그럼 낮에는 뭐였어요?(fly-by-night는 직역하면 밤에 날아다니는 생명체라는 뜻이다-옮긴이)"

할머니가 웃음을 터뜨렸다.

"웃겨서 웃는 거예요? 아니면 날 비웃는 거예요?"

"웃겨서 웃는 거란다, 애야! 늘 웃겨서 웃는 거야."

할머니는 엄마가 그렇게 무책임한 남자와 엮인 게 놀랄 일도 아니라고 했다. 할머니도 어릴 때 그런 실수를 저질렀기 때문이다. 그래서 엄마를 낳게 되었다고 했다.

당시에는 그 이야기가 너무 혼란스러웠고 어떻게 받아들여야 할지 몰랐지만 이제는 이해한다. 나이를 먹을수록 더 이해가 간다. 그리고 이해하면 할수록 할머니에게 묻고 싶은 게 많아진다. 이제는 대답을 들을 수 없는 질문들이다.

"언젠간 돌아올까요? 우리 엄마요."

그때 나는 그렇게 물었고 할머니는 길게 한숨을 내쉬었다.

"쉽지 않을 거다. 일단 네 아빠에게서 도망쳐야 해. 본인이 그러기를 원해야 하고."

하지만 엄마는 그러지 않았다. 다시 돌아오지도 않았다. 그래도 괜찮다. 알지도 못하는 사람을 그리워해봐야 부질없다. 내가 잘 아는 사람, 다시 만날 수 없는 사람, 사무치게 그리운 사람을 애도하기도 충분히 힘들다.

할머니는 평생 열심히 일했고 날 잘 키워주셨다. 내게 많은 걸 가르쳐주셨다. 날 안아주고 애지중지하고 살 만한 인생을 만들어주셨다. 할머니도 청소 일을 했지만 가정집에서 일하셨다. 부유한 콜드웰 가에서 일했는데 우리 집에서 걸어서 30분이면 갈 수 있었다. 그들은 할머니의 실력을 칭찬했지만 할머니가 뭘 하든 만족할 줄 몰랐다.

"토요일 밤에 파티가 끝나면 청소 좀 해주겠어?"

"카펫에 묻은 이 얼룩 좀 빼줄 수 있어?"

"정원 일도 해줄 수 있을까?"

무슨 일이든 할 준비가 되어 있고 성격이 사근사근한 할머니는 아무리 힘들어도 그쪽에서 해달라는 대로 다 해주었다. 그러면서 몇 년 동안 꽤 많은 돈을 저축했다. 할머니는 그걸 '파베르제'라고 불렀다(영어로 저축금은 nest egg이고, 제정 러시아 시대의 보석 세공가 피터 파베르제는 달걀 모양 보석으로 유명하다-옮긴이).

"얘야, 은행에 들러서 이 돈을 파베르제에 넣고 올래?"

"그럼요, 할머니."

나는 할머니의 은행 카드를 집어 들고 다섯 층을 내려가 밖으로 나간 다음, ATM까지 두 블록을 걸어갔다.

나이를 먹으며 할머니가 일을 너무 많이 하는 게 아닌가 걱정되었지만 할머니는 내 걱정을 일축했다.

"할 일이 없으면 쓸데없는 사고나 치는 법이다. 게다가 언젠가는 너 혼자 남을 텐데 그때 이 파베르제가 도움이 될 거야."

그 언젠가는 생각하고 싶지 않았다. 할머니가 없는 삶은 도저히 상상이 가지 않았다. 특히 학교생활이 내게는 특별한 형태의 고문이었기에 더욱 그랬다. 초등학교든 고등학교든 학교생활은 모두 힘들고 외로웠다. 좋은 성적은 자랑스러웠지만 친구는 한 명도 없었다. 어릴 때 아이들은 날 전혀 이해하지 못했고 지금도 그런 셈이었다. 어릴 때는 그 사실이 지금보다 더 짜증스러웠다.

"다들 날 싫어해요."

할머니가 학교로 데리러 오면 난 그렇게 말하곤 했다.

"그건 네가 다른 아이들과 달라서 그래." 할머니가 설명했다.

"나더러 또라이래요."

"넌 또라이가 아니야. 그냥 나이에 비해 성숙한 거지. 그건 자랑스러워해야 할 일이야."

고등학교를 졸업할 무렵, 할머니와 나는 여러 가지 직업 그리고 내가 앞으로 무슨 일을 하고 싶은지를 두고 많은 이야기를 나눴다. 내가 관심 있는 일은 하나뿐이었다.

"전 메이드가 되고 싶어요."

"애야, 우리에게는 파베르제가 있으니 목표를 좀 더 높게 잡아도 괜찮아."

하지만 난 고집을 부렸다. 그리고 마음 깊은 곳에서는 할머니도 내가 어떤 사람인지 누구보다 잘 알 거라고 생각했다. 할머니는 내 능력과 장점을 알고 있었다. 또한 내 약점도 아주 잘 알고 있었다. 비록 내가 나아지고 있다고 말하기는 했어도. '나이를 먹을수록 더 많이 배우게 될 거다.'

"메이드가 되고 싶다면 그렇게 하렴. 하지만 지역 전문대에 들어가기 전에 경력이 필요할 거야." 할머니가 말했다.

할머니는 수소문 끝에 리전시 그랜드에서 도어맨으로 일하는 옛 지인을 찾아냈고, 호텔에서 메이드를 구한다는 사실을 알게 되었다. 나는 면접을 보기로 했다. 할머니와 함께 레드 카펫이 깔린 위풍당당한 호텔 계단 앞에 서자 긴장이 되어 겨드랑이가 눈에 띌 정도로 축축해졌다. 지붕처럼 계단을 덮은 장엄한 차양은 금색과 검은색으로 이뤄졌는데 한없이 높아 보였다.

"전 못 들어가요, 할머니. 제가 일하기에는 너무 고급스러운 호텔이에요."

"얼토당토않은 소리. 넌 누구 못지않게 저 문으로 들어갈 자격이 있어. 그렇게 할 거고. 어서 들어가라."

할머니가 날 앞으로 떠밀었다. 할머니의 친구인 도어맨 프레스턴 씨가 내게 인사했다.

"만나서 반갑구나."

그가 모자챙을 건드리고 허리를 살짝 숙였다. 그러더니 나로서는 잘 이해할 수 없는 이상한 표정으로 할머니를 보았다.

"오랜만이야, 플로라. 다시 보니 반갑군."

"그러게요. 나도 반가워요." 할머니가 대답했다.

"어서 들어가자, 몰리." 프레스턴 씨가 말했다.

그는 날 데리고 번쩍이는 회전문을 통과했고 나는 처음으로 리전시 그랜드의 휘황찬란한 로비를 보게 되었다. 너무 아름답고 화려해서 기절할 것만 같았다. 대리석으로 된 계단과 바닥, 반짝이는 황금색 난간, 작고 깔끔한 펭귄처럼 멋진 제복을 입은 프런트 데스크 직원들. 그들은 장중한 로비에서 서성이는, 옷을 잘 차려입은 투숙객들을 응대하고 있었다.

나는 숨을 헐떡이며 프레스턴 씨를 따라 화려하게 장식된 1층 복도를 걸어갔다. 복도는 벽 아래쪽에는 진갈색 패널을 덧대었고, 조개 모양 벽등이 달렸으며, 모든 소음을 흡수해 귀를 즐겁게 하는 눈부신 정적만 남겨두는 두툼한 카펫이 깔려 있었다.

우리는 오른쪽으로 돌았다가 왼쪽으로 돌고 다시 오른쪽으로 돌았다. 사무실을 지나고 또 지나 마침내 소박한 검은 문 앞에 이르렀다. 문에는 '리전시 그랜드, 호텔 매니저, 미스터 스노우'라고 적힌 황동 명판이 달려 있었다. 프레스턴 씨는 두 번 노크하더니 문을 활짝 열었다. 놀랍게도 사무실 안은 가죽으로 된 가구가 많고 어두운 은신처 같은 공간으로 겨자색 양단 벽지를 바르고 높디높아 보이는 책꽂이가 가득했다. 베이커 가 221B에 있는 셜록 홈스 사무실이라고 해도 믿었으리라.

거대한 마호가니 책상 앞에 상대적으로 아주 작아 보이는 스노우 씨가 앉아 있었다. 우리가 들어가자 스노우 씨가 자리에서 일어났다. 면접이 진행되도록 프레스턴 씨가 조용히 밖으로 나가자 손에서 땀이 났고 심장이 미친 듯이 두근거렸다. 나는 리전시 그랜드에 홀딱 반한 나머지 이 호텔의 메이드라는 탐나는 자리를 꼭 얻어내기로 마음먹었다.

솔직히 말해서 면접에서 무슨 이야기가 오갔는지 별로 기억나지 않는다. 그저 스노우 씨가 처신과 규칙, 예법과 품위에 대해 구구절절 설명했다는 것만 기억난다. 내 귀에 그 설명은 단지 음악이 아니라 거룩한 천상의 찬송가처럼 들렸다. 이야기가 끝나자 스노우 씨는 날 데리고 신성한 복도를 지나(왼쪽으로 돌았다가 오른쪽으로 돌고 다시 왼쪽으로 돌아) 로비로 나가더니 호텔 지하로 이어지는 가파른 계단을 내려갔다. 지하에는 하우스 키핑 부서와 세탁실, 호텔 주방이 있다고 알려주었다. 공기가 통하지 않고 좁아터졌으며 해초와 곰팡이, 녹말가루 냄새가 나는 사무실(말이 좋아 사무실이지 벽장이나 다름없는)에서 수석 메이드 셰릴 그린을 소개받았다. 그녀는 날 위아래로 훑어보더니 "아쉬운 대로 함께 일해볼게요"라고 말했다.

나는 바로 이튿날부터 교육을 받았고 이내 풀타임으로 일하게 되었다. 일하는 건 학교에 가는 것보다 훨씬 나았다. 직장에서는 누가 날 괴롭힌다고 해도 무시할 수 있을 정도로 교묘했다. 닦고 또 닦다 보면 내가 받은 모욕은 잊을 수 있었다. 또한 돈을 받는다는 사실도 엄청나게 신났다.

"할머니!"

호텔에서 받은 돈을 파베르제에 입금하고 집에 돌아오면 입금 영수증을 본 할머니는 입이 귀에 걸렸다.

"이런 날이 올 줄은 몰랐구나. 넌 정말 복덩어리야."

할머니는 날 꼭 안아주었다. 세상에서 할머니의 포옹만큼 좋은 것은 없다. 할머니를 생각할 때 가장 그리운 것이 바로 포옹이다. 포옹과 할머니의 목소리.

"눈에 뭐가 들어갔어, 할머니?"

할머니가 몸을 떼자 내가 물었다.

"아냐, 아냐, 괜찮다."

리전시 그랜드에서 일하면 일할수록 파베르제에 넣는 돈도 많아졌다. 할머니와 나는 대학 진학을 의논했다. 나는 근처에 있는 전문대에서 호텔 경영과 서비스직 프로그램 설명회를 들었는데 정말 재미있었다. 할머니는 한번 응시해보라고 했고, 놀랍게도 나는 합격했다. 대학에서 청소하는 법과 호텔을 경영하는 법뿐 아니라 스노우 씨처럼 직원을 관리하는 법도 배울 예정이었다.

하지만 학기 시작 직전에 오리엔테이션에 갔다가 윌버를 만나게 되었다. 윌버 브라운. 그는 전시 테이블 앞에 서서 안내 책자를 읽고 있었다. 테이블에는 학교에서 공짜로 제공하는 작은 수첩과 볼펜이 있었는데, 그는 볼펜과 수첩 몇 개를 집어 들어 배낭에 쑤셔 넣었다. 그러고도 계속 테이블 앞에 서 있었고 나는 안내 책자가 무척 읽고 싶었다.

"실례합니다. 좀 비켜주시겠어요?" 내가 말했다.

윌버가 날 돌아보았다. 다부진 체격에 렌즈가 매우 두꺼운 안경을 썼으며 머리카락은 검고 굵었다.

"미안해요. 당신 앞을 막고 있는 줄 몰랐어요."

월버는 나를 빤히 바라보았다.

"난 월버라고 합니다. 월버 브라운. 가을 학기부터 회계학을 공부할 거예요. 당신도 회계학 전공인가요?"

월버는 손을 내밀어 나와 악수하더니 계속 흔들어댔다. 악수를 중단하기 위해 나는 손을 홱 뺄 수밖에 없었다.

"난 호텔 경영을 공부할 거예요."

"난 똑똑한 여자가 좋더라고요. 당신은 어떤 남자를 좋아해요? 수학 잘하는 남자는 어때요?"

나는 내가 어떤 '남자'를 좋아하는지 생각해본 적이 없었다. 같은 호텔에서 일하는 로드니를 좋아하기는 했다. 로드니에게는 텔레비전에서 말하는 '스웨그'가 있었다. 믹 재거처럼. 월버에게는 스웨그가 없었지만 다른 장점이 있었다. 말을 걸기가 쉽고 직설적이고 다정했다. 다른 남자들과 달리 월버는 무섭지 않았다. 아마 그게 실수였을 것이다.

월버와 나는 데이트를 시작했고 할머니는 기뻐하셨다.

"네게 남자 친구가 생겼다니 정말 좋구나. 근사한 일이야."

나는 집에 오면 할머니에게 월버와 있었던 일을 전부 다 말했다. 쿠폰을 이용해서 함께 슈퍼에서 장을 보고, 공원을 산책하고, 분수에서 조각상까지 1,203걸음이 걸린다는 사실을 알아낸 일도. 할머니는 그보다 더 개인적인 부분은 묻지 않았는데 나로서는 고마운 일이었다. 우리의 육체적 관계를 어떻게 설명해야 할지 몰랐을 테니 말이다. 그저 완전히 새롭고 색달랐으며 꽤나 즐거운 경험이었다는 말밖에 할 수 없었다.

하루는 할머니가 윌버를 우리 집으로 초대하자고 했고, 나는 그렇게 했다. 할머니는 윌버에게 실망하셨는지 몰라도 겉으로는 전혀 내색하지 않았다.

"네 정인이 우리 집에 오는 건 언제든 찬성이다." 할머니가 말했다.

윌버는 우리 집에 주기적으로 찾아와 함께 저녁을 먹고 〈형사 콜롬보〉도 함께 보았다. 텔레비전을 보는 동안 윌버는 끊임없이 의견을 말하고 질문을 해댔는데 할머니와 나는 못마땅했지만 군말 없이 참았다.

"무슨 추리 드라마가 처음부터 범인을 밝히고 시작하지?" 윌버는 그렇게 묻곤 했다. 또는 "집사 짓이라는 걸 모르겠어?"라고 말하기도 했다. 그가 계속 떠들어대고 종종 엉뚱한 사람을 범인으로 모는 바람에 드라마를 제대로 감상할 수가 없었다. 하지만 사실 우리는 이미 매회 몇 번씩 본 터라서 별로 상관없었다.

하루는 윌버가 계산기를 새로 사야 했기 때문에 함께 사무용품 가게에 갔다. 그날 그는 굉장히 퉁명스러웠지만 난 왜 그러냐고 묻지 않았다. 심지어 강박적으로 걸어가는 그를 따라잡으려고 종종걸음을 치는 내게 "빨리 좀 와"라고 윽박지르기도 했다. 가게에 들어가자 윌버는 온갖 계산기를 집어 들고 사용해보며 각 버튼의 기능을 설명해주었다. 그러더니 가장 마음에 드는 계산기를 골라서 슬쩍 배낭에 넣었다.

"뭐 하는 거야?" 내가 물었다.

"그냥 입 좀 닥치고 있을래?" 윌버가 대꾸했다.

나는 뭐가 더 충격적이었는지 알 수 없었다. 윌버의 말투인지 아니면 그가 돈도 내지 않고 가게를 나왔다는 사실인지. 윌버는 그렇게 계산기를 훔쳤다.

그게 전부가 아니었다. 하루는 호텔에서 급료를 받아 집으로 돌아왔는데 그날 저녁 윌버가 우리 집에 왔다. 이 무렵에 할머니는 건강이 좋지 않았다. 체중이 줄어든 상태였고 평소보다 훨씬 더 말이 없었다.

"할머니, 저 잠깐 은행에 가서 이 돈을 파베르제에 넣고 올게요." 내가 말했다.

"내가 함께 가줄게." 윌버가 제안했다.

"좋은 남자 친구를 뒀구나, 몰리. 둘이 다녀오렴." 할머니가 말했다.

ATM 앞에서 윌버는 내게 호텔과 객실 청소에 관해 온갖 질문을 퍼부어댔다. 나는 빳빳하게 다린 시트의 모퉁이를 접어 매트리스 아래로 집어넣는 일의 특별한 즐거움과 반질반질하게 닦은 황동 문손잡이가 햇볕을 받아 온 세상을 황금색으로 물들이는 광경을 신나게 설명했다. 이야기를 하는 데 몰두한 나머지 윌버가 통장 비밀번호를 입력하는 나를 지켜보고 있는 걸 알아차리지 못했다.

그날 저녁 윌버는 〈형사 콜롬보〉가 시작하기 직전에 갑자기 집으로 가버렸다. 며칠 동안 그에게 문자를 보냈지만 답장은 오지 않았다. 전화를 하고 메시지도 남겼지만 윌버는 연락하지 않았다. 나는 윌버가 어디에 사는지 모르고, 그의 집에 가본 적이 없으며, 그의 집 주소조차 몰랐는데 그게 이상하다고 생각한 적이 한 번도 없었다. 윌버는 늘 핑계를 대고 우리 집에 가자고 했다. 할머니를 보고 싶다는 것도 그 핑계 중 하나였다.

일주일 뒤 월세를 인출하러 은행에 가려는데 내 은행 카드를 찾을 수가 없었다. 이상한 일이었다. 할머니에게 카드를 빌려서 ATM에 갔더니 파베르제가 사라졌다. 전액 인출되었다. 그제야 윌버가 도둑놈일 뿐 아니라 거짓말쟁이임을 깨달았다. 윌버야말로 썩은 종자 그 자체였고 인간쓰레기였다.

나는 내가 속았고 거짓말쟁이를 사랑했다는 사실이 부끄러웠다. 뼛속까지 부끄러웠다. 경찰에 신고해 윌버를 찾을 수 있는지 알아볼까 했지만 그러려면 할머니에게 그가 한 짓을 말해야 했다. 그래서 그만두기로 했다. 그 일로 할머니에게 상처를 줄 수는 없었다. 나 하나 상처받은 걸로 충분했다.

"네 정인은 요새 통 볼 수가 없구나."

며칠 동안 윌버가 찾아오지 않자 할머니가 말했다.

"아, 할머니, 윌버는 저와 헤어지기로 마음먹은 거 같아요."

새빨간 거짓말은 하고 싶지 않았고, 이건 새빨간 거짓말은 아니었다. 그보다는 자세히 캐묻지 않으면 진실이라고도 할 수 있는 진실이었다. 다행히 할머니는 더 캐묻지 않았다.

"안됐구나. 하지만 걱정 마라, 얘야. 세상에 남자는 많아."

"윌버와 헤어지는 편이 나아요."

할머니는 내가 예상보다 담담해서 놀란 듯했다. 하지만 사실 나는 머리끝까지 화난 상태였다. 분노로 몸이 부들부들 떨릴 정도였으나 내 감정을 감추는 법을 배우고 있었다. 할머니가 볼 수 없는 곳에 내 분노를 감춰둘 수 있었다. 할머니에게는 골치 아픈 문제가 많았고, 나는 할머니가 건강을 회복하는 데 모든 에너지를 쏟기 바랐다.

남몰래 상상 속에서만 윌버를 추적했다. 대학 캠퍼스에서 윌버와 우연히 마주쳐 그의 배낭에 달린 어깨끈으로 목을 조르는 장면을 생생하게 상상했다. 윌버 입에 표백제를 부어 자기가 할머니에게, 또 내게 무슨 짓을 했는지 실토하게 하는 장면도 상상했다.

윌버가 우리 돈을 훔쳐 간 다음 날, 할머니는 병원 예약이 잡혀 있었다. 앞서 몇 주 동안 다른 병원에도 가봤지만 할머니는 집에 올 때마다 늘 똑같이 말했다.

"결과가 나왔어요, 할머니? 할머니가 왜 아픈지 알아냈대요?"

"아직. 어쩌면 그 모든 게 이 할미의 망상인지도 모르겠구나."

나는 그 말을 듣고 기뻤다. 꾀병이 진짜 병보다 훨씬 덜 무섭기 때문이다. 그래도 한편으로는 여전히 걱정스러웠다. 할머니의 피부는 크레이프처럼 얇아졌고 이제는 식욕도 거의 없었다.

"몰리, 오늘이 화요일이니까 대청소를 하는 날인 건 아는데 다른 날로 미룰 수 있겠니?"

할머니가 우리의 청소 루틴을 보류하자고 한 것은 처음이었다.

"걱정 마세요, 할머니. 할머니는 쉬고 계세요. 청소는 저 혼자

할게요."

"착하기도 하지. 너 없이 내가 어떻게 살겠니?"

입 밖으로 말한 적은 없지만 나는 할머니 없이 혼자서 어떻게 살 수 있을까 생각하기 시작했다.

며칠 뒤 할머니는 또 다른 병원을 다녀왔다. 집에 돌아온 할머니는 어딘가 달랐다. 얼굴에서 알 수 있었다. 얼굴이 붓고 긴장해 있었다.

"결국 내가 조금 아프기는 한가 보더구나." 할머니가 말했다.

"어디가 아프대요?"

"췌장."

내게서 눈을 떼지 않은 채 할머니가 나직이 말했다.

"약은 받아왔어요?"

"응, 주더구나. 불행히도 통증이 동반되는 병이라서 진통제를 줬어."

할머니는 통증이 있다고 말한 적이 없지만 나도 짐작은 하고 있었다. 할머니의 걸음걸이, 매일 밤 소파에 힘겹게 앉는 모습, 아침에 일어날 때 움찔하는 모습을 보면 알 수 있었다.

"정확한 병명이 뭐래요?" 내가 물었다.

할머니는 대답 대신 이렇게 말했다.

"괜찮으면 좀 누워야겠다. 힘든 하루였어."

"홍차 끓일게요, 할머니."

"그거 좋지. 고맙구나."

몇 주가 지났고 할머니는 평소보다 말이 없었다. 아침 식사를 준비할 때도 콧노래를 흥얼거리지 않았다. 퇴근도 일찍 했다. 체중이 급속도로 줄어들었고 매일 약을 점점 더 많이 먹었다.

이해할 수 없었다. 약을 먹는데도 왜 호전되지 않는 걸까?

나는 캐묻기 시작했다.

"할머니, 대체 무슨 병이에요? 제게 말 안 해주셨어요."

그때 우리는 부엌에 있었고 저녁을 먹은 뒤에 치우고 있었다.

"얘야, 자리에 좀 앉자꾸나."

우리는 원목으로 만든 2인용 식탁에 앉았다. 몇 년 전 아파트 앞 쓰레기통에서 구조해낸 식탁과 의자였다.

나는 할머니가 말하기를 기다렸다.

"너한테 시간을 준 거다. 익숙해질 시간."

마침내 할머니가 입을 열었다.

"뭐에 익숙해져요?"

"몰리, 얘야, 난 큰 병에 걸렸다."

"할머니가요?"

"응, 췌장암이야."

그제야 모든 조각이 맞춰졌고 음울한 어둠 속에서 그림 전체가 떠올랐다. 할머니의 체중이 줄고 기운이 없는 게 이해가 갔다. 할머니는 체중이 반으로 줄었고, 따라서 완전히 회복되려면 적절하고 빈틈없는 의학적 치료가 필요했다.

"약효가 언제 나타날까요? 다른 병원에 가봐야 하는 거 아니에요?" 내가 물었다.

하지만 할머니에게 자세한 상황을 듣는 동안 진실을 깨닫게 되었다. 고식적 치료(병을 근본적으로 치료하지 않고 증상을 완화하는 치료-옮긴이). 참으로 거창하고 멋지게 들리지만 받아들이기 힘든 말이다.

"그럴 리가 없어요, 할머니. 좋아질 거예요. 이 엉망진창인 상황을 깨끗이 정리하기만 하면 돼요." 내가 우겼다.

"아, 몰리, 세상에는 깨끗하게 정리할 수 없는 상황도 있어. 난 행복한 인생을 살았다. 정말이야. 불만은 없어. 그저 너와 더 많은 시간을 보낼 수 없어서 아쉬울 뿐이야."

"안 돼요. 전 받아들일 수 없어요."

할머니는 도저히 속내를 알 수 없는 표정으로 날 바라보더니 내 손을 잡았다. 할머니의 피부는 너무 부드럽고 종잇장처럼 얇았지만 따뜻했다. 죽기 직전까지도.

"이 일을 냉철하게 보자꾸나. 난 죽을 거야." 할머니가 말했다.

갑자기 사방에서 벽이 내게로 다가오더니 부엌이 한쪽으로 기우는 듯했다. 그 순간 움직이는 건 고사하고 숨조차 쉴 수 없었다. 식탁에서 그대로 기절할 것만 같았다.

"콜드웰 가에는 더 이상 일할 수 없다고 말해뒀다. 하지만 걱정 마라. 우리에게는 파베르제가 있잖니? 죽을 때가 되면 하느님께서는 너무 큰 고통 없이 날 빨리 데려가실 거야. 하지만 만약 고통스럽다면 진통제가 도움이 될 거다. 게다가 내게는 너도 있고……."

"할머니, 사실은……."

"하나만 약속해다오."

할머니가 내 말을 잘랐다.

"난 절대 병원엔 가지 않을 거다. 내 인생의 마지막 날들을 낯선 사람들에게 둘러싸여 병원에서 보내진 않을 거야. 세상 그 무엇도 가족을, 내가 사랑하는 사람을 대신할 수 없어. 안락한 집도 그렇고. 내 곁에 있기를 바라는 사람은 너뿐이란다. 이해하겠니?"

슬프게도 나는 할머니의 심정을 이해했다. 그동안 진실을 무시하려고 무던히 노력했지만 이제는 불가능했다. 할머니에게는 내가 필요했다. 내가 달리 무엇을 할 수 있겠는가?

그날 저녁, 할머니는 〈형사 콜롬보〉가 시작하기 한참 전에 피곤하다고 하셨다. 나는 할머니를 침대에 눕혀드리고 볼에 키스한 다음 안녕히 주무시라고 인사했다. 그러고는 부엌으로 가서 찬장을 청소하고 접시를 모두 꺼내 하나씩 닦았다. 집에 은식기가 많지는 않아도 조금 있었다. 은식기를 하나씩 닦는 동안 눈물이 하염없이 흘렀다. 일이 다 끝나고 나니 부엌 전체에서 레몬향이 풍겼지만 틈새에 먼지들이 숨어 있다는 느낌을 떨칠 수가 없었다. 그걸 찾아내서 닦지 않으면 우리 삶 면면에 전염병이 퍼질 것이다.

할머니에게 파베르제와 윌버 이야기는 한마디도 하지 않았다. 우리가 빈털터리가 되었고, 이제는 대학 등록금을 낼 수 없으며, 집세를 내는 것조차 힘들다는 말은 도저히 할 수 없었다. 대신 할머니의 진통제와 식비를 비롯한 생활비를 마련하려고 리전시 그랜드에서 더 많은 시간을 일했다. 할머니에게 말하지 않은 게 하나 더 있었는데 월세도 밀렸다. 복도에서 집주인 로소 씨를 만날 때마다 할머니가 아파서 수입이 줄어들었다고 설명하며 좀 더 기다려달라고 간청했다.

할머니의 병세가 악화되는 동안 나는 침대 옆에서 대학 안내서를 큰 소리로 읽으며 내가 듣고 싶은 과정과 워크숍을 설명해 드렸다. 비록 내가 결코 그 수업을 들을 수 없음을 알고 있었지만. 할머니는 눈을 감았지만 그래도 내 이야기를 듣고 있다는 걸 알 수 있었다. 얼굴에 평온한 미소를 띠고 있었기 때문이다.

"내가 죽으면 필요할 때 언제든 파베르제를 쓰렴. 파트타임으로 일하면 네 등록금을 제외하고도 적어도 2년 치 집세는 낼 수 있을 거란다. 그 돈은 다 네 거란다. 그걸로 편하게 살아라."

"네, 할머니, 고마워요."

나는 그런 몽상에 빠져 있었고 내가 몽상에 빠진 줄도 몰랐다. 정신을 차려보니 현관문 옆에 서 있다. 대걸레는 벽에 기대져 있고, 가슴에는 할머니가 기도문을 수놓은 쿠션을 끌어안고 있다. 언제 대걸레를 내려놓았는지, 언제 이 쿠션을 집어 들었는지 기억나지 않는다. 마룻바닥은 깨끗하지만 오랫동안 밟고 다닌 탓에, 그리고 일상생활로 마모된 탓에 낡고 흠집이 있다. 머리 위에서 너무 따뜻하고 너무 환한 불빛이 떨어진다.

나는 혼자다. 여기 얼마나 서 있었을까? 마룻바닥은 다 말랐다. 그때 집 전화가 울린다. 나는 할머니의 의자에 앉아 몸을 앞으로 내밀어 전화기를 집는다.

"여보세요? 몰리 그레이입니다."

전화기 반대편에서 잠시 정적이 흐른다.

"몰리, 나 알렉산더 스노우 매니저일세. 집에 돌아왔다니 다행이군."

"걱정해주셔서 고맙습니다. 네, 집에 온 지 좀 됐어요. 면담이 끝난 뒤에 스타크 형사님이 직접 차로 데려다주셨어요. 좋은 분 같아요."

"그래, 형사님과 이야기 나눠줘서 고맙네. 자네 의견이 수사에 도움이 될 거야."

스노우 씨는 다시 뜸을 들인다. 전화기 반대편에서 얕은 숨소리가 들린다. 그가 우리 집에 전화한 게 처음은 아니지만 아주 드문 일이다.

"몰리." 스노우 씨가 다시 입을 연다. "오늘이 자네에게 아주 힘든 날이었다는 거 이해하네. 많은 사람에게 그랬지. 특히 블랙 부인에게 말이야. 블랙 씨가…… 별세했다는 뉴스가 퍼졌네. 짐작이 가겠지만 전 직원이 큰 충격을 받고 상심한 상태야."

"네, 그럴 거예요."

"내일은 자네가 몇 주 만에 쉬는 날이고 오늘 힘든 일을 겪기도 했지만, 셰릴이 블랙 씨의 죽음에 큰 충격을 받은 모양이야. 그 일로 '극도의 트라우마'가 생겼다면서 내일 병가를 낼 거라고 했네."

"하지만 블랙 씨 시신을 발견한 사람은 셰릴이 아니잖아요."

"사람마다 스트레스에 대한 반응이 다 다르겠지, 아마도."

"네, 물론이죠."

"몰리, 그래서 말인데 내일 자네가 셰릴 대신 근무해줄 수 있겠나? 다시 말하지만 이런 부탁 해서 정말 미안하네."

"천만에요. 하루 더 일한다고 죽지 않으니까요."

다시 긴 침묵이 흐른다.

"말씀 다 하셨나요, 스노우 씨?"

"그래, 다 했네. 고맙네. 내일 아침에 보지."

"네, 내일 뵙죠. 안녕히 주무세요, 스노우 씨. 빈대에 물리지 마
세요."

"잘 자게, 몰리."

THE
MAID

화요일

6

인정하기는 싫지만 간밤에 악몽을 꿨다. 좀비처럼 잿빛이 된 블랙 씨가 우리 집 현관문을 지나 안으로 들어왔다. 소파에 앉아 〈형사 콜롬보〉를 보고 있던 나는 그를 돌아보며 말했다.

"할머니가 죽은 뒤로 이 집에 발을 들인 사람은 없어요."

블랙 씨가 웃기 시작했다. 날 비웃는 웃음이었다. 하지만 내가 레이저 눈빛으로 쏘아보자 그의 사지는 먼지로 변했다. 고운 진회색 먼지가 집 안에 퍼지고 내 폐로 들어왔다. 나는 토할 것 같았고 기침하기 시작했다.

"왜 이래요? 내가 한 짓이 아니라고요! 당신을 죽인 사람은 내가 아니에요! 나가요!" 내가 외쳤다.

하지만 너무 늦었다. 사방에 그의 먼지가 내려앉았다. 나는 숨을 헉 들이쉬며 잠에서 깼다.

지금은 아침 6시다. 방긋 웃으며 일어날 시간. 아니면 그냥 일어나든가.

침대에서 내려와 이불을 정돈한다. 퀼트 이불 한가운데에 있는 별이 북쪽을 향하도록 주의하면서. 부엌으로 가서 할머니의 페이즐리 무늬 앞치마를 두르고 1인분의 홍차와 크럼펫을 준비한다. 아침에는 집안이 너무 고요하다. 바삭한 크럼펫을 칼로 자를 때 접시에 칼날이 긁히는 소리가 귀에 거슬린다. 얼른 먹고 샤워한 다음 집을 나선다.

현관문을 잠그는데 복도에서 누군가의 헛기침 소리가 들린다. 로소 씨다. 나는 몸을 돌려 그를 마주 본다.

"안녕하세요, 로소 씨. 오늘 아침에는 일찍 일어나셨네요."

나는 로소 씨가 인사를 건네는 기본적인 예의는 지킬 줄 알았다. 그런데 돌아온 건 퉁명스러운 말뿐이다.

"이달 집세를 아직 못 받았어. 언제 줄 건가?"

나는 열쇠를 주머니에 넣는다.

"며칠만 기다려주세요. 그때 한 푼도 빠짐없이 다 드릴게요. 할머니랑 저를 한두 해 알고 지내신 게 아니잖아요. 저희는 매사에 정당한 대가를 지불해야 한다고 믿는 준법 시민이에요. 그러니까 그렇게 할 거예요. 곧."

"그러는 게 좋을 거야."

로소 씨는 그렇게 말하더니 발을 질질 끌며 자기 집으로 들어가 문을 닫는다.

정말이지 사람들이 발을 떼고 걸으면 좋겠다. 저렇게 발을 질질 끌고 걷는 건 단정치 못하다. 아주 나쁜 인상을 남긴다.

'그만, 그만, 타인을 너무 가혹하게 평가하지 말자꾸나.'

머릿속에서 할머니의 목소리가 들린다. 자애와 용서를 일깨워주는 목소리다. 사람을 속단하거나 세상이 내 법칙대로 돌아가기를 바라는 게 나의 단점이다.

'우린 대나무처럼 바람에 구부러지고 휘는 법을 배워야 해.'

구부러지고 휘는 법. 내가 잘하는 일은 아니다.

나는 계단을 내려가 밖으로 나간다. 호텔까지 걸어가기로 한다. 날씨가 좋은 날에는 무척이나 유쾌한 20분간의 유람이다. 비록 오늘은 시무룩한 먹구름이 비를 뿌리겠다고 위협하지만. 북적거리는 호텔이 눈에 들어온 순간 안도의 한숨을 내쉰다. 나는 근무 시간보다 30분 먼저 도착할 정도로 프로 정신이 투철하다. 그게 내 방식이다.

나는 정문에 서 있는 프레스턴 씨에게 인사한다.

"아, 몰리, 설마 오늘 일하러 나온 거냐?"

"네, 어젯밤에 셰릴이 병가를 냈어요."

프레스턴 씨가 고개를 절레절레 흔든다.

"어련할까. 넌 괜찮니, 몰리? 어제 꽤 흉악한 일을 겪었잖니? 그렇다고 들었다. 그런…… 걸 보게 돼서 정말 무서웠겠구나."

순간적으로 침대에 누워 있는 죽은 블랙 씨의 실제 모습과 내 꿈이 섞여 머릿속에 떠오른다.

"괜찮아요, 프레스턴 씨. 하지만 솔직히 이번 상황 전체가 약간…… 힘들긴 했어요. 마음을 가라앉히고 할 일을 계속해야죠."

문득 의문이 든다.

"프레스턴 씨, 어제 블랙 씨를 찾아온 사람이 있었나요? 친구든…… 그렇지 않든 간에요."

프레스턴 씨가 모자를 고쳐 쓴다.

"내가 아는 한 없었는데. 그건 왜 묻지?"

"그냥요. 경찰이 알아서 수사하겠죠. 특별히 수상한 점이 있다면요."

"수상해?"

프레스턴 씨가 심각한 눈빛으로 날 바라본다.

"몰리, 필요한 게 있으면, 조금이라도 도움이 필요하다면 날 기억해다오. 알겠니?"

나는 남에게 폐를 끼치는 사람이 아니다. 지금쯤이면 틀림없이 프레스턴 씨도 내가 그런 성격임을 알 것이다. 그의 표정은 심각하고 걱정으로 눈살을 찌푸리고 있다. 사람 표정을 잘 읽지 못하는 나조차도 그의 심정을 분명히 알 수 있다.

"감사합니다, 프레스턴 씨. 그렇게 말씀해주셔서 든든해요. 괜찮으시면 그만 가볼게요. 어제 형사랑 구급 요원이 많이 와서 오늘은 틀림없이 할 일이 더 많을 거예요. 그 사람들은 아저씨처럼 신발이 깨끗하지 않을 테니 걱정이에요."

프레스턴 씨는 모자챙에 손을 살짝 대며 인사하더니 택시를 잡으려다 실패한 투숙객들에게 주의를 돌린다.

"택시!"

프레스턴 씨는 그렇게 외치고는 잠시 나를 돌아본다.

"무리하지 마라, 몰리. 제발."

나는 고개를 끄덕이고 빨간 카펫이 깔린 계단을 올라간다. 호텔을 들고나는 손님들과 부딪치며 반짝이는 회전문을 통과한다. 로비에 들어서니 프런트 데스크 옆에 스노우 씨가 있다. 안경이 비뚤어졌고, 젤을 발라 뒤로 넘긴 머리에서 머리카락 한 가닥이 빠져나와 이마 앞에서 좌우로 흔들린다. 못마땅해서 흔들어대는 손가락처럼.

"몰리, 자네가 와줘서 정말 다행이야. 고맙네."

스노우 씨 손에는 오늘자 신문이 들려 있다. 헤드라인이 저절로 눈에 들어온다.

'억만장자 거물 찰스 블랙, 리전시 그랜드 호텔에서 변사체로 발견.'

"이 기사 읽었나?"

스노우 씨가 그렇게 말하며 내게 신문을 건네주고 나는 기사를 훑어본다. 호텔 메이드가 침대에서 죽은 블랙 씨를 발견했다고 적혀 있다. 천만다행히 내 이름은 언급되지 않았다. 기사에서는 뒤이어 블랙 가와 그의 자녀 및 전처 간의 갈등을 다루었다.

'몇 년 전부터 블랙 프라퍼티스 앤 인베스트먼츠의 적법성을 두고 소문이 무성했다. 블랙 프라퍼티스 앤 인베스트먼츠는 부당 거래와 횡령 사고 혐의를 받아왔으나 블랙의 막강한 변호사 군단이 무혐의 판결을 받아냈다.'

기사를 절반쯤 읽었을 때 지젤의 이름이 나오자 나는 더 신경써서 읽는다.

'블랙 씨의 두 번째 부인 지젤 블랙은 남편보다 서른다섯 살 연하다. 그녀는 블랙 가 재산의 추정 상속인이며 이 문제로 최근 몇 년간 블랙 가에 불화가 끊이지 않았다. 남편이 변사체로 발견된 뒤 지젤 블랙은 검은 선글라스를 쓰고, 신분이 밝혀지지 않은 남자와 함께 호텔을 빠져나가는 모습이 목격되었다. 다수의 호텔 직원에 따르면 블랙 부부는 리전시 그랜드의 단골이었다. 블랙 씨가 호텔에서 회사 업무를 처리했냐는 질문에 호텔 매니저 알렉산더 스노우 씨는 답변하지 않았다. 이 사건을 담당한 스타크 형사는 블랙 씨의 사인으로 타살도 아직 염두에 두고 있다고 말했다.'

나는 기사를 다 읽고 스노우 씨에게 신문을 건넨다. 기사 마지막 줄에 함축된 의미를 깨닫자 갑자기 발밑이 꺼질 듯하다.

"봤나, 몰리? 사람들이 우리 호텔을…… 호텔을……."

"부정하고 더러운 곳으로 취급하네요." 내가 거든다.

"그래, 바로 그거야."

스노우 씨는 안경을 똑바로 쓰려고 하지만 잘되지 않는다.

"몰리, 자네에게 꼭 물어볼 말이 있네. 혹시 이 호텔에서…… 수상하게 행동하는 사람을 본 적이 있나? 언제든 상관없네. 블랙 부부나 다른 투숙객과 관련해서 말이야."

"수상한 행동이요?"

"범죄와 연관된 행동 말일세." 스노우 씨가 설명한다.

"아뇨! 전혀 보지 못했어요. 만약 봤다면 매니저님에게 가장 먼저 말씀드렸을 거예요."

스노우 씨는 참았던 한숨을 내쉰다. 지금 스노우 씨가 느낄 부담을 생각하니 안타깝다. 리전시 그랜드 호텔의 막강한 명성이 그의 가냘픈 두 어깨에 놓여 있다.

"매니저님, 질문 하나 해도 될까요?"

"물론이지."

"기사에 지젤 블랙 이야기가 나오는데 그분이 아직 여기 머물고 있나요? 그러니까 이 호텔에요."

스노우 씨는 재빨리 눈동자를 좌우로 움직이더니 프런트 데스크와 거기서 일하는 제복 입은 말쑥한 펭귄들에게서 물러난다. 그러고는 내게도 똑같이 하라고 손짓한다. 오늘 아침은 유난히 붐벼서 시끌벅적한 손님들이 로비를 배회하고 있다. 대다수가 손에 신문을 들고 있는 걸로 보아 다들 블랙 씨 이야기를 하는 듯하다.

스노우 씨가 웅장한 계단 옆 어둠침침한 구석에 놓인 에메랄드빛 소파를 향해 고갯짓하자 우리는 그쪽으로 간다. 이런 소파에는 처음 앉아본다. 부드러운 벨벳 속으로 몸이 가라앉는다. 우리 집 소파와 달리 스프링이 튀어나온 부분을 피해 앉을 필요가 없다. 스노우 씨가 내 옆에 앉아 속닥거린다.

"자네 질문에 대답하자면 지젤은 아직 이 호텔에 묵고 있네. 하지만 이 이야기를 절대 다른 사람에게 해서는 안 돼. 지젤은 달리 갈 곳이 없어. 이해하지? 게다가 자네도 짐작하겠지만 지금 지젤은 제정신이 아니야. 숙소를 2층 객실로 옮겨주었네. 이제부터는 수니타가 지젤 방을 청소할 거야."

나는 가슴이 벌렁거린다.

"잘 알겠습니다. 그만 가볼게요. 이 호텔은 저절로 깨끗해지지 않으니까요."

"하나만 더 당부하지. 블랙 씨가 쓰던 스위트룸 있지? 당연히 오늘은 출입 금지야. 경찰이 아직 그 방을 조사하고 있네. 폴리스라인이랑 문 앞을 지키는 경관이 보일 거야."

"그럼 그 스위트룸은 언제 청소할까요?"

스노우 씨는 나를 오랫동안 바라보았다.

"청소하지 말라고, 몰리. 지금 내가 그 이야기를 하는 거잖나."

"잘 알겠습니다. 그럼 청소하지 않을게요. 가보겠습니다."

그 말과 함께 나는 자리에서 일어나 몸을 돌려 대리석 계단을 내려가 지하 사물함으로 갔다.

깨끗이 세탁하고 빳빳하게 다린 뒤 비닐 커버를 씌워 사물함 문에 걸어놓은 믿음직한 유니폼이 날 맞이한다. 마치 어제의 난리는 일어나지 않았다는 듯이. 새로운 날이 되면 편리하게도 그 전날은 지워진다는 듯이. 나는 얼른 옷을 갈아입고 내 옷은 사물함에 넣는다. 그런 다음 청소 카트를 잡는다. 기적적으로 청소용품이 다 채워져 있다. (보나 마나 선샤인이나 수니타가 했으리라. 셰릴은 절대 하지 않는다.)

조명이 지나치게 밝고 미로 같은 복도를 요리조리 돌아서 주방으로 간다. 후안 마누엘이 손님이 먹다 남긴 아침 식사를 나이프로 긁어서 대형 쓰레기통에 버린 다음, 접시를 식기 세척기에 넣고 있다. 난 사우나에 가본 적이 없지만 틀림없이 이 주방과 비슷할 것이다. 여러 가지 음식이 뒤섞인 불쾌한 냄새만 제외하고.

후안 마누엘은 날 발견하자 식기 세척기의 스프레이 노즐을 내려놓고 걱정스러운 눈으로 바라본다.

"디오스 테 벤디가(Dios te bendiga, 신의 가호가 있기를)."

그는 그렇게 말하며 성호를 긋는다.

"얼굴 보니 반갑네. 괜찮아? 걱정했어, 미스 몰리."

오늘 다들 나만 보면 호들갑을 떠는 게 점점 거슬린다. 죽은 사람은 내가 아니거늘.

"난 아무렇지도 않아. 고마워, 후안 마누엘."

"하지만 네가 발견했잖아." 후안 마누엘이 속삭이며 눈을 크게 뜬다. "그 시신."

"맞아."

"블랙 씨가 정말 죽었다니 믿기지 않아. 그게 무슨 의미일까?"

"블랙 씨가 죽었다는 의미지."

"그게 아니라 이제 이 호텔은 어떻게 되냐고."

후안 마누엘이 몇 걸음 다가온다. 우리 사이의 간격이 청소 카트의 절반 길이밖에 안 될 정도로 가깝게. 그러더니 이렇게 속삭인다.

"몰리, 블랙 씨는 말이야, 엄청난 권력을 가진 사람이야. 아주 막강하지. 이젠 누가 보스가 될까?"

"보스는 스노우 씨지."

후안 마누엘이 날 이상한 눈으로 본다.

"스노우 씨? 정말로 그럴까?"

"그럼." 나는 자신만만하게 대답한다. "우리 호텔의 보스는 당연히 스노우 씨야. 이제 그 이야기는 그만해. 나 일하러 가봐야해. 오늘은 계획을 수정해야겠어. 방금 4층이 감시를 받는다는 말을 들었어. 아직 경찰이 남아 있대. 그러니까 오늘 밤은 202호에서 자. 알았지? 4층 말고 2층. 경찰 눈에 띄지 않게."

"알았어. 걱정 마. 걸리지 않을게."

"그리고 후안 마누엘, 이 얘기는 하면 안 되는데 지젤 블랙이 같은 층 어딘가에 묵고 있어. 2층에. 그러니까 조심해. 2층에도 수사관이 있을지 몰라. 이번 수사가 끝날 때까지 눈에 띄지 않게 행동해. 알겠지?"

나는 그에게 202호 키카드를 주었다.

"그래, 알았어. 너도 눈에 띄지 않게 행동해, 응? 네가 걱정돼."

"내 걱정은 할 필요 없어. 그만 가볼게."

나는 부엌에서 나와 카트를 밀고 직원 전용 엘리베이터를 탄다. 엘리베이터에 들어서자 공기가 한층 신선하고 시원하다. 로비로 올라가 오늘의 신문을 가지러 레스토랑으로 간다.

멀리서도 바 뒤에 서 있는 로드니가 보인다. 그는 날 보더니 서둘러 마중을 나온다.

"몰리! 왔구나."

그는 내 어깨에 두 손을 올린다. 전기가 통하듯이 찌릿하면서 몸 깊은 곳까지 따뜻해진다.

"괜찮아?"

"오늘 다들 나만 보면 그렇게 묻네. 난 괜찮아. 포옹 정도는 너무 무리한 요구가 아니겠지?"

"물론이지! 안 그래도 오늘 널 꼭 만나고 싶었어."

로드니는 그렇게 말하며 날 껴안는다.

나는 그의 어깨에 머리를 대고 그의 체취를 들이마신다. 누구에게 안겨본 지 하도 오래돼서 팔을 어떻게 해야 할지 모르겠다.

결국 두 팔로 그의 등을 껴안아 날개뼈에 두 손을 둔다. 그의 날개뼈는 내가 상상하던 것보다 훨씬 더 튼튼하다.

나는 좀 더 껴안고 싶은데 로드니가 먼저 몸을 뗀다. 그제야 마치 누군가에게 맞기라도 했는지 빨갛게 부어오른 그의 오른쪽 눈이 보인다.

"눈이 왜 이래?"

"아, 내가 멍청했어. 후안 마누엘의 짐을 객실로 날라주다가 그…… 문에 부딪혔어. 후안에게 물어봐. 말해줄 거야."

"얼음찜질을 해야겠다. 아파 보여."

"내 이야기는 그만하고 네가 어떤지 말해봐."

로드니는 말을 하면서 실내를 둘러본다. 중년 여자 여러 무리가 함께 아침을 먹고 있다. 티스푼이 딸그락거리고 웃음소리가 울려 퍼진다. 다 함께 평일 낮 공연을 보기 전에 한가로운 아침 시간을 보내고 있다. 몇몇 가족은 박물관 구경과 관광에 나서기 전에 팬케이크로 배를 든든히 채운다. 출장 온 남자 둘은 휴대전화나 앞에 펼쳐진 신문에서 눈을 떼지 않은 채 콘티넨털 브랙퍼스트를 깨작거린다. 누굴 찾는 걸까? 틀림없이 이 손님 중 하나는 아닐 것이다. 하지만 저들이 아니라면 누구지?

"저기." 로드니가 나직이 말한다. "어제 네가 죽은 블랙 씨를 발견했고 형사가 널 경찰서로 데려가 신문했다는 얘기 들었어. 지금은 좀 곤란하고 이따 네 근무 끝나고 여기 들르면 어때? 저쪽 조용한 자리에 앉아서 나에게 다 얘기해줘. 하나도 빠짐없이 자세하게, 응?"

로드니는 팔을 뻗어 내 손을 꼭 잡는다. 그의 눈동자는 깊은 푸른색 웅덩이다. 걱정스러운 얼굴이다. 날 걱정하고 있다. 순간 적으로 로드니가 내게 키스하려는 게 아닐까 싶었으나 그게 얼 마나 어리석은 짓인지 깨닫는다. 직장 한복판에서 동료에게 키스 하다니. 로드니는 당연히 그런 짓을 하지 않으리라. 그래도 아쉬 운 마음이 든다.

"이따 널 만나면 정말 멋질 거야."

나는 내숭을 떨며 아무렇지 않은 듯이 말한다.

"그럼 5시 정각에 볼까? 이거 데이트야?"

"어, 응, 좋아."

"그럼 이따 봐."

나는 그렇게 말하고 자리를 뜬다.

"신문 가져가야지."

로드니가 바닥에서 신문 더미를 들어 바 테이블에 툭 내려놓 는다.

"내 정신 좀 봐."

나는 끙끙거리며 신문 더미를 청소 카트로 가져간다.

로드니는 바 뒤로 가서 손님에게 가져다줄 커피를 따른다. 나 는 마지막으로 그와 눈을 마주치려 하지만 실패한다.

상관없다. 이따 눈을 실컷 마주칠 테니까.

7

인생은 재미있다. 어느 날 꽤 충격적인 일이 일어나고, 그다음 날에도 충격적인 일이 일어날 수 있다. 하지만 두 충격은 밤과 낮처럼, 흑과 백처럼, 선과 악처럼 철저히 다를 수 있다. 어제는 죽은 블랙 씨를 발견했고, 오늘은 로드니에게 데이트 신청을 받았다. 엄밀히 말하면 밖에서 만나는 건 아니고 직장에서 만나는 것이니 정식 데이트는 아니지만 상관없다. 만난다는 사실이 가장 중요하다.

로드니와 마지막 데이트를 한 지 1년이 훌쩍 넘었다. '기다리는 자에게 복이 온다'고 할머니는 늘 말씀하셨다.

맞아요, 할머니, 그 말이 맞았어요.

로드니가 내게 관심이 없구나 생각할 즈음에 그가 관심을 보였다. 타이밍도 완벽하다. 어제 죽은 블랙 씨를 발견했을 때는 가슴이 철렁 내려앉았다. 오늘도 가슴이 철렁 내려앉았지만 훨씬 더 기분 좋고 신나는 쪽이었다. 삶이 날 위해 어떤 놀라운 일을 준비하는지 결코 알 수 없다는 사실이 증명되었다.

나는 카트를 밀며 로비를 가로질러 엘리베이터 쪽으로 간다. 또 다른 중년 여자 한 무리가 서둘러 날 앞지른다. '여자들의 일

탈'을 즐기러 나온 듯하다. 그들은 내 코앞에서 엘리베이터 문을 닫는다. 내게는 익숙한 일이다. 메이드는 기다려도 된다. 메이드는 늘 맨 마지막이다. 마침내 혼자 엘리베이터에 올라타 4층을 누른다. 버튼에 빨간 불이 들어온다. 침대에서 죽은 블랙 씨를 발견한 뒤 처음으로 다시 4층에 가려니 속이 약간 울렁거린다.

'진정해. 오늘은 그 스위트룸에 들어갈 필요 없어.'

땡 소리가 나더니 엘리베이터 문이 열린다. 카트를 밀자마자 무언가와 세게 부딪친다. 고개를 들어보니 내가 카트로 경관을 들이받았다. 그는 휴대전화에서 눈을 떼지 않은 터라 자기가 엘리베이터 문 앞을 막고 있다는 사실조차 모른다. 누가 잘못했든 상관없이 이런 상황에서 어떻게 해야 하는지 나는 정확히 안다. 스노우 씨에게 처음 훈련받았을 때 배웠다. 늘 손님이 옳다. 심지어 손님이 내게 폐를 끼치고 그 사실을 전혀 미안해 하지 않는다고 해도.

"정말 죄송합니다, 선생님. 괜찮으세요?"

"네, 괜찮아요. 그래도 그거 밀고 다닐 때는 조심하세요."

"충고 명심하겠습니다. 감사합니다, 경관님."

나는 카트를 그의 옆으로 돌리며 말한다. 마음 같아서는 그의 발가락 위를 그대로 지나가고 싶지만 그건 부적절한 행동이다. 나는 경관 옆으로 지나간 뒤에 걸음을 멈추고 묻는다.

"뭐 필요한 거 있으세요? 뜨거운 수건이라든가 샴푸는요?"

"괜찮아요. 실례."

경관은 나를 돌아서 지나가고, 나는 그가 블랙 씨의 스위트룸으로 가는 걸 지켜본다. 객실 문 앞에는 노란 폴리스 라인이 쳐져 있다. 경관은 문 옆으로 가서 벽에 몸을 기댄 채 한 발을 다른 발 앞으로 내밀어 교차한다. 하루 종일 저렇게 벽에 붙어 있으면 벽에 지우기 힘든 얼룩이 남으리라. 빗자루를 흔들어 경관을 벽에서 떼어내고 싶지만 신경 끄자. 저기는 내 집이 아니다.

나는 복도 끝으로 가 407호를 청소한다. 다행히 손님들은 이미 체크아웃했다. 베개 위에 5달러가 놓여 있다. 나는 속으로 '감사합니다'라고 말하며 5달러를 집어 주머니에 넣는다.

"1페니라도 소중한 거야."

할머니는 늘 그렇게 말했다.

나는 시트를 벗기고 새 시트를 깐다. 솔직히 말해서 오늘은 손이 파르르 떨린다. 가끔 블랙 씨(누렇게 뜬 얼굴, 차디찬 몸)와 그 후에 목격한 것들이 전부 떠오르며 온몸에 전류가 흐른다. 하지만 초조할 것 없다. 오늘은 어제가 아니다. 오늘은 새로운 날이다. 마음을 가라앉히려고 행복한 생각에 집중한다. 지금은 로드니를 생각하는 게 가장 행복하다.

청소하는 동안 최근 급격히 가까워진 우리 사이를 다시 떠올린다. 처음 이 호텔에서 일하기 시작했을 때는 로드니를 잘 알지 못했다. 매일 근무를 시작해 신문을 가지러 갈 때면 조금이라도 더 있다가 가려고 노력했다. 시간이 흐르며 우리는 서서히 가까워졌다. 감히 말하자면 마음이 통하는 사이라고 할까? 하지만 우리의 애정이 단단해진 것은 1년 반 전 어느 날이었다.

나는 3층에서 객실을 청소하고 있었다. 선샤인이 절반을 청소하고, 나머지 반을 내가 맡았다. 그러다 305호실에 들어갔다. 원래 내가 맡은 방이 아니지만 프런트 데스크에서 방이 비었으니 청소하라고 했다. 방이 비었다고 들은 터라 노크도 하지 않고 카트로 문을 밀치며 들어갔다가 거구의 두 남자와 정면으로 마주쳤다.

할머니는 내게 겉모습이 아닌 행동으로 사람을 판단하라고 가르쳤다. 그래서 머리를 빡빡 밀고 얼굴에 알쏭달쏭한 문신을 새긴 두 괴수를 보았을 때 나는 즉시 그들을 최대한 나쁜 쪽보다는 좋은 쪽으로 추측했다. 내가 들어본 적이 없는 유명한 2인조 록스타일까? 아니면 요즘 잘 나가는 타투이스트? 전 세계적으로 유명한 레슬링 선수? 나는 요즘 대중문화보다 옛것을 더 좋아하니 모르는 게 당연했다.

"정말 죄송합니다, 선생님. 이 방은 손님들이 나가셨다고 들었어요. 방해해서 정말 죄송합니다."

나는 규정대로 미소를 짓고는 두 신사의 반응을 기다렸다. 하지만 둘 다 아무 말도 하지 않았다. 침대에는 군청색 더플백이 있었다. 두 거구 중 한 명은 내가 방에 들어왔을 때 짐을 싸는 중이었는데 기계인지 저울인지 모를 물건을 가방에 넣으려 하고 있었다. 이제 그는 그 기이한 물건을 한 손에 든 채 미동도 없이 서 있었다.

방 안에 감도는 침묵에 살짝 불편해지려는 찰나, 두 남자 뒤의 욕실에서 다른 두 남자가 나왔다. 하나는 빳빳한 흰 셔츠를 입고 소매를 걷어 멋진 팔 근육을 드러낸 로드니였고, 다른 하나는 갈색 종이봉투를 든 후안 마누엘이었다. 점심 도시락인가? 아니면 저녁? 로드니는 주먹을 불끈 쥐고 있었다. 그와 후안 마누엘은 날 보고 놀란 게 틀림없었고, 솔직히 말해서 나도 놀랐다.

"몰리, 맙소사, 네가 왜 여기 있는 거야?" 후안 마누엘이 물었다. "어서 빨리 여기서 나가야 해."

로드니가 후안 마누엘을 돌아보았다.

"뭐야, 이제 네가 보스라도 됐어? 왜 갑자기 대장 행세야?"

후안 마누엘은 두 발짝 물러서더니 넋이 나간 표정으로 바닥에 놓인 자기 발만 바라보았다.

나는 지금이 내가 끼어들어서 둘 사이의 균열을 메워야 할 때라고 생각했다.

"엄밀히 말해서 로드니는 바 매니저야. 그러니까 서열을 따지면 지금 우리 셋 중에서 직책이 가장 높아. 하지만 우리 모두 VIP라는 사실을 명심하자. 이 호텔에서 일하는 직원은 한 명도 빠짐없이 VIP야."

두 괴수의 눈이 로드니에게서 후안 마누엘로 갔다가 내게로 향했다. 그걸 빠르게 몇 번 반복했다.

"몰리, 여기 왜 온 거야?" 로드니가 물었다.

"몰라서 물어? 객실 청소하러 왔지."

"그래, 그건 알아. 하지만 오늘 이 방은 네 근무표에서 빠지도록 되어 있었어. 내가 아래층에 말해뒀다고."

"아래층 누구?" 내가 물었다.

"이봐, 그건 중요치 않아. 요점은 그게 아니야."

갑자기 후안 마누엘이 로드니를 지나 앞으로 나오더니 내 팔을 잡았다.

"몰리, 내 걱정은 하지 말고 얼른 밖으로 나가서 말해야……."

"야!" 로드니가 그의 말을 잘랐다. "그 팔 당장 놔."

제안이 아니라 명령이었다.

"아, 난 괜찮아. 후안 마누엘과 나는 아는 사이라서 이 정도는 전혀 불편하지 않아."

그제야 지금 어떤 상황인지 서서히 깨달았다. 로드니는 후안 마누엘을 질투하고 있었다. 연적이 된 두 남자가 기 싸움을 하는 것이다. 나는 이를 아주 좋은 징조로 받아들였다. 로드니가 날 어떻게 생각하는지 알 수 있었기 때문이다.

로드니는 불쾌감이 역력한 눈으로 후안 마누엘을 바라보았다. 그러더니 깜짝 놀랄 만한 말을 했다.

"어머니는 어떠셔, 후안 마누엘? 네 가족이 마사틀란에 살지? 내가 말이야, 멕시코에 친구들이 있어. 아주 좋은 녀석들이지. 내가 부탁하면 기꺼이 네 가족을 찾아가서 잘 지내는지 확인해줄 거야."

그러자 후안 마누엘이 내 팔을 놓고 말했다.

"그럴 필요 없어. 다들 잘 지내."

"좋아. 계속 그런 식으로 하자고."

로드니가 후안 마누엘의 가족을 신경 쓰다니 자상하기도 하지. 로드니를 알면 알수록 그의 본성이 점점 더 드러났다.

그때 두 괴수가 입을 열었다. 나는 그들이 정식으로 자기소개를 해주길 고대하고 있었다. 그래야 이름을 외웠다가 나중에 부를 수 있기 때문이다. 내가 청소를 마치고 서비스로 놓아두는 초콜릿을 받았는지 확인할 때도.

"씨발, 지금 이게 무슨 상황이야?"

괴수 중 한 명이 로드니에게 물었다.

"저년은 대체 뭐야?" 다른 하나가 덧붙였다.

로드니가 앞으로 나왔다.

"걱정 마. 괜찮아. 내가 해결할게."

"그러는 게 좋을 거야. 그것도 존나 빨리."

정말이지 연이어 욕이 나올 때마다 나는 대경실색했다. 하지만 늘, 어떤 사람을 만나든 철두철미한 프로 정신을 발휘하라고 훈련받은 터였다. 상대가 예의 바르든 무례하든, 깨끗하든 지저분하든, 입이 거칠든 예쁜 말만 하든.

로드니가 내 코앞에 서더니 나직이 말했다.

"넌 이걸 봐서는 안 되는 거였어."

"뭘 말하는 거야? 너희가 방을 난장판으로 만들어놓은 거?"

그때 괴수 중 하나가 나섰다.

"이봐, 아가씨, 우리가 조금 전에 다 치워놓았다고."

"글쎄요, 그랬다면 정말 수준 미달이네요. 보다시피 카펫은 진공청소기를 돌려서 청소해야 해요. 사방에 발로 밟은 자국이 보이죠? 출입문 옆의 카펫 털이 눌린 거 보이나요? 저기 욕실 옆도 마찬가지고요. 코끼리 떼가 지나간 것 같아요. 이 테이블은 또 어떻고요. 대체 누가 슈거 파우더를 뿌린 도넛을 접시도 없이 먹죠? 여기 이 크고 기름진 지문을 좀 보세요. 기분 나쁘라고 하는 말은 아니지만 어떻게 이걸 못 볼 수가 있죠? 유리 상판이 지문 천지잖아요. 게다가 문손잡이도 다 닦아야 한다고요."

나는 카트에서 스프레이와 종이 타월을 꺼낸 뒤 세정제를 뿌리고 순식간에 지저분한 상판을 닦았다.

"봐요. 훨씬 낫지 않나요?"

두 괴수가 똑같이 입을 떡 벌렸다. 내 효율적인 청소 테크닉에 꽤나 감동한 게 틀림없었다. 한편 후안 마누엘은 민망한 표정으로 계속 신발만 내려다보고 있었다.

꽤 오랫동안 아무도 입을 열지 않았다. 무언가 잘못되었다. 하지만 나도 입이 떨어지지 않았다. 침묵을 깬 사람은 로드니였다. 그는 내게 등을 돌리더니 친구들에게 말했다.

"몰리는…… 아주 특별한 여자야. 너희도 알겠지? 얼마나…… 독특한 사람인지."

나한테 저런 칭찬을 해주다니. 나는 날아갈 듯한 기분이었고 얼굴이 상기됐을까 두려워 시선을 피했다.

"네 친구들이 사용한 방은 언제든 기꺼이 청소해줄게. 사실 나한테도 즐거운 일이 될 거야. 친구들이 어느 방에 묵는지만 알려줘. 그럼 내 근무표에 넣어달라고 할 테니까."

로드니가 다시 친구들에게 말했다.

"몰리가 우리한테 얼마나 도움이 되는지 알겠지? 게다가 입도 무거워. 그렇지, 몰리? 너 입 무겁지?"

"'침묵은 금이다'가 내 좌우명이야. 눈에 보이지 않는 고객 서

비스를 제공하는 게 내 목표고."

두 괴수가 갑자기 로드니와 후안 마누엘을 옆으로 밀치더니 내게 다가왔다.

"그러니까 넌 떠버리가 아니라는 거지? 오늘 일을 아무에게도 말 안 할 거야?"

"무슨 그런 심한 말을! 난 메이드지 호사꾼이 아니에요. 늘 입을 다물고 방을 완전무결하게 되돌려놓으라고 돈을 받는걸요. 나는 청소를 마치고 흔적도 없이 사라지는 내가 자랑스러워요."

두 남자는 서로를 바라보더니 어깨를 으쓱였다.

"이제 됐지?"

로드니가 묻자 두 남자는 고개를 끄덕이더니 침대 위의 더플백으로 몸을 돌렸다.

"넌? 너도 아무 문제 없지?"

이번에는 로드니가 후안 마누엘에게 물었다. 후안 마누엘은 고개를 끄덕였지만 입은 꾹 다물고 있었다.

"좋아, 몰리."

로드니가 꿰뚫어 보는 듯한 푸른 눈으로 날 바라보며 말했다.

"아무 문제 없을 거야. 넌 그냥 평소처럼 네 일을 하면 돼. 알았지? 이 방에 후안 마누엘과 친구들이 머물렀다는 사실을 아무도 알지 못하도록 깨끗이 청소해. 그리고 이 일은 비밀로 하고."

"물론이지. 괜찮으면 바로 청소 시작할게."

로드니가 내게 가까이 와서 속삭였다.

"고마워. 이따가 이 일에 대해 얘기 좀 하자. 오늘 저녁에 만나는 거 어때? 내가 다 설명할게."

로드니가 그런 밀회를 제안한 것은 처음이었다. 믿기지가 않았다.

"좋아! 그럼 우리 데이트하는 거야?"

"응, 그래. 6시에 로비에서 만나. 다른 데로 가서 조용히 얘기하자."

그 말이 끝나자 두 괴수는 더플백을 집어 들더니 날 밀치며 지나갔다. 그러고는 객실 문을 열어 복도 좌우를 살펴본 뒤 로드니와 후안 마누엘에게 따라오라고 고갯짓했다. 네 사람은 즉시 방에서 나갔다.

그 후의 아침 시간은 기억이 흐릿하다. 맹렬하게 청소하면서어서 6시가 되기만 기다리다가 불현듯 그날 아침에 내가 뭘 입고 왔는지 떠올랐다. 낡았지만 그럭저럭 입을 만한 바지와 할머니가입던 목까지 올라오는 블라우스였다. 로드니와의 첫 데이트에 이런 옷을 입을 수는 없었다.

나는 객실 청소를 마치고 카트를 복도에 내놓은 다음, 복도 맞은편에서 청소하는 수니타를 찾아갔다.

"똑똑."

수니타가 청소하는 객실 문은 활짝 열려 있었지만 그래도 나는 그렇게 말했다. 수니타가 청소를 멈추고 날 보았다.

"나 잠깐 나갔다 와야 해. 혹시 셰릴이 올라오면…… 나 금방올 거라고 말해줄래?"

"그래, 몰리. 점심시간이 훨씬 지났는데 넌 한 번도 안 쉬었잖

아. 쉬어도 돼."

수니타는 콧노래를 부르며 다시 청소했다.

"고마워."

나는 밖으로 나가 쏜살같이 복도를 지나 엘리베이터로 갔다. 그리고 호텔 회전문을 황급히 통과했다.

"몰리, 별일 없는 거니?"

내가 옆으로 지나가자 프레스턴 씨가 말했다.

"네, 아주 좋아요!"

나는 그렇게 외치고는 보도로 내려가 달렸다. 모퉁이를 돌아 매일 아침 출근할 때마다 지나치는 작은 부티크로 갔다. 사랑스러운 레몬색 간판과 매일 세련된 옷을 멋지게 차려입는 쇼윈도의 마네킹을 늘 감탄하는 눈으로 바라보며 다닌 터였다. 여기는 평소 내가 옷을 사는 곳이 아니었다. 이곳의 주 고객은 호텔 손님이지 메이드가 아니었다.

나는 문을 열고 안으로 들어갔다. 즉시 점원이 다가와 물었다.

"도와드릴까요?"

"네." 나는 숨을 약간 헐떡이며 말했다. "빨리 옷을 사야 해요. 오늘 밤에 장차 연분을 맺고 싶은 남자와 데이트가 있거든요."

"어머, 운이 좋으시네요. 연분 맺기가 제 전공이거든요." 점원이 말했다.

대략 22분 뒤에 나는 물방울무늬 톱과 '스키니 진'이라는 바지, 그리고 '키튼힐(새끼 고양이를 뜻하는 kitten과 heel의 합성어로, 3~5센티미터 정도의 중굽 여성화를 말한다-옮긴이)'이 든 큼직한 레몬색 쇼핑백을 들고 가게를 나섰다. 내가 보기에는 키튼힐 어디에도 새끼 고양이는 없었다. 점원에게 전부 합한 가격을 들었을 때는 기절할 뻔했지만 이미 쇼핑백에 넣은 물건을 도로 물리는 건 예의에 어긋나는 행동 같았다. 그래서 체크 카드로 결제한 다음 서둘러 호텔로 돌아갔다. 방금 써버린 월세와 그걸 어떻게 메울지는 생각하지 않으려 했다.

나는 오후 근무가 시작되기 직전인 12시 54분에 호텔에 도착했다. 프레스턴 씨는 쇼핑백을 보더니 날 한 번 더 쳐다보았지만 아무 말도 하지 않았다. 나는 서둘러 대리석 계단을 내려가 하우스 키핑 부서로 가서 사물함에 새 옷을 넣어두었다. 그리고 다시 일을 시작했으니 셰릴은 내가 외출한 사실을 전혀 모를 것이다.

그날 저녁 6시 정각에 새 옷을 입고 로비로 갔다. 분실물 보관소에 있던 컬링 아이론으로 머리도 살짝 손질했다. 예전에 지젤이 플랫 아이론으로 머리를 손질했을 때처럼 머리카락이 곱슬거리면서 윤이 나고 매끈거렸다. 나는 로드니가 로비로 나와 나를 찾는 모습을 지켜보았다. 그의 눈이 날 지나쳤다가 다시 돌아왔다. 첫눈에 날 알아보지 못했기 때문이다.

로드니가 다가왔다.

"몰리? 완전…… 딴사람 같네."

"좋은 쪽으로, 아니면 나쁜 쪽으로? 부티크 점원이 사라는 대로 샀거든. 잘못된 추천이 아니었음 좋겠다. 난 패션은 잘 몰라서."

"아주…… 멋져."

로드니의 눈이 로비를 재빨리 둘러보았다.

"일단 여기서 나가자. 근처에 있는 올리브 가든으로 가자."

믿을 수가 없었다! 이건 운명이었다. 징조였다. 올리브 가든은 내가 가장 좋아하는 식당이었다. 할머니가 가장 좋아하는 식당이기도 했다. 매해 내 생일과 할머니 생일이 되면 우리는 올리브 가든에서 거하게 먹을 준비를 했는데 특히나 그 식당에서는 마늘빵과 샐러드를 무료로 계속 주문할 수 있었다. 우리가 마지막으로 거기에 간 것은 할머니의 일흔다섯 번째 생일이었다. 우리는 할머니의 생일을 축하하기 위해 샤르도네 두 병을 시켰다.

"한 세기의 4분의 3을 살았고, 이제 최소한 4분의 1이 남은 할머니를 위해!"

"옳소, 옳소!" 할머니가 말했다.

내가 가장 좋아하는 식당을 로드니가 골랐다는 사실은 우리가 천생연분일 거라는 뜻이었다.

프레스턴 씨가 호텔을 나서는 우리를 바라보더니 새로 산 키튼힐을 신은 탓에 불안하게 휘청거리며 계단을 내려오는 내게 팔을 내어주었다.

"몰리, 괜찮니?"

로드니는 이미 쏜살같이 계단을 내려가 보도에서 휴대전화를 보며 날 기다리고 있었다.

"걱정 마세요, 프레스턴 씨. 전 멀쩡해요."

계단 마지막 칸에 이르자 프레스턴 씨가 나직이 물었다.

"설마 저 녀석이랑 함께 가는 건 아니지?"

"사실은 맞아요. 그러니까 실례할게요."

나는 그렇게 속삭이며 그의 팔을 꼭 쥐었다가 보도에 있는 로드니를 향해 비틀비틀 걸어갔다.

"준비됐어. 이제 가자."

로드니는 막판에 전화로 처리해야 할 중요한 일이 있는지 계속 전화만 보며 걷기 시작했다. 호텔에서 멀어지자 그가 휴대전화를 주머니에 넣고 천천히 걸었다.

"미안. 바텐더 일은 끝이 없어."

"괜찮아. 넌 아주 중요한 일을 하잖아. 벌집에서 꼭 필요한 벌이지."

나는 스노우 씨가 직원 교육 세미나에서 썼던 비유를 내가 차용했다는 사실에 로드니가 감탄하기를 바랐다. 하지만 그는 아무 내색도 하지 않았다.

레스토랑까지 가는 내내 내가 생각해낼 수 있는 온갖 재미있는 주제를 계속 지껄여댔다. 천연 깃털로 만든 먼지떨이와 인조 깃털로 만든 먼지떨이의 장단점, 늘 내 이름을 까먹는, 로드니와 함께 일하는 웨이트리스들, 그리고 물론 내가 올리브 가든을 얼마나 좋아하는지도.

오랜 시간이 흐른 듯하지만 실제로는 아마 16분 30초밖에 지나지 않았을 때 우리는 올리브 가든에 도착했다.

"먼저 들어가."

로드니가 날 위해 예의 바르게 문을 열어주며 말했다.

싹싹하고 어린 웨이트리스가 실내 한쪽에 박혀 있는 아주 낭만적인 칸막이 자리로 안내해주었다.

"음료 마실래?" 로드니가 물었다.

"좋지. 난 샤르도네 한 잔 마실게. 너도 와인 마실래?"

"난 맥주가 더 좋아."

다시 웨이트리스가 왔고 우리는 술을 주문했다.

"음식도 바로 주문할게요."(보통은 술을 다 마신 뒤에 천천히 음식을
주문한다—옮긴이)

로드니는 웨이트리스에게 말하더니 날 보았다.

"준비됐어?"

준비되고말고. 나는 어떤 일이든 준비가 되어 있었다. 여기 오
면 늘 똑같은 음식을 주문했다.

"전 투어 오브 이탈리아 주세요."

나는 웨이트리스에게 말한 뒤 다시 로드니에게 설명했다.

"라자냐, 페투치네, 치킨 파르미자나, 이렇게 세 가지 요리가
함께 나오니 실패할 염려가 없거든."

그러고는 그에게 미소를 지었다. 나름 요염해 보이길 바라면서.

로드니는 메뉴를 내려다보았다.

"전 미트볼을 올린 스파게티 주세요."

"네, 알겠습니다. 공짜로 제공되는 샐러드랑 마늘빵도 드시겠
어요?"

"아뇨, 됐습니다."

로드니가 대답했고 솔직히 나는 약간 실망했다.

웨이트리스가 자리를 뜨자 천장에 매달린 펜던트 조명의 따뜻
하고 은은한 불빛 아래 단둘이 남았다. 로드니를 이렇게 가까이

서 보니 공짜 샐러드와 마늘빵은 깡그리 잊어버렸다.

　로드니는 양쪽 팔꿈치를 테이블에 올렸다. 에티켓에 어긋나는 무례한 행동이지만 덕분에 그의 팔을 감상할 수 있었으므로 이번 한 번은 용서할 수 있었다.

　"몰리, 아마 아까 무슨 상황이었는지 궁금할 거야. 그 두 남자랑 객실에서 말이야. 그 일을 나쁘게 생각하거나 다른 사람에게 말하지 않았으면 좋겠어. 내게 설명할 기회를 줘."

　웨이트리스가 우리가 주문한 술을 가지고 돌아왔다.

　"우리를 위해."

　나는 할머니에게 배운 대로 두 손가락으로 조심스럽게 와인 잔 스템을 잡으며[*숙녀는 절대 보울(와인이 담기는 부분-옮긴이)을 만지지 않는 거야. 보기 흉한 지문이 남거든.*] 말했다. 로드니는 맥주잔을 들어 내 잔과 쨍강 부딪치고는 목이 말랐는지 절반을 꿀꺽꿀꺽 마신 뒤 잔을 탁 소리 나게 테이블에 내려놓으며 말했다.

　"아까 말했듯이 좀 전에 네가 본 걸 설명하고 싶어."

　그러더니 잠시 뜸을 들이고 날 바라보았다.

　"넌 정말 세상에서 가장 매력적인 푸른 눈을 가졌구나. 이런 발언이 부적절하다고 생각하지 않았으면 좋겠다." 내가 말했다.

　"재미있네. 최근에 똑같이 말한 사람이 하나 더 있었는데. 어쨌든 내가 하고 싶은 말은 아까 그 방에 있었던 두 남자 있지? 그치들은 후안 마누엘의 친구야. 내 친구가 아니라. 알겠어?"

　"잘됐네. 후안 마누엘이 여기서 친구를 사귀었다니 다행이야. 너도 알다시피 그의 가족은 전부 멕시코에 있잖아. 가끔 외로울 거야. 나도 충분히 이해해. 가끔씩 외로운 감정 말이야. 물론 지금은 아니지만. 지금 이 순간에는 전혀 외롭지 않아."

나는 맛있는 와인을 길게 한 모금 마셨다.

"내 친구 후안 마누엘에 대해 네가 모르는 게 있어." 로드니가 말했다. "사실 후안 마누엘은 현재 불법 이민자야. 노동 허가증이 진작에 만료돼서 몰래 일하고 있어. 스노우 씨는 그 사실을 몰라. 만약 걸리면 후안 마누엘은 이 나라에서 추방돼서 다시는 고향에 돈을 보내지 못할 거야. 그 친구에게 가족이 얼마나 중요한지 알지?"

"알아. 가족이 제일 중요하지. 너도 그렇게 생각하지 않아?"

"별로. 우리 가족은 오래전에 나와 의절했어."

로드니는 다시 맥주를 꿀꺽꿀꺽 마시더니 손등으로 입을 닦았다.

"정말 속상하겠다."

로드니같이 훌륭한 남자의 가족이 되는 기회를 왜 거절했는지 도저히 이해할 수 없었다.

"응, 어쨌든 그 방에 있었던 두 남자 말이야. 그리고 그치들이 가지고 있던 가방 있잖아? 그건 후안 마누엘의 가방이야. 그 남자들 가방이 아니야. 당연히 내 가방도 아니고. 후안 마누엘 가방이라고. 알았지?"

"응, 알아들었어. 우리에겐 누구나 짐이 있지."

나는 로드니가 내 영리한 중의적 표현을 이해할 시간을 충분히 주었다가 다시 설명했다.

"그 남자들은 실제로 가방을 들고 있었지만 방금 내 표현은 마음의 짐을 말한 거야. 이해했어?"

"응, 알았어. 그러니까 중요한 건 후안 마누엘의 집주인이 마누엘의 허가증이 만료됐다는 사실을 알아냈다는 거야. 그래서 얼마 전에 그를 집에서 쫓아냈어. 이제 마누엘은 지낼 곳이 없어. 난 그의 문제가 해결되도록 돕고 있어. 법적인 문제 같은 거 말이야. 내가 그쪽으로 아는 사람이 있거든. 마누엘이 근근이 먹고살 수 있도록 내가 할 수 있는 일을 하고 있어. 이건 전부 다 비밀이야, 몰리. 너 비밀 잘 지키니?"

로드니는 내 눈을 똑바로 보았고, 나는 그의 비밀을 아는 친구가 되었다는 사실에 대단한 특권 의식을 느꼈다.

"당연하지. 네 비밀이라면 더더욱. 내 심장 부근에 너의 비밀을 모두 담고 자물쇠를 채워두는 상자가 있거든."

나는 그렇게 말하며 가슴 위에서 상자를 잠그는 시늉을 했다.

"좋아. 그리고 하나 더 있어. 밤마다 나는 후안 마누엘을 매번 다른 객실에 몰래 넣어주거든. 노숙하지 않도록 말이야. 하지만 아무도 그 사실을 알아서는 안 돼. 알겠지? 만약 내가 그런 짓을 한다는 걸 누가 알게 되면……."

"네 입장이 곤란해지겠지. 후안 마누엘은 노숙자가 될 테고."

"그래, 맞아."

이번에도 로드니는 자신이 얼마나 좋은 사람인지 증명하고 있었다. 선량한 마음으로 친구를 돕고 있었다. 나는 너무 감동받아서 말문이 막혔다.

다행히 웨이트리스가 내가 주문한 투어 오브 이탈리아와 로드니가 주문한 미트볼을 올린 스파게티를 들고 와서 침묵을 채워주었다.

"맛있게 먹어." 내가 말했다.

나는 아주 만족스럽게 몇 입 먹고 나서 포크를 내려놓았다.

"로드니, 난 너한테 크게 감동했어. 넌 정말 훌륭한 사람이야."

로드니의 입은 미트볼로 불룩했다.

"그런 사람이 되려고 노력은 하지." 미트볼을 씹어 삼키며 그가 말했다. "하지만 네가 도와주면 좋겠어, 몰리."

"어떻게?"

"어떤 객실이 비었는지 알아내는 게 점점 더 힘들어지고 있어. 나한테 정보를 주던 키카드 담당 직원들이 더 이상 날 도와주려고 하지 않거든. 하지만 넌…… 넌 의심 받지도 않을 거고 매일 밤 어느 방이 비는지 알잖아. 게다가 오늘 증명했듯이 청소도 아주 잘하고. 네가 매일 어떤 방이 비었는지 알려주고 우리, 그러니까 후안 마누엘과 그의 친구들이 그 방을 사용하기 전과 후로 청소를 해준다면 정말 좋겠어. 그 방에 누가 있었다는 흔적이 전혀 남지 않도록 말이야."

나는 접시 가장자리에 포크와 나이프를 조심스럽게 내려놓고 와인을 한 모금 마셨다. 알코올 기운이 사지와 얼굴에 퍼지면서 모든 구속에서 벗어나 자유로운 기분이 들었다. 지금까지 이런 기분을 느껴본 적이 없었다. 내가 기억하는 한.

"내가 할 수 있는 일이라면 기꺼이 널 도울게."

로드니는 딸그락 소리가 나게 포크를 내려놓고 내 손을 잡았다. 기분 좋게 찌릿한 느낌이 들었다.

"역시 내 생각대로 넌 기댈 수 있는 친구야, 몰리."

정말 멋진 칭찬이었다. 나는 그 깊은 푸른색 웅덩이 같은 눈동자에 빠져서 다시 말문이 막혔다.

"그리고 하나 더 부탁할게. 이 일은 아무에게도 말하지 않을 거지? 오늘 네가 본 것에 대해서 말이야. 특히 스노우 매니저에게는. 프레스턴이나 체르노빌에게도."

"그거야 당연하지, 로드니. 넌 정의의 사도야. 부정이 판을 치는 세상에서 옳은 일을 하는 거잖아. 로빈 후드도 가난한 자들을 도우려고 법을 어길 수밖에 없었어."

"그래, 내가 바로 로빈 후드야."

로드니는 다시 포크를 집어 들고 갓 만든 미트볼을 입에 쏙 넣었다.

"몰리, 나 너한테 키스라도 할 수 있어(정말로 키스하겠다는 뜻이 아니라 무언가가 아주 마음에 들거나 기분이 좋을 때 쓰는 관용적 표현이다-옮긴이). 정말이야."

"그거 정말 좋겠다. 네가 다 삼키고 나면 할까?"

로드니는 웃음을 터뜨리더니 남은 파스타를 허겁지겁 밀어 넣었다. 이번에는 물어볼 필요도 없었다. 로드니는 날 비웃은 게 아니라 재미있어서 웃은 것이다.

조금 더 이야기를 나누면서 디저트도 주문하고 싶었지만 로드니는 접시가 비자 웨이트리스에게 계산서를 달라고 했다.

레스토랑을 나설 때 그가 날 위해 문을 열어주었다. 완벽한 신사였다. 밖에 나오자 로드니가 말했다.

"우리 합의한 거지? 친구끼리 서로 돕는 걸로?"

"응, 근무 시작할 때 후안 마누엘에게 그날 밤에 어느 방에 묵어야 하는지 알려줄게. 키카드도 주고. 매일 아침 내가 일찍 들러서 전날 밤에 후안과 친구들이 쓴 방을 청소할게. 셰릴은 지각하기로 유명하니까 알아차리지도 못할 거야."

"그거 완벽하다, 몰리. 넌 정말 특별해."

나는 〈카사블랑카〉며 〈바람과 함께 사라지다〉를 본 덕분에 지금이 바로 그 순간이라는 걸 알았고, 로드니가 내게 키스할 수 있도록 몸을 내밀었다. 로드니는 내 뺨에 키스하려고 한 것 같은데 내가 입술에 해도 괜찮다는 뜻으로 고개를 살짝 틀었다. 불행히도 우리의 접속은 약간 어긋났다. 비록 내 코는 뜻밖의 키스를 받은 덕분에 완전히 실망하지는 않았지만.

그 순간, 그러니까 로드니가 내게 키스했을 때 그의 입술이 어디에 닿았는지는 중요하지 않았다. 사실 키스 말고는 아무것도 중요치 않았다. 그의 목깃에 튄 붉은 토마토소스 얼룩도, 키스 후에 그가 바로 휴대전화를 꺼낸 사실도, 심지어는 그의 이 사이에 낀 축 늘어진 바질 조각도.

8

근무 시간이 거의 끝나간다. 우리의 첫 데이트를 회상하다 보니 하루가 금방 지났고 오늘 저녁에 있을 데이트가 점점 더 기대된다. 또한 어제의 기억을 회피하는 데도 도움이 된다. 완전히 회피할 수는 없어도 생생히 떠오르는 기억을 성공적으로 막아낸다. 그러다 순간적으로 침대에 죽어 있는 블랙 씨가 떠올랐는데 무슨 이유에서인지 갑자기 블랙 씨의 얼굴이 로드니로 변한다. 마치 두 사람이 쌍둥이처럼 불가분의 관계로 얽혀 있다는 듯이.

이 무슨 당찮은 생각인지. 어떻게 두 사람을 그렇게 연결할 수가 있지? 둘은 여러 면에서 극단적으로 대비가 된다. 한 사람은 늙었고, 다른 한 사람은 젊다. 한 사람은 죽었고, 다른 한 사람은 살아 있다. 한 사람은 사악하고 다른 한 사람은 선량하다. 흔들면 그림이 지워지는 에치 어 스케치(Etch-a-Sketch, 큰 화면 양옆에 달린 다이얼을 돌려서 그림을 그리는 장난감-옮긴이)처럼 나도 고개를 잘 흔들기만 하면 머릿속이 깨끗이 지워진다.

오늘 내 머릿속을 침입한 또 다른 생각은 지젤이다. 지젤이 이 호텔에 머무는 건 알지만 2층 몇 호실인지는 모른다. 지젤이 어떻게 지내는지, 남편의 죽음을 어떻게 받아들이는지 궁금하다.

지젤은 이런 상황 전환을 기뻐할까? 아니면 슬퍼할까? 블랙 씨에게서 벗어나 안도할까? 아니면 앞날을 걱정할까? 재산 상속에 있어서 그녀의 위치는 어떻게 될까? 상속을 받기나 할까? 신문 기사가 맞는다면 지젤은 누가 봐도 블랙 가의 재산 상속인이었다. 하지만 블랙 씨의 전 부인과 자녀들이 틀림없이 이의를 제기할 터였다. 내가 돈의 순리에 대해 배운 점이 있다면 돈은 타고난 부자를 끌어당기고, 정작 돈을 가장 필요로 하는 이들은 피해 다닌다는 사실이다.

마음이 무거웠다. 지젤은 어떻게 될까?

이게 우정의 문제점이다. 가끔은 알 필요가 없는 것들까지 알게 된다. 가끔은 타인의 비밀까지 짊어지게 된다. 그리고 가끔은 그 대가를 치른다.

4시 30분이다. 소셜에서 로드니를 만나기로 한 시간까지 30분밖에 안 남았다. 우리의 두 번째 데이트다. 우리 관계가 진전한 것이다!

나는 카트를 끌고 복도를 지나 선샤인에게 내가 맡은 객실 청소를 다 끝냈다고 말한다. 간밤에 후안 마누엘이 쓴 방까지 포함해서.

"정말 빠르다, 미스 몰리! 난 아직 더 남았는데." 선샤인이 말한다.

나는 작별 인사를 하고 경찰관을 지나 엘리베이터로 간다. 하지만 경찰관은 내가 지나가는 걸 알아차리지 못한다. 엘리베이터를 타고 지하로 내려가 메이드 유니폼을 벗고 사복으로 갈아입는

다. 청바지와 꽃무늬 블라우스. 로드니와 데이트할 줄 알았더라면 이런 옷을 입지 않았을 테지만 이제는 키튼힐과 물방울무늬 톱 같은 데에 거금을 쓸 여유가 없다. 게다가 로드니가 정말로 좋은 종자라면 겉모양이 아닌 내면을 보고 사람을 판단할 것이다.

5시 5분 전에 1층으로 올라간다. 소셜 출입구에 놓인 '앉아서 기다리세요' 팻말 옆에 서서 로드니가 있는지 둘러본다. 날 발견한 로드니가 레스토랑 뒤쪽에서 온다.

"시간 맞춰 왔네."

"난 약속 시간에 절대 늦지 않아."

"뒤쪽 칸막이 자리로 가자."

"그래, 프라이버시가 보장되는 자리가 좋겠다."

우리는 레스토랑을 가로질러 가장 외진 그리고 가장 낭만적인 자리로 간다.

"지금은 아주 조용하네."

빈 의자에 앉으며 내가 말한다. 손님이 거의 없기 때문에 두 웨이트리스가 서비스 스테이션 옆에서 수다를 떨고 있다.

"응, 하지만 아까는 이러지 않았어. 경찰이랑 기자 들로 북새통이었지."

로드니가 주위를 둘러보다가 나를 본다. 멍든 눈이 아침보다 약간 나아졌지만 여전히 부어 있다.

"저기, 어제 그런 일을 겪었다니 정말 유감이야. 블랙 씨 시신을 발견하고 그런 거. 거기다 경찰서로 연행된 일까지. 정말 힘들었겠다."

"혼란스러운 하루였어. 오늘은 훨씬 나아. 특히 지금은."

"말 좀 해봐. 경찰이랑 있을 때 후안 마누엘 이야기가 나오지는 않았지?"

느닷없이 왜 이런 질문을 하는지 알 수 없다.

"응, 그 일은 블랙 씨 사건과 아무 상관 없잖아."

"맞아. 당연히 그렇지. 하지만 경찰은 오지랖이 넓잖아. 후안 마누엘이 안전한지 확인하고 싶어서."

로드니는 숱이 많고 곱슬거리는 머리카락을 한 손으로 쓸어넘긴다.

"무슨 일이 있었는지 말해줄래? 어제 스위트룸에서 뭘 봤는지. 물론 그 일을 다시 떠올리려면 정말 무섭겠지만 친구에게 털어놓으면 좀 낫지 않을까?"

로드니가 팔을 뻗어 내 손을 잡는다. 인간의 손이 이렇게 엄청난 온기를 전달할 수 있다니 놀랍다. 할머니가 돌아가신 뒤로 이런 신체 접촉이 그리웠다. 할머니도 정확히 이렇게 하셨다. 내 손에 당신의 손을 얹고 내 이야기를 들어주셨다. 할머니가 손을 잡아주면 무슨 일이 생기든 다 잘될 거라는 믿음이 생겼다.

"고마워."

로드니에게 그렇게 말하자 놀랍게도 뜬금없이 울고 싶은 욕망이 치민다. 나는 그 욕망과 싸우며 어제 일을 이야기한다.

"어제도 평소와 다름없는 하루 같았어. 그러다 블랙 씨의 스위트룸을 마저 청소하려고 들어갔더니 거실이 어질러졌더라고. 난 욕실만 청소하면 됐거든. 근데 침실도 지저분한지 보려고 들어갔

어. 그랬더니 블랙 씨가 침대에 누워 있는 거야. 처음에는 낮잠을
자는 줄 알았어. 그런데…… 죽었더라고. 완전히."

이 말에 로드니는 다른 쪽 손도 뻗어서 두 손으로 내 손을 부
드럽게 잡는다.

"아, 몰리, 정말 끔찍하다. 혹시…… 침실에서 다른 것도 봤어?
의심스럽거나 이상한 거?"

나는 금고가 열려 있었고, 그 안에 있던 돈다발과 그날 오전
블랙 씨의 가슴 포켓에 꽂혀 있던 증서가 사라졌다고 말한다.

"그게 다야? 평소와 다른 건 또 없었고?"

"사실, 있었어."

나는 지젤의 약이 바닥에 떨어져 있었다고 말한다.

"무슨 약?"

"지젤은 평소 아무것도 적혀 있지 않은 약병을 가지고 다니는
데 블랙 씨 침대 머리맡에 그 약이 쏟아져 있었어."

"젠장, 정말이야?"

"응."

"지젤은 어디 있었대?"

"나도 몰라. 스위트룸에는 없었어. 어제 아침에 봤을 때는 기
분이 상당히 나빠 보였어. 여행을 떠날 계획이라는 건 알고 있었
어. 가방에서 삐져나온 항공권 확인증을 봤거든."

나는 자세를 바꿔서 요염하게 손으로 턱을 받친다. 고전 영화
속 신인 여배우처럼.

"경찰에게도 그 얘기를 했어? 확인증이랑 약에 대해서?"

나는 이 신문에 점점 더 초조해지지만 인내가 미덕임을 알고 있다. 많은 미덕 중에서 인내가 내 자질임을 로드니가 알아주길 바란다.

"약 이야기는 했어. 하지만 나머지는 별로 얘기하고 싶지 않았어. 솔직히 말해서, 이건 너도 비밀로 해줬으면 좋겠어. 내게 지젤은 단지 투숙객이 아니야. 지젤은…… 음, 나한테는 친구야. 난 지젤이 걱정돼. 경찰도……."

"뭐? 경찰이 어쨌는데?"

"경찰도 지젤을 의심하는 것 같더라고."

"하지만 블랙 씨는 자연사한 거 아니야?"

"경찰도 그렇게 생각하는 것 같은데 확신하지는 않더라고."

"다른 건 또 안 물어봤어? 지젤에 대해서는? 나에 대해서는?"

무언가가 배 속에서 스르륵 기어가는 듯하다. 마치 자고 있던 용이 방금 인사불성 상태에서 깨어난 듯이.

"로드니."

나는 숨길 수 없는 까칠한 목소리로 묻는다.

"왜 경찰이 너에 대해 묻겠어?"

"멍청한 질문이었어. 내가 왜 그런 말을 했는지 모르겠다. 잊어버려."

그는 손을 거두고 나는 금세 아쉬워진다.

"그냥 걱정돼서 그랬어. 지젤이랑 이 호텔이랑 우리 모두가."

뭔가 놓치고 있다는 생각이 든다. 매해 크리스마스에 할머니와 나는 거실에 카드 테이블을 펼치고 라디오로 크리스마스 캐

럴을 들으며 함께 퍼즐을 맞췄다. 퍼즐이 어려울수록 우리는 행복했다. 그런데 지금 이 기분은 할머니와 내가 아주 어려운 퍼즐을 맞출 때와 똑같다. 내가 조각을 제대로 맞추지 못하는 듯하다.

문득 의문이 든다.

"지난번에 지젤을 잘 모른다고 했지? 그거 정말이야?"

로드니가 한숨을 쉰다. 저 한숨이 무슨 의미인지 알고 있다. 내가 그를 화나게 한 것이다. 그럴 의도가 전혀 없었는데도.

"지젤이 좋은 사람 같아서 걱정한 건데 그게 뭐 잘못됐어?"

퉁명스러운 그의 말투가 변기를 닦은 걸레로 세면대를 닦다 걸렸을 때의 셰릴을 연상시킨다. 로드니가 내게서 완전히 탈선하기 전에 궤도를 수정해야 한다.

"미안해."

나는 그렇게 말하며 활짝 웃고 몸을 앞으로 내민다.

"넌 얼마든지 걱정할 권리가 있어. 넌 그런 사람이니까. 원래 다른 사람을 걱정하잖아."

"맞아."

로드니는 뒷주머니로 손을 뻗어 휴대전화를 꺼내며 말한다.

"몰리, 내 번호 저장해둬."

짜릿한 전율이 온몸을 빠르게 관통하며 기어 다니던 모든 의혹을 불식한다.

"내가 네 번호를 저장하길 바라는 거야?"

해냈다! 우리 관계가 회복되었고, 우리 데이트는 다시 정상 궤도에 들어선다.

"혹시 무슨 일이 생기면, 그러니까 경찰이 또 귀찮게 한다거나 너무 꼬치꼬치 캐묻는다거나 하면 나한테 알려줘. 내가 달려갈 테니까."

나는 전화기를 꺼내고 우리는 번호를 교환한다. 그의 전화에 내 이름을 입력할 때 부가 설명을 넣고 싶어서 '몰리, 메이드이자 친구' 그렇게 입력하고 끝에 내가 그에게 호감이 있음을 밝히는 뜻으로 하트 이모티콘까지 넣는다.

그러고는 조마조마한 마음으로 로드니에게 휴대전화를 건네준다. 로드니가 내 이름과 설명, 하트를 보기를 바라지만 그는 보지 않는다.

그때 스노우 씨가 레스토랑으로 들어오더니 바 테이블에 놓인 서류를 집어 들고 나간다. 로드니는 내 맞은편에서 고개와 허리를 숙인다. 근무가 끝나고 일터에 남아 있는 걸 부끄러워해서는 안 된다. 스노우 씨는 그것이 A++에 해당하는 직원의 전조라고 말할 것이다.

"저기, 나 그만 가봐야겠다. 무슨 일 생기면 전화할 거지?" 로드니가 말한다.

"그럴게. 꼭 전화할게."

로드니가 칸막이 좌석에서 일어나고 나는 그를 따라 로비로 간 다음 호텔 정문으로 나간다. 정문 밖에 프레스턴 씨가 서 있다. 내가 손을 흔들자 그가 모자챙을 살짝 만진다.

"저기요, 이 근방에 택시 있나요?" 로드니가 묻는다.

"물론이지."

프레스턴 씨는 도보로 나가 휘파람을 불더니 택시에 손짓한다. 택시가 와서 대기하자 프레스턴 씨가 뒷문을 열며 말한다.

"어서 타거라, 몰리."

"아뇨, 아뇨. 택시는 제가 탈 겁니다. 넌…… 다른 데 갈 거지? 그렇지, 몰리?" 로드니가 말한다.

"난 동쪽으로 갈 거야."

"그래, 난 서쪽이야. 조심해서 가."

로드니가 택시에 타자 프레스턴 씨가 문을 닫아준다. 택시가 떠나는 동안 로드니는 차창 너머로 손을 흔든다.

"전화할게!" 나는 택시에 대고 외친다.

프레스턴 씨가 옆에 와서 선다.

"몰리, 저 녀석을 조심해라."

"로드니요? 왜요?"

"왜냐하면 저놈은 개구리란다, 얘야. 모든 개구리가 왕자로 변하는 건 아니야."

9

나는 로드니와 시간을 보낸 덕분에 마음이 설레고 기운이 넘쳐서 씩씩하게 집으로 걸어간다. 프레스턴 씨가 야박하게 개구리와 왕자의 비유를 든 일을 다시 생각한다. 사람을 잘못 보기란 얼마나 쉬운가. 프레스턴 씨처럼 훌륭한 사람도 가끔 그런 오해를 할수 있다. 털 없이 매끈한 가슴을 제외하면 로드니는 양서류와 비슷한 점이 하나도 없다. 로드니는 개구리가 아니지만 나만의 동화에서는 왕자님으로 변했으면 하는 게 가장 큰 바람이다.

대략 얼마나 기다렸다가 연락해야 예의 바른 걸까? 당장 전화해서 오늘 데이트 고마웠다고 말해야 할까? 아니면 내일까지 기다려야 할까? 전화 대신 문자를 보내야 할까? 이런 일은 윌버 말고는 겪어본 적이 없는데, 윌버는 전화 통화를 혐오했고, 시간을 알리거나 내게 시킬 일이 있을 때만 문자를 보냈다. '도착 예상시간: 7:03', '바나나 세일 중: 한 송이에 0.49센트. 있을 때 구매할 것'. 만약 할머니가 계셨더라면 충고를 구했을 텐데 이제는 불가능하다.

집이 있는 건물로 다가가는 동안 익숙한 형체가 눈에 들어온다. 순간적으로 환영이 틀림없다고 생각하지만 가까이 다가갈수록 정말로 그녀라는 걸 알 수 있다. 그녀가 큼지막한 검은색 선글라스를 쓰고 예쁜 노란색 가방을 들고 서 있다.

"지젤?"

"아, 다행이다. 몰리, 만나서 반가워."

내가 대답하기도 전에 그녀가 두 팔을 벌려 나를 꼭 껴안는다. 나는 말문이 막히는데 무엇보다 숨을 쉴 수가 없기 때문이다. 지젤이 날 놓아주더니 선글라스를 들어 올려 벌겋게 부은 눈을 보여준다.

"자기 집에 들어가도 돼?"

"물론이죠. 당신이 여기 왔다는 게 믿기지 않네요. 이렇게 만나서 반가워요."

"나만큼 반갑지는 않을걸."

나는 주머니를 뒤져서 간신히 열쇠를 찾아낸다. 살짝 떨리는 손으로 공동 현관문을 열고 그녀를 건물 안으로 안내한다.

지젤은 조심조심 안으로 들어와 로비를 둘러본다. 구겨진 전단지가 바닥에 널려 있고 그 주위로 흙 묻은 발자국과 담배꽁초가 떨어져 있다. 흡연이라니. 너무 지저분한 습관이다. 지젤이 엉망진창인 로비를 경멸 어린 표정으로 바라본다. 나 같은 사람도 분명히 속내를 읽을 수 있을 정도로 경멸이 역력하다.

"정말 애석한 일이죠? 입주민들이 다 함께 로비를 깨끗이 사용하면 좋겠어요. 할머니…… 아니, 내 집은 훨씬 더 깨끗해요."

나는 로비를 가로질러 계단 쪽으로 그녀를 안내한다.

지젤이 한도 끝도 없이 이어지는 계단을 올려다보며 묻는다.

"자기 몇 층에 살아?"

"5층에요."

"엘리베이터 타고 가면 안 돼?"

"죄송합니다. 이 건물에는 엘리베이터가 없어요."

"세상에."

지젤은 굽이 엄청나게 높은 구두를 신었는데도 나와 함께 계단을 오른다. 우리는 5층 계단참까지 올라가고 나는 서둘러 앞으로 나가 유리가 깨진 방화문을 연다. 문을 잡아당기자 삐걱 소리가 난다. 지젤은 문을 통과하고 우리는 내 집이 있는 복도로 들어선다. 갑자기 침침한 조명과 필라멘트가 타버린 전구, 벽지가 벗겨진 벽, 전반적으로 초라한 복도가 눈에 거슬린다. 집주인 로소 씨가 우리의 발소리를 듣고 정확히 그 순간에 집에서 나온다.

"몰리, 대체 집세는 언제 낼 거야? 돌아가신 훌륭한 할머니를 봐서라도 이러면 안 되지."

나는 얼굴이 확 달아오른다.

"이번 주에 드릴게요. 제가 장담하건대 받으셔야 할 돈은 다 받게 되실 거예요."

나는 그의 동그란 머리를 비눗물이 담긴 큼직한 빨간색 양동이에 처넣는 상상을 한다.

지젤과 나는 그의 옆으로 지나간다. 로소 씨를 지나치자 지젤이 재수 없다는 표정으로 우스꽝스럽게 눈을 굴린다. 그걸 보니 마음이 놓인다. 그녀가 집세를 제때 내지 못하는 날 불쌍히 여길까 봐 걱정되었기 때문이다. 저 표정을 보니 전혀 그렇게 생각하지 않는다는 걸 알 수 있다.

나는 열쇠를 열쇠 구멍에 밀어 넣고 떨리는 손으로 현관문을 열며 말한다.

"먼저 들어가세요."

지젤이 집 안으로 들어가 주위를 둘러본다. 그녀를 뒤따라 들어간 나는 어디에 서 있어야 할지 모른 채 문을 닫고 녹슨 빗장을 지른다. 지젤은 현관에 걸린 그림들을 감상한다. 할머니가 그린 그림인데 여자들이 한가로운 강가에서 바구니에 든 맛있는 음식을 먹으며 느긋하게 소풍을 즐기는 광경이다. 지젤은 문가의 낡은 나무 의자와 그 위에 놓인 쿠션을 발견하더니 두 손으로 쿠션을 집어 든다. 할머니가 수놓은 기도문의 구절을 읽는 그녀의 입술이 소리 없이 움직인다.

"흠, 재미있네."

지젤은 그렇게 말하더니 갑자기 얼굴을 찡그리고 눈물을 글썽이며 쿠션을 가슴에 꼭 끌어안은 채 조용히 흐느낀다.

내 몸은 더 심하게 떨린다. 너무나 당황스럽다. 왜 지젤이 우리 집에 왔지? 왜 우는 거지? 난 뭘 해야 하지?

나는 빈 의자에 열쇠 꾸러미를 내려놓는다.

'최선을 다하는 것 말고는 네가 할 수 있는 일이 없단다.'

머릿속에서 할머니의 목소리가 들린다.

"지젤, 블랙 씨가 죽어서 슬퍼요?"

나는 그렇게 물었다가 대부분의 사람들은 이런 식의 직접적인 표현을 좋아하지 않는다는 사실이 기억난다.

"유감이에요." 나는 정정한다. "내 말은 남편분의 죽음이 정말 유감이라고요."

"유감이라고? 왜?" 지젤이 흐느끼면서 묻는다. "난 유감스럽지 않아. 전혀 유감스럽지 않아."

지젤은 쿠션을 제자리에 내려놓고 한 번 토닥이더니 심호흡한다.

나는 신발을 벗고 벽장에 있던 구두 광택용 천으로 밑창을 닦은 뒤 벽장에 넣어둔다.

지젤이 그런 나를 지켜보더니 "아, 나도 이걸 벗어야겠네"라고 말하고는 밑창이 빨갛고 윤기가 흐르는 검은색 하이힐을 벗는다. 굽이 어찌나 높은지 저걸 신고 어떻게 5층까지 올라올 수 있었는지 모르겠다.

지젤이 내게 천을 달라고 손짓한다.

"괜찮아요. 당신은 손님이니까."

나는 매끈하고 고급스러운 그녀의 구두를 집어 든다. 들고 있는 것마저 기분 좋다. 나는 구두를 벽장에 넣는다. 지젤은 비좁은 우리 집을 둘러보더니 거실 천장을 올려다본다. 천장은 페인트가 비늘처럼 얇게 벗겨졌고, 위층에서 떨어진 물 때문에 둥근 얼룩들이 생겼다.

"천장은 신경 쓰지 마세요. 위층 사람들 행동까지 내가 어떻게 할 수는 없더라고요."

지젤은 고개를 끄덕이더니 볼에 흘러내린 눈물을 닦는다.

나는 부엌으로 달려가 화장지를 들고 그녀에게 간다.

"이슈가 있을 때는 티슈가 필요하죠."

"맙소사, 몰리, 우는 사람에게 그런 말은 하지 마. 오해할 거야."

"전 그냥……."

"나야 자기가 좋은 뜻으로 한 말인 거 알지만 다른 사람들은 모를 거야."

나는 잠시 침묵하며 그 말을 받아들이고, 지젤의 가르침을 마음속 금고에 넣어둔다.

우리는 아직 현관에 있다. 나는 이제 뭘 해야 할지, 무슨 말을 해야 할지 모른 채 우두커니 서 있다. 할머니만 계셨어도…….

"이젠 나한테 거실로 가자고 해야지. 편하게 앉아라, 같은 말도 하면서." 지젤이 알려준다.

나는 안절부절못하며 말한다.

"미안해요. 우리…… 아니, 내 집에 손님이 자주 오지 않아서요. 아니면 온 적이 없다고 해야 하나? 할머니는 친구 서너 명을 가끔 집에 초대하셨지만 할머니가 돌아가신 뒤로는 집이 꽤 조용했어요."

그녀가 9개월 만에 우리 집에 처음 온 손님이라는 말은 하지 않지만 그게 절대적 사실이다. 또한 나 혼자 맞이하는 첫 손님이기도 하다. 문득 좋은 생각이 떠오른다.

"할머니가 늘 말씀하시길 '맛있는 홍차를 한 잔 마시면 모든 고민거리가 사라질 것이고, 사라지지 않으면 한 잔 더 마셔라'라고 했어요. 홍차 한 잔 드릴까요?"

"좋지. 마지막으로 홍차를 마신 지가 언제인지 기억도 안 나."

나는 서둘러 부엌으로 가서 물을 끓인다. 부엌 문간에서 지젤을 살짝 봤더니 거실을 돌아다니고 있다. 오늘이 화요일이라서 다행이다. 어제가 바닥 청소하는 날이었으니 적어도 바닥은 완전 무결할 것이다. 지젤이 거실 맨 끝에 있는 창가로 걸어가 꽃무늬 커튼 가장자리에 달린 프릴을 만지작거린다. 오래전에 할머니가 직접 만든 커튼이다.

내가 찻주전자에 찻잎을 넣는 동안 지젤은 할머니의 특이한 수집품을 모아둔 장식장으로 다가가더니 쪼그리고 앉는다. 스와로브스키에서 제작한 크리스털 동물들을 감탄하며 바라보다가 이내 장식장 위에 놓인 사진들을 본다.

지젤이 내 집에 있다는 사실이 살짝 불편하면서도 약간 마음이 들뜬다. 내 집이 깨끗하다고 자부하지만 지젤 블랙 같은 신분의 여자에게 익숙한, 시설이 잘 갖춰진 집은 아니다. 지젤이 이 집을 보며 무슨 생각을 하는지 모르겠다. 아마 내가 사는 모습에 경악했을 것이다. 이곳은 호텔과 천양지판이다. 멋있지도 않다. 내게는 늘 만족스러운 곳이지만 그녀에게는 아니리라. 그렇게 생각하니 마음이 불편하다.

나는 부엌에서 머리를 내밀고 말한다.

"이 집은 늘 최상의 위생 상태를 유지하니까 안심하세요. 불행히도 메이드 급료로는 비싼 물건이나 현대식 인테리어 트렌드를 따라갈 수 없어요. 틀림없이 당신에겐 이 집이 구식으로 보일 거예요. 약간…… 낡기도 했죠?"

"몰리, 이 집이 내게 어떻게 보이는지 자기는 전혀 몰라. 자기는 날 잘 모르잖아. 내가 늘 지금처럼 살았을 거라고 생각해? 내 고향이 어디인지 알아?"

"마서즈 빈야드(매사추세츠주 케이프코드 연안의 섬으로 유명 인사들이 휴가를 즐기는 휴양지다-옮긴이)요."

"아냐, 그냥 찰스가 사람들에게 그렇게 말한 거지. 사실 난 디트로이트 출신이고 부촌에서 살지도 않았어. 이 집을 보니까 우리 집이 생각나. 오래전에 내가 살았던 집. 내가 외톨이가 되기 전의 집. 떠난 뒤로 단 한 번도 돌아본 적 없는 고향의 집."

지젤이 몸을 내밀고 15년 전 할머니와 내가 찍은 사진을 들여다보는 동안 나는 부엌 문간에서 그런 그녀를 바라본다. 저 사진을 찍었을 때 나는 열 살이었다. 할머니가 신청한 요리 교실에 참가해서 찍은 사진으로 우리 둘 다 우스꽝스러울 정도로 큰 셰프 모자를 쓰고 있다. 할머니는 웃고 있지만 나는 아주 심각한 표정이다. 테이블에 내려앉은 밀가루 때문에 기분이 나빴던 기억이 난다. 내 손과 앞치마도 밀가루투성이였다. 지젤이 그 옆에 있는 사진을 집어 든다.

"세상에, 이 사람은 자기 언니야?" 지젤이 묻는다.

"아뇨, 엄마예요. 오래전에 찍은 사진이에요."

"자기랑 엄마랑 똑같이 생겼네."

나도 우리 모녀가 닮았다는 사실을 잘 알고 있다. 특히 저 사진을 보면 더욱 그렇다. 엄마의 진갈색 머리카락은 둥근 얼굴 양옆을 지나 어깨까지 내려왔다. 할머니는 저 사진을 좋아했다. 저 사진을 '원 플러스 원'이라고 불렀다. 당신이 잃은 딸과 얻은 손녀가 동시에 떠오르기 때문이다.

"엄마는 지금 어디 사셔?"

"돌아가셨어요. 할머니와 마찬가지로."

물이 끓는다. 나는 불을 끄고 찻주전자에 뜨거운 물을 붓는다.

"우리 엄마도 돌아가셨어. 그래서 디트로이트를 떠난 거야."

나는 할머니가 가진 쟁반 중에서 가장 좋은, 그리고 유일한 은 쟁반에 찻주전자와 함께 도자기 찻잔 두 개, 반질거리는 티스푼 두 개, 양옆에 손잡이가 달리고 무늬를 새겨 넣은 크리스털 설탕 통, 우유가 담긴 작은 골동품 피처를 담았다. 모두 다 추억이 담긴 물건이다. 할머니와 내가 중고품 가게를 뒤지거나 콜드웰 가 주변의 근엄한 저택들이 버리려고 내놓은 물건 속에서 찾아냈다.

"엄마가 돌아가셨다니 유감이야. 할머니가 돌아가신 것도."

"당신이 유감스럽게 생각할 이유는 없죠. 알지도 못하는 사람 들이잖아요."

"알아. 하지만 원래 그렇게 말하는 거야. 아까 자기도 나한테 유감이라고 하면서 조의를 표했잖아."

"하지만 블랙 씨는 어제 돌아가셨고, 우리 엄마는 오래전에 죽 었는걸요."

"상관없어. 원래 그렇게 말하는 거야."

"설명 감사합니다."

"천만에. 언제든 말해줄게."

나는 지젤의 가르침이 정말로 고맙다. 할머니가 돌아가신 뒤 로는 지뢰밭을 헤매는 시각장애인이 된 심정이다. 나는 대화의 표면 아래 숨은 의미를 알아차리지 못해 끊임없이 사회적으로 부적절한 행동을 저지른다. 하지만 지젤이 곁에 있으면 갑옷을 입고 양옆에 무장한 경비원을 데리고 다니는 듯하다. 내가 리전 시 그랜드에서 일하는 걸 그토록 좋아한 이유 중 하나는 어떻게 행동해야 하는지 알려주는 규정집이 있기 때문이다. 어떻게 행동해야 하고, 언제 어떻게 누구에게 무슨 말을 해야 하는지 알려주는 스노우 씨의 가르침에 의지할 수 있기 때문이다. 지침이 있으면 마음이 놓인다.

나는 쟁반을 들고 거실로 간다. 쟁반이 달그락거린다. 지젤은 하필 소파에서 가장 안 좋은 자리에 앉는다. 저 자리는 스프링이 약간 튀어나왔다. 비록 할머니가 코바늘로 뜬 담요를 깔아서 스프링을 가려놓기는 했지만. 나는 지젤 옆에 앉는다.

홍차를 두 잔 따른 다음 무심코 내 잔을 집어 든다. 가장자리에 황금색 테두리가 둘려 있고 데이지 화환이 그려진 잔이다. 그러다 내 실수를 깨닫는다.

"미안해요. 이 잔으로 마실래요? 아니면 저 잔으로 마실래요? 나는 늘 데이지 잔으로 마셨거든요. 할머니는 오두막이 있는 영국 전원 풍경이 그려진 잔으로 마시고요. 난 약간 습관대로 하는 사람이라서요."

"그것참 놀랍네."

지젤이 그렇게 말하며 할머니의 잔을 집어 든다. 그리고는 설탕을 두 스푼 수북이 퍼서 넣고 우유도 약간 넣은 다음, 홍차를 휘젓는다. 지젤은 집안일을 많이 안 한 게 틀림없다. 두 손은 매

끄럽고 긁힌 자국이 하나도 없다. 길게 기른 손톱에는 반질반질
한 핏빛 매니큐어를 발랐다. 지젤이 홍차를 한 모금 마신다.

"음, 아마 자기는 내가 왜 여기 왔는지 궁금할 거야."

"당신을 걱정했는데 이렇게 와줘서 기뻐요."

"몰리, 어제는 내 인생 최악의 날이었어. 경찰이 날 얼마나 함
부로 대했는지 몰라. 날 경찰서로 데려가더니 무슨 범죄자처럼
신문하더라니까."

"안 그래도 그런 일이 일어날까 봐 걱정했어요. 당신은 그런
취급을 받을 이유가 없죠."

"그러니까 말이야. 하지만 경찰은 그걸 모르더라고. 나한테
찰스의 잠재적 재산 상속인으로서 유산을 빨리 받고 싶었던 거
아니냐고 물었어. 그래서 내가 내 변호사랑 얘기하라고 했지만
사실 나한테는 변호사가 없어. 변호사는 전부 찰스가 관리했거
든. 맙소사, 그런 짓을 저지른 사람으로 의심받는 건 정말 끔찍
해. 그러고는 호텔로 돌아왔더니 찰스의 딸 빅토리아가 전화했
더라고."

찻잔을 들고 한 모금 마시던 나는 오싹한 느낌에 움찔한다.

"아, 네, 지분의 49퍼센트를 소유한 주주요."

"그거야 옛날 말이지. 이제는 모든 재산의 절반 이상을 소유
하게 될걸. 찰스의 전 부인이 늘 바라던 대로. 찰스는 '여자와 사
업은 섞이면 안 돼'라고 말하…… 아니, 말했지. 여자는 궂은일을
못 한다고 생각했어."

"말도 안 돼요." 나는 그렇게 말했다가 멈칫한다. "미안해요.

죽은 사람을 나쁘게 말하는 건 무례한 짓이죠."

"괜찮아. 찰스는 그런 소리를 들어도 싸. 어쨌든 빅토리아가 전화로 내게 악담을 퍼부어대는 거야. 나더러 뭐라고 했는지 알아? 내가 자기 아빠의 프라다 기생충이고 중년의 위기를 겪으며 저지른 실수래. 게다가 아빠를 죽인 살인자이기도 하고. 어찌나 길길이 날뛰는지 그 애 엄마가 전화기를 뺏더라고. 블랙 부인은, 그러니까 전 블랙 부인은 세상 더할 나위 없이 차분하게 말했어. '우리 딸애 대신 내가 사과할게요. 슬픔에 반응하는 방식은 다 다른 법이니까요'라고. 믿어져? 그러는 동안에도 뒤에서는 그 여자의 미치광이 딸이 나한테 밤길 조심하라고 악을 써댔지."

"빅토리아는 걱정할 필요 없어요."

"아, 몰리, 자기는 세상을 너무 몰라. 진짜 세상이 얼마나 악랄한지 모른다고. 다들 내가 무너지는 걸 보고 싶어 해. 내가 결백하다는 건 중요치 않아. 사람들은 날 미워해. 대체 왜 그럴까? 경찰은 내가 찰스를 폭행했다는 식으로 말하더라고. 말도 안 돼!"

나는 지젤을 유심히 바라본다. 그녀가 블랙 씨에게 정부가 있고, 그 일로 너무 화가 나서 정말로 그를 죽여버리고 싶었다고 했던 날이 기억난다. 하지만 생각과 행동은 다른 법이다. 전혀 별개다. 그 사실은 누구보다 내가 잘 안다.

"경찰은 내가 남편을 죽였다고 생각해."

"참고로 말하자면 난 당신이 죽이지 않았다고 확신해요."

"고마워, 몰리."

지젤의 손이 나처럼 파르르 떨린다. 그녀가 찻잔을 테이블에 내려놓는다.

"찰스의 전 부인처럼 고상한 여자에게 어떻게 그런 싸가지 없는 딸이 있는지 모르겠어."

"아마 빅토리아는 아빠를 닮았을 거예요."

나는 지젤의 멍과 그게 왜 생겼는지 기억한다. 찻잔의 연약한 손잡이를 잡은 내 손가락에 힘이 들어간다. 조금만 더 힘주면 손잡이가 산산조각 나리라.

'호흡에 집중해, 몰리. 호흡.'

"블랙 씨는 좋은 남편이 아니었어요. 내가 판단하기로는 아주 썩어빠진 종자였어요."

지젤은 무릎을 내려다보더니 새틴 스커트 가장자리를 가지런히 편다. 마치 고전 영화 속 여배우가 할머니의 텔레비전에서 기어 나와 마법처럼 내 옆에 앉아 있는 듯하다. 그렇게 생각하는 편이 신분이 낮은 메이드와 실제 친구로 지내는 지젤이 정말로 여기 있다고 생각하는 것보다 더 그럴듯하다.

"찰스가 함부로 대할 때도 있었지만 그래도 그는 자기 방식대로 날 사랑했어. 나도 내 방식대로 그를 사랑했고. 정말 그랬어."

그녀의 커다란 녹색 눈에 눈물이 그렁그렁 고인다.

나는 윌버와, 그에게 파베르제를 도둑맞은 일을 생각한다. 그 일로 내가 그에게 느꼈던 애정은 순식간에 원망으로 변했다. 나중에 처벌받지만 않는다면 양잿물이 든 통에 그놈을 처넣고 삶아버릴 수도 있다. 반면 지젤은 블랙 씨를 미워할 이유가 충분한데도 여전히 그에게 애정을 갖고 있다. 비슷한 자극에 반응하는 방식이 사람마다 다르다는 사실은 참으로 신기하다.

나는 홍차를 한 모금 마신 뒤 말한다.

"당신 남편은 바람을 피웠어요. 당신을 때리기도 했고요."

"와, 그렇게 돌려 말하는 걸로 성에 차겠어?"

"네, 이 정도면 충분해요."

지젤이 고개를 끄덕인다.

"찰스를 만났을 때 난 비로소 내 인생이 완전해졌다고 생각했어. 마침내 날 보살펴주고, 내가 원하는 걸 모두 가지고 있고, 날 아껴주는 사람을 만났다고 말이야. 찰스와 함께 있으면 특별한 여자가 된 기분이었어. 세상에 여자가 나 혼자인 것처럼. 한동안은 좋았지. 그러다 문제가 생겼어. 특히 어제는 자기가 청소하러 오기 직전에 대판 싸웠어. 난 이렇게 사는 게 넌덜머리 난다고 했어. 그놈의 '사업'을 한답시고 늘 이 도시에서 저 도시로 이동하고 호텔을 전전하는 생활이 지긋지긋하다고. 왜 그냥 어딘가에 정착해서 살 수 없냐, 케이맨 제도의 별장 같은 데 자리 잡고 평범한 사람처럼 즐기면서 살 수는 없냐고 했지. 사람들은 모르지만 결혼할 때 그이는 혼전 계약서에 서명하게 했어. 그이의 자산과 부동산은 내 소유가 아니라는 내용이었지. 그이가 날 못 믿는다는 게 마음 아팠지만 바보같이 서명하고 말았어. 그 순간부터 우리 사이는 달라졌어. 결혼하자마자 난 더는 특별한 여자가 아니었지. 그이는 자기가 원하는 걸 내게 주고 언제든 그걸 빼앗아 갈 수 있었어. 지난 2년의 결혼 생활 동안 실제로 그렇게 했고. 내가 하는 행동이 마음에 들면 선물 공세를 했어. 다이아몬드랑 명품 구두, 해외여행 같은. 하지만 찰스는 질투가 많은 남자였어. 내가 파티에서 다른 남자의 농담에 웃기만 해도 벌을 받았지. 단지 돈줄을 끊은 것만이 아니야."

지젤의 한쪽 손이 쇄골로 올라간다.

"이렇게 되리라는 걸 알았어야 했는데. 사실 경고를 받기도 했어."

지젤은 말을 멈추더니 자리에서 일어나 현관 옆에 놓인 의자로 간다. 의자에 있던 가방을 뒤져 약 두 알을 꺼내고는 다시 소파로 돌아와 약을 입에 넣고 홍차와 함께 삼킨다.

"어제 찰스에게 혼전 계약서를 파기할 생각이 없는지, 아니면 적어도 케이맨 제도에 있는 별장이라도 내 명의로 해줄 수 없는지 물었어. 결혼한 지 2년이나 됐으니까 이제는 날 믿어야 하지 않아? 난 그저 너무 힘들 때 도망칠 곳이 있었으면 했어. 그래서 당신은 사업을 계속 확장해라, 블랙 제국을 더 키워라, 그게 당신이 원하는 거라면. 하지만 적어도 별장 명의는 나한테 넘겨달라고 했어. 나만의 장소, 집을 갖고 싶다고."

지젤의 가방에서 봤던 항공권 확인증이 떠오른다. 만약 그녀가 블랙 씨와 함께 떠날 예정이었다면 왜 항공권이 편도였을까?

"찰스는 '집'이라는 말에 분통을 터뜨렸어. 다들 자기에게 거짓말한다, 자기 돈만 훔치려 하고, 자기를 이용하려 한다고 했어. 술에 취해서 방 안을 마구 서성이면서 내가 자기 전 부인이랑 똑같다는 거야. 내게 온갖 욕을 다 퍼부어댔지. 돈만 밝힌다, 꽃뱀이다, 싸구려 창녀다. 그러다 분을 못 이기고 손에서 결혼반지를 빼서 집어던지더니 '그래, 네 마음대로 해!'라고 했어. 그러고는 금고를 뒤져서 무슨 서류를 양복 주머니에 쑤셔 넣더니 날 밀치며 요란하게 밖으로 나갔어."

나는 그 서류가 무엇인지 안다. 블랙 씨의 가슴 포켓에서 보았다. 케이맨 제도에 있는 별장의 양도 증서다.

"몰리, 그때 자기가 우리 방에 들어온 거야. 기억나?"

기억난다. 블랙 씨는 날 사납게 밀치고 갔다. 나는 그저 또다시 그의 앞길을 막는 짜증 나는 인간 장애물에 불과했다.

"어제 너무 이상하게 굴어서 미안해. 이제는 이유를 알았지?"

"괜찮아요. 블랙 씨가 당신보다 훨씬 더 무례했어요. 하지만 솔직히 말해서, 당신은 화가 난 게 아니라 슬펐던 것 같아요."

지젤이 빙그레 웃는다.

"그거 알아, 몰리? 자기는 사람들이 생각하는 것보다 훨씬 눈치가 빨라."

"맞아요."

"다른 사람이 자길 어떻게 생각하든 난 상관없어. 자긴 최고야."

나는 칭찬에 얼굴이 붉어진다. 다른 사람이 날 어떻게 생각하냐고 물어보려는 찰나 지젤에게 기이한 변화가 일어난다. 방금 먹은 약이 뭔지는 몰라도 약효가 빠르다. 마치 내 눈앞에서 고체였던 그녀가 액체로 변하는 듯 그녀의 어깨에서 긴장이 풀리고 얼굴이 부드러워진다. 할머니가 아팠을 때 한동안은 진통제가 할머니의 통증을 사라지게 해주던 일이 기억난다. 잔뜩 찡그리고 경직된 할머니의 얼굴이 평온하고 더할 나위 없이 행복한 표정으로 변해 나처럼 타인의 기분을 잘 헤아리지 못하는 사람도 즉각 알아차릴 수 있었다. 그 약은 할머니에게 마법을 부렸다. 그러다 어느 순간부터 마법이 통하지 않았다. 그걸로는 부족했다. 어떤 약으로도 부족했다.

지젤은 날 마주 보더니 소파 위에서 책상다리를 하고 할머니의 담요를 다리에 두른다.

"자기가 발견했지? 찰스 말이야. 죽은 그이를 처음으로 발견한 사람이 자기야?"

"네, 저예요."

"그리고 경찰이 자길 경찰서로 데려간 거야? 그렇다고 들었어."

"맞아요."

"그래서 경찰한테 뭐라고 했어?"

지젤은 한 손을 입으로 가져가 검지 손톱을 물어뜯는다. 나는 손톱을 물어뜯는 건 아주 지저분한 습관이며 예쁜 매니큐어를 망치지 말라고 말하고 싶지만 참는다.

"제가 본 대로 말했어요. 객실을 완전무결한 상태로 돌려놓으려고 들어갔는데 사람이 있을지도 모른다 싶어서 침실로 들어갔고, 그러다 침대에 누워 있는 블랙 씨를 봤다고요. 자세히 들여다본 뒤에야 죽은 걸 알았어요."

"우리 방에서 이상한 거 없었어?"

"블랙 씨는 취해 있었어요. 유감스럽게도 블랙 씨의 평소 행동을 생각하면 특이한 건 아니죠."

"맞는 말이야."

"근데…… 당신 약 말이에요, 그게 보통 욕실에 있는데 어제는 침대 머리맡 테이블에 있었어요. 그것도 뚜껑이 열려 있고, 약 일부가 카펫에 떨어져 있었죠."

지젤의 몸이 굳는다.

"뭐라고?"

"네, 그리고 몇 개는 밟혀서 가루가 되어 카펫 털 속으로 들어갔어요. 나중에 객실을 청소해야 하는 우리 같은 사람들에게는 골치 아프죠."

나는 지젤이 손톱을 옥수수처럼 물어뜯는 걸 그만뒀으면 한다.

"또 다른 건?" 지젤이 묻는다.

"금고가 열려 있었어요."

지젤이 고개를 끄덕인다.

"당연하지. 평소에는 늘 잠가두고 내게 비밀번호도 알려주지 않아. 하지만 그날은 금고에서 자기가 원하는 걸 가져가더니 잠그지도 않고 밖으로 뛰쳐나갔어."

지젤은 찻잔을 집어 들고 얌전히 한 모금 마신다.

"몰리, 경찰에게 찰스와 나에 대해 말한 거 있어? 우리 부부의…… 관계에 대해서?"

"아뇨."

"그럼…… 나에 대한 얘기는?"

"사실을 감추지는 않았어요. 하지만 내가 나서서 얘기하지도 않았어요."

지젤은 날 잠시 바라보더니 갑자기 몸을 내밀어 날 껴안는다.

난 깜짝 놀란다. 그녀에게서 고급 향수 냄새가 난다. 사치에서는 두려움이나 죽음처럼 숨길 수 없는 냄새가 난다는 사실이 재미 있지 않은가?

"몰리, 자긴 정말 특별한 사람이야. 그거 알아?"

"네, 알아요. 전에도 그런 말을 들은 적이 있어요."

"자기는 좋은 사람이자 좋은 친구야. 난 죽을 때까지 자기처럼 좋은 사람은 못 될 거야. 하지만 이것만은 알아줘. 앞으로 무슨 일이 생기든 난 자기를 늘 고마워할 거야."

지젤은 내게서 몸을 떼더니 벌떡 일어난다. 몇 분 전에는 느긋 하고 유연해 보였는데 지금은 기운이 넘친다.

"이제 어떻게 할 거예요? 블랙 씨가 죽었잖아요."

"할 수 있는 게 별로 없어. 경찰에서는 독극물과 부검 보고서 가 작성될 때까지 이 도시를 떠나지 말라고 했어. 돈 많은 남자가 죽으면 당연히 아내가 범인이니까. 그렇지? 본인이 자초한 스트 레스나 주위 사람에게 받은 스트레스로 자연사할 수도 있는 거 아니야? 이렇게 돌연사하지 않도록 부인이 그렇게 쉬라고 했는 데도 말을 듣지 않아서 말이야."

"그렇게 생각하세요? 블랙 씨가 그냥 돌연사했다고?"

지젤이 한숨을 쉰다. 눈에 눈물이 맺힌다.

"심장이 멈추는 이유는 너무나 많지."

나는 목이 멘다. 할머니와 할머니의 심장, 그리고 그 심장이 어 떻게 멎었는지 생각한다.

"보고서가 나올 때까지 계속 호텔에 묵을 거예요?"

"선택의 여지가 많지 않아. 달리 갈 곳도 없고. 그리고 호텔 밖으로 나가기만 하면 기자들이 떼거리로 달려들어. 나한테는 내 것, 오로지 나만의 것이라고 할 만한 게 없어, 몰리. 이런 허접한 집조차도 없다고."

지젤이 움찔한다.

"미안해. 봤지? 자기만 가끔 실수하는 거 아니야."

"괜찮아요. 기분 나쁘지 않아요."

지젤이 손을 뻗어 내 무릎에 올린다.

"몰리, 난 당분간 찰스 유언장에 적힌 내용을 알 수 없어. 그러니 장차 내가 어떻게 될지도 몰라. 유언장이 공개될 때까지는 호텔에 머무를 거야. 적어도 거기는 숙박비를 이미 다 지불했으니까."

지젤이 말을 멈추고 날 바라본다.

"자기가 날 돌봐줄래? 호텔에서 말이야. 내 메이드가 돼주겠어? 수니타도 좋지만 자기랑은 달라. 자기는 나한테 동생이나 다름없어. 가끔씩 터무니없는 소리를 하고, 먼지 터는 걸 너무 좋아하지만 그래도 동생이잖아."

지젤이 날 그렇게 좋게 봐주고, 다른 사람은 지나치지 못하는 걸 눈감아주고, 날 가족으로 생각해주다니 우쭐한 기분이 든다.

"저야 영광이죠. 스노우 씨가 허락만 한다면요."

"잘됐다. 호텔에 돌아가면 내가 스노우 매니저에게 말할게."

지젤은 자리에서 일어나 현관문으로 가더니 의자에 있던 노란색 가방을 집어 든다. 그걸 소파로 가져와서 돈다발을 꺼낸다. 눈에 너무도 익은 돈다발이다. 그러고는 빳빳한 100달러 지폐 두 장을 꺼내 은 쟁반에 내려놓는다.

"받아. 자기는 받을 자격이 있어."

"네? 이건 너무 큰돈이에요, 지젤."

"어제 팁을 못 줬잖아. 어제 팁이라고 생각해."

"하지만 어젠 객실 청소도 다 못 마쳤는데."

"그건 자기 잘못이 아니야. 받아도 돼. 그리고 나랑 이런 대화 는 나눈 적이 없는 걸로 해."

나로서는 절대 잊지 못할 대화였지만 그런 말은 하지 않았다.

지젤이 일어나 현관문으로 걸어가다가 멈춰 서서 날 마주 본다.

"하나만 더 부탁하자, 몰리."

다림질이나 세탁을 부탁하려는 걸까 생각하던 내게 그녀의 다 음 말은 충격적이었다.

"혹시 우리 스위트룸에 들어갈 수 있어? 지금은 출입이 금지 됐잖아. 근데 거기에 두고 온 물건이 있어. 꼭 필요한 물건이야. 욕실 환풍기 속에 넣어뒀어."

그제야 이해가 간다. 어제 그녀가 샤워하러 욕실에 들어갔을 때 환풍기가 털털거린 이유가.

"뭘 가져다드릴까요?"

"내 총."

지젤의 목소리는 담담하고 차분하다.

"난 지금 위험해, 몰리. 찰스가 없어서 지켜줄 사람이 없어. 다 들 날 물어뜯으려 한다고. 난 날 지켜야 해."

"알겠어요."

나는 선선히 대답하지만 사실은 불안이 걷잡을 수 없이 커진다. 목구멍이 조인다. 세상이 기울어지는 듯하다.

나는 스노우 씨의 조언을 떠올린다.

"고객이 과도한 요구를 할 때는 도전으로 생각하세요. 묵살하지 마세요. 고객의 요구를 충족하도록 노력하세요."

"최선을 다할게요."

나는 그렇게 말하지만 목이 멘다.

"당신의…… 물건을 되찾아올게요."

그러고는 그녀 앞에 차렷 자세로 선다.

"정말 고마워, 몰리 메이드."

지젤이 다시 날 껴안는다.

"다른 사람이 뭐라고 하든 믿지 마. 자기는 이상한 사람이 아니야. 로봇도 아니고. 내가 살아 있는 한 이 일은 절대 잊지 않을 거야. 두고 봐. 맹세코 절대 잊지 않을 거야."

지젤은 현관문으로 달려가더니 벽장에서 매끈한 하이힐을 꺼내 신는다. 마시던 찻잔은 테이블에 그대로 둔 채. 할머니였다면 부엌에 가져다 놓았으리라. 하지만 노란색 가방은 잊지 않고 챙겨서 어깨에 멘다. 지젤은 현관문을 열고 내게 키스를 날리더니 손을 흔든다.

문득 의문이 든다.

"잠깐만요."

나는 복도를 지나 거의 계단까지 간 지젤을 불러 세운다.

"지젤, 내가 여기 사는 거 어떻게 알았어요? 우리 집 주소는 어떻게 구했어요?"

지젤이 날 돌아보며 말한다.

"아, 호텔 직원이 알려줬어."

"직원 누구요?"

그녀가 실눈을 뜬다.

"흠…… 잘 기억이 안 나. 하지만 걱정 마. 시도 때도 없이 찾아오거나 그러진 않을 테니까. 그리고 고마워, 몰리. 맛있는 차도 주고, 이야기도 나눠주고, 세상에 둘도 없는 사람이 돼주어서."

그 말과 함께 지젤은 선글라스를 내려서 쓰고는 방화문을 열고 나간다.

수요일

10

이튿날 아침 자명종이 울린다. 수탉이 꼬끼오 하고 우는 소리다. 9개월이 지났는데도 복도를 자박자박 걸어오는 할머니의 발소리, 할머니가 내 침실 문을 부드럽게 노크하는 소리가 들린다.

'어서 일어나라, 얘야! 새날이 밝았어.'

부엌에서 우리가 먹을 잉글리시 브랙퍼스트 홍차와 마멀레이드를 곁들인 크럼펫을 준비하며 분주히 움직이는 할머니의 발소리.

하지만 그건 사실이 아니다. 기억일 뿐이다. 나는 버튼을 눌러 꼬끼오 소리를 끄고 혹시 간밤에 로드니가 문자를 보냈을지 몰라서 얼른 휴대전화를 확인한다. 문자는 한 통도 없다.

나는 두 다리를 침대에서 내려 발바닥을 마룻바닥에 댄다. 상관없다. 오늘 출근할 것이고, 호텔에서 로드니를 볼 것이다. 우리 관계의 온도를 잴 것이다. 앞으로 나아갈 것이다. 지젤을 도울 것이다. 그녀는 내 도움이 필요한 친구이니 내가 방법을 찾아낼 것이다.

나는 기지개를 켜고 침대에서 일어난다. 다른 일을 하기 전에 우선 침대를 정돈하려고 시트를 벗기고 퀼트 이불을 걷어낸다.

'뭔가를 하려면 제대로 하거라.'

정말 맞는 말이에요, 할머니.

나는 이불과 몸 사이에 덮는 톱 시트부터 시작한다. 먼저 톱 시트를 탁 털어 침대에 깐다. 그 위에 할머니가 만들어준 퀼트 이불을 잘 펴주고 늘 그렇듯이 별이 북쪽을 향하게 한다. 베개는 톡톡 쳐서 부풀린 다음 각도기로 잰 듯 정확히 45도 각도로 머리판에 기대어 놓아둔다. 가장자리에 코바늘뜨기로 만든 술이 달린, 두 개의 불룩한 작은 언덕이다.

부엌으로 가서 크럼펫과 홍차를 준비한다. 크럼펫을 베어 먹을 때마다 이 갈리는 소리가 난다. 왜 할머니가 살아 계실 때는 내 입에서 나는 이 소름 끼치는 소리를 한 번도 못 들었을까?

아, 할머니.

할머니는 아침을 사랑했다. 늘 콧노래를 부르며 부엌에서 바삐 움직였다. 우리는 2인용 원목 식탁에 함께 앉았고, 햇볕을 받은 참새처럼 할머니는 아침을 쪼아 먹으며 계속 재잘거렸다.

"오늘은 콜드웰 가의 서재와 씨름할 거다, 몰리. 아, 몰리, 너도 그 서재를 보면 좋으련만. 언제 한번 널 데려와도 되냐고 콜드웰 씨에게 물어봐야겠다. 검은색 가죽으로 된 가구와 반질거리는 호두나무로 만든 가구가 잔뜩 있는 화려한 공간이야. 거기다 책은 또 얼마나 많은지. 넌 못 믿겠지만 그 집 사람들은 서재에 잘 들어가지도 않는단다. 난 그 책들을 내 책처럼 아껴. 그리고 오늘은 먼지를 터는 날이야. 책의 먼지를 터는 건 까다로운 작업이란다. 몇몇 메이드가 하는 것처럼 그냥 먼지를 후후 분다고 되는 게 아니야. 그건 청소가 아니란다, 몰리. 그저 먼지를 다른 곳으로 보내는 거지…….”

할머니는 오늘 당신이 할 일을 계속 이야기했다.

내가 홍차를 후루룩 들이마시는 소리가 들린다. 역겹다. 크럼 펫을 한 입 더 베어 물지만 더는 먹을 수 없어서 나머지를 다 버린다. 음식을 버리는 건 너무 아깝지만 어쩔 수 없다. 설거지를 하고 욕실로 가서 샤워한다. 할머니가 돌아가신 뒤로 아침마다 모든 일을 조금씩 서두른다. 가능한 한 빨리 집에서 나가고 싶기 때문이다. 할머니가 없는 아침은 너무 힘들다.

출근 준비를 마치고 집을 나서서 복도를 지나 로소 씨의 집으로 간다. 문을 단호히 두드린다. 문 너머에서 인기척이 들리더니 딸깍 소리가 나고 문이 열린다.

로소 씨가 가슴 앞에서 팔짱을 낀 채 서 있다.

“몰리, 지금 아침 7시 반이야. 중요한 일이어야 할 거야.”

나는 손에 돈을 쥐고 있다.

“로소 씨, 여기 집세 200달러예요.”

로소 씨는 한숨을 쉬더니 고개를 절레절레 흔든다.

“집세는 1,800달러야. 자네도 알잖아.”

“네, 맞아요. 집세가 1,800달러라는 말도 맞고, 제가 알고 있다는 말도 맞아요. 나머지는 오늘 안으로 다 드릴게요. 약속해요.”

로소 씨가 다시 고개를 흔들며 엄포를 놓는다.

“몰리, 내가 자네 할머니를 존경하지만 않았어도…….”

“오늘 안으로 다 드릴게요. 두고 보세요.”

"오늘 안에 다 갚지 않으면 나도 다음 단계로 나가겠네, 몰리. 자넬 쫓아낼 거야."

"그러실 필요 없어요. 200달러를 드렸다는 증거로 영수증을 받을 수 있을까요?"

"지금? 뻔뻔스럽게 지금 당장 영수증을 써달라는 건가? 내일 써주면 어떨까? 일단 자네가 돈을 다 갚은 뒤에 말이야."

"그게 합리적인 타협이겠네요. 감사합니다. 좋은 하루 보내세요, 로소 씨."

나는 그렇게 말하고 몸을 돌려 자리를 뜬다.

9시 훨씬 전에 호텔에 도착한다. 평소처럼 불필요한 교통비를 아끼려고 호텔까지 걸어간다. 프레스턴 씨가 호텔 정문 앞 계단 꼭대기에 서 있다. 포디엄 뒤에서 통화 중이지만 날 보더니 전화기를 내려놓고 미소 짓는다.

오늘 아침은 입구가 평소보다 더 북적인다. 회전문 앞에 짐 보관소로 운반되기를 기다리는 캐리어가 몇 개 있다. 손님들은 급하게 들락날락하고, 대다수가 호텔 사진을 찍으며 블랙 씨에 대해 어쩌고저쩌고 떠들어댄다. '살인'이라는 말이 간간이 들리는데 마치 놀이공원이나 새로 나온 화제의 아이스크림 맛을 이야기하는 듯한 말투다.

"좋은 아침이야, 몰리. 별일 없니?" 프레스턴 씨가 말한다.

"네, 좋아요."

"어젯밤에 집에는 무사히 갔고?"

"네, 신경 써주셔서 고맙습니다."

프레스턴 씨가 헛기침을 한다.

"있잖니, 몰리, 혹시 무슨 문제가 생기면, 어떤 문제라도 좋다, 이 늙은이에게 도움을 청할 수 있다는 걸 명심하렴."

그의 미간에 이상한 주름이 잡힌다.

"프레스턴 씨, 제가 걱정되세요?"

"걱정까지는 아니고, 단지 네가…… 좋은 친구를 사귀었으면 좋겠구나. 그리고 혹시라도 도움이 필요하면 내가 있다는 걸 알아줬으면 한다. 그저 내게 고개만 살짝 끄덕이면 내가 알 거야. 네 할머니는 좋은 여자였어. 난 네 할머니를 좋아했다. 우리 메리에게도 정말 잘했고. 할머니 없이 너 혼자 살려면 틀림없이 힘들 거다."

프레스턴 씨는 한 발에서 다른 발로 체중을 옮긴다. 순간적으로 프레스턴 씨가 위풍당당한 도어맨이 아닌 덩치만 큰 아이로 보인다.

"말씀 감사합니다, 프레스턴 씨. 하지만 전 정말 괜찮아요."

"다행이구나."

프레스턴 씨가 모자챙을 살짝 건드리며 말한다.

그때 아이가 셋 있는 가족과 여섯 개의 캐리어가 그의 도움을 필요로 한다. 프레스턴 씨는 내가 제대로 작별 인사를 하기도 전에 그들에게 돌아선다.

나는 사람들 사이로 요리조리 빠져나가 회전문을 밀고 로비로 들어간다. 그러고는 곧장 하우스 키핑 부서가 있는 아래층으로 간다. 깨끗하게 세탁된 유니폼이 비닐 커버를 쓴 채 사물함 문에 걸려 있다. 자물쇠 비밀번호를 누르자 사물함 문이 벌컥 열린다. 위쪽 선반에는 지젤이 준 모래시계가 있다. 저 멀리 이국 땅의 모래 그리고 어둠 속에서 희망을 비추는 황동.

옆에 누군가 있다는 느낌이 들어서 고개를 돌려보니 셰릴이 내 사물함 주위를 기웃거린다. 그녀의 얼굴은 엄격하고 양쪽 입 꼬리가 심술궂게 처져 있다. 다시 말해 평소 표정이다.

나는 짐짓 명랑하게 말한다.

"좋은 아침이에요. 어제 병가로 기운을 회복하고 오늘은 몸이 좀 낫기를 바라요."

셰릴이 한숨을 쉰다.

"나 같은 몸으로 사는 게 어떤 건지 넌 몰라, 몰리. 난 장에 문제가 있어. 스트레스를 받으면 더 악화된다고. 직장에서 죽은 사람이 발견되는 것 같은 스트레스. 위장 장애를 야기하는 스트레스."

"몸이 안 좋다니 안됐어요."

나는 셰릴이 그만 갈 줄 알았는데 그녀는 그저 내 앞을 막고 서 있다. 그녀의 몸이 비닐 커버를 씌운 유니폼을 스치자 비닐이 음산하게 바스락거린다.

"블랙 부부 일은 유감이야." 셰릴이 말한다.

"블랙 씨 말이죠? 네, 정말 끔찍해요."

"아니, 네가 더는 그 사람들에게 팁을 못 받게 돼서 유감이라고. 이제 블랙 씨가 죽었으니까."

그녀의 얼굴은 달걀을 연상시킨다. 이목구비가 없고 밋밋한 달걀.

"사실 블랙 부인은 아직 이 호텔에 있어요."

셰릴이 코웃음 친다.

"지금은 수니타가 지젤 방을 청소해. 물론 내가 감독하고."

"당연히 그렇겠죠."

팁을 훔치기 위한 또 다른 술수다. 하지만 오래가지 못하리라. 지젤이 스노우 씨에게 다시 나를 메이드로 쓰고 싶다고 요청할 것이다. 그러니 지금은 아무 말도 하지 않을 것이다.

"블랙 부부가 묵던 스위트룸의 경찰 조사가 끝났어." 셰릴이 말한다. "방을 아주 다 뒤집어놔서 엉망진창이더라. 원래대로 되돌려놓으려면 열심히 일해야 할 거야. 경찰한테 팁도 못 받는데 말이지. 첸 부부 객실은 이제부터 내가 맡을 거야. 네가 과로하면 안 되니까."

"배려해줘서 고마워요, 셰릴."

셰릴은 잠시 그대로 서서 내 사물함을 들여다본다. 그녀의 눈이 지젤이 준 모래시계에 꽂혀 있다. 저 눈알을 찔러버리고 싶다. 저렇게 부러운 눈으로 보는 것만으로도 모래시계가 더러워지기 때문이다. 저 시계는 내 것이다. 내가 받은 선물이다. 내 친구가 준 내 물건이다.

"실례합니다."

나는 사물함 문을 탁 닫아버리고 셰릴이 움찔한다.

"그만 가봐야겠네요. 일을 시작해야 해서요."

내가 유니폼을 들고 탈의실로 가자 셰릴이 알아들을 수 없는 말을 중얼거린다.

나는 유니폼으로 갈아입고 카트에 비품을 채운 뒤 로비로 간다. 프런트 데스크에 서 있는 스노우 씨가 보인다. 한여름에 녹아내리는 슈거 글레이즈드 도넛처럼 금방이라도 무너져내릴 듯하다. 스노우 씨가 내게 오라고 손짓한다.

나는 떼 지어 다니는 손님들이 나와 청소 카트보다 먼저 가도록 조심하며 내게 눈길도 주지 않는 그들에게 매번 고개를 숙인다. "먼저 가세요, 사모님/선생님"이라고 거듭 말하면서. 그 때문에 엘리베이터에서 프런트 데스크까지 가는 데 평소보다 훨씬 더 오래 걸린다.

"매니저님, 죄송해요. 오늘 정말 북적거리네요."

나는 프런트 데스크에 도착하자마자 스노우 씨에게 말한다.

"몰리, 반갑군. 어제 출근해줘서 다시 한번 고맙네. 오늘도 그렇고. 많은 직원이 최근 사건을 핑계로 꾀병을 부리고 있네. 의무를 회피하려고 말이야."

"전 절대 그러지 않아요, 매니저님. '어떤 일벌이든 벌집에서 각자 자리가 있다.' 그렇게 가르쳐주셨잖아요."

"내가?"

"네, 작년에 직무 능력 향상 세미나에서 연설하실 때요. 호텔은 벌집이고, 호텔에서 일하는 사람은 모두 일벌이다. 한 사람이라도 없으면 꿀도 없다고요."

스노우 씨는 내 뒤로 붐비는 로비를 바라본다. 로비는 좀 치워야 할 듯하다. 아이 하나가 등받이가 높은 의자에 스웨터를 두고 갔다. 바쁜 포터가 바퀴가 삐걱거리는 캐리어를 끌고 옆으로 쌩 지나가자 바닥에 떨어졌던 비닐봉지가 둥실 떠올랐다가 다시 대리석 바닥에 내려앉는다.

"세상은 참 이상해, 몰리. 어제만 해도 최근의 불행한 사건들 때문에 손님들이 예약을 취소하고 호텔이 텅 비면 어쩌나 걱정했다네. 그런데 오늘 정반대로 됐어. 예약이 더 늘어난 거야. 중년 부인들이 그저 호텔을 구경하려고 애프터눈티를 마시러 온다네. 세미나실은 다음 달까지 전부 예약이 끝났어. 다들 아마추어 탐정 놀이를 하는 것 같네. 이 호텔에 들어오기만 하면 블랙 씨의 때 이른 죽음에 얽힌 미스터리를 풀 수 있다고 믿는 모양이야. 프런트 데스크를 보게. 업무량이 따라가기 힘들 정도야."

스노우 씨의 말이 맞다. 데스크 뒤에서 펭귄들이 맹렬하게 모니터를 눌러대며 발레파킹 담당 직원과 포터, 도어맨에게 지시를 내린다.

"리전시 그랜드가 핫 플레이스가 됐어. 블랙 씨 덕분에." 스노우 씨가 말한다.

"재미있네요. 어떤 날은 철저하게 절망적이었다가 이튿날은 극도로 행복해지더라고요. 살면서 모퉁이를 돌면 뭐가 있을지 절대 알지 못해요. 죽은 남자가 있을 수도 있고, 데이트를 하게 될 수도 있고요."

스노우 씨가 주먹을 입에 대고 기침한다. 감기에 걸린 게 아니면 좋으련만. 스노우 씨가 내게 다가오더니 나직이 속삭인다.

"저기, 몰리, 블랙 부부가 머물던 스위트룸의 경찰 조사가 다 끝났네. 불미스러운 물건이 나오지 않았으면 좋을 텐데 말이야."

"설사 나왔다 해도 제가 다 청소할 거예요. 셰릴이 오늘 그 방부터 시작하라고 했어요. 바로 시작하겠습니다, 매니저님."

"뭐라고? 내가 셰릴에게 그 스위트룸을 직접 청소하라고 분명히 말했는데. 당분간은 그 방에 손님을 받지 않을 거야. 사태가 좀 진정될 때까지 기다려야 해. 안 그래도 스트레스를 받은 자네에게 더 스트레스를 주고 싶지는 않네."

"괜찮습니다, 매니저님. 그 스위트룸이 엉망이라는 사실이 더 스트레스예요. 마치 아무도 그 침대에서 죽지 않은 것처럼 깨끗이 청소하고 원래대로 돌려놓으면 기분이 훨씬 나아질 거예요."

"쉬, 손님들 놀라겠네."

스노우 씨 말에 나는 그제야 속마음을 말해버린 걸 깨닫는다.

"죄송해요, 매니저님."

나는 작게 속삭이고는 혹시 듣는 사람이 있을까 봐 큰 소리로 말한다.

"이제 스위트룸 청소를 시작할게요. 특별한 스위트룸이 아니라 그냥 제 근무표에 있는 스위트룸이요."

"그래, 그래, 그만 가보게, 몰리." 스노우 씨가 말한다.

나는 자리를 뜬 다음 손님들을 돌아 소셜로 간다. 조간신문을 가지러, 그리고 로드니도 만났으면 하는 바람으로.

소셜에 가보니 로드니가 바 테이블 뒤에서 황동으로 된 맥주 탭을 닦고 있다. 그를 본 순간 얼굴이 달아오른다.

로드니가 날 돌아보며 "왔어?"라고 인사한다. 날 위한, 오로지 나만을 위한 미소를 지으면서. 손에 눈처럼 새하얀, 얼룩 한 점

없는 마른행주를 들고 있다.

"어제 너한테 전화 안 했어. 문자도 안 보냈고." 내가 말한다. "지금처럼 직접 만나 이야기할 수 있을 것 같아서. 근데 혹시 네가 기대했던 지침을 내가 따르지 않았다면 알려줘. 밤이든 낮이든 언제든 기꺼이 너한테 문자를 보내거나 전화할 테니까. 네가 뭘 바라는지만 말해주면 내가 맞출게. 전혀 어려울 거 없어."

"와, 알았어."

로드니가 빳빳한 흰 행주를 어깨에 턱 걸친다.

"어제저녁에는 뭐 재미있는 일 없었어?"

나는 바 테이블로 몸을 내민다. 이번에는 분명 조용조용하게 말할 것이다.

"내 말을 들으면 깜짝 놀랄걸."

"뭔데?"

"지젤이 날 보러 왔어! 내 집에! 집에 갔더니 건물 앞에서 날 기다리고 있더라니까. 믿어져?"

"흠, 놀랍네."

로드니는 그렇게 말하지만 말투가 이상하다. 전혀 놀라지 않은 사람 같다. 그러고는 술잔을 집어 들어 닦기 시작한다. 이미 아래층 주방에서 제대로 살균한 유리잔인데도 부정한 얼룩들을 모조리 닦는다. 완벽을 기하는 그의 노력이 대단하다. 놀라운 사람이다.

"그래서 지젤이 왜 온 거야?" 로드니가 묻는다.

"글쎄, 그건 친구 사이의 비밀이야."

나는 말을 멈추고 사람들로 북적이는 레스토랑을 둘러보며 우리를 보는 사람이 없는지 확인한다. 내 쪽을 힐끗 보는 사람조차 없다.

"왜? 어디서 총이라도 튀어나올까 봐?"

로드니가 장난기 어린 미소를 지으며 말한다. 이건 나한테 끼를 부리는 게 틀림없다. 그렇게 생각하니 심장이 두 배로 빨리 뛴다.

"그렇게 말하니까 재미있네." 내가 대답한다.

그에게 또 뭐라고 말해야 할지 생각해내기도 전에 그가 먼저 말한다.

"우리 후안 마누엘 이야기를 해야 해."

불쑥 죄책감이 덮친다.

"아, 물론이지."

로드니 그리고 급격히 가까워지는 우리 관계에 몰두한 나머지 후안 마누엘을 까맣게 잊어버렸다. 이로써 로드니가 나보다 훌륭한 사람이라는 사실이 분명해진다. 그는 늘 타인을 먼저 생각하고, 자신은 맨 꼴찌에 둔다. 그에게 배울 게 많고, 나는 아직 갈 길이 멀다는 걸 다시 한번 깨닫는다.

"내가 어떻게 도와줄까?" 내가 묻는다.

"경찰이 철수하고 이제 그 스위트룸은 비었다고 들었어. 맞아?"

"확실해. 사실 그 방은 당분간 손님을 받지도 않을 거야. 오늘 그 방부터 청소할 생각이야."

"잘됐네."

로드니는 그렇게 말하며 다 닦은 술잔을 내려놓고 다른 잔을 집어 든다.

"지금 후안 마누엘에게 가장 안전한 장소는 그 스위트룸일 것 같아. 경찰도 떠났지, 당분간 손님도 안 받을 거잖아. 손님들의 관심이 몰린 곳이기는 하지만. 오늘 우리 호텔 봤어? 추리 드라마를 즐겨 보는 중년의 독신 여성들이 지젤을 잠깐이라도 보려고 로비를 서성이잖아. 솔직히 한심해."

"내가 약속할게. 호기심에 기웃대는 사람들은 그 누구도 스위트룸에 들어가지 못할 거야. 나한테는 해야 할 일이 있고, 난 그 일을 해낼 거야. 스위트룸 청소가 다 끝나면 너랑 후안 마누엘에게 들어가도 된다고 알려줄게."

"좋아. 하나만 더 부탁해도 돼? 후안 마누엘에게 잘 때 필요한 물건들을 넣어둔 짐을 받았어. 그것 좀 스위트룸에 가져다 둘래? 침대 밑이나 그런 데에 넣어둬. 내가 후안 마누엘에게 짐 가져다 놓았다고 말해둘게."

"물론이지. 널 위해서라면 무엇이든 할 수 있어. 후안 마누엘을 위해서도."

로드니는 맥주 통 옆에 있는, 눈에 익은 군청색 더플백을 집어서 내게 건넨다.

"고마워, 몰리. 진짜 세상 여자들이 다 너 같으면 좋겠다. 다른 여자들은 훨씬 복잡해서 말이야."

이미 두 배로 빨리 뛰던 내 심장이 이제는 흥분해서 하늘로 날아오른다.

"로드니, 혹시 말이야, 언제 나랑 아이스크림 먹으러 갈래? 직소가 더 좋으면 그걸 해도 되고. 직소 좋아해?"

"직소?"

"응, 직소 퍼즐."

"아…… 둘 중에 골라야 한다면 난 아이스크림이 더 좋아. 요즘 좀 바쁘긴 한데, 그래, 언제 한번 나가자."

나는 후안 마누엘의 가방을 집어 들어 어깨에 걸치고 문 쪽으로 걸어간다.

"몰리." 로드니가 부른다.

내가 돌아보자 그가 말한다.

"신문 가져가야지."

로드니가 두툼한 신문 더미를 바 테이블에 턱 내려놓자 나는 두 팔로 안아 든다.

"고마워, 로드니. 정말 친절하다."

"당연하지."

로드니가 그렇게 말하며 윙크하더니 내게 등을 돌리고 주문을 받아온 웨이트리스에게 간다.

정신이 나갈 정도로 즐거운 만남을 마친 뒤 나는 위층으로 간다. 발이 허공에 둥둥 떠 있는 듯하다. 하지만 블랙 씨가 머물던 스위트룸 문 앞에 서자 기억이 날 무겁게 내리눌러 발이 떨어지지 않는다. 여기 안 들어간 지 이틀이 되었다. 문이 예전보다 더 크고 위압적으로 보인다. 나는 숨을 들이쉬었다가 내쉬며 안으로 들어갈 힘을 모은다. 키카드를 대고 웅 소리가 나자 등으로 문을 밀치며 청소 카트를 끌고 들어간다. 문을 통과하자 문이 저절로 딸칵 닫힌다.

가장 먼저 알아차린 것은 냄새다. 더 정확히 말하면 냄새의 부재. 지젤의 향수와 블랙 씨의 애프터셰이브 로션이 섞인 냄새가 나지 않는다. 내 앞에 펼쳐진 광경을 훑어보니 가구마다 서랍이 죄다 열려 있다. 소파에 있던 쿠션은 지퍼가 열린 채 바닥에 떨어져 있다. 거실 테이블은 지문을 채취하려고 분말을 뿌려놓고 그대로 가버려서 지문이 적나라하게 남아 있다. 유치원에서 억지로 해야 했던 핑거 페인팅과 꽤 비슷해 보인다. 그때도 손에 물감이 묻는 게 싫었다. 침실 문 앞에는 '주의'라고 적힌 형광 노란색 테이프가 돌돌 말린 채 버려져 있다.

다시 심호흡하고 스위트룸 안쪽으로 들어가 침실 문 앞에 선다. 침대는 시트도 매트리스 커버도 없이 완전히 벌거벗겨졌다. 경찰이 시트를 가져갔을까? 그렇다면 내가 가진 침구가 하나 줄어들 것이고 왜 줄어들었는지 셰릴에게 설명해야 한다. 베개들은 베갯잇이 벗겨진 채 여기저기 내던져졌는데 얼룩 두 개가 기괴한 과녁처럼 날 노려본다. 베개가 네 개여야 하는데 세 개뿐이다.

갑자기 살짝 어지럽다. 중심을 잡으려고 문틀을 잡는다. 금고는 열려 있지만 안에 아무것도 없다. 옷장에 있던 지젤과 블랙 씨의 옷도 모두 사라졌다. 침대 옆에 있던 블랙 씨의 신발도. 머리맡 테이블에도 지문 채취용 분말을 뿌려놓았는데 남은 분말 속에 보기 흉한 지문들이 선명하게 드러나 있다. 아마 저 중에 내 지문도 있으리라.

약도 사라졌다. 심지어 카펫에 떨어져 으깨졌던 약까지 감쪽같이. 사실 스위트룸에서 제대로 청소된 곳은 카펫과 바닥뿐이다. 경찰이 진공청소기로 증거를 빨아들였으리라. 블랙 부부의 사생활을 알려주는 극세사와 미세한 조각이 청소기 필터에 다 걸렸으리라.

마치 블랙 씨가 손에 잡히지 않는 유령이 되어 나를 밀치고 지나가는 듯 몸에 한기가 느껴진다.

'비켜.'

지젤의 팔에 있던 멍 자국이 기억난다.

'이건 나도 어쩔 수 없어. 난 그이를 사랑해.'

그 끔찍한 남자는 스위트룸이나 복도에서 마주칠 때마다 날 치고 갔다. 내가 밟아서 죽여도 되는 벌레나 해충이라도 된다는 듯이. 내 마음의 눈으로 본 그는 표독스러운 눈으로 사람을 노려보며 역겨운 악취를 풍기는 시가나 피우는 사악한 괴물이다.

양쪽 관자놀이가 분노로 쿵쿵거린다. 이제 지젤은 어디로 가야 할까? 앞으로 어떻게 해야 할까? 나만큼이나 지젤이 걱정된다. 오늘 아침에 로소 씨는 더 강경하게 나왔다.

'집세를 다 갚지 않으면 쫓아내겠어.'

내게 남은 것은 집과 직장뿐이다. 지금은 아무 짝에도 쓸모없는 눈물이 핑 돈다.

'열심히 일한 사람은 복을 받는단다. 양심에 거리낌이 없고 도덕적으로 깨끗한 삶이라는 복이지.'

할머니는 늘 날 구해준다.

나는 할머니의 충고를 받아들여서 얼른 청소 카트로 돌아가 고무장갑을 낀다. 유리 상판과 창문, 가구에 살균제를 뿌리고 지문을 포함해 이 스위트룸에 들어온 침입자들이 남긴 흔적을 모두 말끔히 지운다. 그다음에는 벽을 박박 문지른다. 칠칠치 못한 형사들이 오기 전에는 분명히 없었던 얼룩을 모조리 찾아내서 지운다. 티끌 하나 없이 깨끗한 커버를 매트리스에 씌우고, 빳빳한 시트를 허공에 펄럭 들어 올렸다가 내리고는 모퉁이를 정돈한다. 문손잡이를 닦고, 떨어진 커피와 차를 채워놓고, 유리잔을 깨끗이 닦은 다음 청결을 보증하기 위해 종이 뚜껑을 덮어둔다.

나는 기계적으로 일한다. 몸이 저절로 움직인다. 지금까지 숱하게 한 일이다. 그 많은 날과 객실, 손님이 몽롱하게 뒤섞인다. 침대를 마주 보는 거울을 닦을 때는 손이 떨린다. 과거가 아니라 현재에 초점을 맞춰야 한다. 내 모습이 완벽하게 비칠 때까지 닦고 또 닦는다.

침실에서 청소하지 않은 곳은 저쪽 구석뿐이다. 지젤의 옷장 옆 어두컴컴한 구석. 진공청소기를 가져와 그곳의 카펫을 밀고 또 민다. 양쪽 벽을 꼼꼼히 조사한 뒤 살균제로 깨끗이 닦는다. 다 지워졌다.

내 노동의 결과를 바라본다. 스위트룸은 완벽하게 복구되었다. 향긋한 시트러스 향이 허공에 감돈다.

'때가 됐다.'

욕실 청소를 미뤘지만 더는 그럴 수 없다. 욕실도 마구 어질러져 있다. 경찰이 수건과 화장지는 물론 두루마리 휴지까지 다

가져갔다. 거울과 세면대 주위에 지문 채취 분말이 남아 있다. 나는 살균제를 뿌리고 문질러 닦고 비품을 채워둔다. 상대적으로 작은 이 욕실은 그 기능 때문에 더욱 공격적으로 소독해야 한다. 표백제의 톡 쏘는 향이 어찌나 강한지 콧구멍이 따끔거린다. 환풍기 스위치를 켜니 익숙한 털털 소리가 난다. 얼른 다시 스위치를 끈다.

'때가 됐다.'

고무장갑을 벗어 카트 속 쓰레기통에 버린 다음, 작은 앉은뱅이 의자를 꺼내 환풍기 아래에 놓고 올라간다. 환풍기 뚜껑은 쉽게 벗겨진다. 클립 두 개를 밀어 넣으니 뚜껑이 완전히 벗겨진다. 나는 조심스럽게 뚜껑을 세면대 옆에 내려놓는다. 다시 앉은뱅이 의자에 올라가 환풍기의 어두운 뒤쪽으로 한 팔을 뻗는다. 마침내 손끝에 차가운 금속이 닿는다. 그 물건을 꺼내 두 손으로 받친다. 예상보다 작다. 매끈하고 새까맣지만 놀라우리만치 무겁다. 단단하다. 손잡이는 사포나 고양이 혀처럼 깔끄럽다. 총신은 매끄럽고 반짝거린다. 새것처럼 반질거리고 깨끗하다.

지젤의 총이다.

평생 이런 물건은 만져본 적이 없다. 마치 살아 있는 듯하다. 그럴 수 없다는 걸 아는데도.

누가 지젤에게 총을 가지고 다닌다고 비난할 수 있을까? 내가 그녀라고 해도 블랙 씨를 비롯한 다른 사람들에게 그런 취급을 받는다면…… 총을 사는 건 너무나 당연하다. 총을 쥐자 내가 더 안전해지고 천하무적이 된 듯한 힘이 느껴진다. 그런데도 지젤은 이걸, 이 총을 쓰지 않았다. 남편을 쏘지 않았다.

이제 지젤은 어디로 갈까? 어떻게 할까? 나는 어떻게 해야 할까? 방 안의 중력이 변해 모든 무게가 내 어깨를 짓누르는 듯하다. 총을 세면대에 놓고 다시 앉은뱅이 의자에 올라가 환풍기 커버를 씌운다. 의자에서 내려와 총을 들고 거실로 가져간다. 총은 오므린 내 두 손안에 예쁘게 놓여 있다. 이걸 어떻게 해야 할까? 어떻게 해야 지젤에게 전해줄 수 있을까?

그때 좋은 생각이 떠오른다. 사람들은 텔레비전이 바보상자라고 하지만 나는 〈형사 콜롬보〉에서 많은 교훈을 얻었다.

'등잔 밑이 어둡다.'

나는 총을 유리 테이블에 조심스럽게 내려놓고 카트로 가서 후안 마누엘의 더플백을 꺼내 침실로 간다. 침대 밑에 더플백을 밀어 넣고 다시 거실로 나간다.

진공청소기를 바라본다. 청소기는 준비된 상태로 내 옆에 듬직하게 서 있다. 나는 청소기의 먼지 통 지퍼를 열고 지저분한 필터를 꺼낸다. 카트에서 새 필터를 꺼내 그 안에 총을 넣고 그대로 청소기에 넣은 다음 지퍼를 채운다.

'눈에서 멀어지면 마음에서도 멀어지지.'

청소기를 앞뒤로 흔들어보지만 말이 없고 비밀스러운 내 친구는 아무 소리도 내지 않는다.

지저분한 필터를 집어 들어 카트 속 쓰레기통에 넣으려는데 먼지 한 덩이가 빠져나와 카펫에 툭 떨어진다. 나는 발치를 내려다본다. 카펫이 먼지와 때로 더러워졌다. 먼지 덩이 한가운데서 무언가가 빛난다. 나는 쪼그리고 앉아 그 물건을 집어 든다. 먼지를 닦아서 보니, 맙소사, 다이아몬드와 다른 보석들이 박힌 굵은 금반지다. 남자 반지. 블랙 씨의 결혼반지가 내 손바닥에 있다.

'주신 이도 좋은 주님이시고 거둔 이도 좋은 주님이시다.'

나는 손가락을 구부려 반지를 꽉 쥔다. 기도가 응답받은 기분이다. 나는 "고마워요, 할머니" 하고 중얼거린다. 그제야 내가 어떻게 해야 할지 알 수 있었기 때문이다.

11

총은 진공청소기 속에 들어 있다. 반지는 화장지로 조심스럽게 싸서 브래지어 왼쪽 컵 안에 밀어 넣었다. 심장 바로 옆에.

가능한 한 많은 객실을 최대한 빨리 청소한다. 진공청소기보다는 수동 청소기를 이용해서. 그러다 복도에서 수니타를 만난다. 수니타는 날 보더니 깜짝 놀란다. 평소와는 다른 행동이다.

"어머나, 이를 어째." 그녀가 말한다.

"수니타, 무슨 일 있어? 청소용품이 모자라?"

수니타가 내 팔을 잡는다.

"네가 그 죽은 남자를 발견했다면서? 넌 정말 좋은 사람이야. 조심해. 가끔은 방금 내린 눈처럼 깨끗해 보이는 곳도 실은 그렇지 않아. 그냥 눈속임이라고. 이해하겠어?"

그 말을 듣자 변기 닦은 걸레로 세면대를 닦던 셰릴이 떠오른다.

"알다마다. 우린 늘 청결을 유지해야 해."

"아니야." 수니타가 다급히 속삭인다. "넌 반드시 더 조심해야 해. 잔디는 푸르지만 그 안에는 뱀이 있어."

수니타는 하얀 수건을 뱀처럼 허공에서 꿈틀꿈틀 움직이다가 세탁물 더미 위에 던진다. 그러고는 내가 이해하는 어떤 범주에도 속하지 않는 표정으로 날 바라본다. 갑자기 왜 저러지? 내가 묻기도 전에 수니타는 카트를 밀고 다음 객실로 간다.

이 이상한 만남은 잊으려 한다. 일을 최대한 빨리 끝마치는 데 집중해서 점심시간을 몇 분이라도 앞당기고 싶다. 1분 1초가 아쉽다.

'때가 됐다.'

나는 카트를 밀고 엘리베이터로 가서 기다린다. 엘리베이터 문이 세 번이나 열리지만 손님들은 나를 멀뚱멀뚱 바라볼 뿐 내가 들어갈 수 있도록 비켜주지 않는다. 엘리베이터 안의 공간이 충분한데도. 메이드는 늘 마지막이다.

드디어 아무도 없는 엘리베이터가 도착한다. 그걸 타고 지하실까지 내려간다. 서둘러 엘리베이터에서 내려 사물함을 향해 모퉁이를 돌다가 하마터면 셰릴과 부딪칠 뻔한다.

"어딜 그렇게 급하게 가? 어떻게 객실 청소를 그렇게 빨리 끝낼 수가 있지?" 셰릴이 묻는다.

"효율적으로 일하니까요. 굼뜨지 못해서 미안하네요. 점심시간에 볼일이 있어요."

"볼일? 하지만 넌 원래 점심시간에도 계속 일하잖아. 점심시간에 여기저기 쏘다니면 너의 '극히 우수한 생산성 점수 A+'를 어떻게 유지할 수 있겠어?"

나는 내가 '극히 우수한 생산성 점수 A+'를 받은 게 매우 자랑스럽다. 매해 스노우 씨에게 직접 표창장을 받는다. 셰릴은 매일 자기가 맡은 할당량을 끝낸 적이 없고, 내 뛰어난 생산성으로 그 부족한 부분을 메운다.

셰릴의 표정에서 늘 보던 무언가가 보이지만 오늘은 그게 무엇인지 분명히 읽을 수 있다. 양 입꼬리가 처진 입술, 경멸…… 그리고 무언가가 더 있다. 예전에 학교에서 아이들에게 괴롭힘을 당했을 때 할머니가 해줬던 충고가 머릿속에서 들린다.

'아이들 말에 버튼 눌리지 마라.'

그때는 버튼이 비유라는 걸 몰랐다. 지금은 이해가 된다. 머릿속에서 조각이 맞춰진다.

"셰릴, 내게는 점심시간에 쉴 법적인 권리가 있고 그래서 오늘 그렇게 할 거예요. 내가 원하는 날이라면 언제든지요. 그래도 되나요? 아니면 내가 스노우 씨에게 확인 받아야 할까요?"

"아니, 아니, 괜찮아. 그게…… 불법이라는 뜻은 아니었어. 그냥 1시까지만 와."

"그럴 거예요."

나는 그녀 옆으로 쌩 지나간다. 내 사물함 앞에 카트를 놓아두고 가방을 집어 든 다음 엘리베이터로 달려가고 손님들로 붐비는 회전문을 통과해 밖으로 나간다.

"몰리? 어디 가니?"

프레스턴 씨가 뒤에서 날 부른다.

"한 시간 뒤에 돌아올게요!"

길을 건너 호텔 바로 맞은편에 있는 카페를 지나 골목으로 들어선다. 여기는 차들이 천천히 다니고 보행자도 적다. 목적지까지는 걸어서 대략 17분 걸린다. 가슴에서 열이 올라오고, 빠르게 나아가는 다리에서는 불이 나는 듯하다. 하지만 상관없다. 할머니가 즐겨 말한 대로 '뜻이 있는 곳에 길이 있다'.

1층에 있는 사무실을 지나는데 직원들이 줄줄이 앉아서 연단에 선 남자의 강의를 듣고 있다. 양복을 입은 남자는 크게 손짓하며 연설하고 뒤의 스크린에는 도표와 그래프가 보인다. 나는 빙그레 웃는다. 직원 교육을 받을 정도로 운이 좋다는 게 어떤 기분인지 알기 때문이다. 앞으로 한 달쯤 뒤에 있을 스노우 씨의 직무 능력 향상 세미나가 기대된다.

왜 몇몇 직원은 그런 세미나를 싫어하는지 이해가 안 된다. 마치 세미나 참석이 억지로 해야 하는 의무라도 된다는 듯이. 손님 접대와 호텔 위생에 대해 공짜로 교육받고 자기 계발을 할 기회야말로 리전시 그랜드에서 일하면서 얻을 수 있는 보너스다. 나는 그런 기회를 즐긴다. 특히나 대학에서 호텔 경영과 서비스직을 공부하고 싶다는 꿈을 이룰 수 없게 된 터라서 더욱 그렇다. 불쾌하고 달갑지 않은 생각이다. 머릿속에서 윌버의 얼굴이 떠오르자 갑자기 한 대 치고 싶다. 하지만 생각을 칠 수는 없다. 설사 칠 수 있다 해도 현실은 거의 변하지 않는다.

걷는 동안 배에서 요란하게 꼬르륵 소리가 난다. 아침에 도시락을 싸 오지 않아서 점심으로 먹을 게 없다. 집에 음식이 거의 없어서 아침도 겨우 먹었다. 객실 앞에 손님이 내놓은 아침 식사 쟁반에 입도 안 댄 크래커나 병뚜껑을 따지 않은 과일잼, 또는 씻어서 몰래 가져갈 과일이 있기를 바랐다. 하지만 아쉽게도 오늘은 손님들이 음식을 거의 남기지 않았다. 내 팁은 모두 합해 20달러 45센트였다. 적지 않은 돈이지만 성난 집주인을 달래거나 아주 기본적인 한두 가지 음식 외에 다른 것으로 냉장고를 채우기에는 부족하다. 신경 쓰지 말자.

'꿀은 벌집에서 나온다. 꿀을 관리하는 것은 꿀벌이다.'

이번에는 머릿속에서 스노우 씨 목소리가 들린다. 지난번 직무 능력 향상 세미나에서 스노우 씨는 가장 중요한 주제인 '어떻게 벌집 정신이 더 큰 생산성을 창출하는가'를 다뤘다. 나는 새로 산 깨끗한 수첩에 그의 말을 받아 적었고 마침내 그 분야를 상세히 공부하게 되었다. 한 시간가량 진행된 강의에서 스노우 씨는 가장 설득력 있는 비유를 사용해 팀워크를 설명했다.

"이 호텔을 벌집으로 생각하세요. 그리고 여러분을 꿀벌이라고 생각하세요."

부엉이처럼 보이는 동그란 뿔테 안경 너머로 직원들을 바라보며 그가 말했다. 나는 그의 말을 한마디도 놓치지 않고 듣고 있었다. 그러고는 수첩에 적었다.

'나를 꿀벌이라고 생각하라.'

스노우 씨가 말을 이었다.

"우리는 팀이자 하나의 단위이며 가족이고 집단입니다. 벌집 정신을 적용한다는 것은 우리 모두가 더 큰 이득, 호텔의 더 큰 이득을 위해 일한다는 뜻입니다. 꿀벌처럼 우리는 호텔이, 벌집이 얼마나 중요한지 알고 있습니다. 우리는 벌집을 가꾸고 청소하고 보살펴야 합니다. 벌집 없이는 꿀도 없기 때문입니다."

나는 수첩에 이렇게 적었다.

'호텔=벌집; 벌집=꿀.'

이 대목에서 스노우 씨의 강의는 가장 놀라운 방향으로 돌아선다.

"자."

스노우 씨가 양손으로 앞에 놓인 연단을 꽉 잡으며 말했다.

"이제는 벌집 내에서의 서열과 모든 꿀벌의 중요성을 생각해봅시다. 서열에 상관없이 벌로서 최선을 다하는 꿀벌들을요. 그 가운데에는 관리자 꿀벌도 있고(이 대목에서 그는 넥타이를 매만졌다) 일벌도 있습니다. 다른 꿀벌들에게 직접 봉사하는 꿀벌도 있고, 간접적으로 봉사하는 꿀벌도 있습니다. 특별히 더 중요한 꿀벌은 없습니다. 이해합니까?"

스노우 씨는 이 마지막 요점이 중요하다는 사실을 강조하려고 두 주먹을 불끈 쥐었다. 나는 그의 말을 하나도 놓치지 않으려고 맹렬히 받아 적었다. 그때 갑자기 스노우 씨가 여러 사람 중에서 날 지목했다.

"메이드를 예로 들어봅시다. 어디서 일하는 메이드든 상관없습니다. 우리 호텔에서 그녀는 완벽한 일벌입니다. 각각의 방에 꿀을 넣을 수 있도록 부지런히 쓸고 닦습니다. 이건 육체적으로 고된 일입니다. 지치고 너무나 지루할 정도로 반복적인 일이죠. 하지만 그녀는 자기 일에 자부심을 느낍니다. 매일매일 훌륭히 해냅니다. 그녀가 하는 일은 대부분 눈에 보이지 않습니다. 하지만 그렇다고 그녀가 수벌이나 여왕벌보다 덜 중요할까요? 그녀가 벌집에서 덜 중요한 존재일까요? 아닙니다! 사실 일벌 없이는 벌집도 존재할 수 없습니다. 그녀 없이는 우리가 제 기능을 할 수 없습니다!"

스노우 씨가 자신의 주장을 강조하려고 연단을 내려쳤다. 주위를 둘러보니 많은 사람이 날 바라보고 있었다. 내 앞줄에 앉아 있던 선샤인과 수니타가 날 돌아보며 미소 짓고 손을 흔들었다. 몇 자리 떨어져 앉은 셰릴은 의자에 등을 기대고 실눈을 뜬 채 가슴 앞에서 팔짱을 끼고 있었다. 로드니와 소셜에서 일하는 몇몇 웨이트리스는 내 뒤에 앉았는데 어깨 너머로 그들을 돌아보니 내게는 안 들리는 농담을 서로 속삭이며 낄낄거렸다.

주위에 내가 아는 모든 직원이(하지만 대다수는 내게 말을 건 적이 없다) 내 쪽을 바라보고 있었다.

스노우 씨가 말을 이었다.

"우리 조직은 아직 갈 길이 멉니다. 그리고 난 우리의 벌집이 늘 화합이 잘되진 않는다는 사실을 점점 더 깨달아갑니다. 우리는 손님들이 즐길 수 있도록 꿀을 만들지만 가끔은 그 달콤함을 가로채서 다른 사람과 공평하게 나누지 않는 경우가 있습니다. 벌집의 일부가 비도덕적으로 이용되고 있습니다. 공익보다는 개인의 사사로운 이익을 위해서……."

이 대목에서 나는 메모를 멈췄다. 셰릴이 마른기침을 해대는 소리가 너무 거슬렸기 때문이다. 한 번 더 돌아보니 로드니가 의자에 몸을 파묻고 있었다.

스노우 씨가 말을 이었다.

"나는 오늘 여러분께 다음과 같은 사실을 상기해주고 싶습니다. 여러분은 지금보다 더 잘할 수 있습니다. 우리 함께 무언가를 얻으려고 노력할 수 있습니다. 우리 벌집은 세상에서 가장 위대하고 건강하고 깨끗하고 호화로워질 수 있습니다. 하지만 그러려면 화합하고 협력해야 합니다. 벌집 정신에 헌신해야 합니다. 집단을 위해 집단을 도우십시오. 순결무구한 프로 정신을 생각하십시오. 정갈한 몸가짐을 생각하십시오. 여러분은 이곳을 깨끗이 치워야 합니다!"

이 대목에서 나는 벌떡 일어났다. 스노우 씨의 결론이 얼마나 아름다운지 전 직원이 깨닫고 자발적으로 손뼉을 칠 거라고 예상한 터였다. 하지만 일어난 사람은 나뿐이었다. 나는 어색한 침묵이 흐르는 세미나실에 혼자 서 있었고 그대로 돌이 되어버렸다. 자리에 다시 앉아야 했지만 그럴 수 없었다. 얼어버렸다. 꼼짝할 수 없었다.

나는 오랫동안 그렇게 서 있었다. 스노우 씨는 연단에 잠시 남아 있다가 안경을 똑바로 쓰고 연설문을 챙긴 뒤 밖으로 씩씩하게 걸어 나갔다. 그가 사라지자 동료들은 의자에 앉은 채 자세를 바꾸고 자기들끼리 떠들어댔다. 나는 주변에서 속삭이는 소리를 모두 들을 수 있었다. 정말로 내가 못 들을 거라고 생각했을까?

몰연변이(몰리+돌연변이).

로봇 룸바.

예의충.

마침내 삼삼오오 모여 있던 직원들, 그러니까 프런트 데스크에서 일하는 펭귄과 포터, 웨이트리스, 발레파킹 담당자가 모두 나가기 시작했다. 나는 세미나실의 마지막 벌이 될 때까지 자리에 남아 있었다.

"몰리?"

뒤에서 누가 날 부르더니 익숙한 손이 내 팔을 잡았다.

"몰리, 괜찮니?"

돌아보니 프레스턴 씨가 서 있었다. 나는 단서를 찾아 그의 얼굴을 살펴보았다. 그는 친구인가, 적인가? 가끔은 이런 일이 일어난다. 내가 배운 것이 전부 사라져버리는 바람에, 지워져버리는 바람에 나는 잠시 얼어버린다.

"널 말하는 게 아니다." 프레스턴 씨가 말했다.

"무슨 말씀이세요?"

"스노우 씨가 한 말 말이다. 이 호텔이 그다지 깨끗하지 않고, 어떤 직원들이 좋은 걸 가로챈다는 말, 널 두고 한 말이 아니야, 몰리. 이 호텔에서는 나조차도 잘 모르는 일들이 일어나고 있어. 하지만 그건 걱정하지 마라. 네가 매일 최선을 다한다는 사실은 다들 알고 있어."

"하지만 동료들은 절 존중하지 않아요. 절 좋아하지 않는 것 같아요."

프레스턴 씨는 한숨을 내쉬며 손에 든 모자를 내려다보았다.

"난 널 존중한다. 널 아주 많이 좋아하기도 하고."

날 바라보는 그의 눈에서 온기가 뚝뚝 떨어졌다. 그걸 보니 왠지 모르게 얼었던 몸이 녹고 다리도 다시 움직였다.

"고마워요, 프레스턴 씨. 그만 일하러 가야 할 것 같아요. 벌집은 절대 쉬지 않으니까요."

나는 그에게서 몸을 돌려 곧장 일하러 갔다.

그게 몇 달 전 일이다. 이제 나는 호텔에서 몇 블록 떨어진 가게 앞에 서 있다. 그때처럼 다리가 다시 얼어붙는다.

가게로 들어가 계산대를 지키는 점원에게 물건을 보여준다. 그가 가격을 제시하고 나는 수락한다. 반지가 있었던 브래지어의 왼쪽 컵, 심장 위에는 이제 화장지로 싼 두툼한 돈뭉치가 들어 있다.

휴대전화로 시간을 확인한다. 여기까지 걸어온 시간을 포함해 이 거래를 하는 데 25분이 걸렸다. 내가 처음에 예측했던 시간보다 5분이 덜 걸렸다. 이는 셰릴이 친절하게 상기시켜준 대로 오후 근무가 시작되는 1시보다 5분 전쯤에 도착한다는 뜻이다.

위장 안에서 자고 있던 용이 꼬리를 홱 뒤집고 사방에 위산을 뿜어대는 듯이 배가 뒤틀린다. 어쩌면 이러지 말았어야 하는 건지도 모른다. 이건 나쁜 짓일 수도 있다.

쇼윈도에 비친 내 모습이 보인다. 양쪽 입꼬리가 처진 블랙 씨의 누런 얼굴, 지젤의 팔에 생긴 시퍼런 멍, 그가 지젤에게 가한 고통이 기억난다. 그러자 내 안의 용이 다시 몸을 단단히 말고 눕는다.

'이미 벌어진 일이야.'

그렇게 생각하니 마음이 가벼워진다. 나는 가슴 가득 공기를 들이마신다. 쇼윈도에 비친 내 모습에 감탄한다. 풀 먹인 목깃이 달린, 빳빳한 흰색 와이셔츠를 입은 메이드다. 나는 허리를 반듯이 편다. 할머니가 자랑스러워하도록 당당한 자세를 취한다.

쇼윈도에 비친 내 모습 너머로 전당포에서 전시한 물건들이 있다. 빨간 벨벳 상자에 든 반짝이는 색소폰, 단단해 보이는 공구들, 단정하게 8자 모양으로 감아 고무줄로 꽉 묶어둔 공구 코드, 오래되고 낡은 휴대전화 서너 개, 열린 보석함 속의 보석들. 보석함 한가운데에 새로 들어온 물건이 있다. 남자 반지, 다이아몬드와 다른 보석들로 뒤덮인 결혼반지가 빛나고 있다. 누가 봐도 값비싸고 귀한 물건, 고급 반지다.

우리가 합의한 돈을 건네주는 점원이 날 안쓰럽게 생각한다는 걸 알 수 있었다. 그는 입을 꾹 다문 채 서글픈 미소를 지었다. 나는 여러 미소의 미묘한 차이, 그 다양한 의미를 이해하기 시작했다. 마음속 선반에 알파벳 순서대로 정리해둔 사전에 각각의 미소를 저장한다.

"일이 틀어져서 힘들었겠네요. 그러니까 당신 남자하고요." 점원이 말했다.

"내 남자하고요? 천만에요. 오랜 시간이 흐른 끝에 드디어 그 남자랑 잘됐는걸요. 정말로 아주 잘됐어요." 내가 말했다.

12

호텔로 돌아가는 내내 자주 시간을 확인하며 활기차게 걷는다. 나는 훌륭하게 전진하고 있다. 이제 1시 5분 전이고 호텔에 거의 다 왔으니 정시에 도착할 것이다. 걷느라 얼굴이 약간 상기되었고, 심장 위에 놓인 돈뭉치가 살짝 축축해졌지만 상관없다.

호텔은 아침보다 좀 더 한산해진 듯하다. 손님이 몇 명 없다. 프레스턴 씨는 도어맨의 자리인 포디엄 뒤에 홀로 서 있다가 내가 다가오는 걸 보더니 포디엄에서 나온다. 몸에 양팔을 뻣뻣하게 붙인 이상한 자세다. 나는 그에게 손을 흔들며 계단을 올라가지만 내가 꼭대기까지 올라가기도 전에 프레스턴 씨가 날 부른다.

"몰리, 집에 가거라."

그가 긴장한 목소리로 속삭인다. 표정도 이상하다. 마치 화장실에 꼭 다녀와야 할 사람 같다.

"프레스턴 씨, 지금은 갈 수 없어요. 아직 근무의 반이 남았는걸요."

"몰리." 그가 다시 날 부른다. "그럼 제발 뒷문으로 들어가렴."

"괜찮으세요, 프레스턴 씨? 도와드릴까요?"

그제야 상황을 깨닫는다. 호텔 정문에 손님이 하나도 없다는 점, 프레스턴 씨가 포디엄 뒤에 정자세로 서 있었다는 점, 그가 속삭이는 이상한 명령들. 회전문 너머로 스노우 씨와 그 옆에 서 있는 커다랗고 어둑한 형체가 보인다. 스타크 형사다.

"애야, 안에 들어가지 마라." 프레스턴 씨가 말한다.

"괜찮아요. 질문 몇 개 더 받는다고 죽지 않아요."

나는 그렇게 말하며 남은 계단을 씩씩하게 오른다. 그런 다음 회전문을 밀치고 안으로 들어간다. 로비로 한 발짝 내딛자마자 스노우 씨와 스타크 형사가 내 앞을 막는다. 스타크 형사의 자세가 어딘가 마음에 안 든다. 벌린 양팔과 활짝 편 손. 마치 내가 말썽꾸러기 아이라서 달아나기 전에 잡아야겠다고 다짐한 듯하다. 시야의 한쪽 구석에 셰릴이 보인다. 청소 카트 몇 개를 세워둔 거리만큼 떨어져 있는데 그녀의 태도도 어딘가 다르다. 셰릴의 얼굴에서 진짜 미소를 본 적은 처음이다. 기대와 흥분으로 가득 찬 표정이다.

"실례합니다."

나는 스노우 씨와 스타크 형사에게 말한다.

"전 꾸물거릴 시간이 없어요. 대략 3분 뒤에 오후 근무가 시작하거든요."

"유감이지만 그렇게는 안 되겠네요." 스타크 형사가 말한다.

나는 스노우 씨를 바라보지만 그는 내 눈을 보지 못한다. 그의 안경은 한쪽으로 비뚤어졌고 관자놀이에는 구슬땀이 맺혀 있다.

"몰리, 형사님이 자네에게 좀 더 물어볼 게 있어서 경찰서로 데려가야겠다고 하시네."

"여기서 대답하고 다시 일하면 안 될까요? 오늘 할 일이 많아서요."

"그건 불가능해요." 스타크 형사가 말한다. "모든 일에는 쉬운 길과 어려운 길이 있죠. 쉬운 길이 최선입니다."

흥미로운 말이지만 틀려도 단단히 틀렸다. 내가 하는 일에 있어서는 쉬운 길이 게으른 길이지 결코 최선이 아니다. 하지만 여기는 호텔이고 형사님은 손님인 셈이므로 나는 예의 바르게 입을 꾹 다문다.

다시 로비를 둘러보니 아까보다 더 많은 사람이 모여 있다. 평소처럼 서성이거나 앞뒤로 왔다 갔다 하지 않고 작게 무리 지어 있다. 프런트 데스크 옆에, 라운지 의자에, 웅장한 계단의 대리석 계단참에. 이상하게 아무도 움직이지 않는다. 그리고 조용하다. 다들 한 방향만 바라본다. 그들의 차가운 눈은 모두 날 보고 있다.

"알겠습니다, 스타크 형사님. 쉬운 길로 가죠."

나는 그렇게 말하고 스노우 씨를 보며 덧붙인다.

"하지만 이번만이에요."

스타크 형사는 내게 앞장서서 나가라고 손짓하고, 나는 그렇게 한다. 형사가 뒤에서 바싹 따라온다. 회전문을 지나는 동안 힐끗 돌아보니 모두가 떠나는 나를 지켜보고 있다.

프레스턴 씨가 회전문 앞, 계단에 서 있다.

"내가 잡아주마, 몰리."

내 팔꿈치를 잡아주며 프레스턴 씨가 말한다.

그에게 괜찮다고 말하려는 찰나 계단을 내려다보니 빨간 카펫이 물결처럼 출렁거리며 현기증을 일으킨다. 나는 프레스턴 씨의 팔을 꽉 잡는다. 따뜻한 팔이 위로가 된다.

우리는 계단을 다 내려온다.

"이제 가죠." 스타크 형사가 말한다.

"몰리, 조심해라." 프레스턴 씨가 말한다.

"걱정 마세요."

그 말이 완전히 믿기지는 않지만 나는 그렇게 말한다.

13

경찰서로 가는 동안 차 안에는 침묵이 감돈다. 이번에는 스타크 형사가 날 앞좌석이 아닌 뒷좌석에 앉혔다. 뒷좌석에 앉는 게 싫다. 조금만 움직여도 좌석에 씌운 비닐이 엉덩이 밑에서 바스락거린다. 방탄유리가 스타크 형사와 날 갈라놓는다. 유리에는 지저분한 지문과 진갈색 핏자국이 뭉개져 있다.

'리무진 뒷좌석에 앉아서 오페라를 보러 가는 길이라고 상상하렴.'

할머니는 내게 덫에 걸린 듯한 기분은 그저 생각일 뿐이고 출구는 늘 있다는 사실을 일깨워준다. 나는 두 손을 무릎에 내려놓고 심호흡한다. 가는 동안 경치나 감상해야겠다. 그래, 경치에 집중해야겠다.

기분상으로는 몇 초 만에 경찰서에 도착한 듯하다. 경찰서로 들어가자 스타크 형사가 지난번에 데려갔던 그 하얀 방으로 다시 날 안내한다. 가는 동안 나를 주시하는 많은 사람의 눈길이 느껴진다. 제복 입은 경관들이 지나가는 날 얼빠진 듯이 바라보고 몇몇은 묵례를 하지만 내가 아니라 스타크 형사에게 하는 것이다. 나는 고개를 꼿꼿이 든다.

"앉아요."

스타크 형사의 말에 나는 지난번에 앉았던 자리에 앉는다. 스타크 형사도 문을 닫고 맞은편에 앉는다. 이번에는 커피나 물조차도 권하지 않는다. 너무하다. 물이 마시고 싶다. 보나 마나 악랄한 스티로폼 컵에 담아서 주겠지만.

'어깨 펴고 고개 들고 호흡해.'

스타크 형사는 아무 말도 하지 않고 맞은편에 앉아서 날 지켜본다. 구석에 달린 카메라가 날 향해 빨간 눈을 깜빡거린다.

내가 먼저 침묵을 깬다.

"제가 뭘 도와드릴까요, 스타크 형사님?"

"뭘 도와드리냐고요? 글쎄요, 메이드 몰리. 진실을 말하는 것부터 시작할 수 있죠."

"저희 할머니는 늘 진실은 주관적이라고 말씀하셨어요. 하지만 전 그 말을 믿지 않아요. 진실은 절대적이죠."

"그렇다면 우리의 생각이 일치하네요."

스타크 형사는 몸을 앞으로 내밀어 흠집이 난 흰 테이블에 양 팔꿈치를 올린다. 저러지 않으면 좋으련만. 나는 테이블에 팔꿈치를 올리는 게 못마땅하지만 아무 말도 하지 않는다. 스타크 형사가 코앞으로 다가온 덕분에 그녀의 푸른 눈동자 홍채에 섞인 티끌 같은 금색 점들까지 보인다.

"진실 이야기가 나왔으니 말인데." 스타크 형사가 말한다. "블랙 씨의 독극물 보고서 결과를 말해주고 싶군요. 검시 보고서는 아직 나오지 않았지만 곧 완성될 거예요. 블랙 씨의 몸에서 약물이 검출됐어요. 침실 머리맡 테이블과 바닥에 떨어져 있던 약과 같은 성분이죠."

"지젤의 약 말씀이군요."

"약이 아니라 거리에서 파는 마약이 섞인 벤조다이아제핀(불면증 치료를 위해 사용하는 약물-옮긴이)이었어요."

약국에서 약을 사는 지젤의 모습이 순식간에 지저분한 뒷골목에서 불법 약물을 구입하는 모습으로 바뀐다. 무언가 잘못됐다. 납득이 가지 않는다.

"어쨌든 블랙 씨가 죽은 건 그 약 때문이 아니에요. 체내에서 그 약이 많이 검출되기는 했지만 죽을 정도는 아니죠." 스타크 형사가 말한다.

"그럼 사인이 뭔가요?"

"우리도 아직 몰라요. 하지만 장담하건대 알아낼 거예요. 부검 보고서가 나오면 점상출혈이 심장마비 때문인지 아니면 더 불행한 일이 벌어졌는지 알 수 있을 겁니다."

갑자기 그 장면이 퍼뜩 떠오른다. 취조실이 빙글빙글 돌아간다. 블랙 씨가 보인다. 경직된 잿빛 피부, 눈가의 바늘구멍 같은 상처, 뻣뻣하고 온기가 느껴지지 않는 몸. 프런트 데스크에 전화한 뒤 고개를 드니 침대 맞은편 거울에 비친 내 모습이 보인다.

갑자기 몸이 차갑고 축축해지면서 기절할 것 같다.

스타크 형사가 입술을 내밀고 때를 기다린다. 마침내 그녀가 말한다.

"뭔가를 알고 있다면 지금이 좋은 일을 할 기회예요. 블랙 씨가 아주 중요한 사람이라는 건 알죠? VIP였잖아요."

"아뇨."

"뭐라고요?"

"다른 사람보다 특별히 더 중요한 사람은 없어요. 사람은 누구나 각자 자신의 방식으로 아주 중요해요. 예를 들어서, 형사님과 함께 앉아 있는 저는 미천한 호텔 메이드지만 뭔가 아주 중요한 존재인 게 분명하죠. 안 그랬다면 형사님이 오늘 여기로 절 데려오지 않았을 테니까요."

스타크 형사는 주의 깊게 내 말을 듣는다. 내가 하는 말 한마디 한마디에 집중한다.

"하나만 물어볼게요." 형사가 말한다. "메이드로 일하는 게 화가 나나요? 돈 많은 사람들의 뒤치다꺼리를 하고, 그들이 어질러 놓은 현장을 치우는 일이요."

나는 그녀의 잇따른 질문에 감탄한다. 여기로 연행될 때는 전혀 예측하지 못한 질문이다.

"네." 나는 솔직히 대답한다. "가끔은 화가 나요. 특히 경솔한 손님들을 만날 때는요. 자신의 행동이 다른 사람에게 피해를 준다는 걸 잊는 손님, 날 하찮은 사람으로 대하는 손님이요."

스타크 형사는 아무 말도 하지 않는다. 그녀의 양 팔꿈치는 여전히 테이블에 놓여 있다. 식사하지 않을 때는 팔꿈치를 테이블에 올려도 공식적으로 예의에 어긋나는 행동이 아닌데도 저 팔꿈치가 계속 신경에 거슬린다.

"이번에는 제가 물어보죠. 형사님은 싫지 않나요?"

"뭐가요?"

"돈 많은 사람들의 뒤치다꺼리를 하고, 그들이 어질러놓은 현장을 치우는 일이요."

스타크 형사는 마치 내가 히드라 머리를 자라나게 해서 백 마리의 뱀이 그녀의 얼굴을 향해 쉭쉭거린다는 듯이 몸을 뒤로 뺀다. 그래도 덕분에 그녀의 팔꿈치가 테이블에서 내려가 기분이 좋다.

"그렇게 생각해요? 형사로서 내 일이 죽은 사람의 뒤치다꺼리를 하는 거라고요?"

"제 말은 따지고 보면 우리는 그렇게 다르지 않다는 거예요."

"그런가요?"

"형사님은 이 난장판을 치우고 싶어 하고, 저도 그래요. 우리둘 다 이 불행한 사태를 깔끔하게 마무리 짓고 싶어 하죠. 정상으로 돌아가고 싶어 하고요."

"나는 진실을 찾고 있어요, 몰리. 블랙 씨의 사망에 관한 진실이요. 그리고 지금은 당신에 관한 진실도 알고 싶어요. 우리는 지난 48시간 동안 흥미로운 정보를 몇 가지 알아냈어요. 지난번에 나와 이야기할 때 당신은 지젤 블랙을 잘 모른다고 했죠. 하지만 그건 사실이 아니더군요."

나는 움찔하지 않는다. 스타크 형사를 만족시키고 싶지 않다. 지젤은 내 친구다. 내게 지젤 같은 친구가 생긴 적은 처음이고, 친구를 잃는 게 얼마나 쉬운지 뼈저리게 알고 있다. 어떻게 해야 그녀를 보호하면서 동시에 사실대로 말할 수 있을까?

"예전에 지젤이 나한테 비밀을 털어놓은 적이 있기는 해요. 하지만 그렇다고 해서 내가 그녀를 잘 안다고 할 수는 없잖아요. 블랙 씨는 어느 모로 보나 다혈질이었어요. 지젤의 멍은 눈에 잘 띄었고요. 지젤은 그 멍이 블랙 씨 때문이라고 털어놓았죠."

"우리가 호텔의 다른 직원들도 면담한 거 알죠?"

"네, 그 정도는 예상했어요. 다들 형사님의 수사에 큰 도움이 됐을 거예요."

"직원들이 많은 걸 말해줬어요. 지젤과 블랙 씨에 대해서만이 아니라 당신에 대해서도요."

배가 뒤틀린다. 누가 스타크 형사와 이야기했는지 몰라도 틀림없이 공정하게 말했으리라. 설사 날 싫어한다 해도. 만약 스타크 형사가 스노우 씨, 프레스턴 씨, 로드니와 이야기했다면 직원으로서 내 행실이 우수하고 전반적으로 믿을 만한 사람이라는 칭찬을 들었으리라.

문득 셰릴이 떠오른다. 어제 그녀는 '병가'를 냈다. 그래도 이 경찰서까지 찾아오지 못할 정도로 아프지는 않았으리라.

"몰리, 우리는 당신의 상사 셰릴과 이야기했어요."

내 마음을 읽은 듯이 형사가 말한다.

"수사에 도움이 되었다면 좋겠네요."

과연 그랬을지 심히 의문이지만 나는 그렇게 말한다.

"우리는 셰릴에게 블랙 부부가 호텔에 머무는 동안 그 스위트룸을 청소한 적이 있는지 물었어요. 셰릴은 한동안 당신과 함께 스위트룸을 청소했다고 하더군요. 그래야 서비스 품질을 관리하고 메이드들이 긴장을 늦추지 않는다면서요."

갑자기 속이 쓰리다.

"그건 팁을 빼돌리려고 그런 거예요. 팁은 청소를 감시하는 사람이 아니라 청소를 하는 사람이 받아야 한다고요."

스타크 형사는 내 말을 깡그리 무시한다.

"셰릴이 본 바로는 당신과 지젤이 친밀한 사이라고 했어요. 손님과 메이드 간에 흔히 볼 수 없는 특별한 관계라고요. 특히 당신에게는요. 당신에게는 친구가 없으니까요. 그렇다고 들었어요."

셰릴이 날 지켜보는 건 알았지만 이 정도인 줄은 몰랐다. 나는 잠시 생각을 정리한 뒤 대답한다.

"지젤은 내 서비스에 고마워했어요. 그게 우리 관계의 기본이었죠."

"말해봐요. 지젤에게 팁을 받은 적이 있나요? 아니면 큰 액수의 돈은요?" 스타크 형사가 묻는다.

"지젤과 블랙 씨는 팁을 후하게 줬어요."

나는 그렇게만 말한다. 지젤이 객실을 늘 깨끗하게 해줘서 고맙다며 내 손에 빳빳한 100달러 지폐를 쥐여준 적이 얼마나 많은지 말하지 않을 것이다. 그녀가 우리 집에 찾아온 일이나 그날 밤에 내게 돈을 후하게 준 일도 말하지 않을 것이다. 다른 사람은 알 필요가 없는 일이다.

"지젤이 돈 말고 다른 것도 준 적이 있나요?"

친절. 우정. 도움. 신뢰.

"특별한 건 없었어요."

—

"전혀요?"

스타크 형사는 주머니를 뒤지더니 작은 열쇠 하나를 꺼내 우리 사이에 있는 테이블의 서랍을 연다. 거기서 모래시계, 지젤이 내게 준 소중한 선물을 꺼내 테이블에 올려놓는다.

나는 얼굴에 열이 확 오른다.

"셰릴이 내 사물함을 열어줬군요. 그건 내 사물함이고 개인 공간이에요. 타인의 프라이버시를 침해하고 주인의 허락도 없이 물건을 만지는 건 옳지 않아요."

"그 사물함은 호텔 재산이에요, 몰리. 당신은 그저 직원일 뿐이지 호텔 사장이 아니라는 걸 명심하세요. 자, 이제 말해봐요. 당신과 지젤에 관해 진실을 털어놓을 준비가 됐나요?"

지젤과 나에 관한 진실은 나조차도 이해하기 힘들다. 거북이가 코뿔소 새끼를 입양하는 것만큼이나 기이한 일이다. 그걸 내가 어떻게 설명한단 말인가.

"뭐라고 말해야 할지 모르겠네요."

"그럼 내가 먼저 말하죠."

스타크 형사가 다시 팔꿈치를 테이블에 올리며 말한다.

"지금 당신은 급격히 요주의 인물이 되어가고 있어요. 그게 무슨 뜻인지 알아요?"

그녀에게서 거들먹거리는 태도가 느껴진다. 전에도 이런 태도를 본 적이 있다. 자기들은 쉽게 이해하는 것을 내가 이해하지 못한다는 이유만으로 날 바보 천치라고 생각하는 사람들에게서.

"당신은 우리에게 아주 중요한 사람이 되어가고 있어요." 스타크 형사가 덧붙인다. "그것도 나쁜 쪽으로요. 당신은 중요한 사실을 빼먹고, 당신 편한 대로 진실을 왜곡하는 능력이 있음을 증명했어요. 한 번 더 묻죠. 지젤 블랙과 연락하고 있나요?"

나는 한 번 더 심사숙고한다. 이 대답은 완벽하게 사실대로 말할 수 있다.

"현재는 지젤과 연락하지 않아요. 그녀가 아직 우리 호텔에 투숙한다는 사실은 알지만요."

"당신을 위해 그 말이 사실이기를 바랍시다. 부검 보고서 결과가 자연사이길 바라고요. 그때까지는 이 나라를 떠나거나 어떤 식으로든 숨으려고 해서는 안 됩니다. 체포는 하지 않겠어요."

"외람되지만 당연한 거 아닌가요? 전 아무것도 잘못하지 않았어요!"

"유효한 여권이 있나요?"

"아뇨."

스타크 형사가 고개를 갸웃한다.

"거짓말이라면 금방 들통날 겁니다. 난 조사할 수 있어요."

"조사해보세요. 그럼 제가 이 나라를 한 번도 떠난 적이 없기 때문에 여권이 없다는 사실을 알게 될 거예요. 또한 제가 모범 시민이고 전과가 하나도 없다는 사실도요."

"아무 데도 가지 마세요. 알았죠?"

나를 늘 실수하게 만드는 게 바로 저런 식의 표현이다.

"그럼 집에는 가도 되나요? 가게는요? 화장실은요? 출근은 해도 되고요?"

스타크 형사가 한숨을 쉰다.

"네, 평소 다니던 곳은 당연히 가도 됩니다. 출근도 할 수 있고요. 내 말은 우리가 당신을 지켜볼 거라는 뜻이에요."

또 난처한 표현이다.

"제가 뭘 하는 걸 지켜본다는 말이죠?"

스타크 형사가 내 눈을 뚫어지게 본다.

"당신이 무얼 숨기든, 누구를 보호하려고 하든 우리가 알아낼 겁니다. 내가 형사로 일하면서 알게 된 사실이 하나 있는데, 얼룩은 한동안 감출 수는 있어도 때가 되면 다 드러나게 된다는 거죠. 무슨 말인지 알아요?"

"지금 제 앞에서 얼룩 이야기를 하시는 건가요?"

문손잡이에 뭉개진 손자국. 바닥의 신발 자국. 테이블 표면에 먼지와 함께 말라붙은 동그란 컵 자국. 침대에 죽어 있는 블랙 씨.

"형사님, 얼룩이라면 제가 누구보다 잘 알아요."

14

스타크 형사가 날 하얀 방에서 내보낸 시간은 오후 3시 30분이다. 나는 경찰서에서 걸어 나간다. 이번에는 집까지 태워다주지도 않는다. 아침부터 아무것도 먹지 못했고, 허기를 달래줄 홍차 한 잔 마시지 못했다.

배가 요동친다. 용이 깨어난다. 나는 기절하지 않도록 집 앞 보도에서 잠시 걸음을 멈춰야만 한다.

지금 날 불편하게 하는 것은 허기가 아니라 내가 거짓말을 했다는 사실이다. 지젤에 대해서, 또 지금 가슴에 돈을 숨겼다는 사실을 솔직히 말하지 않았다. 그래서 지금 이렇게 힘든 것이다.

'정직이 최선의 방책이란다.'

실망으로 일그러진 할머니의 얼굴이 보인다. 열두 살이었던 어느 날, 학교에서 돌아오자 할머니는 내게 별일 없었냐고 물었다. 나는 평소와 똑같았다고, 딱히 말할 일은 없다고 말했다. 그것 역시 거짓말이었다. 사실 나는 점심시간에 학교에서 도망쳤고 그건 평소에는 절대 하지 않는 일이었다. 선생님은 할머니에게 전화했고, 나는 할머니에게 사실대로 털어놓았다. 운동장에서 동급생들이 내 주위를 에워싸고 내게 진흙 속을 구르며 진흙을 먹어보라고 했다고. 그러고는 내가 그 명령에 따르는 동안 날 발로 찼다고. 아이들은 매번 날 고문하는 기발한 방법을 생각해냈고, 이 고문도 예외가 아니었다.

시련이 끝나자 나는 동네 도서관 화장실로 가서 몇 시간 동안 얼굴과 입에 묻은 흙을 닦아내고, 손톱 밑에 들어간 흙을 긁어냈다. 내가 괴롭힘을 당한 증거들이 빙글빙글 돌아 세면대 배수구로 빠지는 모습을 만족스럽게 지켜보았다. 뒤처리를 확실하게 했으니 할머니는 절대 알아내지 못할 거라고 생각했다.

하지만 할머니는 알게 되었고, 내가 괴롭힘을 당했다고 털어놓은 뒤에 딱 하나만 물으셨다.

"얘야, 왜 곧바로 사실대로 말하지 않았니? 선생님이나 이 할머니한테 아니면 누구에게든 말이야."

그러고는 눈물을 흘리며 어찌나 세게 끌어안았는지 나는 대답할 수가 없었다. 하지만 내게는 할 말이 있었다. 확실한 대답이 있었다. 내가 사실대로 말하지 않은 이유는 진실은 아프기 때문이다. 학교에서 있었던 일도 힘들기는 하지만 내가 힘들었다는 사실을 알게 되면 할머니도 나와 같은 고통을 겪게 된다.

그게 고통의 문제점이다. 고통은 병처럼 전염된다. 맨 처음에 그걸 견디는 사람에게서 그 사람을 가장 사랑하는 사람에게로 번진다. 진실을 말하는 것만이 늘 최상의 해결책은 아니다. 때로는 내가 사랑하는 사람에게 고통이 번지는 걸 막기 위해 진실을 희생해야 할 필요가 있다. 아이들조차도 그걸 본능적으로 안다.

아프던 배가 가라앉고 마음이 다시 차분해진다. 길을 건너 내 집이 있는 건물로 들어간다. 계단을 깡충깡충 뛰어서 곧장 로소 씨의 집으로 향한다. 안전하게 보관하려고 가슴에 넣어둔 돈뭉치를 꺼낸다. 경찰서에 있는 내내 그 돈의 존재가 느껴졌지만 성가시기는커녕 방패처럼 날 보호해주는 기분이 들었다.

나는 현관문을 크게 두드린다. 로소 씨가 복도를 자박자박 걸어오는 소리가 나더니 이내 잠금장치가 끽끽 돌아간다. 불그스레하고 동그란 집주인의 얼굴이 나타난다. 나는 쥐고 있던 돈을 내민다.

"이번 달 집세 나머지예요. 보시다시피 전 할머니를 닮았어요. 약속을 지키는 여자라고요."

나는 돈을 받아 들고 세어보는 로소 씨를 보며 말을 잇는다.

"액수는 정확해요. 그런데도 그렇게 세어보다니 수고가 많으시네요."

돈을 다 세고 나자 로소 씨가 고개를 천천히 끄덕인다.

"몰리, 매달 이러지 말자고. 할머니가 돌아가신 건 알지만 집세는 제때 내야지. 정신 똑바로 차리고 살아."

"저도 잘 알아요. 가능한 한 똑바로 살고 싶은 게 제 바람이에요. 하지만 세상이 혼란으로 가득 차 있어서 똑바로 살려고 하는 절 종종 괴롭히네요. 집세를 완납했다는 영수증을 받을 수 있을까요?"

로소 씨가 한숨을 쉰다. 그게 무슨 의미인지 알고 있다. 화가 난 것이다. 공평하지 않다. 만약 누가 내 손에 돈뭉치를 쥐여준다면 난 절대 저렇게 한숨을 내쉬지는 않을 것이다. 뛸 듯이 고마워할 것이다.

"오늘 밤에 영수증을 작성해서 내일 주겠네." 로소 씨가 말한다.

지금 당장 받는 편이 훨씬 더 좋지만 나는 기다리기로 한다.

"그렇게 하죠. 고맙습니다. 편안한 저녁 보내세요."

로소 씨는 "자네도 잘 쉬게"라고 말하는 예의도 차리지 않고 현관문을 닫는다.

나는 집으로 가서 열쇠로 현관문을 연다. 문턱을 넘어 집 안으로 들어간 다음 문을 잠근다. 우리 집. 내 집. 오늘 아침에 두고 나온 그대로다. 깔끔하고 정돈되어 있다. 그리고 불안할 정도로 고요하다. 비록 머릿속에서 할머니의 목소리가 들리기는 하지만.

'살다 보면 하고 싶지 않은 일을 해야 할 때가 있어. 그래도 해야 한다.'

평소에는 현관문을 닫는 순간 안도감이 물밀듯이 밀려든다. 여기서는 안전하다. 사람들 표정을 읽어야 할 필요도 없고, 대화를 해독할 필요도 없다. 손님의 요구사항이나 요청도 없다.

나는 신발을 벗고 밑창을 닦은 다음 벽장 속에 가지런히 넣어둔다. 현관문 옆 의자에 놓인 할머니의 기도문 쿠션을 토닥인다. 거실 소파에 앉아 생각한다. 여기에서조차, 평화로운 내 집에서조차 머릿속이 복잡하다. 이제 어떻게 해야 할지 생각해야 한다. 지젤에게 전화해야 할까? 아니면 로드니에게 전화해서 위로와 충고를 받아야 할까? 스노우 씨에게 전화해서 오늘 내가 맡은 객실 청소를 다 마치지 못하고 조퇴해서 미안하다고 사과해야 할까? 하지만 이런 생각만 해도 가슴이 답답했다.

이렇게 기분이 나쁜 적은 오랜만이다. 윌버에게 파베르제를 도둑맞은 뒤로, 할머니가 돌아가신 뒤로 처음이다.

형광등 불빛이 너무 강한 경찰서의 그 방에서 오늘 스타크 형사는 날 비난했다. 날 무슨 범죄자 취급했다. 난 절대 그런 사람이 아닌데도. 내가 바라는 건 그저 고개를 돌렸을 때 옆에 할머니가 있는 것이다. 할머니는 이렇게 말할 것이다.

'얘야, 그렇게 가슴 졸이면서 안절부절못할 거 없다. 인생은 저절로 알아서 풀린단다.'

나는 부엌으로 가서 물을 끓인다. 손이 떨린다. 냉장고를 열어보지만 음식이 거의 없다. 크럼펫 두어 개가 있을 뿐인데 내일 아침에 먹게 남겨둬야 한다. 선반에 비스킷 몇 개가 있길래 접시에 단정히 담는다. 물이 끓자 홍차를 우린다. 우유를 넣을 수 없으니 대신 설탕을 두 스푼 넣는다. 비스킷을 한 입씩 음미하며 먹으려 했는데 나도 모르게 게걸스럽게 입에 밀어 넣으며 홍차를 꿀꺽꿀꺽 들이마신다. 식탁에 앉지도 않고 조리대 앞에 선 채로. 정신을 차려보니 찻잔이 비어 있다. 홍차가 즉시 효력을 발휘해 몸에 다시 따뜻한 에너지가 돈다.

'뭘 해도 안 될 때는 청소를 하렴.'

좋은 생각이다. 청소만큼 내 영혼을 달래주는 건 없다. 나는 찻잔을 씻고 마른행주로 닦은 다음 제자리에 넣는다. 거실에 있는 할머니의 장식장을 청소해야겠다. 조심스럽게 유리문을 열고 그 안에 있는 할머니의 귀중한 보물을 모두 꺼낸다. 스와로브스키에서 제작한 크리스털 동물들로 하나씩 살 때마다 할머니는 콜드웰 가에서 몇 시간씩 뼈 빠지게 야근해야 했다. 스푼들도 있는데 대부분이 은 제품으로 몇 년에 걸쳐 할머니가 중고품 가게에서 사 모았다. 그리고 사진도 있었다. 베이킹 수업을 듣는 할머니와 나, 공원 분수 앞에 있는 할머니와 나, 올리브 가든에서 샤르도네 잔을 치켜든 할머니와 나. 우리의 사진이 아닌 것은 딱 하나뿐인데 엄마가 어릴 때 찍은 사진이다.

나는 엄마 사진을 집어 든다. 아직도 손이 약간 떨린다. 사진틀의 먼지를 털고 닦는 동안 집중해야 한다. 이걸 놓치면 사진틀은 바닥에 떨어질 테고 유리는 산산조각 날 것이다. 바닥에 가까워지도록 무릎을 꿇고 앉는다. 이편이 더 안전하다. 두 손으로 액자를 잡고 엄마 얼굴을 뚫어지게 본다. 나는 할머니가 아끼던 물건에 둘러싸여 있다.

기억 하나가 떠오른다. 최근은 아니고, 오랫동안 잊고 지내던 기억이다. 열세 살쯤 된 어느 날 수업을 마치고 집에 돌아오니 할머니가 지금 나처럼 무릎을 꿇고 있었다. 그날은 목요일(털털 먼지 털기)이었고 할머니는 이미 일을 시작한 상태라서 주위에 장식장 속 물건들이 널려 있고, 손에는 광택을 내는 천과 엄마의 이 사진이 들려 있었다. 현관 문턱을 넘자마자 나는 무언가 잘못되었음을 알았다. 할머니의 머리가 부스스했기 때문이다. 늘 완벽하게 말아서 단정히 손질해두는 머리가 헝클어져 있었다. 볼에는 눈물 자국이 있었고, 눈두덩이는 부어 있었다.

"할머니? 무슨 일이에요?"

나는 신발 밑창을 닦기도 전에 그렇게 물었다.

할머니는 대답하지 않았다. 그저 먼 곳을 바라보는 듯한 멍한 눈으로 날 보았다. 그러다 마침내 입을 열었다.

"얘야, 그냥 사실대로 말해야겠구나. 네 엄마가 죽었단다."

나는 선 자리에서 발이 떨어지지 않았다. 엄마가 세상 어딘가에 있다는 사실은 알았지만 내게 엄마는 여왕님만큼이나 추상적인 존재였다. 내게는 오래전에 죽은 셈이나 마찬가지였다. 하지만 할머니에게는 너무나 의미 있는 존재였고, 그래서 나는 걱정이 되었다.

매해 어머니 날이 다가오면 할머니는 의식을 치르듯 하루에 세 번씩 우편함까지 오고갔다. 엄마가 보낸 카드를 기다리는 것이다. 처음 몇 년간은 흔들리는 필체로 엄마의 이름을 휘갈겨 쓴 카드가 도착했고, 카드를 받은 할머니는 무척이나 기뻐했다.

"네 엄마는 아직 이 나라 어딘가에 있어, 얘야."

할머니는 그렇게 말하곤 했다.

하지만 몇 년간 어머니 날이 지나고 또 지나도 카드는 오지 않았고, 할머니는 그달 내내 침울해했다. 나는 엄마의 부재를 보상하려고 큰돈을 써서 가장 크고, 가장 화려한 카드를 산 다음, '어머니'의 첫 자를 '할'로 고치고, 카드 안쪽은 고른 간격으로 띄어 쓴 X와 O(X는 키스를, O는 포옹을 의미한다—옮긴이), 그리고 내가 직접 색칠한 빨간색과 분홍색 하트로 가득 채웠다. 하트를 색칠할 때는 선 바깥으로 나가지 않도록 조심하면서.

할머니에게 엄마가 죽었다는 말을 들었을 때 내가 느낀 것은 나 자신의 고통이 아니었다. 할머니의 고통이었다. 할머니는 울고 울고 또 울었다. 평소와 너무도 다른 그 모습은 날 극도로 불안하게 했다. 나는 서둘러 할머니 곁으로 가서 할머니의 등에 손을 올렸다.

"할머니에게 필요한 건 맛있는 홍차예요. 맛있는 홍차 한 잔으로 해결되지 않는 일은 거의 없어요."

그러고는 부엌으로 달려가 물을 끓였다. 손이 떨렸다. 할머니가 거실 바닥에서 흐느끼는 소리가 들렸다. 물이 다 끓자 완벽한 홍차 두 잔을 우려서 은 쟁반에 받쳐 거실로 가져갔다.

"여기 홍차가 왔어요. 우리 잠깐 소파에 앉을까요?"

하지만 할머니는 움직이지 않았다. 동그랗게 만 광택 천을 여전히 한 손에 쥐고 있었다.

나는 장식품들로 이뤄진 장애물 코스를 넘어 할머니 옆에 놓인 물건들을 치우고 앉았다. 쟁반을 한쪽에 내려놓고 찻잔 두 개를 집어 들어 앞에 내려놓은 다음 한 손을 다시 할머니의 어깨에 올렸다.

"할머니, 허리 좀 펴보실래요? 저랑 함께 홍차 마셔요."

내 목소리는 떨렸다. 나는 두려웠다. 이렇게 약해진 할머니의 모습은 본 적이 없었다. 할머니는 아기 새처럼 연약해 보였다.

마침내 할머니가 허리를 펴더니 광택 천으로 눈가를 눌렀다.

"아, 홍차." 할머니가 말했다.

우리는, 할머니와 나는 그렇게 마룻바닥에 앉아서 스와로브스키의 크리스털 동물들과 은 스푼에 둘러싸인 채 홍차를 마셨다. 엄마의 사진도 우리 옆에 있었다. 우리의 티파티에 부재한 제삼자였다.

할머니가 다시 입을 열었을 때는 평상시의 차분하고 흔들림 없는 목소리로 돌아가 있었다.

"애야, 우는 모습을 보여서 미안하구나. 하지만 걱정 마라. 이 젠 기분이 훨씬 나아졌으니까."

할머니는 홍차를 한 모금 마시더니 내게 미소 지었다. 평소와 는 다른 미소였다. 미소가 얼굴 절반밖에 퍼지지 않았다.

그때 질문이 떠올랐다.

"엄마가 내 이야기를 한 적이 있어요?"

"물론이지, 애야. 네 엄마가 느닷없이 전화할 때면 종종 너에 대해 물었어. 당연히 내가 새로운 소식을 알려줬고. 통화가 끊어 지기 전까지. 때로는 금방 끊어지기도 했지만."

"엄마 건강이 좋지 않아서요?"

엄마가 왜 우리를 떠났는지 물어보면 할머니는 늘 이렇게 말 했다.

"그래, 네 엄마 건강이 너무 나빠서. 네 엄마는 주로 거리에 있 는 공중전화로 연락했어. 하지만 내가 돈을 보내지 않자 그때부 터는 연락하지 않았다."

"아빠는요? 아빠는 어떻게 됐어요?"

"전에도 말했듯이 네 아빠는 썩어빠진 종자야. 네 엄마에게 그 걸 깨닫게 해주려고 노력했다. 심지어 옛 친구들에게까지 연락해 서 네 엄마를 아빠에게서 떼어낼 수 있도록 구슬려달라고 했지. 하지만 아무 소용 없었어."

할머니는 말을 멈추고 홍차를 한 모금 더 마셨다.

"약속해다오, 얘야. 절대로 마약에는 손대지 않겠다고."

할머니의 눈에 눈물이 그렁그렁했다.

"약속할게요, 할머니."

달리 뭐라고 말해야 할지 몰라서 나는 할머니를 껴안았다. 할머니가 전과는 완전히 다르게 느껴졌다. 할머니가 나를 안아주는 게 아니라 내가 할머니를 안아주는 기분이 든 것은 그때가 처음이었다.

몸을 뗐을 때에도 나는 어떻게 행동해야 예의 바른 일인지 알 수 없었다. 그래서 이렇게 말했다.

"할머니가 그러셨죠. 뭘 해도 안 될 때는 청소를 하라고요."

할머니가 고개를 끄덕였다.

"그래, 너 없었으면 어쩔 뻔했니? 정말 그래. 우리 함께 이 어질러진 거실을 청소할까?"

그 말과 함께 할머니는 원래대로 돌아왔다. 아마 원래대로 돌아온 게 아니라 그저 당신의 감정을 감췄으리라. 함께 할머니의 장식품을 정리하고 닦고 윤내고 다시 장식장에 넣어두는 동안 할머니는 평소처럼 계속 재잘거리며 수다를 떨었다.

그 후로는 한 번도 엄마 이야기를 한 적이 없다.

지금 나는 그날과 같은 자리에 앉아 추억이 깃든 크리스털 동물들에 둘러싸여 있다. 다만 이번에는 철저히 혼자였다.

"할머니, 저 곤경에 처한 것 같아요."

나는 아무도 없는 거실에 대고 말한다.

장식장 위에 놓인 사진들을 정리하고, 할머니의 보물들을 하나씩 닦아서 유리문 뒤에 안전하게 넣어둔다. 장식장 앞에 서서 안에 든 물건들을 바라본다. 이제 뭘 해야 할지 모르겠다.

'친구가 있는 한 넌 절대 혼자가 아니야.'

원래 무슨 일이 생기면 혼자 처리하는 편이지만 이제는 정말로 도움이 필요한 때인지 모른다.

휴대전화를 두고 온 현관문 옆으로 가서 전화기를 집어 들고 로드니에게 전화한다. 두 번째 신호음이 울린 뒤에 그가 전화를 받는다.

"여보세요?"

"로드니? 바쁜데 전화한 거 아닌지 모르겠네."

"괜찮아. 무슨 일이야? 경찰들이랑 호텔에서 나가는 거 봤어. 다들 너한테 문제가 생겼다고 하던데."

"애석하게도 이번에는 소문이 사실이야."

"경찰이 원하는 게 뭐야?"

"진실. 나에 관한 진실. 그리고 지젤에 관한 진실도. 블랙 씨는 엄밀히 말해서 약물 과다로 사망한 게 아니래."

"아, 천만다행이다. 그럼 뭘로 죽은 거래?"

"아직은 경찰도 몰라. 하지만 날 의심하는 건 확실해. 아마 지젤도 의심할 거야."

"하지만…… 지젤에 대해서는 아무 말도 안 했지?"

"별다른 말은 안 했어."

"후안 마누엘이나 그 일에 관해서도 말 안 했고?"

"후안 마누엘이 무슨 상관이야?"

"상관없지. 전혀 상관없어. 그럼…… 왜 전화한 거야?"

"로드니, 네 도움이 필요해."

나는 목소리가 갈라지고 마음의 평정을 유지하기가 힘들다.

로드니는 잠시 침묵하다가 묻는다.

"혹시 네가…… 네가 블랙 씨를 죽였어?"

"아니! 당연히 아니지. 어떻게 그런 생각을…….."

"미안, 미안, 방금 한 말은 잊어줘. 정확히 무슨 문제가 생긴
거야?"

"지젤이 스위트룸에 두고 온 물건이 있다면서 내게 찾아와 달
라고 했어. 근데 그게 총이야. 총을 되찾고 싶어 했어. 지젤은 내
친구잖아. 그래서……."

"맙소사."

전화기 반대편에 침묵이 흐른다.

"그랬구나."

"로드니?"

"응, 듣고 있어. 그래서 지금 총이 어디 있어?"

"내 진공청소기 안에. 청소기는 내 사물함 옆에 있어."

"그 총을 가져와야 해. 없애야 한다고."

그렇게 말하는 로드니의 목소리에서 짜증이 느껴진다.

"그래! 바로 그거야. 아, 로드니, 이 일에 널 끌어들여서 정말
미안해. 그리고 만약 경찰이 너한테 묻거든 내가 나쁜 사람이 아
니라고, 절대 누구도 해칠 일이 없다고 말해줘야 해."

"걱정하지 마, 몰리. 내가 알아서 할게."

날것 그대로의 고마움이 가슴에 복받쳐 엉엉 우는 눈물로 흘러넘칠 것만 같다. 하지만 로드니가 못마땅하게 생각할까 봐 꾹참는다. 이 일을 통해 우리 사이가 멀어지는 게 아니라 가까워지면 좋겠다. 나는 심호흡을 하고 감정을 누른다.

"고마워, 로드니. 넌 좋은 친구야. 친구 이상이지. 너 없으면 어떻게 했을지 모르겠어."

"넌 내가 지켜줄게."

하지만 이게 다가 아니다. 이야기를 마저 들은 로드니가 내게 영원히 등을 돌릴까 두렵다.

"너한테 말해줄…… 정보가 하나 더 있어." 내가 말한다. "오늘스위트룸에서 블랙 씨의 결혼반지가 나왔어. 그래서…… 인정하기는 정말 싫은데 내가 요즘 재정적으로 많이 쪼들리고 있거든. 그래서 반지를 전당포에 맡기고 그 돈으로 집세를 냈어."

"뭐, 뭐라고?"

"반지가 지금 시내 전당포 쇼윈도에 전시되어 있어."

"믿기지가 않네. 정말로 믿기지가 않아."

로드니는 그렇게 말하더니 거의 웃음에 가까운 소리를 낸다. 마치 이게 세상에서 가장 즐거운 소식이라는 듯이. 당연히 재미있어서 웃는 게 아니다. 웃음도 미소와 같다는 생각이 든다. 사람들은 웃음을 이용해 갖가지 당혹스러운 감정을 표현한다.

"내가 큰 실수를 저질렀어. 경찰이 날 또 신문할 줄 몰랐어. 이번 사건에서 내 역할은 끝났다고 생각했거든. 내가 블랙 씨의 반지를 전당포에 팔았다는 사실을 경찰이 알게 되면 마치 내가 돈을 노리고 블랙 씨를 죽인 것처럼 보일 거야. 이해하겠어?"

"당연하지. 와, 이건 정말…… 믿을 수가 없네. 있잖아, 다 잘될 거야. 그냥 모든 걸 나한테 맡겨."

"그 총 좀 처리해줄래? 반지도? 반지를 파는 게 아니었어. 나쁜 짓이야. 네가 전당포에서 다시 반지를 사서 아무도 못 보게 해줘. 돈은 나중에 갚을게. 약속해."

"방금 말했듯이, 몰리, 전부 다 내게 맡겨. 너 지금 집이야?"

"응."

"오늘 밤에는 나가지 마. 알았지? 아무 데도 가지 마."

"안 나갈게, 로드니. 이 신세를 어떻게 갚아야 할지 모르겠다."

"원래 친구가 그런 거 아니야? 곤경에서 빠져나오도록 서로 돕는 존재."

"맞아. 원래 친구가 그렇지."

나는 전화기에 대고 얼른 이어 말한다.

"로드니?"

그에게 너무도 간절히 친구 이상의 존재가 되고 싶다고 덧붙이려 하지만 이미 늦었다. 그는 작별 인사도 없이 전화를 끊어버렸다. 내가 그에게 꽤 엉망진창인 상황을 넘겨줬으니 로드니는 1초도 낭비하기 싫은 것이다.

이번 일이 끝나면 내 돈으로 로드니에게 이탈리아 여행을 시켜줄 것이다(몰리가 올리브 가든에서 즐겨 먹는 메뉴 '투어 오브 이탈리아'를 염두에 두고 하는 말이다-옮긴이). 다른 사람의 시선이 차단되는 올리브 가든의 칸막이 좌석에 앉아 펜던트 조명의 따뜻한 불빛 아래서 산처럼 쌓아놓은 샐러드와 마늘빵을 먹고, 파스타를 실컷 먹고, 마지막으로 디저트를 종류별로 다 시켜서 먹을 것이다. 그리고 돈을 마련하는 게 가능할지 모르겠지만 아무튼 다 먹고 나면 계산서는 내가 집어 들 것이다.

이번에 진 신세는 다 갚을 것이다. 반드시 갚을 것이다.

THE
MAID

목요일

15

이튿날 아침 나는 호텔에서 청소를 하고 있다. 평소보다 늦었다. 늦어도 너무 늦었다. 아무리 열심히 일해도, 아무리 많은 방을 청소해도 도무지 줄어들지 않는다. 객실을 청소하고 나면 입을 딱 벌린 거대한 구멍 같은 흑요석 문이 열리며 다음 방이 나온다.

사방에 흙이 있다. 카펫마다 모래를 뿌려놓았고, 거울은 다 금이 갔으며, 테이블 상판은 기름진 손자국투성이고, 헝클어진 시트를 가로질러 피 묻은 지문들이 짓이겨져 있다.

불현듯 나는 로비의 위풍당당한 계단을 오르다가 필사적으로 달아나려 한다. 난간에 장식된 황금색 뱀을 움켜잡을 때마다 뱀들이 내 손아귀를 빠져나간다. 표독스러운 파충류의 눈이 어디서 많이 본 듯하다. 뱀들이 눈을 깜빡이더니 내 손 아래서 살아난다. 내가 한 발 내디딜 때마다 새로운 뱀이 깨어난다. 셰릴, 스노우 씨, 윌버, 문신을 한 두 괴수, 로소 씨, 스타크 형사, 로드니, 지젤, 그리고 마침내 블랙 씨.

"안 돼!"

나는 비명을 지른다. 다음 순간 노크 소리가 들린다. 나는 침대에서 벌떡 일어난다. 가슴이 방망이질한다.

"할머니?"

매일 아침 그렇듯이 아무 대답도 들리지 않는다. 이 세상에 나는 혼자다.

똑. 똑. 똑.

휴대전화를 확인한다. 7시도 되기 전이라서 아직 알람이 울리지 않았다. 대체 어떤 정신 나간 인간이 이렇게 이른 시간에 우리집 현관문을 두드린단 말인가? 그러자 로소 씨가 집세를 냈다는 영수증을 주겠다고 한 일이 기억난다.

나는 무거운 몸으로 침대에서 내려와 슬리퍼를 신는다.

"나가요! 잠깐만요!"

악몽을 떨쳐내고 복도를 지나 현관으로 간다. 녹슨 빗장을 옆으로 밀고 잠금장치를 돌려 문을 활짝 연다.

"로소 씨, 영수증을 가져다주시는 건 감사……."

나는 말을 멈춘다. 집 앞에 서 있는 사람은 로소 씨가 아니기 때문이다.

체구가 큰 젊은 경관이 다리를 딱 벌린 채 햇빛을 가로막고 서 있다. 그의 뒤로 경관 둘이 더 있는데 하나는 형사 콜롬보 역할에 잘 어울릴 듯한 중년 남자이고, 다른 하나는 스타크 형사다.

"잠깐 실례할게요. 제가 자다가 일어나서 잠옷 바람이에요."

나는 그렇게 말하고 파자마 목깃을 움켜잡는다. 이 분홍색 플란넬 잠옷은 원래 할머니가 입던 것으로 색색의 찻주전자가 근사하게 그려져 있다. 이런 잠옷 차림으로 손님을 맞이해서는 안된다. 설령 이렇게 이른 시간에 미리 연락도 없이 찾아오는 무례한 손님이라고 해도.

"몰리."

스타크 형사가 젊은 경관 앞으로 나오며 말한다.

"당신을 불법 무기와 마약 소지, 일급 살인 혐의로 체포합니다. 당신에게는 묵비권을 행사하고 불리한 질문에 답변을 거부할 권리가 있습니다. 당신이 하는 말은 법정에서 불리하게 작용할 수 있습니다. 경찰과 이야기하기 전에 변호사와 상의할 수 있고, 지금 또는 앞으로 신문 받는 동안 변호사를 동석시킬 권리가 있습니다."

눈앞이 빙빙 돌고 발아래서 바닥이 기운다. 작은 찻주전자들이 눈앞에서 빙글빙글 돌아간다.

"혹시 홍차 드실 분……."

하지만 나는 말을 다 마치지 못한다. 눈앞이 흐릿해졌기 때문이다. 마지막으로 기억나는 것은 무릎이 마멀레이드처럼 흐물흐물해지면서 세상이 캄캄해졌다는 것이다.

정신을 차려보니 유치장의 자그마한 회색 침상에 누워 있다. 우리 집 현관문을 열던 기억, 텔레비전에서 본 것처럼 내 권리를 읽어줄 때의 충격이 떠오른다. 정말로 그 일이 일어났던 걸까? 나는 천천히 일어나 앉는다. 쇠창살이 달린 작은 공간을 둘러본다. 맞다, 모두 실제로 일어난 일이다. 나는 지금 유치장에 있다. 아마 두 번 신문 받으러 왔던 바로 그 경찰서 지하일 것이다.

숨을 몇 번 들이쉬고 마음을 가라앉힌다. 감방에서는 메마른 곰팡내가 난다. 나는 아직 잠옷 차림이다. 이 상황에 전혀 적절하

지 않은 옷차림이다. 내가 앉아 있는 침상은 할머니 표현대로 하
자면 '해결이 불가능한 얼룩'이 묻어 있다. 짓이겨진 핏자국과 내
가 생각하고 싶지 않은 여러 가지 중 하나로 추측되는 노란색 둥
근 얼룩들. 이 침상이야말로 얼마든지 사용할 수 있지만 완전무
결한 상태로 되돌릴 방법이 없으므로 당장 폐기해야 하는 물건
의 완벽한 일례다.

이 유치장 자체도 그다지 위생적일 것 같지 않다. 문득 호텔
메이드보다 이런 곳에서 수위로 일하는 게 훨씬 더 끔찍하다는
생각이 든다. 이곳에 몇 년 동안 얼마나 많은 세균과 오물이 축적
되었을지 생각해보라. 아니, 그 생각은 하고 싶지 않다.

나는 슬리퍼를 신은 발을 바닥으로 내린다.

'네가 누리는 축복을 세어보렴.'

내가 누리는 축복. 첫 번째를 꼽아보려는 찰나 손을 내려다봤
더니 손가락이 더럽다. 얼룩져 있다. 손가락 끝마다 시커먼 잉크
가 묻어 있다. 그제야 기억이 난다. 이 세균이 우글거리고 좁아터
진 유치장에 들어와 침상에 누워 있는데 두 경관이 검은 잉크 패
드에 대고 내 열 손가락을 돌아가며 눌렀다. 그 일이 끝난 뒤에
내게 손을 씻는 것조차 허락하지 않을 정도로 무례한 사람들이
었다. 내가 부탁까지 했는데도. 그 뒤로는 별로 기억나지 않는다.
다시 기절한 모양이다. 얼마나 기절했는지 모르겠다. 5분이 지났
을 수도 있고 다섯 시간이 지났을 수도 있다.

다른 생각을 하기도 전에 아까 우리 집 현관에 서 있던 젊은
경관이 유치장 문 너머에 나타난다.

"일어났군. 당신은 지금 경찰서에 있어요. 알겠어요? 당신 집 현관에서 기절하고 여기서 또 기절했어요. 우리가 당신의 권리를 읽어주는 거 들었죠? 당신은 현재 여러 혐의로 체포됐어요. 기억 나요?"

"네."

내가 왜 체포됐는지 정확히 기억나지 않지만 틀림없이 블랙 씨의 죽음과 연관이 있을 것이다.

젊은 경관 옆에 사복 차림의 스타크 형사가 나타난다. 아무리 사복 차림이어도 그녀와 눈이 마주치는 순간 여전히 두려움에 사로잡힌다.

"이제부터는 내가 맡을게. 몰리, 날 따라와요."

스타크 형사의 말에 젊은 경관이 열쇠를 돌려 유치장 문을 연 다음 내가 나갈 수 있도록 붙잡아준다.

"고마워요."

그의 옆으로 지나가며 내가 말한다.

스타크 형사가 앞장서고 젊은 경관은 내가 도망치지 못하도록 뒤를 따른다. 나는 그들의 호위를 받으며 다른 유치장 세 개가 있 는 복도를 걸어간다. 유치장 안을 보지 않으려 하지만 실패한다. 얼굴이 상처투성이에 누렇게 뜬 남자가 유치장 쇠창살을 잡고 있는 모습을 흘끗 본다. 그의 맞은편 유치장에는 찢어진 옷을 입 은 젊은 여자가 침상에 누워 울고 있다.

'네가 누리는 축복을 세어보렴.'

우리는 계단을 오른다. 나는 때와 오물을 한 겹 입은 난간은 만지지 않는다. 마침내 내가 두 번이나 갔던 익숙한 방이 나온다. 스타크 형사가 전등 스위치를 탁 켠다.

"앉아요." 그녀가 명령한다. "여기 자주 와서 집처럼 느껴지겠어요."

"전혀요."

내 목소리는 칼날처럼 날카롭고 매섭다. 나는 지저분한 흰 테이블 뒤에 놓인 기우뚱거리는 의자에 앉으며 등받이에 등이 닿지 않도록 주의한다. 털 슬리퍼를 신었는데도 발이 시리다.

젊은 경관이 악랄한 스티로폼 컵에 든 커피와 일회용 크리머 두 개, 종이 접시에 받친 머핀, 금속 스푼을 들고 들어오더니 전부 테이블에 내려놓은 다음 밖으로 나간다. 스타크 형사가 문을 닫으며 말한다.

"먹어요. 당신이 또 기절하는 건 원치 않으니까."

"정말 사려가 깊으시네요."

내가 대답한다. 음식을 대접받으면 무언가 칭찬을 해야 하기 때문이다. 스타크 형사가 정말로 날 염려해준다고는 생각하지 않지만 상관없다. 나는 배가 고파 죽을 지경이다. 내 몸은 자양분을 갈구한다. 계속 나아가고, 다음 단계를 돌파하기 위해서는 자양분이 필요하다.

스푼을 집어 들고 뒤집어봤더니 뒷면에 회색 물질이 달라붙어 있다. 나는 얼른 스푼을 내려놓는다.

"커피에 크림 넣나요?"

스타크 형사가 묻는다. 그녀는 내 맞은편에 앉아 있다.

"하나만요. 고맙습니다."

스타크 형사는 크리머를 집어 들어 뚜껑을 벗기고 커피에 붓는다. 그러고는 그 역겨운 스푼을 집어 들어 커피를 휘저으려고 한다.

"아뇨! 전 젓지 않은 커피가 더 좋아요." 내가 외친다.

그녀는 그 특유의 표정으로 날 바라본다. 이제는 저 표정을 해석하기가 점점 더 쉬워진다. 조롱과 경멸의 표정이다. 그녀가 내게 스티로폼 컵을 건넨다. 내가 컵을 받아 쥐자 그 소름 끼치는 뿌드득 소리가 난다. 나도 모르게 움찔한다.

"먹어요."

스타크 형사가 머핀이 놓인 종이 접시를 내 쪽으로 밀며 다시 말한다. 권유가 아니라 명령이다.

"정말 감사합니다."

나는 머핀에 붙은 유산지를 조심스럽게 벗겨낸 다음, 나이프로 깔끔하게 사 등분 해서 그중 한 조각을 입에 쏙 넣는다. 건포도와 곡물의 겨가 들어 있는 머핀이다. 내가 가장 좋아하는 맛. 뻑뻑하고 영양분이 풍부하며 가끔씩 달콤한 맛이 터진다. 마치 스타크 형사가 내 취향을 아는 듯하다. 물론 절대 그럴 리 없지만. 그런 건 콜롬보만 알아낼 수 있다.

나는 머핀을 삼키고 쓴 커피를 두어 모금 마신다.

"맛나네요."

스타크 형사가 포복절도한다. 저 웃음이야말로 포복절도라는 말이 딱 어울린다. 다른 말로는 부족하다. 그러더니 이번에는 팔짱을 낀다. 추워서 그럴 수도 있지만 아닌 것 같다. 스타크 형사는 날 믿지 않고 그건 나도 마찬가지다.

"우리가 당신을 기소한 건 알고 있죠?" 그녀가 말한다. "불법 무기 소지, 불법 마약 소지, 그리고 일급 살인으로요."

커피를 한 모금 마시던 나는 하마터면 사레들릴 뻔한다.

"그건 불가능해요. 전 평생 아무도 해친 적이 없어요. 누굴 죽이려고 생각해본 적도 없고요."

"우린 당신이 블랙 씨를 죽였다고 확신해요. 아니면 그 일과 연관이 있거나, 누가 블랙 씨를 죽였는지 알고 있다고요. 검시 보고서가 나왔어요. 최종 결론이 나왔다고요, 몰리. 심장마비가 아니에요. 블랙 씨는 질식사했어요. 숨이 막혀서 죽었죠."

나는 머핀 한 조각을 다시 입에 넣고 씹는 데 집중한다. 늘 열 번에서 스무 번씩 씹는 게 좋다. 할머니는 그게 소화에 도움이 된다고 말하곤 했다. 나는 머릿속으로 씹는 횟수를 센다.

"호텔에서 청소할 때 침대에 베개를 몇 개씩 놓아두죠?" 스타크 형사가 묻는다.

당연히 난 답을 알고 있지만 입에 머핀이 가득 들어 있다. 이 상태로 대답하는 건 예의 바르지 않으리라.

"네 개죠."

내가 대답하기 전에 스타크 형사가 먼저 말한다.

"침대마다 베개는 네 개씩 놓여 있어요. 스노우 씨와 다른 메이드들에게도 확인했어요. 하지만 우리가 범죄 현장에 도착했을 때 블랙 씨의 침대에는 베개가 세 개뿐이었어요. 네 번째 베개는 어디로 갔죠, 몰리?"

일곱 번, 여덟 번까지 씹다가 삼키고 막 대답하려는데 스타크 형사가 우리를 갈라놓은 테이블을 두 손으로 세게 내려친다. 나는 너무 놀라 의자에서 튀어 오를 뻔한다.

"몰리! 난 지금 당신이 베개로 한 남자를 냉혹하게 살해했다고 말하는데 당신은 거기 앉아서 머핀 먹는 데만 정신을 쏟고 있네요." 그녀가 호통친다.

나는 빠르게 뛰는 맥박이 규칙적으로 돌아오기를 기다린다. 누군가의 호통을 듣거나 극악무도한 범죄를 저질렀다고 비난을 받는 데 익숙하지 않은 터라 극도로 당황스럽다. 곤두선 신경을 가라앉히려고 커피를 한 모금 마신 다음 입을 연다.

"다시 말씀드릴게요, 형사님. 전 블랙 씨를 죽이지 않았어요. 베개로 그분을 질식시키지도 않았고요. 그리고 분명히 말씀드리는데 제가 마약을 소지한 적이 있다는 건 불가능해요. 전 평생 마약을 본 적도, 한 적도 없어요. 게다가 우리 엄마는 마약 때문에 돌아가셨어요. 할머니도 그 일로 상심이 크셔서 돌아가신 셈이나 마찬가지고요."

"당신은 우리에게 거짓말을 했어요, 몰리. 지젤과의 관계에 대해서요. 지젤은 당신이 청소를 마친 뒤에도 종종 스위트룸에서 자신과 시간을 보냈다고 말했어요. 당신과 사적인 대화도 나눴다고 했고요. 또한 당신이 블랙 씨의 지갑에서 돈을 가져가기도 했다고 했어요."

"뭐라고요? 그런 뜻으로 한 말이 아니에요! 내가 블랙 씨의 지갑에서 나온 돈을 받았다는 뜻이겠죠. 그 돈은 지젤이 줬어요."

스타크 형사를 바라보던 나는 천장 구석에서 깜박이는 카메라로 시선을 옮긴다.

"지젤은 늘 팁을 후하게 줬어요. 블랙 씨의 지갑에서 돈을 꺼낸 사람은 내가 아니라 지젤이라고요."

스타크 형사는 입을 굳게 다문다. 나는 옷매무새를 다듬고 허리를 똑바로 편다.

"지금까지 나한테 들은 말 중에서 정정하고 싶은 게 그거뿐인가요?"

방 모서리의 직선들이 구부러지고 휘어진다. 나는 숨을 들이쉬며 마음을 가라앉히고 테이블 모퉁이가 곡선에서 직각으로 돌아오기를 기다린다.

정보가 너무 많아서 다 소화할 수가 없다. 왜 사람들은 그냥 속마음을 그대로 말하지 않을까? 스타크 형사가 지젤을 다시 신문했다는 건 알겠다. 하지만 지젤이 나에 대해 거짓말을 했다는 건 도저히 믿을 수 없다. 친구에게 그런 짓을 할 리 없다.

손이 떨리기 시작하더니 이내 몸까지 떨린다. 스티로폼 컵을 향해 손을 뻗어 급히 입으로 가져가다가 하마터면 흘릴 뻔한다.

나는 빠른 결정을 내린다.

"한 가지는 분명히 말할게요. 지젤이 내게 비밀을 털어놓았고 내가 그녀를 친구로 생각한, 아니 생각했던 건 사실이에요. 전에는 그 점을 명확히 밝히지 않아서 죄송합니다."

스타크 형사가 고개를 끄덕인다.

"그 점을 명확히 밝히지 않았다고요? 참 나. '명확히 밝히지 않기로' 결정한 게 또 있나요?"

"네, 사실 있어요. 할머니는 늘 말씀하셨어요. 남 이야기를 할 때는 칭찬할 게 아니라면 아예 아무 말도 하지 않는 게 최선이라고요. 그래서 블랙 씨에 대해서도 거의 말하지 않았어요. 하지만 이제는 말해야겠네요. 사람들은 다들 블랙 씨를 훌륭한 VIP라고 생각하는 듯한데 사실은 전혀 그렇지 않아요. 블랙 씨의 적들을 조사해보는 게 좋을 거예요. 전에도 말했지만 지젤은 블랙 씨에게 육체적으로 학대를 당했어요. 블랙 씨는 아주 위험한 남자라고요."

"당신이 지젤에게 남편 곁을 떠나는 편이 나을 거라고 말했을 정도로요?"

"전 그런 말을 한 적이……."

나는 말을 멈춘다. 왜냐하면 그렇게 말한 적이 있기 때문이다. 이제야 기억난다. 그때도 그렇게 믿었고 지금도 그렇다.

나는 머핀 한 조각으로 입안을 가득 채운다. 말하지 않아도 될 정당한 이유가 생겨서 안심이다. 꼭꼭 씹어 먹으라는 할머니의 조언을 따른다. 한 번, 두 번, 세 번…….

"몰리, 우린 당신의 많은 동료와 이야기를 나눴어요. 그 사람들이 당신을 어떻게 표현했는지 알아요?"

나는 씹던 걸 잠시 멈추고 고개를 젓는다.

"당신이 이상한 사람이라고 했어요. 쌀쌀맞고 꼼꼼하고 결벽증에 괴짜라고요. 더 심한 말도 했고요."

열 번까지 씹은 다음 삼켰지만 목구멍에 덩어리가 걸린 듯한 느낌은 사라지지 않는다.

"당신 동료들이 당신에 대해 또 뭐라고 했는지 알아요? 당신이 누군가를 죽이는 게 쉽게 상상이 된다고 했어요."

보나 마나 셰릴이다. 셰릴만이 그런 극악무도한 말을 할 수 있다.

"전 남 험담하는 걸 좋아하지 않아요." 내가 대답한다. "하지만 형사님이 채근하시니 말씀드리죠. 수석 메이드인 셰릴 그린은 변기 닦는 걸레로 세면대를 닦는 사람이에요. 이건 비유가 아니에요. 말 그대로예요. 몸이 아프지도 않은데 병가를 내고, 남의 사물함을 몰래 훔쳐보죠. 게다가 팁도 훔쳐요. 도둑질을 하고 비위생적인 범죄를 저지르는 사람이라면 더 저열한 짓도 하지 않겠어요?"

"그러는 당신은 얼마나 더 저열해질 수 있나요, 몰리? 당신도 블랙 씨의 결혼반지를 훔쳐서 전당포에 팔았잖아요."

"뭐라고요? 전 훔치지 않았어요. 발견한 거죠. 누가 그래요?"

"셰릴이 전당포까지 당신을 따라갔어요. 당신이 무슨 일을 꾸미고 있다는 걸 안 거죠. 전당포 쇼윈도에 반지가 전시되어 있더군요. 전당포 점원이 당신을 정확히 설명해줬어요. 입을 열기 전까지는 전혀 눈에 띄지 않을 사람이라고. 대부분은 그냥 보고 나면 쉽게 잊어버릴 사람이라고요."

맥박이 빨라진다. 집중할 수가 없다. 이 일로 내가 졸지에 나쁜 사람이 되었으니 반드시 바로잡아야 한다.

"그 반지를 전당포에 팔지 말았어야 했어요." 내가 말한다. "머릿속으로 잘못된 법칙을 적용한 거예요. '내가 대접받고 싶은 대로 남을 대접하라'라는 법칙을 따라야 했는데 '찾는 사람이 임자다'라는 법칙을 따른 거죠. 그 선택을 후회해요. 하지만 그렇다고 제가 도둑이 되는 건 아니에요."

"당신은 다른 것도 훔쳤어요."

"그렇지 않아요."

나는 팔짱을 끼는 행동으로 내가 느끼는 경멸감을 강조한다. 이건 전형적인 분노의 자세다.

"손님들이 먹고 내놓은 룸서비스 쟁반에서 당신이 음식을 훔쳐 가는 걸 스노우 씨가 봤어요. 작은 유리병에 든 잼도요."

가슴이 철렁 내려앉는다. 고장 난 호텔 엘리베이터가 아래로 덜컥 떨어질 때처럼. 어떤 게 더 비참한지 모르겠다. 스노우 씨가 그런 날 봤다는 사실인지, 그걸 보고도 한마디도 안 했다는 사실인지.

"스노우 씨 말이 맞아요." 나는 인정한다. "손님이 버린 음식, 어차피 쓰레기통에 버려질 음식을 빼돌렸어요. 이건 '아껴야 잘산다'를 실천한 거라고요. 도둑질이 아니에요."

"그거야 종이 한 장 차이죠. 또 다른 동료, 그러니까 당신과 같은 메이드는 당신이 위험을 보지 못한다고 걱정하더군요."

"수니타군요. 확실히 말하는데 수니타는 훌륭한 메이드예요."

"지금 위태로운 건 그 여자의 평판이 아니에요."

"프레스턴 씨하고도 얘기했나요? 그분은 저를 보증해주실 거예요."

"도어맨하고도 얘기했어요. 그 사람은 당신이 '떳떳하다'고 하
더군요. 그런 표현을 쓴다는 게 흥미로웠어요. 다른 곳을 파야 한
다는 얘기도 했고요. 그러면서 블랙 씨의 가족을 언급하더군요.
밤에 호텔을 드나드는 이상한 사람들도요. 하지만 그 사람은 당
신을 보호하려고 지나치게 애쓰는 느낌이었어요, 몰리. 당신에게
서 수상한 냄새가 난다는 걸 안 거죠."

"하지만 전 매일 샤워하는데요?"

스타크 형사가 크게 한숨을 내쉰다.

"젠장, 말이 안 통하네."

"주방에서 설거지하는 후안 마누엘은요? 후안 마누엘과 얘기
해봤어요?"

"왜 우리가 주방에서 설거지하는 사람과 얘기해야 하죠, 몰
리? 대체 그 사람이 누군데요?"

한 엄마의 아들이자 가장이며 벌집에서 눈에 보이지 않는 노
동을 제공하는 또 다른 일벌이다. 하지만 나는 더 밀어붙이지 않
기로 한다. 후안 마누엘이 곤란해지는 건 절대 원치 않기 때문이
다. 대신 내가 믿을 만한 사람임을 틀림없이 보증해줄 한 사람을
지목한다.

"소셜에서 일하는 바텐더 로드니와도 얘기해보셨어요?"

"사실 얘기했어요. 로드니는 당신이, 그의 말을 그대로 인용하
자면, '살인을 저지르고도 남을 사람'이라더군요."

내 척추가 똑바로 서 있게 지탱해주던 에너지가 순식간에 사

라져버린다. 나는 허리를 수그리고 무릎에 놓인 손을 바라본다. 메이드의 손. 일하는 손. 로션을 그렇게 많이 발랐는데도 여기저기 쓸리고 텄다. 손톱은 짧게 깎고, 손바닥에는 굳은살이 박여 있다. 어떤 남자가 이런 손을 가진 여자랑 사귀고 싶어 할까? 어떻게 로드니가 그럴 거라고 생각했을까?

지금 고개를 들어서 스타크 형사를 본다면 눈물이 쏟아질 게 뻔한 터라 파자마에 그려진 작고 명랑한 찻주전자들에 집중한다. 꽃분홍색, 연푸른색, 연노란색.

스타크 형사가 아까보다 부드러운 목소리로 말한다.

"블랙 씨의 스위트룸은 당신 지문 천지였어요."

"당연하죠. 제가 매일 그 방을 청소했으니까요."

"블랙 씨의 목도 청소했나요? 거기에서도 당신이 쓰는 세정제가 극소량 나왔어요."

"도움을 요청하기 전에 블랙 씨의 맥박을 확인했으니까요!"

"당신에게는 블랙 씨를 죽일 방법이 많았어요. 그런데 왜 마지막에 총이 아니라 질식사를 택했죠? 정말로 안 잡힐 거라고 생각했어요?"

고개를 들지 않을 것이다. 절대로.

"당신의 진공청소기에서 총을 찾아냈어요."

배가 꼬이는 듯하다. 용이 깨어나 이를 간다.

"내 진공청소기는 왜 뒤진 거죠?"

"당신은 왜 총을 거기에 숨겼죠, 몰리?"

맥박이 빨리 뛴다. 반지와 총에 대해 유일하게 아는 사람은 로드니뿐이다. 못 하겠다. 도저히 머릿속에서 조각을 맞출 수가 없다.

"우리가 당신의 청소 카트를 검사했는데 코카인 양성 반응이 나왔어요. 당신이 주범이 아닌 거 알아요, 몰리. 당신은 그런 짓을 할 정도로 똑똑하지 않아요. 아마 지젤이 당신을 블랙 씨에게 소개하고, 당신이 남편을 위해 일하도록 구슬렸겠죠. 당신과 블랙 씨는 잘 아는 사이였고, 당신은 블랙 씨가 호텔을 통해 운영하던 수익성이 좋은 마약 사업을 도왔을 거예요. 그러다 둘 사이가 틀어졌겠죠. 당신은 화가 나서 그를 죽이는 걸로 복수했을 수 있어요. 아니면 지젤을 힘든 상황에서 벗어나게 해주려고 그랬을 수도 있고요. 어느 쪽이든 당신은 이 일에 연루됐어요. 그러니까 예전에도 말했듯이 이 일에도 두 가지 길이 있어요. 당신은 일급 살인을 포함해 즉시 모든 혐의에 대해 유죄를 인정할 수 있어요. 판사는 당신의 신속한 유죄 답변과 자백을 고려할 거예요. 일찌감치 뉘우치는 모습을 보이고, 이 호텔에서 벌어지는 마약 사업에 관해 정보를 제공하면 당신의 형량을 줄이는 데 도움이 될 거예요."

찻주전자들이 무릎 주위에서 춤춘다. 스타크 형사가 계속 웅얼거리지만 그녀의 목소리는 작아지며 점점 더 멀어진다.

"아니면 길고 험한 길을 갈 수도 있죠. 어느 쪽이든 이제 당신은 끝났어요, 메이드 몰리. 그러니 어느 쪽을 고를래요?"

지금 나는 제대로 생각할 수가 없다. 그리고 살인 혐의를 받았을 때 어떻게 하는 것이 올바른 에티켓인지도 모른다. 난데없이

〈형사 콜롬보〉가 생각난다.

"아까 제 권리를 읽어주셨죠? 우리 집 현관에서요. 제가 변호사와 상담할 권리가 있다고 하셨어요. 만약 제가 변호사를 고용하면 당장 수임료를 내야 하나요?"

스타크 형사가 눈을 굴린다. 화가 났다는 게 너무도 명백해서 도저히 모를 수가 없다.

"만나자마자 수임료를 요구하는 변호사는 없어요."

그 말에 나는 고개를 들고 그녀를 똑바로 본다.

"그렇다면 전화 한 통만 할게요. 변호사랑 상의하고 싶어요."

스타크 형사가 의자를 뒤로 밀자 귀에 거슬리는 소리가 난다. 그러잖아도 바닥에 잔뜩 있던 긁힌 자국이 하나 더 늘어났다. 그녀는 취조실 문을 열더니 문 앞을 지키고 있던 젊은 경관에게 뭐라고 말한다. 경관은 뒷주머니에서 휴대전화를 꺼내 그녀에게 건넨다. 내 휴대전화다. 왜 저 남자가 내 휴대전화를 가지고 있지?

"받아요."

스타크 형사가 테이블에 내 휴대전화를 툭 내려놓으며 말한다.

"당신이 무슨 권리로 내 휴대전화를 가져간 거죠?"

스타크 형사의 눈이 커진다.

"당신이 맡아달라고 했잖아요. 감방에서 기절한 뒤에 당신이 나중에 친구에게 전화해야 할지 모른다면서 우리에게 당신 휴대전화를 맡아달라고 우겼어요."

솔직히 잘 기억나지 않지만 의식 뒤쪽에서 무언가가 어렴풋이 떠오른다.

"감사합니다."

나는 그렇게 말하고 휴대전화를 집어 들어 연락처로 들어간다. 여덟 명의 전화번호가 입력되어 있다. 로드니, 로소 씨, 셰릴 그린, 스노우 씨, 올리브 가든, 지젤, 프레스턴 씨, 할머니. 누가 진짜 내 편이고, 누가 적일까? 눈앞에서 이름들이 빙빙 돈다. 나는 글자를 또렷이 볼 수 있을 때까지 기다렸다가 선택하고 번호를 누른다. 신호음이 들린다. 상대가 전화를 받는다.

"프레스턴 씨?"

"몰리? 너 괜찮니?"

"이렇게 이른 시간에 전화드려서 죄송해요. 지금 출근 준비하시죠?"

"아니다, 오늘은 오후 근무야. 얘야, 무슨 일이니?"

나는 형광등 조명이 머리 위로 따갑게 쏟아지는 수수한 하얀 방을 둘러본다. 스타크 형사가 차가운 눈으로 날 노려보고 있다.

"사실은요, 프레스턴 씨, 제가 지금 괜찮지 않아요. 살인 혐의로 체포됐어요. 또 다른 혐의도 있고요. 지금 호텔에서 가장 가까운 경찰서에 체포되어 있어요. 그리고…… 이런 말씀 드리기는 싫지만 프레스턴 씨의 도움이 꼭 필요해요."

16

프레스턴 씨와 통화가 끝나자 스타크 형사가 손을 내민다. 솔직히 그게 무슨 의미인지 알 수가 없어서 스티로폼 컵을 집어 들어 그녀에게 건넨다. 이제 용무가 끝났으니 그녀가 테이블을 치우는 거라고 생각하면서.

"지금 장난해요? 이제 내가 당신 메이드라도 되는 줄 알아요?" 그녀가 말한다.

그럴 리가. 그녀가 훌륭한 메이드의 절반만 되는 수준이었어도 이 방은 지금처럼 사방에 긁힌 자국과 얼룩투성이는 아니었으리라. 나한테 냅킨과 생수 한 병만 있었어도 이 돼지우리를 청소하며 기다렸으리라.

스타크 형사가 내 손에서 휴대전화를 빼앗아 간다.

"나중에 휴대전화를 돌려받을 수 있나요? 거기에 입력된 연락처를 잃어버리고 싶지 않아요."

"돌려줄게요. 언젠가는."

그녀가 손목시계를 본다.

"자, 당신 변호사가 오기를 기다릴 동안 더 할 말 없나요?"

"죄송해요, 형사님. 제 침묵이 형사님이 싫어서라고 오해하지 마세요. 첫째로 저는 잡담을 나누는 데 소질이 없어요. 그래서 억지로 잡담을 나누다 보면 종종 말실수를 한답니다. 둘째로 제게는 묵비권이 있고 지금부터 그 권한을 사용하려고 해요."

"알았어요. 좋을 대로 해요."

영겁처럼 길게 느껴지는 끔찍한 시간이 지난 뒤에 문을 두드리는 소리가 난다.

"이거 재미있겠네."

스타크 형사가 그렇게 말하며 자리에서 일어나 문을 연다.

문밖에는 사복 차림의 프레스턴 씨가 서 있다. 나는 도어맨 모자를 쓰지 않고 제복을 입지 않은 프레스턴 씨는 거의 본 적이 없다. 프레스턴 씨는 완벽하게 다린 푸른색 셔츠와 검은색 청바지를 입고 있다. 옆에는 훨씬 더 격식을 차린 남색 바지 정장에 검은색 가죽 서류 가방을 든 여자가 서 있다. 짧고 곱슬거리는 머리카락은 완벽하게 손질했다. 그녀의 진갈색 눈동자를 보자마자 누구인지 바로 알 수 있다. 자기 아버지를 꼭 닮은 눈동자이기 때문이다.

나는 그들을 맞이하려고 자리에서 일어난다.

"프레스턴 씨."

그들을 보니 안도감을 주체하기 힘들다. 너무 빨리 일어나려다가 테이블에 골반을 부딪힌다. 아프기는 해도 입에서 쏟아져나오는 말을 막을 수는 없다.

"와주셔서 너무 기뻐요. 정말 감사합니다. 방금 제가 몇 가지 끔찍한 일을 저질렀다는 혐의로 기소됐어요. 전 평생 누구도 해

친 적이 없고, 마약에 손을 댄 적도 없어요. 제가 총을 잡아본 적
은……."

"몰리, 난 샬럿이라고 해요."

프레스턴 씨의 딸이 내 말을 자른다.

"변호사로서 지금은 아무 말도 하지 말라고 충고하고 싶네요.
아, 그리고 만나서 반가워요. 아빠에게 얘기 많이 들었어요."

"둘 중 한 사람은 변호사여야 할 거예요. 아니면 돌아버릴 것
같으니까." 스타크 형사가 말한다.

샬럿이 차갑고 삭막한 바닥 위로 또각또각 굽 소리를 내며 앞
으로 나온다.

"제가 변호사예요. 빌링스, 프레스턴 앤드 가르시아 로펌의
샬럿 프레스턴입니다."

샬럿이 형사에게 명함을 내민다.

"얘야." 프레스턴 씨가 내게 말한다. "이제 우리가 왔으니 걱정
하지 말아라. 이 모든 게 그냥……."

"아빠." 샬럿이 그의 말을 자른다.

"미안하구나, 미안해." 프레스턴 씨가 입을 다문다.

"몰리, 내가 당신의 법률 대리인이 되는 데 동의하겠어요?"

나는 아무 말도 하지 않는다.

"몰리?" 그녀가 다그친다.

"아까 나한테 아무 말도 하지 말랬잖아요. 이젠 말해야 해요?"

"미안해요. 내가 분명하게 말하지 않았네요. 말해도 돼요. 당신
에게 기소된 혐의와 관련된 말만 하지 말라는 뜻이었어요. 다시

물을게요. 내가 당신의 법률 대리인이 되는 데 동의하나요?"

"아, 네, 그러면 큰 도움이 될 거예요. 수임료 얘기는 나중에 해도 될까요?"

프레스턴 씨가 주먹으로 입을 가린 채 기침한다.

"휴지를 드리고 싶은데 지금 제게는 휴지가 하나도 없네요, 프레스턴 씨."

내가 스타크 형사를 바라보자 그녀가 고개를 절레절레 흔든다.

"수임료는 지금 걱정할 필요 없어요. 당신을 여기서 꺼내는 데만 집중하죠." 샬럿이 말한다.

"몰리를 석방하려면 80만 달러의 보석금이 필요한 건 알고 있죠? 그 정도면……."

스타크 형사가 검지를 입에 대며 말한다.

"메이드 급료와 자산으로는 아주 조금 힘들겠네요. 안 그래요?"

"맞아요, 형사님." 샬럿이 말한다. "메이드와 도어맨은 종종 노동을 저평가받고 보수도 적죠. 하지만 소송 전문 변호사는 얘기가 달라요. 우린 꽤 잘 번답니다. 제가 듣기로는 형사보다 많이 벌걸요? 보석금은 아까 제가 여기 직원에게 보증을 섰어요."

샬럿은 스타크 형사에게 미소 짓는다. 다정한 미소는 아니라고 백 퍼센트 장담할 수 있다. 그러고는 날 돌아보며 말한다.

"몰리, 조금 있으면 당신의 보석 허가를 위한 심리가 열리도록 내가 일정을 잡아뒀어요. 그 심리에서는 내가 당신을 대변할 수 없지만 당신에게 도움이 될 문서는 이미 제출했어요."

"문서요?" 내가 묻는다.

"네, 당신이 어떤 사람인지 우리 아빠가 설명한 탄원서랑 내가 당신 보석금을 내겠다는 보증서요. 잘되면 오늘 오후에 석방될 수 있어요."

"정말이요? 그렇게 간단해요? 풀려나면 다 끝나는 거예요?"

나는 그녀에서 프레스턴 씨에게로 시선을 옮긴다.

"그럴 리가요." 스타크 형사가 말한다. "설사 법원에서 당신을 보석으로 풀어준다 해도 재판은 받아야 해요. 우리가 기소를 취하하는 게 아니라고요."

"이거 당신 휴대전화인가요?" 샬럿이 내게 묻는다.

"네."

"전화를 잠금 상태로 해놓고 안전한 곳에 보관하실 거죠, 형사님? 증거품 목록에 올리지 않으실 거죠?"

스타크 형사가 한 손으로 허리를 짚은 채 머뭇거린다.

"내가 수사 한두 번 해본 줄 알아요? 그건 그렇고 나한테 몰리 집 열쇠도 있어요. 기절했다가 깨어나더니 나보고 맡아달라고 어찌나 고집을 부리던지."

그녀는 주머니를 뒤져 열쇠를 꺼내 테이블에 툭 던진다. 나한테 살균 물티슈가 있었다면 당장 꺼내 꺼내 열쇠를 박박 닦았으리라.

"좋아요."

샬럿이 내 휴대전화와 열쇠를 집어 들며 말한다.

"당신들 직원에게 이걸 증거품이 아닌 개인 소지품 목록에 올려달라고 확실히 말해둘게요."

"그렇게 하세요." 스타크 형사가 말한다.

프레스턴 씨가 미간을 찡그린 채 날 내려다본다. 고도로 집중해서 그럴 수도 있지만 그보다는 날 걱정하는 것 같다.

"걱정 마라. 우리가 심리 끝날 때까지 기다리고 있으마." 프레스턴 씨가 말한다.

"이따 봐요."

샬럿은 그렇게 덧붙이더니 아버지를 데리고 방에서 나간다.

그들이 가고 나자 스타크 형사가 팔짱을 낀 채 우두커니 서서 날 노려본다.

"이제 어떻게 되는 거죠?"

내가 묻는다. 숨을 쉬기가 힘들다.

"당신과 그 찻주전자들은 다시 멋진 유치장으로 돌아가서 심리가 열릴 때까지 참을성 있게 기다리세요." 스타크 형사가 대답한다.

나는 일어나서 옷매무새를 다듬는다. 밖에서 젊은 경관이 그 역겨운 유치장으로 날 다시 호위할 준비를 한다.

"정말 감사합니다."

나는 밖으로 나가기 전에 스타크 형사에게 말한다.

"뭐가요?"

"머핀이랑 커피 주셔서요. 저보다는 즐거운 아침을 보내시길 바랄게요."

17

오후에도 잠옷을 입고 있으니 기분이 정말 이상하다. 이렇게 지극히 부적절한 옷차림으로 법원에 있으니 한층 더 불안하다. 한 시간쯤 전에 법원에 올 때는 경관 하나가 친절하게 차로 데려다 주었다. 이제는 보석 심리에서 내 변호를 맡아줄 젊디젊은 남자와 법원의 좁아터진 사무실에 앉아 있다. 그는 내 이름을 묻고 혐의를 훑어보더니 판사가 준비되면 법정에서 호출할 거라며 자신은 이메일을 확인해야 한다고 한다. 그러고는 휴대전화를 꺼내 적어도 5분간 거기에만 완전히 집중한다. 그동안 난 뭘 해야 할지 모르겠다. 상관없다. 그 틈에 정신을 가다듬을 수 있다.

드라마를 본 덕분에 피고인은 목까지 올라오는 깔끔한 블라우스에 정장 바지를 입어야 한다는 사실을 알고 있다. 이렇게 잠옷을 입어서는 절대 안 된다.

"실례합니다. 심리가 열리기 전에 잠시 집에 가서 옷을 갈아입고 와도 될까요?"

내 질문에 젊은 변호사가 얼굴을 찡그린다.

"농담이죠? 오늘 이렇게 심리가 잡힌 것만 해도 얼마나 행운인지 알아요?"

"진담인데요."

남자는 휴대전화를 가슴에 달린 주머니에 집어넣는다.

"와, 몰라도 너무 모르시네."

"제가 뭘 모르는데요? 좀 알려주세요. 빨리요."

하지만 남자는 아무 말도 하지 않고 그저 입을 딱 벌린 채 날 바라본다. 틀림없이 내가 실수를 저질렀다는 뜻인데 대체 무슨 실수를 저질렀는지 모르겠다. 몇 분 뒤 남자가 내게 질문을 퍼붓는다.

"감옥에 간 적 있습니까?"

"오늘 아침에 처음 갔어요."

"거긴 감옥이 아닙니다. 감옥은 그보다 훨씬 더 끔찍하죠. 전과 있나요?"

"그럴 리가요. 제 과거는 얼룩 하나 없이 깨끗해요."

"이 나라를 떠날 계획이 있나요?"

"아, 그럼요. 언젠가 케이맨 제도를 방문하고 싶어요. 거기가 그렇게 멋지대요. 가본 적 있으세요?"

"그냥 판사님께 이 나라를 떠날 계획이 없다고 말하세요."

"알겠어요."

"심리는 금방 끝날 겁니다. 특별할 게 없거든요. 당신 같은 형사 사건도 마찬가지예요. 난 당신이 보석으로 풀려나도록 노력할 겁니다. 당신은 기소된 다른 사람들처럼 죄가 없고, 당신이 보석으로 풀려나길 원하는 이유는 가엾고 아픈 할머니를 돌볼 사람이 당신뿐이기 때문입니다. 맞죠?"

"그랬어요. 하지만 이젠 아니에요. 할머니가 돌아가셨거든요. 물론 전 결백하고요."

"네, 물론이죠."

나는 이렇게 나를 순순히 믿어주는 그가 고맙다. 내가 얼마나 결백한지 자세히 말하려는 찰나에 그의 주머니에서 휴대전화가 진동한다.

"우리 차례네요. 갑시다."

변호사는 날 데리고 작은 사무실에서 나가더니 복도를 지나 큼직한 방으로 들어간다. 교회처럼 양쪽에 긴 의자들이 놓였고 가운데에 널찍한 통로가 있다. 나는 그와 함께 통로를 따라 법정 앞쪽으로 걸어간다. 순간적으로 이와 비슷한 통로가 있는 비슷한 공간을 상상한다. 큰 차이점은 상상 속에서 나는 신부이고, 옆에 있는 남자는 이 모르는 남자가 아니라 아주 잘 아는 남자라는 것 이다.

젊은 변호사가 "앉아요"라고 말하며 판사석 오른쪽에 놓인 테이블과 의자를 가리키는 바람에 내 허황된 상상은 중단된다.

내가 자리에 앉는 동안 스타크 형사가 법정에 들어와 통로 반 대편에 있는 똑같은 테이블 뒤의 똑같은 의자에 앉는다. 몸이 다시 떨리기 시작해 나는 진정하려고 무릎 위에서 두 손으로 깍지를 낀다. 누군가가 "전원 기립"이라고 말하자 젊은 변호사가 내 팔꿈치를 잡으며 일어나라고 알려준다.

법정 뒤쪽 문이 열리며 이번 심리를 맡은 판사가 나오더니 높은 판사석으로 터덜터덜 걸어가 꿍 소리를 내며 앉는다. 매정하게 굴고 싶진 않지만 판사를 보니 브라질 뿔개구리가 떠오른다. 예전에 할머니와 함께 아마존 열대 우림과 브라질 뿔개구리를 다룬 훌륭한 다큐멘터리를 본 적이 있는데 아주 독특한 개구리다. 기다란 입은 입꼬리가 아래로 처졌고 눈이 불룩 튀어나온 것이 내 앞에 있는 판사와 매우 비슷하다.

판사가 스타크 형사에게 발언 기회를 주면서 심리는 즉시 시작되었다. 그녀는 나를 어떤 혐의로 기소했는지 말한 다음, 블랙 사건에 대한 이런저런 사실과 내가 거기에 어떻게 연관됐는지 말한다. 나를 전혀 믿을 수 없는 사람처럼 설명한다. 하지만 날 가장 마음 아프게 한 건 그녀의 마지막 비판이다.

"재판장님." 스타크 형사가 말한다. "몰리 그레이는 매우 심각한 혐의로 기소됐습니다. 지금 판사님 앞에 앉은 피고는 더할 나위 없이 결백해 보이고 도주의 우려가 전혀 없어 보이지만 사실은 신뢰할 수 없는 사람입니다. 피고가 일하는 리전시 그랜드 호텔 역시 겉보기에는 고급스럽고 좋아 보이지만 피고와 마찬가지로 파헤치면 파헤칠수록 지저분한 면이 드러나고 있습니다."

만약 내게 권한이 있다면 텔레비전에서 본 것처럼 테이블을 내려치며 "이의 있습니다!"라고 외쳤으리라.

판사는 미동도 하지 않고 스타크 형사의 말을 자른다.

"스타크 형사, 호텔은 이번 심리의 대상이 아니며 재판도 받을 수 없다는 사실을 상기하세요. 요점만 말해줄 수 있습니까?"

스타크 형사는 헛기침을 한다.

"요점은 저희가 몰리 그레이와 블랙 씨 관계의 본질에 의문을 품기 시작했다는 것입니다. 저희는 블랙 씨와 지금 판사님 앞에 있는 이 결백해 보이는 호텔 메이드 간에 불법적인 행위가 있었다는 중대한 증거를 찾아냈습니다. 저는 피고의 도덕성과 준법 정신이 심히 걱정됩니다. 다시 말해, 재판장님, 피고야말로 표리부동의 아주 좋은 예입니다."

저 말은 정말 모욕적이다. 내게도 단점이 있기는 하지만 내가 법을 지키지 않는다는 말은 황당무계하고 생게망게하다. 난 법과 규칙을 지키는 데 평생을 바쳤다. 설사 그 규칙이 내 성정과 전혀 맞지 않는다고 해도.

판사는 젊은 변호사에게 날 대변할 기회를 준다. 그는 과장되게 팔을 흔들며 속사포처럼 떠들어댄다. 내가 범죄 경력이 전혀 없고, 가여울 정도로 단조롭게 살았으며, 도주 우려가 전혀 없는 하찮은 직업에 종사하고, 평생 이 나라를 떠난 적 없이 25년간 같은 집에서 살았다고 설명한다. 설명을 마무리 지으며 그는 질문을 던진다.

"이 젊은 여성이 정말로 위험한 범죄자이자 도망자의 요건에 부합할까요? 정말로요? 재판장님, 앞에 있는 이 여성을 한번 보십시오. 정말 말이 안 되지 않습니까?"

판사는 개구리처럼 늘어진 턱살을 양손으로 받친다. 눈은 아래로 처진 채 반쯤 감겨 있다.

"보석금은 누가 냅니까?" 그가 묻는다.

"피고의 지인이 냅니다." 젊은 변호사가 대답한다.

판사는 앞에 놓인 서류를 본다.

"샬럿 프레스턴?"

그는 눈을 살짝 더 크게 뜨고 날 바라보며 말한다.

"아주 잘 나가는 친구를 뒀군요."

"원래는 그렇지 않았습니다, 재판장님." 내가 말한다. "하지만 최근에 그런 친구들이 생겼어요. 그리고 이렇게 부적절한 옷차림을 한 점을 사과하고 싶습니다. 오늘 아침 너무 이른 시간에 우리집 현관에서 체포된 데다 재판장님 법정에 어울리는 단정한 옷으로 갈아입을 기회조차 주어지지 않았습니다."

내가 말을 해도 되는지 모르겠지만 이제는 너무 늦었다. 내 변호사는 입만 딱 벌릴 뿐 내가 무슨 말을, 어떻게 해야 하는지는 전혀 알려주지 않는다.

상당한 정적이 흐른 뒤에 판사가 입을 연다.

"우리는 당신의 찻주전자 무늬 잠옷이 아니라 당신이 규칙을 따르고 이 도시를 떠나지 않을 성향이 얼마나 되는지에 근거해 판단할 겁니다."

그의 인상적인 눈썹이 자신의 말을 강조하려고 꿈틀거린다.

"그거 반가운 소식이네요, 재판장님. 사실 전 규칙을 따르는데 상당한 재능이 있답니다."

"알려줘서 고맙군요." 그가 대답한다.

젊은 변호사는 한마디도 하지 않는다. 그가 나를 변호하지 않으므로 나는 계속 말한다.

"재판장님, 제가 제 처지보다 훨씬 더 높은 위치에 있는 친구들을 사귈 수 있어서 무척 행운이라고 생각합니다만 보다시피 전 그냥 메이드입니다. 누명을 쓴 호텔 메이드요."

"당신은 오늘 재판받는 게 아닙니다, 미즈 그레이. 우리가 당신의 보석을 허가하면 당신의 행동반경이 제한된다는 걸 알고 있죠? 집, 직장, 그리고 이 도시에만 머물 수 있습니다."

"저는 지금까지 정확히 그렇게 일주하며 살아왔습니다. 텔레비전으로 영화와 자연 다큐멘터리를 보는 걸 제외하면요. 그건 편안한 안락의자에 앉아서 보는 것이니 포함되지 않겠죠? 저는 제 지리적 범위를 넓히고 싶은 마음도, 그럴 만한 재정적 능력도 없습니다. 또한 저 혼자 여행을 다니는 법도 모르고요. 행여라도 혼자 여행을 갔다가 낯선 나라의 규칙을 잘 몰라서 제 자신이…… 음, 웃음거리가 될까 걱정되거든요."

나는 말을 멈췄다가 무례를 범했음을 깨닫고 얼른 "재판장님"이라고 덧붙인 뒤 한쪽 다리를 뒤로 빼고 무릎을 구부렸다 편다.

판사의 개구리같이 기다란 입이 한쪽으로 올라가며 미소 비슷한 표정을 짓는다.

"오늘 이 자리에 참석한 사람 중에 자신을 웃음거리로 만드는 사람은 없었으면 좋겠군요."

판사는 그렇게 말하더니 스타크 형사를 바라본다. 그녀는 심리가 시작된 뒤 처음으로 판사의 눈을 피한다.

"미즈 그레이." 판사가 선고한다. "이로써 당신에게 조건부 보석을 허가합니다. 가도 좋습니다."

18

많은 문서를 작성하고 여러 절차를 거친 끝에 마침내 나는 샬럿 프레스턴의 고급 자동차 뒷좌석에 몸을 묻는다. 법정에서 나왔더니 경위가 날 서기에게 인도했다. 그녀는 자신이 샬럿을 잘 안다면서 날 안전하게 데려다주겠다며 뒷문으로 데리고 나갔다. 밖에는 약속한 대로 프레스턴 씨와 샬럿이 기다리고 있었다. 그들은 날 재빨리 차에 밀어 넣었다. 나는 자유의 몸이다. 적어도 당분간은.

대시보드에 표시된 시각은 오후 1시다. 이 자동차는 메르세데스가 틀림없다. 하지만 나는 차를 가져본 적이 없고 어쩌다 한 번씩만 타봤으므로 그보다 더 좋은 브랜드는 잘 모른다. 프레스턴 씨가 조수석에 앉고 샬럿이 운전한다.

법정이나 경찰서의 더러운 지하 유치장이 아닌 이 차에 앉아 있으니 이루 말할 수 없이 감사하다. 불쾌한 일보다는 좋은 일에 집중해야 한다. 오늘은 여러 가지 새로운 경험을 했고, 할머니는 새로운 경험이 개인의 성장으로 이어지는 문을 열어준다고 말하곤 했다. 오늘 열린 문과 새로운 경험이 즐거웠다고 말할 수는 없지만 결국에는 개인적 성장으로 이어지기를 바란다.

"아빠, 몰리 휴대전화랑 집 열쇠 가지고 있죠?"

"아, 그래, 말해줘서 고맙구나."

프레스턴 씨가 주머니에서 열쇠와 휴대전화를 꺼내 내게 건네준다.

"고맙습니다, 프레스턴 씨."

그제야 나는 궁금해진다.

"지금 어디로 가는지 물어봐도 될까요?"

"당신 집으로 가요, 몰리. 집에 데려다줄게요." 샬럿이 말한다.

프레스턴 씨가 조수석에서 몸을 돌려 내 눈을 보며 말한다.

"이제 아무 걱정 마라, 몰리. 샬럿이 널 도와줄 거야. 프로 보노(변호사가 소외 계층에 무료로 법률 서비스를 제공하는 공익 활동-옮긴이)로 말이다. 모든 게 정상으로 순조롭게 돌아갈 때까지 우린 멈추지 않을 거다."

"하지만 보석금은요? 전 그렇게 큰돈이 없어요."

"괜찮아요, 몰리."

샬럿이 전방에서 눈을 떼지 않은 채 말한다.

"내가 실제로 그 돈을 내는 게 아니에요. 당신이 도망가지 않는 한이요."

"음, 그럴 일은 없어요."

나는 운전석과 조수석 사이로 몸을 내밀며 말한다.

"와이트 판사도 그 사실을 꽤 금방 알아낸 것 같더군요. 내가 들은 바로는 그래요." 샬럿이 말한다.

"그걸 어떻게 그렇게 빨리 들었니?" 프레스턴 씨가 묻는다.

"서기, 사법보좌관, 법정 출입 기자들에게요. 사람은 다 듣고 보는 게 있어요. 그런 사람들을 잘 대해주면 내부 정보를 얻을 수 있죠. 하지만 대부분의 변호사는 그들을 함부로 대해요."

"세상이 그렇지." 프레스턴 씨가 말한다.

"유감스럽게도 그래요. 그들 말에 따르면 와이트 판사는 몰리의 이름을 언론에 알릴 생각도 없대요. 스타크 형사가 엉뚱한 사람을 쫓고 있다는 걸 판사도 아는 것 같아요."

"어떻게 이런 일이 일어날 수 있는지 모르겠어요." 내가 말한다. "전 그냥 최선을 다해서 내가 맡은 일을 하는 메이드에 불과해요. 전…… 전 그 어떤 혐의에도 유죄가 아니에요."

"안다, 몰리." 프레스턴 씨가 말한다.

"인생은 공정하지 않을 때가 있죠." 샬럿이 덧붙인다. "내가 오랫동안 변호사로 일하면서 배운 게 하나 있다면 세상에는 자신의 이득을 위해 남과 다른 사람을 이용하는 범죄자들이 넘쳐난다는 사실이에요."

프레스턴 씨가 다시 몸을 돌려 나를 바라본다. 그의 이마에 깊은 주름이 패어 있다.

"할머니 없이 너 혼자 살기는 힘들 거야. 네가 할머니에게 많이 의지한 거 안다. 할머니가 돌아가시기 전에 내게 널 보살펴달라고 부탁했어."

"할머니가요?"

할머니가 살아 계시면 얼마나 좋을까? 나는 눈에 맺힌 눈물 너머로 차창 밖을 바라본다.

"신경 써주셔서 고맙습니다."

"천만에." 프레스턴 씨가 대답한다.

내 집이 있는 건물이 눈에 들어온다. 저 건물을 보는 게 지금처럼 반가웠던 적은 없다.

"오늘 평소처럼 출근해도 괜찮을까요, 프레스턴 씨?"

샬럿은 아버지를 돌아보았다가 다시 앞을 본다.

"유감이지만 출근은 안 하는 게 좋겠다, 몰리. 다들 당분간 네가 휴직할 거라고 생각할 거야." 프레스턴 씨가 말한다.

"매니저님께 전화하는 게 맞지 않을까요?"

"아니, 이 경우에는 아니다. 당분간 호텔 사람하고는 연락하지 않는 게 좋아."

"집 건물 뒤쪽에 방문객 주차장이 있어요." 내가 말한다. "저는 써본 적이 없지만요. 우리 집에 오던 손님은 주로 할머니 친구분들이었는데 다들 운전은 안 하셨거든요."

"그분들하고 아직도 연락해요?"

샬럿이 빈 주차 공간으로 들어서며 말한다.

"아뇨, 할머니가 돌아가신 뒤로는 연락 안 해요."

주차한 뒤 우리는 차에서 내리고 내가 앞장선다.

"이쪽으로 오세요." 나는 계단을 가리킨다.

"엘리베이터 없어요?" 샬럿이 묻는다.

"유감이지만 없어요."

우리는 말없이 5층까지 오르고 복도를 지나 우리 집으로 간다. 그때 로소 씨가 자기 집에서 불쑥 나온다.

"너!" 그가 통통한 중지로 날 가리키며 말한다. "네가 이 건물에 경찰을 끌어들였어! 그들이 널 체포했다고! 몰리, 넌 아무짝에도 쓸모없어. 더는 여기에서 살 생각 하지 마라. 내가 널 쫓아낼 거야. 알아들었어?"

내가 대답하려는데 누가 내 팔을 잡는다. 샬럿이 앞으로 나서더니 로소 씨 코앞에 선다.

"당신이 악덕 집주인, 아니 집주인인가 보군요?"

로소 씨는 내가 집세가 조금 늦어질 거라고 말할 때마다 늘 그랬듯이 입을 삐죽 내민다.

"내가 집주인이야. 당신은 뭔데 끼어들어?"

"전 몰리의 변호사예요. 이 건물이 어긴 법규와 부칙이 한두 개가 아니라는 건 알고 있죠? 방화문에는 금이 갔고, 주차 공간은 너무 좁아요. 그리고 5층 이상의 주거용 건물은 엘리베이터를 설치하게 되어 있어요."

"엘리베이터는 너무 비싸." 로소 씨가 말한다.

"틀림없이 전에도 시 조사관에게 그런 핑계를 댔겠죠? 내가 무료로 법적 조언 하나만 하죠. 이름이 뭐라고 하셨죠?"

"로소 씨예요." 내가 도와주려고 끼어든다.

"고마워요, 몰리. 기억해두죠."

샬럿이 다시 로소 씨를 돌아본다.

"내가 주는 무료 조언은 이거예요. 내 고객을 생각하지도 말고, 어디 가서 내 고객 이야기를 하지도 말고, 쫓아낸다거나 다른 어떤 말로도 내 고객을 괴롭히거나 협박하지 마세요. 내가 다른 소식을 전해주기 전까지 내 고객은 다른 누구 못지않게 여기 거

주할 권리가 있어요. 똑똑히 알아들었어요?"

로소 씨의 얼굴이 선홍색으로 상기된다. 나는 그가 반박할 줄 알았는데 놀랍게도 그는 아무 말도 하지 않고 그저 고개를 끄덕이더니 조용히 집으로 들어가 문을 닫는다.

프레스턴 씨가 샬럿에게 미소 지으며 말한다.

"잘했다, 우리 딸."

나는 주머니를 더듬거려 열쇠를 찾아내 현관문을 연다.

할머니가 매일 정해둔 청소 규칙의 가장 큰 미덕은 언제든 예기치 않은 손님이 들이닥쳐도 맞이할 준비가 되어 있다는 것이다. 그런 경우가 자주 있는 건 아니지만. 아침에 경찰의 원치 않은 방문과 지난 화요일 지젤의 충격적인 방문에 이어 지금도 그 이점의 혜택을 볼 수 있는 몇 안 되는 경우에 속한다.

"들어오세요."

샬럿과 프레스턴 씨를 현관문 안쪽으로 안내하며 내가 말한다.

오늘은 벽장에서 신발 밑창을 닦을 천을 꺼내지 않는다. 나는 아직도 털 슬리퍼를 신고 있는데 이 슬리퍼는 밑창이 스펀지라서 그 천으로는 효과적으로 닦을 수 없기 때문이다. 대신 비닐봉지를 꺼내 그 안에 집어넣는다. 나중에 처리할 것이다. 프레스턴 씨와 샬럿은 신발을 벗지 않는다. 지금 이 위기 상황에서 그들이 내게 얼마나 고마운 존재인지 생각하면 그 정도는 허용할 수 있다.

"가방 주시겠어요?" 내가 샬럿에게 묻는다. "벽장이 작기는 하지만 제가 공간을 정리하는 데는 천재적인 면이 좀 있거든요."

"사실은 가방이 필요해요. 메모를 할 거라서요." 그녀가 말한다.

"아, 그렇군요."

나는 그 말을 들은 순간 그녀가 왜 여기 왔고, 앞으로 어떤 일이 벌어질지 깨닫는다. 발밑에서 바닥이 기울어진다.

지금까지 나는 이렇게 다정하고 날 도와주는 사람들이 내 영역으로 들어오는 새로운 기쁨에만 집중했다. 오늘 내게 무슨 일이 생겼으며, 어쩌다 이런 일이 벌어졌는지 더 깊게 생각해야만 한다는 사실은 무시하려고 애썼다. 이제 곧 자세한 일들까지 공유하고, 내가 생각하고 싶지 않은 일들을 다시 이야기해야 한다. 잘못된 일을 전부 설명해야 한다. 무엇을 말할지 선택해야 한다.

이런 생각을 하자 몸이 부들부들 떨린다.

"몰리."

프레스턴 씨가 내 어깨에 손을 올리며 말한다.

"내가 부엌에 가서 우리가 마실 홍차를 준비해도 되겠니? 샬럿에게 물어보렴. 나는 홍차를 아주 잘 끓인단다. 이렇게 우락부락한 늙은이치고는 말이다."

샬럿이 거실로 천천히 걸어가며 말한다.

"우리 아빠가 끓인 홍차는 맛있어요. 정말로. 홍차는 우리 아빠에게 맡겨두고 당신은 씻고 와요, 몰리. 틀림없이 옷도 갈아입고 싶을 텐데."

"정말 그래요." 나는 잠옷을 내려다보며 말한다. "금방 올게요."

"서두를 필요 없어요. 준비되면 나오세요."

내가 현관에 우두커니 서 있는 동안 프레스턴 씨가 콧노래를 부르며 그릇을 달그락거리는 소리가 들린다. 이건 분명 적절한 에티켓에 어긋나는 행동이다. 원래 손님은 거실에 편안히 앉아 있어야 하고, 나는 그들의 시중을 들어야 하지 그 반대가 아니다. 하지만 사실 지금 이 순간에는 그 지침을 따를 수가 없다. 머리가 제대로 돌아가지 않는다. 신경이 너무 날카로워졌다.

내가 부동자세로 우리 집 현관에 서 있는 동안 샬럿이 부엌에 있는 프레스턴 씨에게 간다. 두 사람은 마치 전선 위에 앉은 두 마리 참새처럼 도란도란 이야기를 나눈다. 세상에서 가장 듣기 좋은 소리다. 햇살과 희망에 소리가 있다면 저런 소리일 것이다. 순간적으로 내가 무슨 착한 일을 했기에 두 사람이 날 도와주는 행운을 누리나 의아하다. 다리가 다시 움직이자 나는 부엌으로 걸어가 문지방에 선다.

"감사합니다. 두 분께 뭐라고 말씀을 드려야……."

프레스턴 씨가 내 말을 자른다.

"설탕 단지는 어디 있니? 틀림없이 여기 어딘가에 있을 텐데."

"가스레인지 옆 찬장에 있어요. 첫 번째 선반에요."

"여긴 우리에게 맡기고 넌 어서 가봐라."

나는 몸을 돌려 욕실로 간다. 오늘은 뜨거운 물이 잘 나온다는 사실에 감사하며 재빠르게 샤워한다. 경찰서와 법정에서 묻은 때를 살갗에서 벗겨내니 마음이 놓인다. 몇 분 뒤에 흰색 블라우스에 검정 바지로 갈아입고 거실로 간다. 기분이 한결 낫다.

프레스턴 씨는 소파에 앉아 있고, 샬럿은 부엌에서 의자를 가져와 프레스턴 씨 맞은편에 앉아 있다. 프레스턴 씨는 찬장에서 할머니가 쓰시던 아름다운 은 쟁반을 찾아냈다. 아주 오래전에 중고품 가게에서 뜻밖에 저렴한 가격으로 구입한 물건이었다. 프레스턴 씨의 큼직하고 남성적인 손이 그 쟁반을 들고 있는 걸 보니 기분이 이상하다. 홍차를 마실 때 필요한 다기들이 하나도 빠짐없이 소파 앞 테이블에 능숙하게 정리되어 있다.

"홍차를 제대로 대접하는 법은 어디서 배우셨어요?"

"내가 평생 도어맨만 한 건 아니란다. 밑바닥부터 시작해서 거기까지 올라간 거야. 게다가 이젠 변호사 딸까지 됐구나."

프레스턴 씨가 실눈을 뜨고 딸을 올려다본다. 그 눈빛이 할머니와 똑같아서 나는 울고 싶어진다.

"너도 한 잔 따라줄까?"

프레스턴 씨가 그렇게 묻더니 내 대답을 기다리지 않고 홍차를 따른다.

"설탕 하나? 두 개?"

"오늘 같은 날에는 두 개요."

"난 늘 두 개씩 넣는단다. 내 성격이 좀 더 스위트해질 필요가 있어서 말이다."

사실 나도 그렇다. 다시 약간 어지러워서 설탕을 먹어야 한다. 아침에 경찰서에서 머핀 하나를 먹은 뒤로 아무것도 먹지 못했다. 우리 집에는 세 사람이 모두 먹을 정도의 음식이 없었고, 그렇다고 나 혼자 먹는 건 극도의 파렴치한 행동이리라.

"아빠는 설탕을 줄이셔야 해요." 샬럿이 고개를 절레절레 저으며 말한다. "몸에 나쁜 거 아시잖아요."

"글쎄다, 늙은 개에게 새 기술을 가르치기가 어디 쉽나? 안 그러니, 몰리?" 프레스턴 씨는 배를 토닥이며 킬킬 웃는다.

샬럿은 테이블에 찻잔을 내려놓더니 의자 옆 바닥에 놓아둔 노란 노트 패드와 매끈한 금색 펜을 집어 든다.

"자, 몰리, 자리에 앉아요. 이제 말할 준비가 됐어요? 블랙 부부에 대해 당신이 아는 걸 전부 말해줘야 해요. 또 왜 당신이…… 그렇게 많은 혐의로 기소됐다고 생각하는지도요."

"전 누명을 썼어요."

프레스턴 씨 옆자리에 앉으며 내가 말한다.

"그거야 당연하죠, 몰리." 샬럿이 말한다. "처음부터 그 점을 명확하게 하지 않아서 미안해요. 당신이 무죄라고 믿지 않았다면 아빠와 난 여기 오지 않았을 거예요. 아빠는 당신이 이 일과 아무 상관 없다고 날 설득했어요. 아빠는 그 호텔에서 뭔가 비도덕적인 일이 벌어진다고 오래전부터 의심하고 있었거든요."

샬럿은 말을 멈추고 거실을 둘러본다. 그녀의 눈길이 할머니가 만든 꽃무늬 커튼과 장식장, 벽에 걸린 영국 전원 풍경화에 내려앉는다.

"아빠가 왜 그렇게 당신의 무죄를 확신했는지 알 것 같아요, 몰리. 하지만 당신이 무죄를 선고 받으려면 누가 진범인지 알아내야 해요. 우리 둘 다 당신이 이용됐다고 생각해요. 당신은 블랙 씨 살인 사건에서 체스 말이었던 거예요."

나는 진공청소기 속의 총을 떠올린다. 그 총이 거기 있다는 사실을 아는 사람은 지젤과 로드니뿐이다. 그 생각만으로도 슬픔의 물결이 밀려온다. 그 물결이 내 척추에서 기백을 다 씻어내리는 동안 나는 허리를 수그린다.

"전 결백해요. 블랙 씨를 죽이지 않았어요."

나는 핑 도는 눈물을 꾹 참는다. 바보처럼 보이고 싶지 않다.

"괜찮아."

프레스턴 씨가 내 팔을 살짝 토닥이며 말한다.

"우린 널 믿는다. 넌 그저 사실만 말하면 돼. 너의 진실 말이다. 그럼 나머지는 샬럿이 다 알아서 할 거야."

"나의 진실이요? 네, 그건 말할 수 있어요. 말할 때가 된 것 같네요."

나는 블랙 씨의 스위트룸에 들어가 침대에서 죽어 있는 그를 발견한 날에 본 것부터 자세히 설명한다. 샬럿은 내가 하는 말을 하나도 빠짐없이 맹렬하게 받아 적는다. 나는 거실 테이블에 어질러져 있던 술병, 침실에 쏟아져 있던 지젤의 약, 바닥에 내던져진 가운, 네 개가 아니라 세 개뿐이던 베개를 묘사한다. 그날의 기억이 돌아오자 몸이 떨린다.

"지금 샬럿이 궁금해하는 건 그 베개나 방이 어질러진 상태는 아닐 것 같구나, 몰리. 아마 샬럿은 타살을 암시할 만한 단서를 찾고 있을 거야." 프레스턴 씨가 말한다.

"맞아요." 샬럿이 말한다. "이를테면 약 말이죠. 그 약이 지젤 거라고 했죠? 약을 만졌나요? 약병에 라벨이 붙어 있었어요?"

"아뇨, 만지지 않았어요. 적어도 그날은요. 그리고 약병에는 라벨이 없어요. 그게 지젤의 약이라는 걸 아는 이유는 제가 청소하는 동안 지젤이 종종 제 앞에서 그 약을 먹었기 때문이에요. 게

다가 욕실에서 그 병을 자주 보기도 했고요. 지젤은 그걸 자신의 '벤즈 친구들'이나 '차분해지는 약'이라고 불렀어요. 전 '벤즈'가 약 이름이라고 생각했죠. 지젤은 아파 보이지는 않았어요. 그러니까 몸은 멀쩡해 보였어요. 하지만 세상에는 메이드처럼 곁에 있지만 알아차리기 힘든 병들도 있으니까요."

샬럿이 노트 패드에서 고개를 들며 말한다.

"정말 맞는 말이에요. 벤즈는 벤조다이아제핀의 줄임말이에요. 항불안제, 항우울제죠. 작고 하얀 알약이죠?"

"개똥지빠귀 알처럼 예쁜 푸른색이었어요."

"흠, 그렇다면 병원에서 처방해준 약이 아니라 길에서 불법으로 거래되는 약물이네요. 아빠, 지젤과 얘기해본 적 있어요? 그 여자가 이상하게 행동한 적 있어요?"

"이상하게 행동한 적?"

프레스턴 씨는 그렇게 말하더니 차를 한 모금 마신다.

"리전시 그랜드에서 도어맨으로 일하다 보면 이상한 행동을 보는 건 늘 있는 일이지. 그 여자가 블랙 씨와 자주 다퉜다는 건 분명했어. 블랙 씨가 죽던 날도 울면서 뛰쳐나갔고. 일주일 전에도 그랬어. 하지만 그때는 블랙 씨의 딸 빅토리아와 전 부인이 다녀간 뒤였어."

"저도 그날이 기억나요." 내가 말한다. "블랙 부인, 그러니까 첫 번째 블랙 부인은 제가 엘리베이터에 탈 수 있도록 열림 버튼을 누르고 계셨어요. 하지만 딸이 제게 직원용 엘리베이터를 타라고 했죠. 지젤은 빅토리아가 자기를 싫어한다고 했어요. 어쩌면 그래서 그날 지젤이 울었는지 몰라요, 프레스턴 씨."

"지젤에게 눈물과 극적인 사건은 정기적으로 있는 일이지. 그 여자가 누구와 결혼했는지 생각해보면 놀랄 일도 아니다. 그 남자가 잘못되기를 바란 건 아니지만 일찍 죽은 걸 보고 그다지 슬프지는 않았어." 프레스턴 씨가 말한다.

"왜요?" 샬럿이 묻는다.

"나처럼 리전시 그랜드에서 도어맨으로 오래 일하다 보면 한 번만 봐도 사람을 파악할 수 있지. 블랙 씨는 신사가 아니었어. 두 번째 부인에게나 첫 번째 부인에게나. 내 말 명심해라. 그 남자는 쓰레기야."

"썩어빠진 종자인가요?" 내가 묻는다.

"아주 썩어 문드러진 종자지." 프레스턴 씨가 확인해준다.

"블랙 씨에게 누구나 알 만한 적들이 있었나요, 아빠? 그를 죽이고 싶어 했을 만한 사람이요."

"아, 당연히 있었지. 나도 그를 싫어했어. 하지만 다른 사람들도 있었다. 첫째로 여자들이 있지. 두 부인 말고. 블랙 씨의 전 부인이나 현재 부인이 없을 때면 늘…… 그 여자들을 뭐라고 불러야 하지? 젊은 여자 방문객?"

"아빠, 그냥 성매매 종사자라고 하세요."

"그 여자들 정체가 확실하다면 그렇게 부르겠지만 난 그들 사이에 돈이 오가는 걸 본 적이 없으니까. 다른 부분도 마찬가지고."

프레스턴 씨가 헛기침을 하며 날 바라본다.

"미안하구나, 몰리. 이 모든 게 정말 끔찍해."

"맞아요. 하지만 저도 거기에 관련된 정보를 드릴 수 있어요. 지젤에게 블랙 씨가 혼외관계를 맺고 있다고 들었어요. 한 명 이 상의 여자와요. 지젤은 그 사실에 상처를 받았고요. 당연히."

"지젤이 그렇게 말했어요? 당신은 그걸 누구에게 말했나요?" 샬럿이 묻는다.

"전 아무에게도 말하지 않았어요."

나는 블라우스 목 부분을 바로잡으며 말한다.

"'침묵은 금이다'가 우리의 좌우명이거든요. 눈에 보이지 않는 고객 서비스가 우리 목표고요."

샬럿이 자신의 아버지를 바라본다.

"스노우 씨가 호텔 직원에게 가르치는 칙령이다. 우리 호텔 매 니저이자 자기가 호텔 서비스와 위생 분야의 대 재상이라도 되 는 줄 아는 사람이지. 하지만 난 그가 그토록 청결을 강조한 게 사실은 그저 영악한 은폐 작전이 아니었나 의문이 드는구나."

"몰리." 샬럿이 말한다. "왜 당신이 불법 마약과 무기 소지 혐 의를 받았는지 도움이 될 만한 정보를 말해줄래요?"

"그건 제가 해명할 수 있어요. 지젤과 전 단순히 메이드와 투 숙객의 관계가 아니었어요. 지젤은 절 믿었고, 제게 비밀을 털어 놓았죠. 저에겐 친구였어요."

나는 프레스턴 씨를 실망시켰으면 어쩌나 두려워하며 그를 바 라본다. 내가 메이드로서 지켜야 할 선을 넘었기 때문이다. 하지 만 프레스턴 씨는 화난 게 아니라 그저 걱정스러운 표정이다.

"블랙 씨가 죽은 뒤에 지젤이 우리 집에 왔어요. 경찰에게는 그 일을 말하지 않았어요. 우리 집으로 찾아온 사적인 만남이니까 경찰은 알 바 아니라고 생각했죠. 지젤은 몹시 불안한 상태였고 저한테 부탁할 게 있다고 했어요. 전 그 부탁을 들어줬고요."

"아이고, 저런." 프레스턴 씨가 말한다.

"아빠." 샬럿이 그에게 주의를 주더니 내게 말한다. "지젤이 뭘 부탁했나요?"

"자기가 스위트룸 욕실 환풍기에 숨겨놓은 권총을 가져다 달라고 했어요."

샬럿과 프레스턴 씨는 다시 서로를 바라본다. 너무도 익숙한 장면이다. 저들은 내가 모르는 무언가를 알아차린 것이다.

"하지만 총성은 전혀 들리지 않았는데. 블랙 씨의 몸에 총상이 있다는 기사도 없었고." 프레스턴 씨가 말한다.

"맞아요. 저도 그런 뉴스는 보지 못했어요." 샬럿이 말한다.

"블랙 씨는 질식사했어요. 스타크 형사가 그랬어요." 내가 말한다.

샬럿이 입을 딱 벌리더니 "좋은 정보네요"라고 말하고는 노란 노트 패드에 무언가를 끄적인다.

"그러니까 총이 살인 흉기는 아니네요. 그걸 지젤에게 돌려줬나요?"

"그럴 기회가 없었어요. 나중에 돌려주려고 제 진공청소기에 숨겨놓았죠. 그러다 점심시간에 호텔을 나갔고요."

"맞아. 네가 서둘러 나가는 걸 보고 어딜 저리 급하게 갈까 궁금했지." 프레스턴 씨가 말한다.

나는 무릎에 놓인 찻잔을 바라본다. 양심에 찔린다. 내 안에 있는 용이 동요한다.

"사실 제가 블랙 씨의 결혼반지를 발견했거든요. 점심시간에 나가서 그걸 전당포에 맡겼어요. 잘못된 일이라는 건 알아요. 하지만 최근에 혼자서 집세를 감당하기가 너무 힘들었어요. 할머니가 아시면 이런 저를 너무 부끄러워하실 거예요."

도저히 고개를 들고 두 사람을 바라볼 엄두가 나지 않는다. 그래서 찻잔 속 검은 구멍만 들여다본다.

"얘야, 네 할머니는 다른 누구보다도 돈에 쪼들리는 게 얼마나 힘든지 알고 있어. 날 믿어라. 내가 네 할머니에 대해 그 정도는 안다. 그보다도 훨씬 더 잘 알지. 내가 알기로는 할머니가 네게 남겨준 돈이 있을 텐데?"

"없어요. 다 탕진해버렸어요."

윌버와 파베르제 이야기는 도저히 할 수 없다. 한번에 부끄러운 일을 털어놓는 데도 한계가 있는 법이다.

"그러니까 반지를 전당포에 맡기고 다시 호텔로 돌아간 건가요?" 샬럿이 묻는다.

"네."

"돌아가니 경찰이 기다리고 있었고요?"

프레스턴 씨가 끼어든다.

"맞다, 샬럿, 내가 거기 있었어. 막으려고 했지만 도저히 막을 수 없었다."

샬럿은 의자에 앉은 채 체중을 다른 쪽에 싣더니 다리를 꼰다.

"마약 혐의는요? 왜 그런 혐의로 기소됐는지 짐작 가는 것은 없나요?"

"제 청소 카트에서 코카인 반응이 나왔다는데 그게 어떻게 가능한지 전혀 모르겠어요. 오래전에 할머니께 마약에는 절대 손대지 않겠다고 약속했거든요. 그 약속을 깨뜨렸을까 봐 두렵네요."

"얘야, 할머니가 말 그대로 마약을 만지지 말라는 뜻으로 한 말은 아닐 거다." 프레스턴 씨가 말한다.

"다시 총 이야기로 돌아가죠." 샬럿이 말한다. "경찰이 어떻게 당신의 진공청소기에서 총을 찾아냈죠?"

지금이다. 내가 체포된 뒤로 직접 조각을 맞춰 알아낸 사실을 말해야 한다.

"로드니요."

저 세 음절을 말하려니 목이 막혀 간신히 뱉어낸 다음 입 밖으로 쫓아낸다.

"그 이름이 언제 나오나 궁금했다." 프레스턴 씨가 말한다.

"어제 경찰에게 신문 당한 뒤에 무서웠어요. 아주 많이요. 그래서 곧장 집으로 와서 로드니에게 전화했죠."

"로드니는 우리 호텔 레스토랑에서 일하는 바텐더다."

프레스턴 씨가 샬럿의 이해를 돕기 위해 덧붙인다.

"과하게 알랑방귀를 뀌는 꼴통이지. 적어두렴."

프레스턴 씨의 말을 들으니 마음이 아프다.

"전 로드니에게 전화했어요. 달리 뭘 해야 할지 몰랐거든요. 로드니는 믿음직스러운 친구였고, 아마 약간은 친구 이상의 관계였을 거예요. 로드니에게 경찰에게 신문 당한 일이며 지젤과 진공청소기에 숨겨둔 총, 전당포에 맡겨둔 반지 이야기를 했어요."

"내가 맞혀보마. 로드니가 너처럼 착한 아이는 기꺼이 도와주겠다고 했겠지." 프레스턴 씨가 말한다.

"대충 그런 식의 말을 했어요. 하지만 스타크 형사님 말로는 셰릴이 절 전당포까지 미행했다고 했어요. 어쩌면 셰릴이 이 모든 일의 범인이 아닐까요? 셰릴은 정말로 믿을 수 없는 사람이에요. 제 이야기를 들어보시면 알 거예요."

"몰리."

프레스턴 씨가 한숨을 쉬며 말한다.

"로드니가 셰릴을 이용해 경찰에 제보한 거야. 모르겠니? 로드니는 네가 가진 총과 반지를 이용해 자신이 받는 의심을 너에게로 돌린 거야. 아마 네 카트에서 발견된 코카인도 로드니와 크게 연관됐을 거다. 블랙 씨의 살인도 그렇고."

할머니가 못마땅해하리라는 걸 알지만 어깨가 더 축 처진다. 허리를 똑바로 세우기가 힘들다.

"로드니와 지젤이 한패라고 보세요?" 내가 묻는다.

프레스턴 씨가 천천히 고개를 끄덕인다.

"그렇군요."

"미안하다, 몰리. 너한테 로드니를 조심하라고 경고하려고 했는데."

"경고하셨어요, 프레스턴 씨. '내가 뭐랬니?'라고 덧붙이셔도 돼요. 전 그런 말을 들어도 싸요."

"그렇지 않아. 누구나 맹점은 있는 법이야."

프레스턴 씨는 자리에서 일어나 할머니의 장식장으로 걸어가더니 엄마의 사진을 집어 들고 보다가 내려놓는다. 그다음에는 할머니와 내가 올리브 가든에서 찍은 사진을 집어 들고 보며 미소를 짓더니 다시 소파로 돌아와 앉는다.

"아빠, 리전시 그랜드에서 불법적인 일이 일어나고 있다고 의심하게 된 이유가 정확히 뭐예요? 정말로 그 호텔에서 마약을 제조한다고 생각하세요?"

"그럴 리 없어요."

프레스턴 씨가 대답하기 전에 내가 단호하게 말한다.

"리전시 그랜드는 깨끗한 시설이에요. 매니저님이 우리 호텔에서 그런 일이 일어나도록 허락했을 리가 없어요. 유일한 문제는 후안 마누엘이죠."

"주방에서 접시 닦는 후안 마누엘 모랄레스 말이냐?" 프레스턴 씨가 묻는다.

"네, 보통 상황이었다면 이 이야기는 절대 하지 않았을 테지만 지금은 보통 상황과 거리가 머니까요."

"계속해봐요." 샬럿이 말한다.

프레스턴 씨는 소파의 튀어나온 스프링을 피해 앉으며 몸을 앞으로 내민다.

나는 전부 다 설명한다. 후안 마누엘의 노동 허가증이 만료되었고, 그래서 지낼 곳이 없으며, 로드니가 빈 객실에서 그가 몰래 잘 수 있게 해준다고. 내가 침실에 가져다 두는 후안 마누엘의 가방과, 매일 아침 후안 마누엘과 그의 친구들이 쓴 방을 내가 청소한다는 이야기도.

"솔직히 말해서 고작 하룻밤 사이에 밖에서 먼지를 그렇게 많이 끌어들인다는 게 믿기지 않아요."

샬럿은 노트 패드에 펜을 내려놓고 자기 아버지에게 말한다.

"와, 아빠, 정말 훌륭한 곳에서 일하시네요."

"프랑스어로 하면 '파르 엑셀랑스(par excellence)', 탁월한 곳이죠." 내가 덧붙인다.

프레스턴 씨는 두 손으로 머리를 감싼 채 앞뒤로 흔들며 말한다.

"내가 알았어야 했는데. 그 친구 팔의 화상 자국 하며, 어떻게 지내냐고 물을 때마다 날 피하던 것도."

그제야 머릿속에서 퍼즐 조각이 딱 맞춰진다. 로드니의 괴수 친구들, 먼지, 꾸러미, 가방. 내 청소 카트에 있던 코카인 흔적.

"맙소사, 후안 마누엘이 학대를 받으면서 일한 거군요?"

"매일 밤 호텔에서 강제로 마약을 제조했던 거야. 이용당한 사람은 후안 마누엘만이 아니다. 너도 이용당했어, 몰리." 프레스턴 씨가 말한다.

나는 목구멍에 생긴 커다란 덩어리를 삼키려 한다. 모든 게 선명히 보인다. 모든 게.

"전 그저 메이드로 일한 게 아니었군요. 그렇죠?"

"유감이지만 그래요, 몰리. 당신은 그들의 운반책으로 일한 거예요."

19

샬럿은 로펌 직원과 조용히 통화하는 중이고, 프레스턴 씨는 화장실에 갔다. 나는 거실을 서성인다. 창가로 가서 신선한 공기를 마시려고 창문을 살짝 열어보지만 도움이 되지 않는다. 창밖 외벽에 달린 빈 새 모이통이 미풍에 흔들린다. 예전에 할머니와 나는 이 창가에서 새들을 지켜보곤 했다. 우리가 남겨둔 빵 부스러기를 게걸스럽게 먹는 새들을 몇 시간이고 감탄하며 바라보았다. 우리는 새마다 이름도 지어주었다. 무지짹짹 경, 레이디 윙더미어[오스카 와일드의 소설 〈윈더미어 부인의 부채〉에 나오는 레이디 윈더미어(Lady Windermere)의 'win'을 날개를 뜻하는 'wing'으로 바꿨다—옮긴이], 부리 백작. 하지만 로소 씨가 새 소리가 시끄럽다고 항의하는 바람에 우리는 모이를 그만 주었다. 새들은 날아갔고 다시는 돌아오지 않았다. 아, 새가 되고 싶다.

창밖을 바라보는 동안 샬럿의 통화 일부가 한 토막씩 들린다. "로드니 스타일스의 뒷조사", "지젤 블랙 이름으로 등록된 총기", "리전시 그랜드 호텔의 검사 기록".

프레스턴 씨가 화장실에서 나오며 묻는다.

"후안 마누엘에게서는 아직 연락이 없니?"

"없어요." 내가 대답한다.

한 시간 전쯤 샬럿과 프레스턴 씨는 후안 마누엘에게 연락하기로 했다. 나는 엉망진창인 내 상황에 그를 끌어들여도 될지 확신이 없었다.

"여러 가지 이유에서 그렇게 해야 해요." 샬럿이 말했다.

"그 친구가 잃어버린 조각을 가지고 있어." 프레스턴 씨가 덧붙였다. "이 청천벽력 같은 상황을 해명해줄 유일한 사람이다. 우리가 그 친구를 설득할 수만 있다면 말이다."

"후안 마누엘이 겁먹지 않을까요?" 내가 물었다. "그의 가족이 협박받는 것 같았어요. 본인도 그렇고요."

그의 팔에 있는 화상 자국은 언급하기조차 힘들었다.

"겁먹겠죠. 누군들 무섭지 않겠어요? 하지만 이제 후안 마누엘에게는 지금까지 없었던 새로운 선택지가 생길 거예요." 샬럿이 말했다.

"무슨 선택지요?" 내가 물었다.

"우리 편이 될지, 그들 편이 될지 선택할 수 있지." 프레스턴 씨가 대답했다.

프레스턴 씨는 곧바로 행동에 착수했다. 호텔 주방에서 일하는 사람에게 전화했고, 그 사람이 또 다른 사람에게 전화했다. 전화를 받은 사람은 몰래 직원 연락처를 살펴보고 후안 마누엘의 휴대전화 번호를 알아내 우리에게 알려주었다. 우리는 얼른 후안 마누엘의 번호를 휴대전화에 저장했다.

내가 초조하게 기다리는 동안 프레스턴 씨가 후안 마누엘에게 전화했다. 후안 마누엘도 알고 보니 실망스러운 사람이라면 어쩌지? 그 역시도 내가 생각하던 것과 다른 사람이라면?

"후안 마누엘?" 프레스턴 씨가 말했다. "그래, 날세……."

후안 마누엘의 대답은 들리지 않았지만 왜 프레스턴 씨가 전화했는지 의아해하는 그의 당혹스러운 얼굴이 떠올랐다.

"자넨 지금 심각한 위험에 처했어."

프레스턴 씨는 이어서 자신의 딸이 변호사이며, 후안 마누엘이 호텔에서 강제로 어떤 일을 했는지 알고 있다고 말했다.

후안 마누엘이 말하는 동안 프레스턴 씨는 잠시 침묵했다.

"이해하네."

이윽고 프레스턴 씨가 말했다.

"우린 자네를 다치게 하고 싶지 않아. 자네 가족이 다치는 것도 원치 않고. 몰리도 곤경에 처했어. 그래, 맞아……. 블랙 씨의 살인 누명을 썼네."

다시 짧은 침묵이 흐르고, 좀 더 말이 오간 뒤에 프레스턴 씨가 말했다.

"고맙네……. 그래, 확실한 건 우리가 전부 자세히 설명할 수 있다는 거야. 그리고 이 사실을 꼭 알아주게. 우린 절대…… 그래, 물론이지. 모든 결정은 자네에게 달렸네. 문자로 주소를 보내주지. 곧 보세."

한 시간이 넘었는데도 후안 마누엘은 오지 않는다. 이렇게 기다리고 기대하는 마음이 내 신경에 유해한 영향을 끼친다. 마음을 가라앉히려고 다른 생각을 해본다. 프레스턴 씨와 샬럿이 내 곁에 있어서 상황이 얼마나 달라졌는지. 어제 나는 혼자였고, 이 집은 쓸쓸하고 텅 비어 있었다. 할머니가 돌아가신 뒤로 모든 색채와 활기가 다 빠져나가버렸다. 하지만 이제 이 집은 다시 살아났다. 활기가 넘친다. 창밖의 새 모이통을 바라본다. 나중에 빵부스러기를 찾아내서 모이통에 넣어둬야겠다. 로소 씨가 뭐라고 하든지 말든지 간에.

기운이 넘치는 느낌이어서 가만히 있을 수가 없다. 그래서 지금 서성이는 것이다. 만약 집에 나 혼자였다면 바닥을 싹싹 닦거나 욕실 타일을 박박 문지르고 있었으리라. 하지만 이제 나는 혼자가 아니다. 더 이상은. 내 편이 있다는 건 완전히 새롭고도 이상한 일이다. 또한 굉장한 위로가 된다.

프레스턴 씨가 소파에 앉는다.

샬럿이 통화를 끝낸다.

무언가가 계속 신경 쓰여서 나는 그걸 말하기로 한다.

"제가 로, 로드니에게 전화를 해봐야 하지 않을까요?"

그의 이름이 다시 혀에 걸리지만 그래도 내뱉는다.

"로드니가 해명해줄 수도 있잖아요. 어쩌면 로드니는 제 카트에서 발견된 코카인과 아무 상관 없을지도 몰라요. 셰릴이 한 짓일 수도 있다고요. 안 그래요? 아니면 제삼자의 짓일 수도 있고요. 이 모든 걸 설명할 사람이 로드니라면요?"

"절대 그럴 리 없어요." 샬럿이 말한다. "방금 로드니의 뒷조사를 했어요. 부유한 집에서 태어났지만 열다섯 살 때 집에서 쫓겨나 그룹홈(혼자 살기 힘든 노인, 장애인, 아동 등이 함께 사는 기관-옮긴이)

에서 자랐더군요. 그 후로 좀도둑질과 폭행, 다양한 약물 혐의로 기소됐지만 모두 취하됐어요. 그리고 이 도시에 정착하기 전까지 주소지가 어찌나 자주 바뀌었는지 그 목록이 1킬로미터도 넘을 거예요."

"봤지, 몰리? 그 꼴통에게 연락하는 건 좋지 않아."

프레스턴 씨가 소파에 놓인 할머니의 손뜨개 담요를 쓰다듬으며 말한다.

"너한테 거짓말만 할 거다."

"그러고는 사라져버리겠죠." 샬럿이 덧붙인다.

"지젤은요? 틀림없이 지젤에게 절 도울 만한 정보가 있을 거예요. 아니면 매니저님은요?"

두 사람이 대답하기 전에 현관문을 두드리는 소리가 난다.

나는 숨이 턱 막힌다.

"경찰이면 어쩌죠?"

집이 파도처럼 너울거리고 도저히 현관문까지 걸어갈 수 없을 듯하다.

샬럿이 자리에서 일어나며 말한다.

"이제 당신에게는 법률 대리인이 있어요. 경찰이 당신에게 연락하려 했다면 내게 전화했을 거예요."

샬럿이 곁으로 와서 괜찮다고 말하며 날 안심시키려는 듯 손목을 꽉 잡아준다. 효과가 있다. 나는 즉시 차분해지고 물결치던 바닥도 단단해진다.

프레스턴 씨가 옆으로 와서 말한다.

"넌 할 수 있다, 몰리. 함께 문을 열자꾸나."

나는 숨을 깊이 들이쉬고 현관으로 걸어가 문을 연다.

문 앞에는 후안 마누엘이 서 있다. 잘 다린 폴로 셔츠를 깔끔한 청바지에 넣어서 입었고, 한 손에는 흰 비닐봉지를 들고 있다. 눈을 크게 뜨고, 마치 계단을 한 번에 두 칸씩 뛰어오른 듯 숨을 헐떡인다.

"안녕, 몰리." 후안 마누엘이 말한다. "정말 믿기지가 않아. 난 절대 네가 곤란해지는 걸 원치 않았어. 만약 내가……."

그는 말을 멈추더니 내 뒤의 샬럿을 바라보며 "누구시죠?"라고 묻는다.

샬럿이 앞으로 나온다.

"난 샬럿이에요. 몰리의 변호사이자 프레스턴 씨 딸이죠. 겁먹지 말아요. 당신을 경찰에 신고할 생각은 전혀 없으니까요. 당신도 심각한 위험에 처했다는 거 압니다."

"아주 심각하죠." 그가 말한다. "너무 심각해요. 전 이런 상황을 선택하지 않았습니다. 그들이 이렇게 만든 거예요. 몰리도 그렇고요. 우린 방식이 달랐지만 이용당한 건 똑같습니다."

"우린 둘 다 곤경에 처했어, 후안 마누엘. 아주 심각한 곤경에 말이야."

"응, 알아."

"그 비닐봉지엔 뭐가 들었나?"

프레스턴 씨가 내 뒤에서 말한다.

"호텔에서 남은 음식을 싸 왔어요. 이른 저녁을 먹으러 가는 척하고 나와야 했거든요. 이 안에 애프터눈티 샌드위치가 들어 있어요. 프레스턴 씨가 좋아하시잖아요."

"아, 그렇지. 고맙네. 내가 그릇에 담지. 우리 모두 먹고 기운을 차려야 해."

프레스턴 씨는 봉지를 받아 들고 부엌으로 간다.

후안 마누엘은 현관 문턱에 서서 움직이지 않는다. 비닐봉지를 들고 있지 않으니 그의 손이 떨리는 게 확연히 드러난다. 내 손도 마찬가지다.

"안 들어올 거야?"

후안 마누엘이 비틀거리며 두 걸음 내디딘다.

"와줘서 고마워. 특히나 지금 네 상황에서는 힘든 일이었을 거야. 네가 다 말해주면 좋겠어. 나나 저분들한테. 난…… 도움이 필요해."

"알아, 몰리. 우리 둘 다 곤경에 처했어."

"응, 몇몇 일은 내가 도저히……."

"네가 도저히 이해할 수 없었겠지."

"응."

나는 화상 자국이 있는 그의 팔을 힐끗 보고는 눈을 돌린다.

후안 마누엘이 집 안으로 들어와 주위를 둘러보며 말한다.

"와, 여기는 고향에 있는 우리 집 같네."

그러더니 신발을 벗는다.

"이 신발은 어디에 둘까? 별로 깨끗하지 않아."

"어머, 사려 깊기도 하지."

나는 그의 옆으로 돌아가 벽장 문을 열고 광택용 천을 꺼낸다. 그의 신발 밑창을 닦으려는데 후안 마누엘이 천을 가져간다.

"아냐, 아냐, 내 신발이니까 내가 할게."

내가 뭘 해야 할지 몰라서 우두커니 서 있는 동안 후안 마누엘은 조심스럽게 신발을 닦아 벽장에 넣은 다음 천을 단정히 개켜서 역시 벽장에 넣고 문을 닫는다.

"내가 지금 제정신이 아니라는 걸 너한테 미리 말해둬야겠다. 이 모든 일이 너무…… 충격적이야. 그리고 평소엔 우리 집에 손님이 오는 일도 없어서 이렇게 손님을 맞이하는 게 익숙지 않아."

"얘야, 몰리."

프레스턴 씨가 부엌에서 말한다.

"제발 긴장 풀고 그냥 다른 사람의 도움을 받으려무나. 후안 마누엘, 부엌에서 나 좀 도와주겠나?"

후안 마누엘이 부엌으로 가고, 나는 잠시 실례한다고 말하며 화장실로 간다. 사실은 정신을 가다듬을 시간이 필요하다. 거울을 바라보며 심호흡한다. 후안 마누엘이 왔고, 우린 둘 다 위험에 처했다. 내 얼굴은 넋이 나간 듯하다. 빨갛게 부은 눈 밑에 다크서클이 있고, 긴장한 데다 핼쑥하다. 날 둘러싼 욕실 타일처럼 내 정신에 금이 가는 게 보이기 시작한다. 얼굴에 물을 끼얹고 수건으로 닦은 다음 밖으로 나가 거실에 있는 손님들에게 간다.

식빵 가장자리를 잘라낸 앙증맞은 오이 샌드위치와 미니 키슈, 그 외에 다른 맛있는 음식이 가득 담긴 쟁반을 프레스턴 씨가 들고 온다. 음식 냄새를 맡자 배에서 꼬르륵 소리가 난다. 프레스턴 씨는 쟁반을 테이블에 내려놓더니 후안 마누엘이 앉을 의자를 부엌에서 가져온다. 우리는 모두 자리에 앉는다.

믿을 수가 없다. 우리 네 사람은 여기, 할머니의 거실에 있다. 프레스턴 씨와 나는 소파에 앉고, 내 앞에는 샬럿과 후안 마누엘이 있다. 마치 정다운 티파티에 참석한 사람들처럼 즐거운 대화를 나눈다. 그런 자리가 아니라는 걸 우리 모두 알고 있는데도. 샬럿은 후안 마누엘에게 그의 가족에 대해, 그리고 리전시 그랜드에서 일한 지 얼마나 됐냐고 묻는다. 프레스턴 씨는 그가 아주 근면하고 믿음직한 일꾼이라고 말한다. 후안 마누엘은 자신의 무릎만 바라본다.

"열심히 일했죠, 네, 지나칠 정도로요. 그런데도 문제가 심각해요." 그가 말한다.

각자 무릎에는 작은 샌드위치가 담긴 조그만 접시가 놓여 있고, 다들 샌드위치를 먹는다. 특히 나는 누구보다 급하게 먹는다.

"두 사람 다 어서 먹어요." 샬럿이 말한다. "이건 쉽지 않은 문제예요. 마음 단단히 먹어야 해요."

후안 마누엘이 몸을 앞으로 내밀더니 예쁜 샌드위치 두 개를 집어서 내 접시에 내려놓는다.

"이거 먹어봐. 내가 만들었어."

나는 샌드위치를 집어 들고 한 입 먹는다. 폭신한 크림치즈, 훈제 연어, 마지막에 입안에서 톡 터지는 딜과 레몬 제스트까지 아주 조화로운 맛이다. 이보다 더 맛있는 샌드위치는 먹어본 적이 없는 터라 오래 씹어야 한다는 할머니의 말을 따르기가 불가능할 정도다. 샌드위치는 순식간에 사라진다.

"근사하네. 고마워." 내가 말한다.

우리 모두 잠시 침묵하지만 불편한 침묵은 아니다. 이런 상황에서도 잠시 오랫동안 느끼지 못했던 감정, 할머니가 돌아가신 뒤로 느끼지 못했던 감정이 일어난다. 그것은…… 유대감이다. 세상에 나 혼자만 있는 건 아니라는 기분이 든다. 그러자 애초에 왜 우리가 여기 모였는지 기억나고 다시 불안이 올라온다. 나는 접시를 내려놓는다.

샬럿도 접시를 내려놓더니 의자 옆에 있던 노트 패드와 펜을 집어 들며 말한다.

"우리 모두 여기 같은 이유로 모였으니 그만 시작하는 게 좋겠어요. 후안 마누엘, 우리 아빠에게 몰리가 어떤 곤경에 처했는지 들었죠? 당신도 아주 힘든 상황에 처한 걸로 알고 있어요."

후안 마누엘이 자세를 바꾸며 말한다.

"네, 맞아요."

그의 큰 갈색 눈동자가 내 눈을 바라본다.

"몰리, 난 네가 이 일에 연루되지 않기를 바랐어. 하지만 그들이 널 끌어들였고, 난 어찌해야 좋을지 몰랐어. 내 말 믿어줬으면 좋겠다."

나는 침을 삼키고 그의 말을 생각한다. 처음에는 뻔뻔한 거짓말과 진실의 차이를 알 수 없었으나 이내 그 차이가 또렷해지고, 나는 후안 마누엘의 얼굴에서 의심의 여지 없는 진실을 볼 수 있다. 후안 마누엘이 한 말은 사실이다.

"고마워, 후안 마누엘. 네 말을 믿어."

"아까 부엌에서 내게 한 말을 몰리에게도 해주게."프레스턴 씨가 권유한다.

"내가 매일 밤 호텔에서 방을 바꿔가며 잔 거 알지? 네가 매일 내게 다른 방의 키카드를 줬잖아."

"응."

"미스터 로드니가 네게 사정을 전부 말한 게 아니야. 내가 살 집이 없어진 건 사실이야. 노동 허가증이 만료된 것도 맞고. 허가증이 있을 때는 아무 문제 없었어. 나는 고향에 돈을 보냈지. 아버지가 돌아가신 뒤로 가족이 돈에 쪼들렸거든. 우리 가족은 날 아주 자랑스러워했어. 우리 엄마는 내게 효자라고, 가족을 위해 열심히 일한다고 하셨어. 나는 너무 행복했지. 양심에 어긋나지 않게 살았어."

후안 마누엘은 잠시 뜸을 들이며 침을 삼키더니 다시 말을 잇는다.

"그러다 노동 허가증을 연장해야 했는데 미스터 로드니가 아무 문제 없다면서 자기 변호사 친구를 소개해줬어. 그 변호사 친구에게 수임료를 많이 줬지만 결국은 허가증이 나오지 않았어. 내가 미스터 로드니에게 불평했더니 자기 변호사 친구가 다 해결할 수 있다고, 며칠만 기다리면 새 허가증이 나올 거라고 했어. 또 매니저님이 절대 모르게 해주겠다고 했어. 그러더니 '너도 날 도와야 해. 내가 네 등을 긁어줄 테니까 너도 내 등을 긁어줘'라고 하는 거야. 난 그러고 싶지 않았어. 고향으로 돌아가서 다른 방법을 찾고 싶었지. 하지만 그럴 수가 없었어. 돈이 없었거든."

후안 마누엘이 침묵한다.

"로드니가 정확히 무슨 일을 시켰나요?" 샬럿이 묻는다.

"밤에 주방 근무가 끝나면 전 몰리에게 받은 키카드로 빈 객실에 몰래 들어갔어요. 객실에 들어가면 몰리가 절 위해 놓아둔 가방이 있었죠. 맞지, 몰리?"

"응, 맞아. 내가 놓아뒀어. 매일."

"그 가방은 제 것이 아니에요. 미스터 로드니 가방이죠. 그 안에는 마약이 들어 있어요. 코카인이랑 다른 약들이요. 미스터 로드니는 밤이 깊으면 아무도 없을 때 마약을 좀 더 가져오곤 했죠. 그러고는 가버렸어요. 제겐 밤새 일을 시켰고요. 전 혼자 일할 때도 있고, 미스터 로드니의 부하들과 함께 일할 때도 있었습니다. 우린 시중에 판매할 코카인을 만들었어요. 전에는 맹세코 마약 희석하는 법을 전혀 몰랐어요. 하지만 배웠습니다. 배워야 했죠. 그것도 빨리."

"왜 로드니가 하라는 대로 한 거죠? 그가 당신에게 정확히 어떻게 했나요?" 샬럿이 묻는다.

후안 마누엘은 두 손을 맞잡아 비틀며 말한다.

"난 미스터 로드니에게 그 일을 하지 않을 거라고 했어요. 못 하겠다고. 그 일을 하느니 차라리 추방되겠다고 했죠. 그건 잘못된 일이라고요. 하지만 그 말을 하는 바람에 사태가 더 악화됐어요. 미스터 로드니는 날 죽이겠다고 했죠. 난 상관없으니 죽이라고 했어요. 이건 사는 게 아니라고요."

후안 마누엘은 잠시 뜸을 들이며 무릎을 내려다보다가 말을 잇는다.

"하지만 결국 미스터 로드니는 내게 그 일을 시킬 방법을 찾아냈어요."

후안 마누엘의 얼굴이 경직된다. 눈가에는 다크서클이 내려앉았고 눈은 충혈되었다. 우리, 그러니까 후안 마누엘과 내 얼굴은 똑같다. 슬픔이 전면에 드러나 있다.

"그래서 그 방법이 뭐였나요?" 샬럿이 묻는다.

"내가 조용히 시키는 대로 하지 않으면 고향에 있는 가족을 죽일 거라고 했어요. 당신은 이해 못 합니다. 미스터 로드니에게는 질이 나쁜 친구들이 있고, 마사틀란의 우리 집 주소도 알아요. 미스터 로드니는 악당입니다. 가끔은 밤에 일하다가 너무 피곤해서 의자에 앉은 채 잠들 때가 있어요. 그러면 미스터 로드니 부하들이 날 때리고, 내가 잠들지 못하도록 물을 끼얹죠. 때로는 날 벌주려고 시가로 지지기도 하고요."

후안 마누엘이 팔을 내밀더니 날 보며 말한다.

"몰리, 식기 세척기에 데었다는 것은 거짓말이야. 미안해. 사실이 아니야."

그가 울먹이더니 끝내 눈물을 흘린다.

"이렇게 울면 안 되는데. 어른이 아이처럼 울어서는 안 돼."

그러더니 그가 날 올려다보며 말한다.

"몰리, 네가 처음 그 방에 들어와서 미스터 로드니 일당과 함께 있는 날 봤을 때 난 네게 달아나라고, 가서 다른 사람에게 알리라고 말하려고 했어. 날 그랬듯이 그들이 널 이 일에 끌어들이는 게 싫었거든. 하지만 결국 그렇게 됐어. 그들이 널 끌어들일 방법을 찾아낸 거야."

후안 마누엘이 계속 흐느끼는 동안 프레스턴 씨는 고개를 절레절레 흔든다. 나도 눈물을 흘린다.

불현듯 엄청난 피로가 몰려온다. 평생 이렇게 피곤한 적은 처음이다. 그저 소파에서 일어나 복도를 터덜터덜 지나 침실로 가서 할머니가 만들어준 베들레헴 스타 이불로 몸을 감고 영원히 잠들고 싶다. 죽음을 목전에 두었던 할머니가 생각난다. 끝이 가까워졌을 때 할머니도 이런 심정이었을까? 계속 살아나갈 의지가 완전히 고갈된 기분?

"누가 쥐새끼인지 찾아낸 것 같군." 프레스턴 씨가 말한다.

"쥐가 한 마리 나오면 반드시 더 있는 법이죠."

샬럿이 덧붙이더니 후안 마누엘을 돌아본다.

"로드니가 블랙 씨 밑에서 일했나요? 이 마약 사업의 실질적 배후가 블랙 씨라는 사실을 암시하는 무언가를 들었거나 본 적 없어요? 뭐든 좋아요."

후안 마누엘이 눈물을 닦는다.

"미스터 로드니는 블랙 씨 이야기를 별로 하지 않았지만 가끔 그에게 전화하기는 했어요. 미스터 로드니는 내가 멍청해서 영어를 못 알아듣는 줄 알아요. 하지만 난 다 들었습니다. 가끔씩 미스터 로드니가 엄청나게 많은 돈을 들고 밤늦게 방으로 오곤 했어요. 그러고는 그 돈을 블랙 씨에게 주려고 약속을 잡았죠. 평생 그렇게 많은 돈은 본 적이 없습니다. 이 정도였어요."

후안 마누엘이 두 손을 크게 벌린다.

"산더미처럼 많은 돈이군요." 샬럿이 말한다.

"네, 빳빳한 새 돈이었어요."

"제가 블랙 씨 시신을 발견한 날에도 금고에 돈다발이 있었어요. 아주 깨끗한 돈다발이었죠."

"한번은 미스터 로드니가 그날 밤에 돈이 많이 들어오지 않았다고 화가 잔뜩 났더라고요. 블랙 씨를 만나러 갔다가 돌아오는데 저와 똑같은 상처가 생긴 겁니다. 팔이 아니라 가슴에요. 그때 알았죠. 벌을 받는 사람이 나만은 아니란 걸."

퍼즐 조각이 맞춰진다. V자로 벌어진 로드니의 빳빳한 흰 셔츠와 그의 매끄럽기 이를 데 없는 가슴의 유일한 흠이던 둥글고 이상한 자국이 기억난다.

"나도 그 흉터를 봤어요."

"또 있습니다." 후안 마누엘이 말한다. "미스터 로드니가 제게 직접 블랙 씨를 언급한 적은 없어요. 하지만 블랙 씨의 아내와 아는 사이라는 건 확실히 압니다. 두 번째 부인이요. 지젤."

"그럴 리 없어요." 내가 말한다. "로드니가 자기는 지젤과 이야기해본 적이 거의 없다고 말했는걸요."

하지만 이 말을 하면서도 내가 속았음을 깨닫는다.

"로드니가 지젤과 아는 사이라는 걸 어떻게 알죠?" 샬럿이 묻는다.

후안 마누엘은 주머니에서 휴대전화를 꺼내 사진을 넘기다가 자신이 원하는 사진을 찾아낸다.

"내가 직접 봤으니까요. '엔 플라그란테 델리토(en flagrante delito).' 이걸 영어로 뭐라고 하죠?"

"그 현장을 봤다고?" 프레스턴 씨가 말한다.

"이걸 보세요."

후안 마누엘이 전화기를 돌려 우리에게 사진을 보여준다. 로드니와 지젤이 호텔의 어둑어둑한 복도에서 키스하고 있다. 어찌나 열정적으로 키스하는지 후안 마누엘이 사진을 찍고 있다는 것도 알아차리지 못했으리라. 사진을 바라보며 세세한 부분들까지(그의 어깨에 펼쳐진 지젤의 머리카락, 뒤로 젖힌 지젤의 등 아래쪽에 놓인 그의 손까지) 눈에 들어오다 보니 가슴이 쓰리고 무거워진다. 이러다 심장이 완전히 멎을 것 같다.

"와, 이 사진 좀 나한테 보내줄래요?" 샬럿이 말한다.

"네." 후안 마누엘이 대답한다.

둘은 번호를 교환하고, 후안 마누엘은 그녀에게 사진을 보낸다. 부도덕한 증거가 그녀의 전화에 복제되는 데 겨우 몇 초밖에 걸리지 않는다.

샬럿이 일어나서 거실을 서성인다.

"지젤과 로드니가 블랙 씨의 죽음을 바랄 이유가 많다는 사실이 점점 더 확실해지고 있어요. 하지만 몰리의 결백을 증명할 유일한 방법은 둘 중 한 사람 또는 둘이 함께 블랙 씨를 죽였다는 반박 불가의 증거를 찾아내는 거예요."

"지젤이 한 짓이 아니에요. 지젤은 죽이지 않았어요."

회의적인 여러 개의 눈동자가 날 바라본다.

"아, 몰리, 그걸 어떻게 알죠?" 샬럿이 묻는다.

"난 알아요. 그냥 알아요."

샬럿과 프레스턴 씨가 다시 동시에 서로를 바라본다. 그 눈빛, 의심스럽다는 눈빛으로.

프레스턴 씨가 자리에서 일어나 선언한다.

"나한테 좋은 생각이 있다."

"뭔데요?"

"끝까지 들어보렴. 쉽지는 않을 거야. 그리고 우리가 한 팀으로 움직여야 해."

"당연히 그래야죠." 샬럿이 말한다.

"팀으로 움직인다는 게 마음에 드네요. 저들이 우리를 대하는 방식은 옳지 않아요." 후안 마누엘이 말한다.

"우리가 모의해야 해. 절대 실패하지 않을 계획을 세워야 한다고." 프레스턴 씨가 말한다.

"계획이요?" 샬럿이 말한다.

"그래, 여우보다 한 수 앞서는 계획." 프레스턴 씨가 말한다.

20

세부 사항을 논의하는 데 한 시간이 족히 넘게 걸렸다. 그 시간 동안 내가 걸핏하면 "안 돼요", "못 해요"라고 말하는 통에 할머니 말씀대로 '씩씩하지 못한 꼬마 기관차'(원래는 〈씩씩한 꼬마 기관차〉라는 동화로 무엇이든 할 수 있다고 말하는 꼬마 기차가 주인공이다-옮긴이)가 된 듯했다.

"아니, 넌 할 수 있다." 프레스턴 씨가 거듭 말했다. "콜롬보 형사였다면 포기했을까?"

"네가 해야만 해, 미스 몰리." 후안 마누엘이 거들었다.

"당신이 못 할 거라고 생각했다면 애초에 말을 꺼내지 않았을 거예요." 샬럿이 논리적으로 말했다.

우리는 연습하고 또 연습했다. 여러 상황을 대비했고, 나는 그들이 생각해낼 수 있는 모든 질문에 대한 답을 완벽하게 다듬었다. 틀어질 모든 가능성도 연출해보았다. 무언가를 위장하는 느낌, 내 진심을 감추는 느낌을 넘어서야 했다. 하지만 후안 마누엘이 해준 말에 마음이 편해졌다.

"때로는 좋은 일을 하기 위해 나쁜 일을 해야만 할 때도 있는 거야."

여러 면에서 맞는 말이다. 내 경험상으로도 맞는 말임을 알고 있다.

후안 마누엘이 상대역을 하기도 했다가 프레스턴 씨가 상대역을 해주기도 했다. 나는 그들이 다정한 친구라는 사실을 잊고, 아주 썩어빠진 종자들이라고 생각해야만 했다. 사실은 전혀 그렇지 않은데도. 우리는 세부 사항을 의논하고, 중요한 문장에 주목하고, 만일의 사태에 대비한 비상 대응책을 세웠다.

그리고 이제 모든 준비를 마쳤다. 샬럿, 프레스턴 씨, 후안 마누엘이 모두 허리를 곧게 편 채 의자에 앉아 미소 띤 얼굴로 날 바라보고 있다. 확신할 수는 없지만 저 표정이 무슨 의미인지 알 것 같다. 자부심이다. 저들은 내가 해낼 수 있다고 믿는다. 만약 할머니가 여기 계셨다면 "봐라, 몰리, 마음만 먹으면 너도 할 수 있어"라고 말해주셨으리라.

숱한 연습 끝에 나는 이번 계획을 실행하는 데 훨씬 더 자신감이 생기고 마음이 차분해진다. 솔직히 말해서 정예 수사관들로 이뤄진 팀을 이끄는 콜롬보가 된 기분이 약간 들기도 한다. 우리는 다 함께 머리를 모아 로드니가 다시 현행범으로 잡힐 수 있는 덫을 만들어냈다. 다만 이번에는 완전히 다른 방식이다.

우리는 곧바로 첫 번째 단계에 착수한다. 첫 번째 단계는 내가 로드니에게 문자를 보내는 것이다. 정확히 뭐라고 보낼지 작전을 짠다.

"너무 긴장돼요. 전송 버튼을 누르기 전에 누가 좀 봐줄래요?"

휴대전화로 메시지를 완성한 뒤에 내가 말한다.

후안 마누엘, 프레스턴 씨, 샬럿이 내가 앉은 소파 주위로 모여들어 내 어깨 너머로 메시지를 읽는다.

"괜찮은데." 후안 마누엘이 말한다. "네 말투는 늘 아주 멋져. 더 많은 사람이 너처럼 말해야 해, 몰리."

후안 마누엘이 미소 짓자 그의 따뜻한 마음씨가 느껴진다.

"그렇게 말해줘서 고마워."

"나라면 여기에 '얼른'이라는 말을 넣겠다."

프레스턴 씨의 말에 나는 메시지를 수정한다.

"네, 그게 좋겠네요. 얼른."

'로드니, 우리 얼른 만나야 해. 블랙 씨는 살해되었어. 경찰에게 말해버린 정보가 있는데 너도 꼭 알아야 해. 정말 미안해!'

"됐어요?" 나는 모두의 허락을 바라며 묻는다.

"됐어요, 몰리. 전송 버튼 눌러요." 샬럿이 말한다.

나는 눈을 질끈 감고 버튼을 누른다. 메시지가 내 휴대전화를 떠나며 슈욱 소리가 난다.

몇 초 뒤 눈을 떴더니 내가 보낸 메시지 아래 새로운 메시지 창이 뜨고, 그 아래 점 세 개가 나타난다.

"저런, 저런, 저런, 우리 꼴통께서 아주 서둘러 답장을 보내시는군." 프레스턴 씨가 말한다.

로드니의 메시지가 나타나자 전화에서 띠링 소리가 난다.

'몰리, 무슨 일이야? 20분 뒤에 OG에서 만나.'

"OG? 그게 뭐지?" 프레스턴 씨가 묻는다.

"오리지널 갱스터?" 후안 마누엘이 말한다.

"그게 무슨 뜻이죠?" 샬럿이 묻는다.

그때 무언가 퍼뜩 떠오르고 나는 답을 알아낸다.

"올리브 가든이요. 거기서 만나자는 거예요. 답장할까요?"

"당신도 곧 가겠다고 보내요." 샬럿이 말한다.

답장을 입력하려는데 손이 덜덜 떨린다.

"내가 대신 할까요?" 샬럿이 말한다.

"네, 부탁해요."

나는 그녀에게 휴대전화를 넘겨주고 샬럿이 답장을 입력하는 동안 우리는 그녀의 어깨 너머로 바라본다.

'OK. 20분 뒤에 봐.'

샬럿이 막 전송 버튼을 누르려는 찰나 후안 마누엘이 막는다.

"그건 전혀 몰리답지 않아요. 몰리는 절대 이런 메시지를 쓰지 않을 겁니다."

"그래요? 이게 어때서요?" 샬럿이 묻는다.

"더 예쁘게 말해야 해요." 후안 마누엘이 제안한다. "존중하는 말투로요. '근사하다'라는 단어를 쓰는 건 어떨까요? 몰리는 그 단어를 많이 써요. 아주 멋진 말이죠."

샬럿은 자신이 쓴 걸 지우고 다시 쓴다.

'그거 근사하다. 비록 우리가 만나게 되는 이유는 그렇지 않지만. 곧 만나.'

"바로 그거예요. 나라면 그렇게 썼을 거예요. 아주 좋아요."

"그게 내가 아는 몰리죠." 후안 마누엘이 거든다.

슈욱. 샬럿은 메시지를 보내고 내게 휴대전화를 건네준다.

"몰리."

프레스턴 씨가 날 안심시키려고 내 어깨에 손을 올린다.

"준비됐니? 로드니에게 뭐라고 말해야 할지, 어떻게 해야 할
지 알고 있지?"

근심스러운 세 얼굴이 내 대답을 기다린다.

"준비됐어요."

"할 수 있어요, 몰리." 샬럿이 말한다.

"우린 널 믿는다." 프레스턴 씨가 덧붙인다.

후안 마누엘은 내게 엄지를 들어 보인다.

모두 나를 신뢰한다. 나를 믿고 있다. 확신이 없는 사람은 나뿐
이다.

'마음만 먹으면 너도 할 수 있어.'

나는 숨을 깊이 들이쉬고 휴대전화를 주머니에 넣은 다음 집
밖으로 나간다.

21

18분 뒤 나는 올리브 가든에 있다. 예정보다 2분이나 일찍 도착한 이유는 긴장한 나머지 여기 오는 내내 빠르게 걸었기 때문이다. 나는 우리가 앉았던 칸막이 자리로 가서 펜던트 조명 불빛 아래 앉는다. 다만 이번에는 이 자리가 전혀 애틋하게 느껴지지 않는다. 앞으로는 내게 아무 의미도 없는 자리가 될 것이다.

로드니는 아직 도착하지 않았다. 기다리는 동안 섬뜩한 장면이 번갈아 가며 마음속에 계속 떠오른다. 얼굴이 잿빛으로 핼쑥한 블랙 씨, 로드니와 지젤이 키스하는 사진, 얽혀 있는 두 마리의 미끄러운 뱀, 임종 직전의 할머니. 왜 이런 장면이 자꾸 떠오르는지 모르겠지만 지금 내가 느끼는 극도의 초조함을 가라앉히는 데는 아무 도움이 되지 않는다. 대체 이 일을 어떻게 해낼 수 있을지 모르겠다. 긴장돼서 이미 온몸이 걷잡을 수 없이 떨리는데 어떻게 태연하게 행동할 수 있을까?

고개를 들어보니 로드니가 허겁지겁 레스토랑으로 들어와 나를 찾는다. 머리카락은 헝클어졌고, 셔츠는 맨 위의 단추 두 개가 풀어져 짜증 날 정도로 매끈한 가슴이 드러나 있다. 나는 내 앞에 놓인 포크를 집어 들어 그걸로 바로 저기, V자로 풀어진 셔츠 사이의 맨살을 푹 찌르는 상상을 한다. 그러다 가슴에 있는 그의 흉터가 보이자 내 어두운 욕망은 증기처럼 사라져버린다.

"몰리."

로드니가 내 앞자리로 들어오며 말한다.

"핑계 대고 잠깐 빠져나왔는데 금방 들어가봐야 해. 빨리 끝내자, 응? 나한테 다 말해봐."

웨이트리스가 우리 자리로 다가온다.

"어서 오세요. 올리브 가든입니다. 무료 샐러드와 마늘빵부터 가져다드릴까요?"

"우린 잠깐 음료만 마시고 갈 거예요. 전 맥주 주세요."

로드니의 말과 상관없이 나는 검지를 들어 올린다.

"저기, 전 샐러드랑 마늘빵 먹고 싶어요. 그리고 모둠 애피타이저랑 페퍼로니 피자도 라지 사이즈로 하나 주세요. 그리고 물도요. 아주 아주 차가운 얼음물로요."

오늘은 샤르도네를 마시지 않을 것이다. 머리가 맑아야 한다. 게다가 이건 어느 모로 보나 축하하는 자리가 아니다.

"고마워요." 나는 웨이트리스에게 말한다.

로드니는 손으로 머리를 쓸어넘기며 한숨을 쉰다.

웨이트리스가 자리를 뜨자 내가 말한다.

"와줘서 고마워. 필요할 때 네가 늘 곁에 있다는 게 얼마나 고마운지 몰라. 넌 정말 믿음직한 친구야."

이 말을 하는 동안 내 얼굴이 딱딱하게 굳지만 로드니는 눈치채지 못하는 듯하다.

"난 네 편이야, 몰리. 무슨 일이 있었는지 말해봐, 응?"

"음."

나는 떨리는 손을 테이블 밑으로 감추며 말한다.

"날 경찰서로 데려간 형사가 그러는데 블랙 씨의 죽음은 자연사가 아니래. 질식사래."

나는 로드니가 그 사실을 받아들이기를 기다린다.

"와, 그리고 네가 유력한 용의자구나." 그가 말한다.

"사실, 난 용의자가 아니야. 경찰은 다른 사람을 찾고 있어."

샬럿은 내게 정확히 그렇게 말하라고 알려주었다.

나는 로드니를 유심히 지켜본다. 그의 울대뼈가 올라갔다가 내려온다. 웨이트리스가 빵과 샐러드, 음료를 가지고 돌아온다. 나는 차가운 물을 오랫동안 들이켜며 점점 더 불편해하는 로드니의 모습을 즐긴다. 음식은 전혀 손대지 않는다. 너무 긴장해서 먹을 수가 없다. 게다가 저건 나중에 먹을 음식이다.

"스타크 형사 말이 용의자에게 블랙 씨의 유언장이 가장 큰 살해 동기였을 거래. 블랙 씨를 죽이기 전에 유언장에 대해 의논했을 수도 있다고 했어. 가여운 지젤. 블랙 씨가 지젤에게 한 푼도 안 남긴 거 알아? 땡전 한 푼 안 남겼어. 가여운 여자 같으니."

"뭐라고? 형사가 그래? 그럴 리가 없는데. 내가 분명히 알아."

"네가? 지젤하고 잘 모르는 사이라고 하지 않았어?"

"맞아."

이 안은 그다지 덥지 않은데도 로드니는 땀을 뻘뻘 흘린다.

"난 잘 모르지만 지젤을 잘 아는 사람들을 몇 명 알아. 어쨌든 그들에게서 들은 말하고는 다르네. 그래서⋯⋯ 음, 약간 놀랐어."

그가 맥주를 벌컥벌컥 마시고는 양 팔꿈치를 테이블에 올린다.

"몰상식하네." 내가 말한다.

"뭐라고?"

"팔꿈치가 테이블에 있잖아. 여긴 레스토랑이고, 이건 식사하는 테이블이야. 이런 테이블에는 팔꿈치를 올리지 않는 게 에티켓이라고."

로드니는 고개를 절레절레 흔들지만 거슬리는 팔꿈치를 테이블에서 내린다. 나의 승리다.

"샐러드 먹을래? 빵은?" 내가 권한다.

"필요 없어. 본론으로 들어가자. 블랙 씨가 케이맨 제도에 있는 별장을 지젤에게 남기지 않았어? 형사가 그 얘기는 안 해?"

"흠."

나는 천으로 된 냅킨을 집어 들고 테이블 아래로 내려서 땀이 나는 손으로 움켜잡는다.

"별장에 관한 얘기는 전혀 들은 기억이 없어. 형사 말이 블랙 씨의 거의 전 재산이 첫 번째 부인과 자녀에게 간다고 했던 것 같아."

나는 계획대로 또 다른 정보를 흘린다.

"경찰이 자진해서 이 모든 정보를 아무 이유 없이 네게 말해줬단 말이야?"

"뭐? 당연히 아니지. 누가 나한테 그런 걸 말해줘? 난 그냥 메이드인데. 스타크 형사는 날 방에 혼자 남겨두고 나갔어. 너도 알잖아. 사람들은 내가 거기 있다는 걸 잊어버려. 내가 너무 어리석

어서 모를 거라고 생각하거나. 이 모든 정보는 다 경찰서에서 우연히 들은 거야."

"형사가 네 진공청소기에 있던 총은 신경 안 써? 너 그것 때문에 잡혀간 거 아니었어?"

"응, 셰릴이 그 총을 발견해서 경찰에 알린 것 같더라고. 셰릴이 진공청소기를 뒤져볼 생각을 했다는 게 재미있어. 그렇게 게으른 사람이 어떻게 먼지투성이 필터를 뒤질 생각을 했지?"

로드니의 안색이 변한다.

"설마 내가 셰릴에게 말했다고 생각하는 건 아니지? 몰리, 난 절대……."

내가 그의 말을 자른다.

"그런 뜻으로 한 말이 아니야, 로드니. 너는 아무 잘못 없어. 결백해. 나처럼."

로드니가 고개를 끄덕인다.

"그래, 이 부분에서 오해가 없어서 다행이다."

로드니는 물에서 나온 개처럼 고개를 흔든다.

"그래서 경찰이 총에 대해 물었을 때 넌 뭐라고 했어?"

"그냥 그 총이 누구 것인지, 어디에서 찾아냈는지 말했어. 스타크 형사가 양 눈썹을 치켜세우더라고. 놀랐다는 뜻이지."

"그러니까 지젤이 시켰다고 꼰지른 거야? 네 친구를?"

로드니의 양 팔꿈치가 다시 공격적으로 테이블에 올라온다.

"난 절대 친구를 배신하지 않아. 하지만 너한테 꼭 해야 할 끔찍한 이야기가 있어. 그래서 연락한 거야."

드디어 내가 준비한 순간이 다가온다.

"뭔데?"

분노를 감추지 못한 목소리로 로드니가 묻는다.

"아, 로드니, 내가 사람들과 얘기할 때 얼마나 긴장하는지 알지? 솔직히 형사들에게 신문 받으니까 너무 불안했어. 그런 경험이 워낙 없어서 말이야. 아마 넌 나보다 그런 시련에 더 익숙하겠지?"

"몰리, 본론."

"아."

나는 들고 있던 냅킨을 쥐어짠다.

"일단 그게 지젤의 총이었다는 말이 나오자 스타크 형사가 블랙 씨의 스위트룸을 다시 조사할 거라고 했어."

나는 냅킨을 눈으로 가져가며 로드니가 어떤 반응을 보이는지 알아내려 한다.

"그래서?"

"그래서 내가 그건 절대 안 된다, 그 스위트룸에는 지금 후안 마누엘이 묵고 있다고 했지. 그랬더니 스타크 형사가 후안 마누엘이 누구냐는 거야. 그래서 내가 다 말했어. 아, 로드니, 말하는 게 아니었는데. 후안 마누엘이 네 친구고, 그의 노동 허가증이 만료돼서 네가 도와주고……."

"형사한테 내 얘기를 했다고?" 로드니가 내 말을 자른다.

"응, 네가 객실에 가방을 놓아두라고 했던 일이며, 후안 마누엘과 네 친구들이 떠난 뒤에 내가 그 방을 청소한 일, 그리고 너희가 다 얼마나 좋고 친절한 사람인지……."

"그 둘은 후안 마누엘의 친구야. 내 친구가 아니라."

"누구 친구든 간에 그 사람들은 방을 엄청 지저분하게 써. 하지만 걱정 마. 스타크 형사에게 네가 얼마나 좋은 사람인지 확실히 이야기했어. 비록 네 친구들은 좀⋯⋯ 먼지투성이지만."

로드니는 두 손에 머리를 묻는다.

"아, 몰리, 무슨 짓을 한 거야?"

"사실대로 말한 거야. 하지만 후안 마누엘이 약간 곤란해지겠어. 만약 경찰이 다시 왔을 때 후안 마누엘이 그 방에 있으면 어떻게 될까? 후안 마누엘이 곤경에 처하는 건 싫어. 너도 싫지? 안 그래, 로드니?"

로드니가 열심히 고개를 끄덕인다.

"싫지. 응. 그러니까 경찰이 왔을 때 후안 마누엘이 그 스위트룸에 있으면 안 돼. 그리고 경찰이 오기 전에 그 방을 빨리 치워야 해. 거긴 후안 마누엘의 흔적이 너무 많으니까."

"당연하지. 나도 그렇게 생각해."

나는 로드니에게 미소 짓지만 마음속에서는 저 더러운 거짓말쟁이의 얼굴에 끓는 물을 한 주전자 들이붓고 있다.

"그럼 네가 해줄 거지?" 로드니가 묻는다.

"뭘?"

"스위트룸에 몰래 들어가서 청소하는 거. 지금. 경찰이 오기 전에. 그 스위트룸에 들어갈 수 있는 사람은 체르노빌과 매니저를 제외하면 너뿐이잖아. 후안 마누엘이 거기 있다는 걸 매니저에게 들키면, 행여라도 경찰에게 들키면 그는 추방될 거야."

"하지만 난 오늘 출근하지 않기로 되어 있어. 매니저님 말로는 내가 '요주의 인물'이라서……."

"제발, 몰리! 이건 중요한 일이야!"

로드니가 말을 자르더니 팔을 뻗어 내 손을 잡는다. 나는 그의 손을 뿌리치고 싶지만 움직이면 안 된다는 걸 알고 있다.

'우린 널 믿는다.'

머릿속에서 목소리가 들린다. 하지만 이번에는 할머니가 아니라 프레스턴 씨의 목소리다. 그다음에는 샬럿의 목소리, 후안 마누엘의 목소리가 들린다.

나는 그에게 잡힌 손을 가만히 둔 채 담담한 눈빛으로 말한다.

"있잖아, 난 호텔에 들어갈 수 없어. 하지만 넌 가능하잖아. 내가 얼른 호텔에 몰래 들어가서 네게 스위트룸 키카드를 가져다주면 어때? 그럼 네가 내 청소 카트를 가져가서 직접 방을 치우는 거야. 네가 어지른 방을 네가 직접 치우는 것도 의미가 있지 않겠어? 아니, 후안 마누엘이 어지른 방을."

로드니의 눈동자가 사방으로 돌아가고, 번들거리던 그의 이마에 땀방울이 맺힌다. 몇 분 뒤에 로드니가 말한다.

"그래, 알았어. 스위트룸 키카드를 가져다주면 내가 치울게."

"스위트룸 키카드 투 스위트(tout suite, '당장'이라는 뜻의 프랑스어-옮긴이)."

나는 그렇게 말하지만 로드니는 내 재치를 알아차리지 못한다.

웨이트리스가 페퍼로니 피자와 모둠 애피타이저를 들고 우리 테이블로 온다.

"죄송하지만 그것 좀 싸주시겠어요?" 내가 묻는다.

"물론이죠. 그런데 빵이랑 샐러드는 입에 안 맞으시나요? 전혀 안 드셨네요."

"아, 아니에요. 다 근사해요. 다만 우리가 좀 급해서요."

"그럼 전부 다 싸드릴게요."

웨이트리스가 손짓하자 동료 두 사람이 와서 음식을 가져간다.

"계산은 이 사람이 할 거예요." 내가 로드니를 가리킨다.

로드니가 입을 딱 벌리지만 아무 말도 하지 않는다. 단 한마디도. 웨이트리스가 앞치마에서 계산서를 꺼내 로드니에게 건넨다. 로드니는 빳빳한 100달러 신권을 꺼내 그녀에게 건네며 잔돈은 가지라고 말하고는 벌떡 일어난다.

"난 얼른 가봐야겠어, 몰리. 호텔로 돌아가서 당장 시작해야지."

"당연히 그래야지. 이 음식은 내가 전부 가져갈 거야. 이따 호텔에 도착하는 대로 너한테 문자 보낼게. 아, 그리고 로드니?"

"왜?"

"네가 직소 퍼즐을 좋아하지 않는다니 정말 유감이야."

"왜?"

"왜냐하면 모든 조각이 갑자기 다 맞춰질 때의 즐거움을 네가 잘 모르는 거 같아서."

로드니는 날 바라보며 한쪽 입꼬리를 올린다. 저 표정의 의미는 너무 명백하다. 나는 바보 천치에 그 사실조차 모를 정도로 우둔하다는 뜻이다. 저 천박한 거짓말쟁이의 얼굴 전체에 그 표정이 덕지덕지 묻어 있다.

22

나는 올리브 가든의 종이봉투를 주렁주렁 든 채 집까지 계속 빠르게 걸어간다. 프레스턴 씨, 샬럿, 특히 후안 마누엘에게 방금 있었던 일을 어서 말하고 싶다.

우리 집 건물에 들어서자 계단을 두 칸씩 올라간다. 5층 모퉁이를 돌아서니 로소 씨의 현관문이 빠끔 열려 있는 게 보인다. 로소 씨가 그 틈으로 내다보다가 날 발견하더니 안으로 살그머니 들어가 문을 닫는다.

나는 종이봉투를 바닥에 내려놓고 열쇠로 현관문을 연 다음 안으로 들어가며 "저 왔어요!"라고 외친다.

프레스턴 씨가 벌떡 일어난다.

"오, 애야, 왔구나. 다행이다!"

거실에 앉아 있던 샬럿과 후안 마누엘도 날 보더니 벌떡 일어난다.

"어떻게 됐어요?" 샬럿이 묻는다.

그 질문에 대답하기도 전에 후안 마누엘이 내 곁에 오더니 종이봉투를 받아 바닥에 내려놓고 벽장에서 천을 꺼낸다. 내가 신발을 벗자마자 그가 가져가서 밑창을 닦아 벽장 속에 넣는다.

"안 그래도 돼."

"괜찮아. 뭐 필요한 건 없어? 너는 아무 이상 없고?" 후안 마누엘이 묻는다.

"난 괜찮아. 음식을 가져왔어. 다들 올리브 가든을 좋아했으면 좋겠네."

"좋아한다고? 난 거기 음식이라면 환장해."

후안 마누엘이 대답하더니 종이봉투를 들고 재빨리 부엌으로 간다.

"어떻게 됐는지 말해줘요." 샬럿이 말한다. "우리 아빠랑 후안 마누엘은 당신이 현관문을 열고 나간 뒤로 계속 신경쇠약에 걸린 상태였다고요."

"다 계획대로 됐어요." 내가 말한다. "로드니는 호텔로 돌아갔어요. 내가 체포된 상태라는 걸 전혀 몰라요. 그리고 경찰이 스위트룸을 수색하러 다시 올 거라고 믿고 있어요. 내가 가서 스위트룸 키카드를 주겠다고 말했어요."

이 말을 하는 동안 웃음이 실실 새어 나온다. 내가 해낼 거라는 확신이 없던 일을 해냈기 때문이다.

"완벽해요. 잘했어요." 샬럿이 말한다.

"네가 해낼 줄 알았어!" 부엌에서 후안 마누엘이 외친다.

"아빠, 6시가 교대 시간이죠? 정말 스위트룸 키카드를 구할 수 있겠어요?"

"나한테 몇 가지 비책이 있다."

"절대 실패할 염려가 없는 비책이어야 해요, 아빠. 왜냐하면

—
321

지금 상황에서 아빠까지 곤란해지면 큰일 나니까요."

"걱정 마라. 만사가 순조로울 거야. 아빠를 믿어라."

후안 마누엘이 올리브 가든의 애피타이저와 피자가 가득 담긴 쟁반을 들고 부엌에서 나온다.

"전 진작 호텔로 돌아갔어야 해요. 호텔에서 계속 전화가 와요."

그가 쟁반을 커피 테이블에 내려놓고 앉으며 말한다.

샬럿이 그가 앉은 쪽으로 의자를 끌어당긴다.

"당신이 결정해요, 후안 마누엘. 하지만 난 오늘 당신이 호텔로 돌아갔다가, 사실은 언제든 다시 호텔로 돌아갔다가 로드니가 늘 그랬듯이 당신을 이용할 방법을 찾아내고, 로드니가 아닌 당신이 덫에 걸리게 될까 걱정돼요."

후안 마누엘이 발을 내려다보며 말한다.

"네, 알아요. 호텔에 전화해서 아프니까 조퇴하겠다고 할게요."

"좋아요." 샬럿이 말한다.

"나머지는 나중에 해결할게요." 후안 마누엘이 덧붙인다.

"나머지?" 프레스턴 씨가 묻는다.

"오늘 밤에 잘 곳이요. 일단 여우를 잡는 데 집중하죠."

후안 마누엘은 고개를 까딱이고 미소 짓는다. 하지만 진짜 미소, 눈까지 웃는 미소가 아니다.

샬럿이 프레스턴 씨를 바라본다.

"아, 후안 마누엘." 프레스턴 씨가 말한다. "우리가 미처 생각을 못 했군. 호텔에 돌아가지 못하면 오늘 밤 잘 곳이 없겠군."

"그건 제 문제예요, 여러분 문제가 아니라." 그가 고개를 숙인 채 말한다. "걱정 마세요."

그때 나한테 확실한 해결책이 떠오른다. 하지만 약간 어색한 해결책이다. 지금까지 우리 집에서 손님이 자고 간 적은 한 번도 없지만, 할머니가 계셨다면 그렇게 하라고 닦달했으리라.

"오늘 밤에는 우리 집에서 자." 내가 말한다. "여기 방 충분해. 네가 내 방에서 자고, 나는 할머니 방에서 자면 돼. 다른 대안을 생각해낼 시간을 벌 수 있을 거야."

후안 마누엘이 믿지 못하겠다는 듯이 날 바라본다.

"정말? 진심이야? 날 여기서 재워주겠다고?"

"원래 친구가 그런 거 아니야? 서로 곤경에서 빠져나오도록 돕는 거?"

그가 천천히 고개를 앞뒤로 흔든다.

"그런 일이 있었는데도 날 도와주다니 믿기지가 않아. 고마워. 그리고 걱정 마. 난 아주 조용해. 성능 좋은 오븐처럼 자동 세척이야."

프레스턴 씨가 킬킬 웃으며 쟁반에서 자기가 먹을 작은 접시를 집어 든다. 거기에는 브루스케타와 피자, 튀긴 모차렐라 스틱이 놓여 있다.

나도 뒤따라 작은 접시를 집어 들어 먼저 후안 마누엘에게 건네고, 그다음은 내가 먹을 접시를 집어 든다.

"로드니가 사준 거예요. 우리 둘에게 진 빚은 이걸로 면제가 안 되지만."

"맞아." 후안 마누엘이 말한다.

샬럿은 자리에서 일어나 텔레비전 리모컨을 집어 들더니 24시간 뉴스가 나오는 지방 방송 채널을 튼다.

모차렐라 스틱을 먹으려던 나는 한 입 베어 먹다가 텔레비전에서 나오는 뉴스를 듣고 멈칫한다.

"……경찰은 한 시간 뒤에 특별 기자 회견을 열고 부동산 재벌 찰스 블랙 살인 사건과 관련한 중대 발표를 할 계획입니다. 저희도 확실히는 모릅니다만 피고가 어떤 혐의로 기소되었는지, 또한 피고의 신원도 밝혀질 거라고 기대하고 있습니다."

모두의 눈이 내게로 향하고 자신감이 썰물처럼 빠져나간다.

"이제 어떻게 하죠?"

샬럿이 한숨을 쉰다.

"걱정하던 일이 벌어졌네요. 경찰은 대중을 안심시키고 자기들이 범인을 잡은 공을 인정받으려고 혈안이 되어 있어요."

"상황이 안 좋네요."

후안 마누엘도 접시를 테이블에 내려놓으며 덧붙인다.

"경찰이 내 이름을 밝히면 어쩌죠? 로드니가 호텔에 가기도 전에 내가 체포됐다는 사실을 알아내면요?"

"지금 5시니까 아직 한 시간 남았다." 프레스턴 씨가 말한다.

"맞아요. 우리 패닉에 빠지지 말기로 해요." 샬럿이 말한다. "계획대로 해요. 다만 시간이 많지는 않아요."

뉴스 앵커는 찰스 블랙의 죽음과 관련된 세부 사항과 부검에서 나온 사실들을 알린다. 다시 말해 그의 죽음이 질식사라고. 우리 모두 말없이 텔레비전을 지켜본다.

"……그리고 내부 소식통에 따르면 블랙 씨의 부인이자 사교계 명사인 지젤 블랙은 이번 사건의 피고인이 아닐 수 있으며, 아직 리전시 그랜드에 투숙 중이라고 합니다. 하지만 확실한 건 한 시간 뒤에……."

샬럿이 텔레비전을 꺼버리며 말한다.

"로드니가 이 뉴스를 보고 도망치지 않았기를 바라죠. 지젤도 곧 체크아웃하지 않기를 바라고요."

"안 할 거예요. 지젤은 달리 갈 곳이 없거든요." 내가 말한다.

프레스턴 씨가 접시를 내려놓고 자리에서 일어난다.

"오늘은 좀 일찍 출근해야 할 것 같구나. 몰리, 준비됐니? 다음 단계가 뭔지 알지?"

나는 말이 나오지 않는다. 세상이 약간 옆으로 기우는 듯하지만 계속 앞으로 나아가야 한다는 걸 알고 있다.

"준비됐어요."

"샬럿, 나한테 문자 받으면 스타크 형사에게 연락할 거지?" 프레스턴 씨가 말한다.

"네, 아빠, 경찰서 코앞에서 기다릴 작정이에요."

"후안 마누엘, 자네는 여기서 컨트롤 타워 역할을 해주겠나? 도움이 필요하면 자네에게 연락하지."

"물론이죠. 언제든 전화하세요. 대기하고 있겠습니다. 로드니를 잡을 때까지는 계속 긴장하고 있을 겁니다."

나는 더 할 말도, 할 일도 없다. 밥맛이 뚝 떨어져서 접시를 내려놓는다. 모차렐라 스틱은 나중에 먹어야겠다.

23

프레스턴 씨는 시간을 절약하기 위해 호텔까지 택시를 타고 가야 한다고 우긴다. 내가 먼저 내려야 하므로 우리는 모퉁이 부근에서 택시를 세운다. 프레스턴 씨가 택시비를 내는 게 민망하지만 나는 그의 너그러운 호의를 받아들이는 것 말고는 달리 선택의 여지가 없다.

"몰리, 정말 여기서부터 걸어가도 되겠니? 우리 계획이 뭔지 알지?"

"네, 프레스턴 씨, 전 괜찮아요. 준비됐어요."

나는 이렇게 말하며 정말로 그런 기분이 들기를 바라지만 사실은 떨고 있다. 세상도 너무 빠르게 빙글빙글 돌아간다.

택시에서 막 내리려는데 프레스턴 씨가 내 팔에 손을 올린다.

"몰리, 할머니가 널 봤다면 자랑스러워했을 거다."

할머니 이야기가 나오자 가슴속에서 무언가 복받치지만 나는 그것을 억누른다.

"감사합니다, 프레스턴 씨."

나는 간신히 그렇게 말하고 택시에서 내린다. 그러고는 프레스턴 씨 혼자 탄 택시가 사라지는 걸 지켜본다.

나는 호텔까지 남은 한 블록을 걸어가 호텔 맞은편 골목에 숨어 10분간 기다린다. 기괴할 정도로 아름다운 늦은 오후다. 황금빛 햇살이 호텔 입구의 황동과 유리에 부서져 호텔은 신비로운 광채에 잠겨 있다. 첸 부부는 이른 저녁을 먹으러 나가는 길이다. 첸 씨는 가느다란 줄무늬 양복을, 부인은 검은 옷을 입었는데 가슴에만 꽃분홍색 코르사주가 달려 있다. 종일 관광을 하고 돌아온 가족이 택시에서 내린다. 부모는 나른한 몸을 천천히 움직인다. 두 아이는 발레파킹 직원들이 볼 수 있게 기념품을 들어 올린 채 진홍색 카펫이 깔린 계단을 쏜살같이 뛰어오른다. 황혼 녘에는 늘 이렇다. 마치 그날 하루가 마지막 남은 에너지를 계단에 드리우는 동안 호텔은 참을성 있게 차분한 밤이 오기를 기다리는 듯하다.

쓸쓸하고 비어 있는 곳은 프레스턴 씨의 자리인 포디엄뿐이다. 프레스턴 씨는 아직 도착하지 않았다. 틀림없이 아래층에서 멋진 코트로 갈아입고 모자를 쓴 다음, 출근기록부에 이른 출근을 기재하고 있을 것이다.

시간이 견디기 힘들 정도로 천천히 흐른다. 초조한 긴장감에 온몸이 떨린다. 과연 내가 해낼 수 있을까? 나는 이런 수준의 연기를 하기에 적합하지 않다. 내게 유일하게 힘이 되는 것은 프레스턴 씨와 샬럿, 후안 마누엘이 함께한다는 사실뿐이다.

'네가 널 믿으면 그 무엇도 널 막을 수 없어.'

저도 최선을 다하고 있어요, 할머니. 정말로.

'때가 됐다.'

나는 계속 골목 안쪽, 벽에 기댄 채 카페 그늘에 숨어 있다. 마침내 말끔하게 제복을 갖춰 입은 프레스턴 씨가 나타난다. 그는 차분하게 회전문을 밀고 나오더니 계단 꼭대기에 있는 포디엄 뒤에 가서 선다. 그러고는 휴대전화를 꺼내 문자를 보내고는 다시 주머니에 집어넣는다. 나는 벽이 더럽다는 걸 알면서도 계속 벽에 기댄 채 서 있다. 일이 잘 풀리면 나중에 샤워할 시간이 있으리라. 잘 풀리지 않으면 다시는 씻지 못하리라.

몇 분이 더 지난다. 내가 완전히 패닉 상태에 빠지기 시작할 때 길 저쪽에 그가 보인다. 로드니. 그가 호텔을 향해 빠르게 걸어온다. 솔직히 말해서 그를 바라보는 마음이 복잡미묘하다. 그의 등장은 모든 게 계획대로 될 거라는 뜻이지만 다른 한편으로는 저 거짓말쟁이 사기꾼의 얼굴을 보니 죽여버리고 싶은 분노가 들끓는다.

로드니는 계단을 뛰어오르더니 포디엄 앞에 멈춰서 잠시 프레스턴 씨와 대화를 나눈다. 대화는 길어야 1분 정도 지속되고 로드니는 호텔로 들어간다.

프레스턴 씨가 휴대전화를 꺼내 버튼을 누른다. 내 주머니가 진동하자 나는 말 그대로 혼비백산한다.

나는 휴대전화를 움켜잡고 속삭인다.

"여보세요? 네, 다 봤어요. 로드니가 뭐래요?"

"기자 회견에 대해 들었나 봐. 누가 체포됐는지 아냐고 묻더라." 프레스턴 씨가 설명한다.

"그래서 뭐라고 하셨어요?"

"지젤이 경찰이랑 이야기하는 걸 봤다고, 지젤이 화가 난 것 같다고 했다."

"맙소사, 그건 계획에 없는 일이잖아요."

"이 늙은 머리로 빨리 생각해야 했다. 너도 그런 상황이었다면 똑같이 했을 거야. 너도 할 수 있어. 난 확신한다."

나는 숨을 깊이 들이쉰다.

"또 다른 건요?"

"40분 뒤에 기자 회견이다. 빨리 움직여야 해. 지금 로드니에게 문자를 보내라. 계획대로 해."

"로저. 교신 끝."

나는 통화를 끝내고 프레스턴 씨가 휴대전화를 주머니에 넣는 걸 지켜본다. 그러고는 로드니에게 보낼 메시지 창을 연다.

'도와줘. 지금 호텔 앞인데 날 못 들어가게 해! 내가 키카드를 못 구하면 우린 어떻게 해?'

로드니의 답장이 순식간에 도착한다.

'BRT DGA.'

뭐라고? 대체 무슨 뜻이지? 전혀 종잡을 수가 없다. 생각해봐, 몰리. 생각.

'친구가 있는 한 넌 절대 혼자가 아니야.'

답은 말 그대로 내 손끝에 있다. 연락처에서 후안 마누엘의 전화번호를 찾아 전화한다. 첫 신호음이 끝나기도 전에 그가 전화를 받는다.

"몰리? 무슨 일이야? 별일 없어?"

"응, 별일 없어. 계획대로 진행 중이야. 근데…… 후안 마누엘, 내가 약간 곤경에 처해서 급하게 도움이 필요해."

나는 그에게 로드니의 문자를 읽어준다.

"내가 그 의미를 알 거라고 생각해? 텔레비전 퀴즈 프로그램에 출연한 기분이네. 친구에게 전화해서 친구가 답을 맞히면 거액의 상금을 주는 프로 말이야. 하지만 몰리, 넌 친구를 잘못 골랐어!"

후안 마누엘이 잠깐 뜸을 들인다.

"잠깐만 기다려봐."

전화기 반대편에서 바스락거리는 소리가 난다.

"몰리? 아직 듣고 있어?"

"응."

"방금 구글에서 검색해봤는데 그 문자는 '거기 있어(Be Right There). 아무 데도 가지 마(Don't Go Anywhere)' 같아. 이걸로 의미가 통해?"

의미가 통한다. 완전히. 나는 다시 원래 노선으로 돌아온다.

"후안 마누엘, 나 너한테……."

'나 너한테 키스라도 할 수 있어.'

사실은 그게 내가 하고 싶은 말이다. 너무 고마워서 그에게 키스라도 할 수 있다. 하지만 이건 너무 대담하고 어리석은 생각이며 전혀 나답지 않다. 그래서인지 그 말이 목에 걸려 입 밖으로 나오지 않는다.

"고마워." 나는 대신 이렇게 말한다.

"가서 여우를 잡아, 몰리. 이따 집에서 만나."

후안 마누엘은 지금 내 곁에 없지만 함께 있는 기분이다. 전화선을 통해 그가 내 손을 잡고 있는 듯하다.

"그래, 고마워, 후안 마누엘."

나는 전화를 끊고 휴대전화를 주머니에 넣는다.

'때가 됐다.'

숨을 깊이 들이쉬고 그늘에서 보도로 걸어 나간다.

'길을 건널 때는 늘 양쪽 다 살펴보렴.'

나는 평소처럼 행동하려고 애쓰며 천천히 길을 건넌다. 오늘이 평소와 똑같은 날이라는 듯이 행동할 것을 다시 한번 되새긴다. 계단참에 서서 황동 난간을 꽉 잡는다. 그러고는 한 발을 앞으로 올려서 붉은 카펫이 깔린 계단을 올라간다.

프레스턴 씨가 날 보더니 포디엄에 놓인 호텔 전화기를 집어들고 전화한다. 그러고는 아주 그럴듯한 목소리로 전화기에 대고 말한다.

"네, 얼른요. 지금 여기 정문에 서서 가려고 하질 않습니다."

계획대로 프레스턴 씨는 흰 장갑을 끼고 있다. 원래는 특별한 날에만 끼는데 오늘은 저 장갑이 아주 유용할 터다.

"몰리."

프레스턴 씨가 큰 소리로 퉁명스럽게 말한다.

"여기 왜 온거니? 넌 오늘 이 호텔에 오면 안 돼. 어서 가거라."

그러더니 그는 주위를 둘러보며 사람들이 우리를 바라보는 걸확인한다. 몇몇 손님이 호텔에 우르르 들어오거나 나간다. 보도에 서 있던 발레파킹 담당 직원 둘도 동작을 멈추고 우리를 바라본다. 마치 내가 많은 관중이 지켜보는 재미있는 스포츠 경기라도 되는 듯이.

계획대로 내 역할을 하려니 기분이 너무 이상하지만 더 많은 사람의 이목을 끌어야 한다.

"전 여기 있을 권리가 있어요."

나는 쩌렁쩌렁한 목소리로 자신 있게 외친다.

"전 이 호텔의 존경받는 사원이었고……."

스노우 씨가 회전문을 밀치며 나오자 나는 말을 멈춘다.

프레스턴 씨가 그를 향해 재빨리 몸을 돌리더니 "경비를 부르겠습니다"라고 말하고는 회전문으로 향한다.

스노우 씨가 내게 달려와 말한다.

"몰리, 미안하지만 자넨 이제 리전시 그랜드 호텔의 직원이 아니야. 지금 당장 떠나주게."

그 말이 너무 충격적이어서 솔직히 말하면 엄청난 박탈감이 든다. 그래도 심호흡하고 내 연기를 계속한다. 심지어 아까보다 더 크게 다음 대사를 말한다.

"하지만 전 모범 사원이라고요! 아무 이유 없이 절 해고할 수는 없어요!"

"우리 모두 잘 알다시피 이유가 있어, 몰리. 이 계단에서 내려가주게, 당장." 스노우 씨가 말한다.

"이건 상상도 할 수 없는 일이에요. 전 가지 않겠어요."

스노우 씨는 안경을 똑바로 하더니 나직한 어조로 위협하듯이 말한다.

"지금 자네는 손님들에게 피해를 주고 있어."

주위를 둘러보니 아까보다 더 많은 사람이 모여 있다. 발레파킹 담당 직원들이 프런트 데스크에 귀띔한 모양이다. 컨시어지 데스크를 담당한 몇몇 직원이 그들 옆에 서서 속닥거린다. 다들 날 보고 있다.

그 후로 몇 분간 나는 스노우 씨를 계단에 붙잡아둔 채 해명을 요구하고, 재고해줄 것을 애걸하며, 첫째로 내가 이 호텔의 위생에 지대한 공헌을 했고, 둘째로 청소하는 객실마다 이 호텔의 격을 높여줬다고 장황하게 이야기한다. 할머니의 영혼에 접속해 할머니가 아침마다 그랬듯이 숨 쉴 틈도 없이 조잘대고 조잘대고 또 조잘댄다. 그러는 내내 몇 분만 지나면 이 계획이 수포로 돌아간다는 사실을 인식하고 있다. 또한 내가 메이드 유니폼을 입고 있지 않다는 사실도. 그 때문에 더 괴롭고 더 불편하다. '얼른 돌아오세요, 프레스턴 씨. 빨리요!' 나는 속으로 생각한다.

마침내 회전문을 밀치며 프레스턴 씨가 씩씩하게 걸어와 스노우 씨 옆에 서서 말한다.

"경비를 찾을 수가 없네요, 매니저님."

"몰리를 내보낼 수가 없군." 스노우 씨가 말한다.

"제가 처리하죠."

프레스턴 씨의 말에 스노우 씨는 고개를 끄덕이고 옆으로 비켜선다. 프레스턴 씨가 "몰리, 잠깐 얘기 좀······" 하더니 날 부드럽게 옆으로 끌고 가서 사람들이 우리 말을 들을 수 없는 곳으로 간다. 우리 둘 다 호기심 어린 군중을 등지고 선다.

"성공했어요?" 내가 속삭인다.

"성공했어. 셰릴을 찾아냈어."

"그다음에는요?"

"원하는 걸 손에 넣었지."

"어떻게요?"

"셰릴에게 네가 다른 메이드들의 팁을 훔치는 걸 알고 있다고 했다. 어찌나 당황하던지 내가 자기 카트에서 마스터키 카드를 슬쩍하는 것도 모르더구나. 지문도 전혀 남지 않았어."

프레스턴 씨가 흰 장갑을 낀 손가락을 흔들어 보인다.

"자." 그러고는 내게 한 손을 내민다. "나와 악수하거라."

나는 그 말대로 악수한다. 마스터키 카드가 감쪽같이 내 손바닥으로 이동하는 게 느껴진다.

"잘 지내라, 몰리."

프레스턴 씨가 근처 좌중에게 다 들릴 정도로 크게 말한다.

"이제 집으로 가거라. 오늘 이곳에는 네가 있을 자리가 없어."

그러고는 스노우 씨에게 고개를 까닥이자 스노우 씨도 고개를 까닥인다.

당연히 프레스턴 씨는 내가 여기를 뜰 수 없다는 걸 나만큼이나 잘 알고 있다. 아직은 갈 수 없다. 일벌의 처지에 대한 새로운 독백을 막 시작하려는데 마침내 로드니가 회전문을 밀고 나오며 날 향해 계단을 내려온다.

"도대체 이해가 안 가네요!" 내가 외친다. "전 훌륭한 메이드라고요! 로드니, 안 그래도 널 만나고 싶었어. 이게 믿어져?"

스노우 씨가 다가와 말한다.

"로드니, 우린 지금 미스 몰리에게 그녀가 더는 이 호텔에서 환영받는 존재가 아니라는 사실을 설명하려는 중일세. 하지만 메시지를 전달하기가 힘들군."

"이해합니다. 제가 얘기해보죠." 로드니가 말한다.

나는 다시 옆으로 끌려간다. 사람들이 우리 말을 들을 수 없는 곳으로 가자 로드니가 말한다.

"몰리, 걱정 마. 내가 나중에 매니저에게 말해서 네 일자리가 어떻게 됐는지 알아볼게. 알았지? 아마 그냥 오해가 있었을 거야. 그 스위트룸 키카드는 구했어? 지금 낭비할 시간이 없어."

"맞아, 그렇지. 자, 여기 키카드."

나는 조심스럽게 키카드를 건넨다.

"고마워, 몰리. 넌 최고야. 참, 경찰이 곧 기자 회견을 한다고 들었어. 혹시 발표할 내용이 뭔지 알아?"

"미안하지만 몰라."

나는 이 대답이 로드니를 달래주기를 바라며 그를 유심히 지켜본다.

"그래, 알았어. 올빼미가 경찰을 들이기 전에 이 일을 끝내는 게 좋겠다."

"그래, 가능한 한 빨리 끝내. 행운을 빌어."

로드니는 몸을 돌려 계단을 올라간다.

"아, 로드니."

내가 부르자 그가 돌아서서 날 내려다본다.

"네가 친구를 위해 그렇게까지 하다니 정말 놀라워."

"말도 마. 난 무슨 일이든 할 거야."

내가 뭐라고 대답하기도 전에 로드니는 계단 꼭대기에 올라서서 스노우 씨에게 말한다.

"걱정 마세요. 이제 몰리는 갈 겁니다."

마치 내가 그 자리에 없다는 듯이, 아무렇지도 않게.

나는 서둘러 진홍색 카펫이 깔린 계단을 내려간다. 딱 한 번 뒤를 돌아보니 로드니가 서둘러 회전문으로 들어간다. 프레스턴 씨가 그 뒤를 따라 한 손은 앞으로 내밀고, 다른 손은 스노우 씨를 호텔 안으로 안내하고 있다.

휴대전화를 확인하니 5시 45분이다.

'때가 됐다.'

24

나는 호텔 바로 맞은편 카페에 앉아 있다. 창문 옆자리라서 리전시 그랜드 호텔 정문이 완벽하게 보인다. 햇살이 저물어가고 있다. 또렷한 그림자가 입구에 드리워져 진홍색 카펫이 깔린 계단이 다른 색, 말라붙은 피에 더 가까운 색으로 변한다. 머지않아 연철로 만든 가로등에 펄럭이는 불꽃이 켜질 테고, 어스름이 물러가며 어둠이 내려앉을수록 불꽃은 더욱 진하게 빛날 것이다.

내 앞에는 스테인리스스틸로 만든 찻주전자와 묵직한 머그잔이 있다. 찻주전자는 물이 줄줄 새서 머그잔에 깔끔하게 따를 수가 없고, 머그잔보다는 할머니의 도자기 잔이 더 좋지만 지금 나는 불평할 처지가 아니다. 또한 큰맘 먹고 건포도와 겨가 들어간 갓 구운 머핀도 주문했다. 머핀은 깔끔하게 사 등분 했지만 지금은 너무 긴장해서 먹을 수가 없다.

몇 분 전에 프레스턴 씨가 회전문으로 나와 포디움 뒤에 가서 서더니 전화를 했다. 통화는 순식간에 끝났다. 프레스턴 씨가 고개를 들고 길 건너 바로 이 창문을 바라본다. 아마 저무는 햇살 때문에 내가 보이지 않을 테지만 내가 여기 있다는 걸 안다. 나도 프레스턴 씨가 거기 있다는 걸 알고 있으며 그 사실이 위안이 된다.

휴대전화가 진동한다. 샬럿에게서 문자가 왔다. 엄지를 치켜든 이모티콘이다. 이 이모티콘은 '모든 게 우리 계획대로 잘되어가고 있다'는 신호로 하자고 미리 합의해둔 터였다.

그녀에게서 다시 문자가 온다.

'거기서 대기해요.'

나도 그녀에게 엄지를 치켜든 이모티콘을 보낸다. 내 기분은 그 이모티콘과 거리가 멀지만. 나는 단연코 엄지를 아래로 내린 기분이었고, 저 계단에서 어떤 움직임이 나타나기 전까지는, 정말 우리 계획대로 일이 진행된다는 조짐을(이모티콘 말고) 보기 전까지는 엄지가 올라가지 않을 것 같았다. 지금까지는 아무 조짐도 없다.

5시 59분이다.

'때가 됐다.'

나는 긴장한 손으로 머그잔을 감싼다. 비록 이제 차는 미지근해서 별로 위로가 안 되지만. 내가 앉은 자리 오른쪽으로 텔레비전이 잘 보인다. 소리는 나오지 않지만 늘 그렇듯이 24시간 뉴스 채널에 고정되어 있다. 스타크 형사의 동료인 젊은 형사가 기자회견에서 발표하려고 한다. 그가 앞에 있는 종이를 읽는 동안 화면 아래로 자막이 지나간다.

'......경찰은 월요일 리전시 그랜드 호텔에서 사망한 찰스 블랙의 죽음을 살인이라 확신하며 이에 범인을 검거했습니다. 지금 나오는 사진은 피고인 몰리 그레이로 리전시 그랜드 호텔의 룸메이드입니다. 그녀는 일급 살인과 총기 소지, 마약 소지로 검거

되었습니다.'

차를 한 모금 마시던 나는 화면에 내 얼굴이 나오자 사레들릴 뻔한다. 리전시 그랜드에 취직했을 때 인사과에 제출한 증명사진이다. 웃는 얼굴은 아니지만 적어도 전문가처럼 보인다. 깨끗하고 잘 다린 메이드 유니폼을 입고 있다. 아래로 자막이 계속 지나간다.

'……현재는 보석으로 석방되었습니다. 추가 정보가 필요하신 분은 저희에게 연락을……'

나는 시선을 돌린다. 호텔 앞에 급정차하는 자동차 소리가 들리기 때문이다. 길 건너, 호텔 바로 앞에 검은색 순찰차 네 대가 서더니 무장한 형사 몇몇이 차에서 뛰쳐나와 계단을 뛰어오른다. 프레스턴 씨가 그들을 데리고 호텔로 들어간다. 이 모든 일이 불과 몇 초 만에 일어난다. 잠시 뒤에 프레스턴 씨가 다시 회전문으로 나오고, 스노우 씨가 뒤따른다. 그들은 몇 마디 주고받더니 계단참에 서 있는 손님들을 돌아본다. 틀림없이 모든 게 괜찮지 않은데도 다 괜찮다고 그들을 안심시킬 것이다. 멀리서 이 장면을 지켜보는 나는 무력하기 그지없다. 그저 기다리면서 희망을 품는 것 외에는 할 일이 없다. 아니, 할 일이 하나 있다. 전화를 걸어야 한다. 중요한 전화.

'때가 됐다.'

우리 계획에서 이 부분만큼은 지금까지 나 혼자 간직하고 있었다. 아무에게도 말하지 않았다. 프레스턴 씨나 샬럿, 심지어 후안 마누엘에게도. 오로지 나만 아는 것들, 오로지 나만 이해하는 것들이 있다. 왜냐하면 내가 경험했기 때문이다. 외톨이가 된다는 게 어떤 일인지, 너무 외로워서 잘못된 선택을 하고, 절박한 마음에 믿어서는 안 될 사람을 믿는 게 어떤 일인지 나는 안다.

나는 연락처로 들어가 지젤에게 전화한다.

신호음이 한 번, 두 번, 세 번 울리고 지젤이 전화를 안 받으려나 보다 생각하는 찰나……

"여보세요?"

"안녕, 지젤. 나 몰리예요. 메이드 몰리. 당신 친구요."

"맙소사, 몰리. 자기 전화 기다렸어. 호텔에서 통 안 보이더라고. 보고 싶었어. 아무 문제 없는 거야?"

나는 예의를 차릴 시간이 없고, 지금이야말로 살면서 에티켓 법칙을 무시하는 게 지극히 적절한 몇 안 되는 상황이라고 믿는다.

"당신은 나한테 거짓말을 했어요. 로드니는 당신 남자 친구더군요. 남들 몰래 사귀는 남자 친구. 나한테도 말한 적이 없죠."

전화기 반대편에 정적이 흐른다.

"아, 몰리." 잠시 뒤에 지젤이 말한다. "정말 미안해."

그녀의 목소리에서 울기 직전임을 알려주는 작은 울먹거림이 들린다.

"난 우리가 친구인 줄 알았어요."

"우린 친구 맞아." 지젤이 대답한다.

그 말이 가시처럼 날 찌른다.

"몰리, 난 어떻게 해야 할지 모르겠어. 완전히…… 완전히 길을 잃었어."

이제 지젤은 대놓고 운다. 그녀의 목소리는 온순하고 겁에 질렸다.

"당신은 나한테 총을 가져다 달라고 했어요."

"그래. 엉망진창인 내 인생에 자기를 끌어들이지 말았어야 했어. 나는 무서웠어. 경찰이 그 총을 발견하고 그래서 모든 게 날 범인으로 가리킬까 봐 무서웠어. 그러다 경찰이 자기는 절대 의심하지 않을 거라고 생각했지."

"경찰이 내 진공청소기에서 당신 총을 발견했어요. 이젠 모든 게 날 범인으로 지목하고 있다고요, 지젤. 난 여러 죄목으로 체포됐어요. 몇 분 전에 방송으로 발표까지 됐고요."

"맙소사, 어떻게 그럴 수가······."

"그럴 수가 있어요. 그리고 난 블랙 씨를 죽이지 않았어요."

"알아. 하지만 나도 죽이지 않았어, 몰리. 맹세해."

"알아요. 로드니가 내게 누명을 씌우려고 했다는 거 알고 있었어요?"

"몰리, 맹세컨대 몰랐어. 그리고 로드니가 자기에게 시킨 짓 있잖아. 객실에서 마약을 희석한 뒤에 자기에게 청소하게 한 거. 난 월요일 아침에서야 그 사실을 알았어. 그전에는 꿈에도 몰랐어. 로드니 눈이 멍들었지? 그건 내가 로드니에게 그 말을 듣고 때려서 생긴 거야. 우린 그 일로 대판 싸웠어. 내가 그건 옳지 않다, 몰리는 아무 잘못 없는 좋은 사람이라고, 그렇게 사람을 이용해서는 안 된다고 했어. 그러고는 내 가방으로 로드니를 후려쳤어, 몰리. 머리끝까지 화가 났거든. 사슬이 로드니의 눈에 정통으로 맞았어."

미스터리 하나가 풀렸지만 겨우 하나다.

"로드니랑 블랙 씨가 함께 불법적인 일을 벌인 건 알아요? 둘이서 호텔을 통해 불법으로 마약을 유통한 거 아냐고요."

전화기 너머로 지젤이 자세를 바꾸고 발을 끌며 걷는 소리가 들린다.

"응, 안 지 좀 됐어. 그래서 이 빌어먹을 호텔에서 보내는 시간이 그렇게 많았던 거야. 하지만 자기에 관한 일, 그러니까 로드니가 그 더러운 일에 자기를 끌어들인 건 이번 주에야 알았어. 더 일찍 알았더라면 맹세컨대 그만하라고 했을 거야. 그리고 정말이지 난 찰스의 죽음과 아무 상관이 없어. 물론 로드니와 그런 농담을 한 적은 있어. 그의 보스이자 내 남편을 총알 한 방으로 보내 버리면 우리 둘이서 팔자를 고칠 수 있고, 마침내 사람들 앞에서도 떳떳하게 다닐 수 있을 거라고. 심지어 함께 도망갈 계획까지 세웠어. 아주 멀리."

그제야 맞아떨어진다. 항공권 확인증. 편도 티켓 두 장.

"케이맨 제도로 떠나려고 했군요."

"그래, 케이맨 제도. 그래서 찰스에게 거기 별장을 내 명의로 해달라고 부탁한 거야. 찰스를 떠나서 달아날 생각이었어. 멀리서 이혼 소송을 제기할 생각이었지. 로드니와 나는 새 삶을, 더 나은 삶을 시작하려고 했어. 단둘이서. 하지만 정말로 그럴 작정은…… 로드니가 정말로 그럴 줄은…….." 지젤은 말끝을 흐린다.

"배신감 느껴본 적 있어요, 지젤? 누군가를 엄청 믿었는데 그 사람이 당신을 실망시킨 적이 있냐고요."

"잘 알면서 그래. 내가 그런 경험이 있다는 거 몰리가 누구보다 잘 알잖아."

"블랙 씨가 당신을 실망시켰죠."

"맞아. 하지만 그이뿐만이 아니야. 로드니도 마찬가지야. 난 나쁜 남자를 고르는 데 소질이 있는 것 같아."

"그게 우리의 또 다른 공통점이겠네요."

"그래. 하지만 난 그들과 달라, 몰리. 찰스와 로드니하고는 완전히 다르다고."

"그런가요? 우리 할머니는 이렇게 말씀하셨어요. '상대가 어디로 가고 싶은지 알고 싶으면 입 말고 발을 봐라.' 이제야 그 말을 이해했어요. 또 이런 말도 하셨죠. '백문이 불여일견이다.'"

"백문이…… 뭐?"

"이제 난 당신 말을 믿지 않을 거라는 뜻이에요."

"몰리, 난 그저 실수했을 뿐이야. 자기에게 다시 스위트룸에 들어가 나 대신 위험한 일을 해달라고 부탁하는 멍청한 실수를 저질렀어. 제발, 이 일로 나한테 실망하지 마. 그들이 꼭 대가를 치르게 할게."

지젤의 목소리는 거짓이 없는 진짜다. 하지만 내가 그녀의 말을 믿을 수 있을까?

"지젤, 지금 호텔이에요? 방에 있어요?"

"응, 탑에 갇힌 공주 신세야. 몰리, 내가 도울 수 있게 해줘. 내가 경찰에게 다 말할게. 그게 내 총이었고, 자기에게 가져다 달라고 했다고. 로드니와 찰스가 마약 카르텔을 운영했다는 것도 말할 거야. 자기의 누명을 벗겨줄게. 약속해. 몰리, 자기는 내 평생 처음 가져보는 진정한 친구야."

눈물이 왈칵 쏟아진다. 저 말이 사실이면 좋겠다. 정말로. 지젤이 그저 썩은 땅에 떨어진 좋은 종자라면 좋겠다. 이제는 그녀를 시험해봐야 할 때다.

"지젤, 지금부터 내가 하는 말을 잘 들어요. 아주 아주 잘 들어야 해요. 알았죠?"

"알았어." 지젤이 코를 훌쩍이며 말한다.

"케이맨 제도로 갈 수 있어요?"

"응, 내가 가진 건 오픈 티켓이라서 언제든 갈 수 있어."

"아직 여권도 가지고 있죠?"

"응."

"로드니에게는 연락하지 말아요. 알겠어요?"

"하지만 아무리 그래도 로드니에게……."

"로드니는 당신을 전혀 신경 쓰지 않아요, 지젤. 모르겠어요? 기회가 생기자마자 당신을 버릴 거라고요. 당신은 그의 또 다른 체스 말일 뿐이에요."

지젤이 힘겹게 숨을 들이쉬는 소리가 들린다.

"아, 몰리, 나도 자기 같았으면 좋겠어. 하지만 난 그렇지 않아. 전혀 아니야. 자기는 강하고 정직하고 좋은 사람이야. 내가 그렇게 될 수 있을지 모르겠어. 내가 홀로서기를 할 수 있을지 모르겠어."

"당신은 늘 혼자였어요, 지젤. 나쁜 동행은 차라리 없는 게 나아요."

"그 말도 할머니가 했겠지?"

"네, 그리고 맞는 말이고요."

"내가 어쩌다 그런 남자를 좋아하게 됐을까? 그렇게……."

"비열한 남자요?" 내가 거든다.

"그래, 그렇게 비열한 남자."

"'비열하다(vile)'와 '사악하다(evil)'는 같은 글자로 이뤄져 있어요. 하나가 다른 하나를 잉태하죠."

"로드니와 찰스."

"비열하고 사악해요. 지젤, 시간이 별로 없어요. 내가 하라는 대로 해요. 빨리."

"알았어. 뭐든 말만 해, 몰리."

"가방 하나에 꼭 필요한 물건만 챙기세요. 여권도 챙기고, 당신이 가진 돈도 전부 브래지어 속에 넣어요. 그런 다음에 달아나세요. 호텔 정문 말고 뒷문으로 나가요. 지금 당장. 알겠어요?"

"하지만 자기는 어쩌고? 자기를 그냥 두고……."

"당신이 내 친구라면 날 위해서 그렇게 해주세요. 난 이제 혼자가 아니에요. 내 곁에는 진정한 친구들, 믿을 수 있는 친구들이 있어요. 난 괜찮을 거예요. 그러니 내가 말한 대로 해주세요. 어서 가요, 지젤. 뛰어요."

지젤은 계속 말하지만 나는 듣지 않는다. 할 말을 다 했기 때문이다. 무례한 짓이라는 건 알지만, 그리고 지금처럼 아주 특별한 상황이 아니었다면 필시 이렇게 퉁명스럽고 딱딱한 투로 말하지 않았으리라. 나는 말없이 전화를 끊는다.

고개를 들어보니 내가 앉은 테이블 옆에 카페 직원이 서 있다. 그녀는 어색하게 왼발에서 오른발로 체중을 옮긴다. 나는 저 행동이 무슨 의미인지 알고 있다. 내가 말할 기회를 엿볼 때 하는 행동이다.

"저 사람이 당신인가요?"

카페 직원이 텔레비전을 가리키며 묻는다.

뭐라고 대답해야 할까?

'정직이 최선의 방책이란다.'

"네, 저 맞아요."

그녀가 이 사실을 받아들이는 동안 잠시 침묵이 흐른다.

"아, 하지만 내가 하지 않았다는 말은 해야겠네요. 그러니까 내가 블랙 씨를 죽이지 않았다고요. 걱정할 거 하나도 없어요."

나는 그렇게 말하고 홍차를 한 모금 마신다.

카페 직원은 몸이 굳더니 옆걸음질로 자리를 뜬다. 안전하게 계산대 뒤로 가서야 내게 등을 돌리고는 서둘러 주방으로 달려간다. 틀림없이 상사에게 이 일을 이야기할 테고 그럼 곧 상사가 나와서 휘둥그런 눈으로 날 바라보리라. 나는 그 표정이 무슨 의미인지 즉시 알 것이다. 이제는 미묘한 암시며 감정을 표현하는 몸짓을 더 잘 이해하게 되었기 때문이다.

'오래 살수록 더 많이 배우게 될 거다.'

그 상사는 날 위아래로 훑어보며 뉴스에 나온 사람이 나라는 사실을 확인할 것이다. 그러고는 경찰에 전화하겠지. 경찰은 그녀를 진정시킬 것이다. 걱정하지 말라거나, 기자 회견에 나온 세부 사항은 잘못되었다는 식으로 말하면서.

'결국에는 모든 게 잘될 거다.'

나는 숨을 깊이 들이쉰다. 마음을 진정시켜주는 차를 한 모금 더 음미한다. 기다리면서 호텔 정문을 바라본다.

마침내 내가 기다리던 장면이 펼쳐진다.

경찰이 한 남자를 앞세운 채 회전문에서 나온다. 로드니다. 흰 셔츠 소매를 걷어 올린 덕분에 수갑을 찬 멋진 팔이 더 잘 보인다. 그의 뒤에는 스타크 형사가 따라간다. 그녀는 남청색 더플백을 들고 있는데 내가 익히 아는 그 가방이다. 지퍼가 반쯤 열려 있어 여기에서도 그 안에 든 물건이 보인다. 후안 마누엘의 옷이나 개인 소지품이 아니라 흰 가루가 든 봉지들이다.

나는 깔끔하게 사 등분 한 머핀 한 조각을 집어 든다. 먹음직스럽기도 하지. 갓 구운 머핀이다. 이 카페에서는 늦은 오후에 머핀을 굽는다는 점이 재미있지 않은가? 오후에 머핀을 먹는 사람은 많지 않을 거라고 생각할 테지만 이 카페에서는 오후에 머핀을 구워서 판다. 세상에는 나 같은 사람이 또 있나 보다.

'사람은 절대 풀리지 않는 미스터리란다.'

맞아요, 할머니. 정말 맞는 말이에요.

머핀은 맛이 좋다. 입안에서 스르륵 녹는다. 먹으니까 기분이 좋다. 먹는다는 일은 너무도 인간적이고, 너무도 만족스럽다. 우리 모두 살기 위해 해야 하는 일이다. 지구상의 모든 인간이 공통으로 해야 하는 일이다. 나는 먹는다, 고로 존재한다.

한 형사가 로드니의 머리를 누르며 순찰차 뒷좌석으로 밀어 넣는다. 몇 분 전에 계단을 뛰어 올라간 몇몇 형사가 계단 밑에 보초를 선다. 긴장한 호텔 손님들이 계단참에 옹기종기 모여 도어맨에게서 위로와 안심을 얻고자 한다.

계단을 올라간 스타크 형사가 프레스턴 씨에게 뭐라고 말하더니 둘 다 내 쪽을 바라본다. 저들은 나를 볼 수 없다. 카페 창문에 부서지는 늦은 오후의 햇살 때문이다.

스타크 형사가 내 쪽을 향해 고개를 끄덕인다. 보일 듯 말 듯한 움직임이지만 그래도 분명히 끄덕였다. 나에게 끄덕인 것이다. 확실하다. 확실하지 않은 것은 저 행동의 의미, 멀리서 보여준 저 끄덕임의 의미다. 지금까지 난 스타크 형사의 의중을 읽는 데 상당한 어려움을 겪은 터라 모든 것은 어디까지나 짐작이고 추측일 뿐 확실하지 않다.

나는 평생 내기라고는 해본 적이 없다. 내게 돈이란 벌기가 너무 힘들고 잃기는 너무 쉽기 때문이다. 하지만 만약 내기를 하게 된다면, 스타크 형사의 저 끄덕임에는 특별한 의미가 있다는 데 돈을 걸겠다. 그리고 그 의미는 '내가 틀렸네요'라는 데도.

25

나는 집까지 느긋하게 걸어간다. 재미있게도 스트레스가 사라지니 비로소 주위의 사소하고도 자극을 주는 것들을 제대로 감상하게 된다. 밤에 자려고 깃털을 부풀리기 전에 마지막으로 자장가를 부르는 새들의 노랫소리, 해가 지며 솜사탕 빛깔로 물든 하늘, 지금 집에 가는 길이고, 지난 몇 달 매일 그랬던 것과 달리 오늘은 현관문을 열면 친구가 기다리고 있을 거라는 사실. 할머니가 돌아가신 뒤로 이렇게 희망에 부푸는 일은 아마 처음일 것이다.

'결국엔 다 잘될 거다. 잘되지 않았다면 아직 끝이 아닌 거야.'

저 앞에 집이 보인다. 나는 발걸음을 재촉한다. 후안 마누엘이 새로운 소식을 간절히 기다릴 것이다. 단순히 엄지를 치켜올린 이모티콘 말고 진짜 소식.

나는 미끄러지듯 공동 현관문을 통과해 한 번에 두 칸씩 계단을 오른다. 5층 복도를 지나 열쇠를 꺼내 문을 연다.

"나 왔어!" 내가 외친다.

후안 마누엘이 달려 나오더니 청소 카트보다 훨씬 짧은 간격으로 내 앞에 선다. 그렇다고 해서 그런 행동이 거슬리는 건 아니다. 사람들이 내게 가까이 와서 문제가 된 적은 없었다. 내 문제는 늘 반대였다. 사람들이 나와 거리를 두고 싶어 하는 것이었다.

"아, 왔구나."

후안 마누엘이 손을 맞잡은 채 말하더니 벽장 문을 열고 광택 천을 꺼내 내가 신발을 벗는 동안 기다린다.

"성공했어? 경찰이 여우를 잡았어?" 그가 묻는다.

"응, 내 눈으로 똑똑히 봤어. 경찰이 로드니를 잡아갔어."

"아, 다행이다, 다행이야. 나한테 하나도 빠짐없이 다 말해줘. 넌 괜찮아? 말해봐. 넌 괜찮은 거야?"

"후안 마누엘, 난 괜찮아. 정말로 아주 좋아."

"다행이다." 그가 숨을 내쉬며 말한다. "정말 다행이야."

그러더니 내 신발을 집어 들고 밑창을 닦는다. 마치 거기를 문지르면 램프의 요정이 나타나기라도 한다는 듯이 맹렬하게. 다행히도 그는 밑창 닦는 일을 끝내고 내 신발과 천을 벽장에 넣는다. 그러고는 날 껴안는다. 이 갑작스러운 애정 표현에 너무 놀라서 나는 팔을 휘젓고, 이 상황에서는 나도 그를 껴안는 게 올바른 행동임을 잊어버린다. 그걸 막 깨달았을 때는 후안 마누엘이 날 놓아준다.

"왜 껴안은 거야?"

"네가 집에 무사히 도착했으니까. 부엌으로 가자. 우리가 먹을 간단한 저녁을 준비했어. 널 기다리는 동안 긍정적으로 생각하려고 했지만 걱정이 되는 거야. 경찰이 와서 날 끌고 가거나 네가 다시는 돌아오지 못할 거라고 생각했어. 그보다 더 끔찍한 생각도 들었어. 만약 그들이⋯⋯." 그가 말을 흐린다.

"그들이 뭐?"

"로드니와 부하들이 날 해쳤듯이 너도 해쳤을지 모른다고."

그 말을 들으니 방이 30도가량 기우는 듯하지만 나는 심호흡하며 진정한다.

"어서 가자." 후안 마누엘이 말한다.

나는 그를 따라 부엌으로 간다. 부엌에는 음식이 차려져 있다. 올리브 가든에서 가져온 음식이 접시에 예쁘게 담겨 있다. 심지어 이탈리아 식당 같은 분위기를 내려고 할머니의 흑백 체크무늬 테이블보까지 깔았는데 그 효과가 대단했다. 구석에 마련된 자그마한 부엌이 관광 엽서에 나오는 식당으로 변했다. 마치 꿈을 꾸는 듯해서 잠시 말문이 막힌다.

"정말 근사하다, 후안 마누엘." 나는 간신히 말한다. "그거 알아? 오랜만에 처음으로 제대로 된 식사를 할 거 같아."

"먹는 동안 나한테 전부 말해줘."

우리는 함께 식탁에 앉는다. 하지만 후안 마누엘은 앉자마자 다시 벌떡 일어난다.

"아, 깜빡했다."

그는 서둘러 거실로 가서 할머니의 초와 성냥을 들고 돌아온다.

"이거 켜도 될까? 특별한 날에만 쓰는 거 알지만 오늘이 바로 그런 날이잖아. 안 그래? 오늘 진짜 범인이 잡혔으니까."

"그래, 경찰이 순찰차에 로드니를 태워서 데려갔어. 이게 우리 둘에게 좋은 의미이길 바라."

이 말이 입에서 나오는 동안에도 의심이 스멀스멀 올라온다.

희망을 품는 것과 모든 일이 올바르게 끝날 거라고 믿는 건 별개다. 후안 마누엘에게도, 내게도.

후안 마누엘은 식탁 가운데에 초를 내려놓는다. 우리가 막 포크를 집어 드는데 내 주머니에서 휴대전화가 울리고, 나는 너무 놀라 의자에서 펄쩍 뛰어오른다. 다행히 발신인은 샬럿이다.

"샬럿? 나 몰리예요, 몰리 그레이."

"네, 알아요. 괜찮아요?"

"네, 전 괜찮아요. 신경 써줘서 고마워요. 지금 집에서 후안 마누엘이랑 함께 이탈리아 여행을 떠나려고 해요(몰리가 좋아하는 메뉴 '투어 오브 이탈리아'를 비유한 말이다-옮긴이)."

"뭐라고요?"

"신경 쓰지 말아요. 호텔에서 무슨 일이 있었는지 말해줄 수 있어요? 카페에서 보기는 했지만 계획대로 된 거예요? 로드니를 현행범으로 잡았어요?"

"일이 아주 잘됐어요, 몰리. 저기, 지금은 자세히 말할 수 없어요. 경찰서거든요. 스타크 형사가 좀 보자고 해서요. 당신과 후안 마누엘은 거기 그대로 있어요. 알았죠? 아빠랑 난 가능한 한 빨리 거기로 갈게요. 아마 두어 시간쯤 걸릴 거예요. 당신도 결과에 아주 만족할 거예요."

"네, 알았어요. 고마워요. 스타크 형사에게 안부 전해줘요."

"스타크 형사에게요? 진심이에요?"

"무례하게 행동할 이유는 없죠."

"알았어요, 몰리. 당신이 안부 전했다고 할게요."

"그 끄덕임의 의미도 안다고 말해줘요."

"뭐라고요?"

"그냥 그렇게만 말해줘요. 부탁해요. 정확히 그대로 전해줘요. 고마워요."

"알았어요." 샬럿이 전화를 끊는다.

나는 휴대전화를 치운다.

"식사 방해해서 정말 미안해. 내가 원래 식사 중에 전화를 받는 사람은 아니야. 그런 습관을 만들 생각도 없고."

"몰리, 넌 '옳은 일'과 '옳지 않은 일'에 대한 분별이 너무 심해. 샬럿이 뭐래?"

"현장에서 잡았대. 로드니."

"엔 플라그란테 델리토?"

"응, 현행범으로."

후안 마누엘의 얼굴에 미소가 번져 그의 진갈색 눈까지 웃는다. 예전에 할머니가 진짜 미소는 입이 아니라 눈으로 웃는 거라고 말해준 적이 있는데 이제야 그 의미를 진정으로 이해한다.

"몰리, 미처 말할 기회가 없었는데, 미안해. 난 처음부터 네가 이 일에 연루되는 걸 원치 않았어."

나는 들고 있던 포크를 얼른 내려놓는다.

"후안 마누엘, 넌 날 이 일에서 빼내려고 했어. 심지어 나한테 경고까지 하려고 했잖아."

"더 노력했어야 했어. 경찰에게 전부 다 말했어야 했어. 문제는 내가 경찰을 믿지 못한다는 거야. 경찰은 나 같은 사람을 보면 때로는 나쁘게만 봐. 그리고 경찰이라고 다 좋은 사람은 아니야, 몰리. 하지만 누가 좋은 경찰이고 나쁜 경찰인지 어떻게 알겠어? 경찰에게 마약과 호텔 이야기를 했다가 사태가 더 악화될까 봐 걱정됐어. 나한테나 너한테나."

"그래, 이해해. 나도 누가 좋은 사람이고 누가 나쁜 사람인지 잘 분간하지 못해."

"그리고 로드니와 블랙 씨, 그들이 날 죽이는 건 상관없어. 하지만 우리 엄마랑 가족은 안 돼. 그들이 우리 가족을 해칠까 봐 너무 무서웠어. 널 해치는 것도 무섭고. 그래서 그냥 참고 견디면, 나만 가만히 있으면 아무도 다치지 않을 거라고 생각했어."

후안 마누엘의 팔꿈치가 아닌 손목이 테이블 위에 있다. 나는 그의 얼굴에 초점을 맞추려고 안간힘을 쓴다. 그의 팔의 상처가 자꾸 눈에 들어오기 때문이다. 아문 상처도 있지만 한두 개는 아직 낫지 않았다.

나는 그의 팔을 가리키며 묻는다.

"그가 한 짓이야? 로드니가 그랬어?"

"로드니는 아니고 로드니의 친구들이. 덩치 큰 놈들. 하지만 로드니가 명령을 내리긴 했지. 블랙 씨가 로드니를 시가로 지지고, 그래서 또 로드니가 날 지진 거야. 불평한 벌로, 로드니가 하는 나쁜 일을 돕고 싶지 않은 대가로 생긴 거지. 또 로드니와 달리 내게는 사랑하는 가족이 있어서 생긴 대가이기도 하고."

"정말 잘못됐어. 그들이 너에게 한 짓 말이야."

"응, 맞아. 너에게 한 짓도."

"네 팔의 상처, 아파 보여."

"응, 하지만 오늘은 괜찮아. 오늘은 약간 덜 아파. 앞으로 내가 어떻게 될지는 모르지만 로드니가 잡혀서 기분 좋아. 그리고 이렇게 촛불을 밝힐 수도 있고. 그러니까 희망이 있는 거야."

후안 마누엘은 성냥갑에서 성냥을 꺼내더니 초에 불을 붙인 뒤 말한다.

"음식 식기 전에 어서 먹자."

우리는 포크를 집어 들고 즐거운 식사를 한다. 시간이 충분했으므로 나는 정해진 횟수대로 씹을 뿐 아니라 한 입 한 입 음미한다. 먹는 사이사이 오후에 있었던 일을 자세히 이야기해준다. 카페에 갔고, 걱정하면서 기다리는데 텔레비전에 내가 나왔고, 순찰차가 호텔 앞에 끼익 섰으며, 형사가 로드니의 머리를 순찰차 뒷좌석으로 인정사정없이 처박는 모습을 보니 기분이 어땠는지. 카페 여직원이 뉴스에 나온 날 알아봤다는 이야기를 하자 후안 마누엘이 큰 소리로 웃기 시작한다. 나는 잠시 얼어붙는다. 날 비웃는 건지 이야기가 재미있어서 웃는 건지 분간할 수가 없다.

"뭐가 그렇게 웃겨?"

"그 직원은 네가 살인자라고 생각한 거잖아! 자기 가게에서 홍차를 마시고 케이크를 먹는 여자를!"

"케이크가 아니라 머핀이었어. 건포도와 겨가 들어간 머핀."

그 말에 후안 마누엘은 더 크게 웃는다. 이유는 모르겠지만 그가 이 이야기가 재미있어서 웃는다는 사실이 점점 더 명확해진다. 불현듯 나도 깔깔 웃고 있다. 이유도 모른 채 건포도와 겨가 들어간 머핀이 재미있어서 웃는다.

저녁 식사가 끝나고 후안 마누엘이 설거지를 하려 한다.

"안 돼. 네가 친절하게 저녁을 차려줬으니까 설거지는 내가 해
야지."

"그런 법이 어디 있어? 치우는 걸 좋아하는 사람은 너만이 아
니야. 왜 내 즐거움을 빼앗아 가려고 해?"

후안 마누엘이 다시 특유의 미소를 짓더니 부엌문에 걸려 있
던 할머니의 앞치마를 집어 든다. 푸른색과 분홍색으로 이뤄진
페이즐리와 꽃무늬 앞치마인데도 개의치 않는다. 그는 앞치마 고
리를 목에 건 다음, 허리끈을 허리 뒤로 묶으며 콧노래를 부른다.
누가 저 앞치마를 두른 모습을 본 지 너무 오래되었다. 심지어 할
머니도 죽기 몇 달 전에는 너무 아파서 저 앞치마를 사용하지 않
았다. 따라서 저 앞치마가 다시 누군가의 몸에서 형태를 갖추는
걸 보자…… 나는 왠지 모르게 눈을 돌려버린다.

나는 식탁으로 가서 남아 있는 접시를 싱크대로 가져가고 그
동안 후안 마누엘은 싱크대에 비눗물을 푼다.

우리는 함께 빨리 설거지를 끝내고 몇 분 뒤에는 부엌 전체가
완벽하게 번쩍거린다.

"봤지?" 후안 마누엘이 말한다. "나는 평생 부엌에서 일했어.
큰 주방, 작은 주방, 가정집 부엌 가릴 것 없이. 하루가 끝나고 깨
끗한 싱크대를 보면 이열을 느낀다고."

"희열?"

"응, 맞아. 희열."

나는 촛불 불빛 속에서 그를 바라본다. 마치 이제야 처음으로 그를 제대로 보는 듯하다. 몇 달 동안 매일 직장에서 이 남자를 만났지만 지금, 느닷없이 그가 예전보다 더 잘생겨 보인다.

"투명인간이 된 기분을 느낀 적 있어?" 내가 묻는다. "직장에서 말이야. 사람들이 널 안 보는 기분."

후안 마누엘은 할머니의 앞치마를 벗어 다시 문에 달린 고리에 건다.

"응, 물론이지. 그 기분에 익숙해. 투명인간이 되는 기분, 이상한 세상에 나 혼자인 기분, 미래가 두려운 기분이 뭔지 알아."

"그동안 정말 힘들었겠다. 억지로 로드니를 도와야 했잖아. 그게 나쁜 짓이라는 걸 알면서도."

"가끔은 좋은 일을 하기 위해 나쁜 일을 해야 할 때도 있어. 세상은 사람들 생각처럼 흑백으로 명확하게 나뉘지 않아. 특히 선택의 여지가 없을 때는."

그렇다. 전적으로 맞는 말이다.

"궁금한 게 있어, 후안 마누엘. 너 퍼즐 좋아해? 직소 퍼즐?"

"좋아하냐고? 없어서 못 하지."

그 순간 현관문을 두드리는 소리가 난다. 나는 가슴이 철렁 내려앉고 두 발이 바닥에 붙어서 떨어지지 않는다.

"몰리, 문 열어도 되겠어? 몰리?"

"응, 물론이지."

나는 억지로 발을 뗀다. 우리 둘 다 현관으로 간다. 나는 빗장을 밀고 현관문을 연다.

문 앞에는 샬럿과 프레스턴 씨가 서 있고, 그 뒤에는 스타크 형사가 있다.

나는 다리에서 힘이 빠져 문틀에 몸을 기댄다.

"괜찮다, 몰리. 괜찮아." 프레스턴 씨가 말한다.

"형사님이 좋은 소식을 말해주러 오셨어요." 샬럿이 덧붙인다.

그런 말을 들어도 몸이 움직이지 않는다. 후안 마누엘이 옆에서 날 부축한다. 복도 저쪽에서 문 열리는 소리가 나더니 어느새 로소 씨가 스타크 형사 뒤에 서 있다. 마치 우리 집 현관에서 파티라도 벌어진 듯하다.

"내 이럴 줄 알았어!" 로소 씨가 외친다. "네가 아무짝에도 쓸모없을 줄 알았어, 몰리 그레이. 아까 뉴스에서 봤다! 우리 건물에서 당장 나가! 알아들었어? 형사님, 저 애를 여기서 쫓아내주세요!"

나는 수치심에 얼굴이 달아오르고, 목소리가 나오지 않는다.

스타크 형사가 로소 씨를 돌아본다.

"사실 그 뉴스 보도는 잘못됐어요, 선생님. 한 시간쯤 뒤에 정정 보도가 나갈 겁니다. 몰리는 어떤 범법 행위도 저지르지 않았습니다. 사실 이번 사건을 해결하는 데 도움을 줬어요. 처음에는 그걸 몰랐지만요. 그래서 제가 여기 온 겁니다."

"선생님." 샬럿이 로소 씨에게 말한다. "잘 아시겠지만 선생님은 입주자를 아무 이유 없이 내쫓을 수 없어요. 그레이 양이 월세를 냈나요?"

"늦기는 했지만 네, 냈습니다." 로소 씨가 대답한다.

"그레이 양은 당신에게 이런 대접을 받아야 할 이유가 없는 모범 입주민입니다." 샬럿이 말한다. "그리고 스타크 형사님, 이 건물에 엘리베이터가 없다는 걸……."

"미안합니다. 그만 가야겠군요."

로소 씨는 그렇게 말하더니 서둘러 자리를 뜬다.

"안녕히 가세요!" 샬럿이 그의 등에 대고 외친다.

복도가 조용해진다. 다들 현관문 앞에 서서 나를 바라본다. 나는 어떻게 해야 할지 모르겠다.

프레스턴 씨가 헛기침을 한다.

"몰리, 우리를 집 안으로 초대해주겠니?"

무기력하던 다리가 깨어난다. 내가 힘을 되찾자 날 부축하던 후안 마누엘이 손을 뗀다.

"죄송해요. 제가 이렇게 많은 손님을 접대하는 데 익숙지 않아요. 하지만 반가운 손님이죠. 어서 안으로 들어오세요."

후안 마누엘은 문 옆에 보초병처럼 서서 손님을 한 명씩 맞이하고 신발을 벗어달라고 한 다음 떨리는 손으로 신발 밑창을 닦아 벽장에 가지런히 넣어둔다.

손님들은 거실로 가서 어색하게 서 있다. 뭘 기다리는 거지?

"다들 앉으세요." 내가 말한다.

프레스턴 씨가 부엌으로 가더니 의자 두 개를 들고 돌아와 소파 맞은편에 둔다.

"홍차 마실 분 있나요?" 내가 묻는다.

"홍차를 마실 수 있다면 살인이라도 하겠다." 프레스턴 씨가 말한다.

"아빠!"

"적절치 못한 표현이었구나. 사과하지."

"괜찮아요, 프레스턴 씨."

나는 그렇게 말하고 스타크 형사를 돌아본다.

"다들 살다 보면 실수할 때가 있으니까요. 안 그런가요, 형사님?"

스타크 형사는 스타킹을 신은 자기 발이 무척 신기한 듯 바라본다. 업무 시간에 신발을 벗고 연약한 발가락을 드러내는 게 흔한 일은 아니리라.

"아까 말한 홍차는 어떻게 할까요?"

"내가 끓일게요."

후안 마누엘은 그렇게 말하더니 스타크 형사를 힐끔 보고는 황급히 부엌으로 간다.

프레스턴 씨는 스타크 형사에게 앉으라고 권하고, 그녀는 그 말에 따른다. 샬럿은 지난번에 앉았던 자리에 앉는다. 나는 소파에 앉고 프레스턴 씨는 늘 할머니가 앉던 자리에 앉는다.

"짐작하시겠지만." 내가 말문을 연다. "지난 몇 시간 동안 무슨 일이 있었는지 너무 궁금해요. 특히 제가 아직도 살인죄로 기소된 상태인지 빨리 알고 싶네요."

부엌에서 스푼이 바닥에 쨍강 떨어지는 소리가 들린다.

"미안합니다!" 후안 마누엘이 외친다.

"당신을 상대로 했던 기소는 모두 취하됐어요." 스타크 형사가 말한다.

"전부 다요." 샬럿이 덧붙인다. "형사님이 당신을 경찰서로 불러서 직접 말씀해주고 싶어 하셨는데 제가 여기서 만나자고 우겼어요."

"고마워요." 내가 샬럿에게 말한다.

샬럿이 몸을 앞으로 내밀더니 내 눈을 똑바로 보며 말한다.

"당신은 결백해요, 몰리. 이젠 경찰도 그 사실을 알아요."

귀로 그 말을 듣고, 그 말이 머릿속에 입력되는데도 잘 믿기지 않는다. 행동 없는 말은 속임수일 수 있다.

프레스턴 씨가 내 무릎을 가볍게 토닥인다.

"자, 자, 끝이 좋으면 다 좋은 거다."

만약 할머니가 살아 계셨다면 정확히 그렇게 말씀하셨으리라.

"몰리." 스타크 형사가 말한다. "내가 여기 온 건 당신 도움이 필요해서예요. 오늘 오후에 스노우 씨에게서 호텔로 급히 와달라는 전화를 받았어요. 새로 알아낸 사실을 제보하겠다면서요."

후안 마누엘이 창백하고 핼쑥한 얼굴로 부엌에서 나와 들고 있던 쟁반을 테이블에 내려놓고 다시 물러선다. 스타크 형사로부터 청소 카트 여남은 대가 들어갈 정도의 간격을 두고.

스타크 형사는 알아차리지 못한 채 쟁반을 바라보며 할머니가 쓰시던 찻잔을 고른다. 나는 그게 너무 거슬리지만 무시한다.

"후안 마누엘, 여기 와서 앉아."

내가 자리에서 일어나며 말한다. 의자가 하나 더 있으면 좋으련만 애석하게도 이것뿐이다.

"아니, 아니, 제발 앉아, 몰리. 내가 서 있을게." 그가 말한다.

"좋은 생각이에요. 몰리가 또 기절하면 안 되니까요." 스타크 형사가 말한다.

나는 다시 의자에 앉는다.

스타크 형사가 홍차에 설탕을 약간 넣고 휘젓더니 말한다.

"아까 블랙 씨가 묵었던 스위트룸을 급습했더니 소셜 바 앤드 그릴 바텐더인 로드니 스타일스와 그의 두 동료가 있었어요."

"얼굴에 흥미로운 문신을 새기고, 덩치가 우람한 두 신사분을 말하는 건가요?" 내가 묻는다.

"네, 그 사람들을 알아요?"

"우리 호텔 투숙객인 줄 알았어요. 후안 마누엘의 친구라고 들 었거든요."

나는 그렇게 말해놓고 후회한다.

프레스턴 씨가 내 마음을 읽은 듯이 얼른 이렇게 말한다.

"걱정 마라, 몰리. 형사님도 로드니가 후안 마누엘을 협박한 거 다 아신다. 그리고…… 후안 마누엘을 폭행한 일도."

후안 마누엘은 부엌 앞에 꼼짝도 하지 않고 서 있다. 나는 저 게 어떤 기분인지 안다. 마치 내가 거기 없다는 듯이 내 앞에서 내 이야기를 하는 기분.

"몰리, 로드니가 당신에게 방을 치워달라고 부탁했을 때 왜 그 부탁을 들어줬는지 형사님께 말할 수 있어요? 그냥 사실대로만 말해요." 샬럿이 말한다.

나는 후안 마누엘을 본다. 그의 허락 없이는 한마디도 하지 않을 것이다.

"괜찮아, 몰리. 사실대로 말씀드려." 그가 말한다.

그제야 나는 전부 설명한다. 로드니가 후안 마누엘이 자기 친구라고 거짓말했고, 나는 내가 증거를 치우는 줄도 모른 채 그가 썼던 방을 청소했고, 로드니가 날 속였으며 후안 마누엘을 이용했다고.

"전 매일 밤 그 방에서 무슨 일이 벌어지는지 몰랐어요. 후안 마누엘이 맞는 줄도 몰랐고요. 그저 친구를 돕는 줄만 알았죠."

"그런데 왜 로드니를 믿었죠?" 스타크 형사가 묻는다. "로드니가 마약 사업을 한다는 게 불 보듯 뻔했는데 왜 그를 믿은 거죠?"

"형사님께 불 보듯 뻔한 것이 다른 사람에게도 그렇지는 않아요. 우리 할머니가 늘 말씀하셨듯이 우린 다 같아 보여도 사실은 다 달라요. 그러니까 전 로드니를 믿었어요. 썩어빠진 종자를 믿은 거죠."

후안 마누엘이 부엌 앞에 동상처럼 꼼짝도 하지 않고 서 있다.

"로드니는 저와 후안 마누엘을 이용해서 자기 존재를 지웠어요. 이제야 알겠어요."

"맞아요." 스타크 형사가 대답한다. "그래도 우리에게 잡혔어요. 그 스위트룸에서 많은 양의 벤조다이아제핀과 코카인이 나왔거든요. 로드니가 들고 있더군요."

나는 라벨도 없는 약병에 들어 있던 지젤의 '벤즈 친구들'을 생각한다. 아마 로드니에게 받았으리라.

"우린 마약 관련 범죄와 불법 무기 소지, 경찰 협박 등 몇 가지 혐의로 로드니를 기소했어요."

"경찰 협박이요?"

"스위트룸 문이 열리자 로드니가 총을 뽑아 들었거든요. 당신 청소기에서 나온 것과 똑같은 제품, 똑같은 모델이었죠."

상상이 안 된다. 흰 셔츠를 입고 소매를 걷어 올린 로드니가 바에서 맥주잔이 아닌 총을 든 모습이라니.

그때 후안 마누엘이 내가 놓친 것을 알아차린다.

"아까 몇 가지 혐의로 로드니를 기소했다고 말씀하셨는데 거기에 살인죄는 없네요."

그가 입을 열자 다들 그를 돌아본다.

스타크 형사가 고개를 끄덕인다.

"로드니를 일급 살인 혐의로 기소하기는 했지만 솔직히 말해서 기소를 인정받으려면 당신들 도움이 필요해요. 아직 알아내지 못한 게 몇 가지 있거든요."

"어떤 거요?" 샬럿이 묻는다.

"몰리가 죽은 블랙 씨를 발견한 날, 우리가 처음 그 스위트룸에 들어갔을 때 어디에도 로드니의 지문이 없었어요. 사실 그 방 어디에도 지문이 없기는 했죠. 그리고 블랙 씨의 목에서 당신이 사용하는 세정제가 나왔어요."

"그건 제가 블랙 씨의 맥박을 확인했기 때문에⋯⋯."

"네, 우리도 알아요, 몰리. 당신이 블랙 씨를 죽이지 않았다는 거 알아요."

그제야 불현듯 생각이 난다.

"제 잘못이에요."

다들 나를 바라본다.

"그게 무슨 뜻이냐?" 프레스턴 씨가 묻는다.

"스위트룸에서 로드니의 지문이 나오지 않은 거요. 전 청소할 때 방을 완전무결한 상태로 돌려놓거든요. 만약 로드니가 그 스위트룸에 들어가서 지문을 남겼다면 제가 저도 모르게 그걸 닦았을 거예요. 전 훌륭한 메이드거든요. 너무 훌륭해서 탈이었던 것 같아요."

"그 말이 맞을지도 모르겠군요."

스타크 형사가 말하며 미소를 짓는다. 하지만 활짝 웃는 미소, 눈까지 웃는 미소는 아니다.

"혹시 지젤 블랙의 소재를 아나요? 로드니를 체포한 뒤에 서둘러 지젤의 객실로 갔지만 이미 떠나고 없더군요. 우리가 호텔을 습격한 걸 보고 서둘러 떠난 것 같아요. 호텔 메모지에 짧은 글만 남기고요."

"무슨 글인가요?" 내가 묻는다.

"'메이드 몰리에게 물어보세요. 몰리가 말해줄 거예요. 난 하지 않았어요. 로드니와 찰스=BFF'라고 적혀 있었어요."

"BFF요?"

"영원한 단짝이요(Best friends forever)." 샬럿이 알려준다. "로드니와 찰스가 동업자였다는 말이네요."

"맞습니다. 둘은 동업자였어요."

후안 마누엘이 말하자 모두 그를 돌아본다. 그가 말을 잇는다.

"로드니와 블랙 씨는 통화를 자주 했습니다. 싸울 때도 있었죠. 돈 문제, 운송 문제, 어디에서 얼마에 팔 것인지 등을 두고요. 다들 내가 못 들을 거라고 생각했지만 전 다 들었습니다."

스타크 형사가 몸을 돌려 후안 마누엘을 바라보며 말한다.

"우린 당신이 증인으로 정식 진술을 해줬으면 해요."

후안 마누엘의 얼굴에 놀란 표정이 떠오른다.

"경찰은 당신을 기소하지 않을 거예요." 샬럿이 말한다. "추방하지도 않을 거고요. 당신이 범죄 피해자라는 사실을 알고 있어요. 범인을 잡으려면 당신 도움이 필요해요."

"맞아요." 스타크 형사가 말한다. "우린 당신이 협박을 받아 강제로 로드니에게 협력한 걸 알아요. 또 당신이…… 폭행을 당했고, 노동 허가증이 만료된 것도요."

"단순히 만료된 게 아니에요. 로드니 때문에 그렇게 된 거죠."

후안 마누엘의 말에 스타크 형사가 머리를 갸웃한다.

"로드니 때문이라고요?"

후안 마누엘은 로드니가 이민 전문 변호사를 소개해줬지만 돈만 날리고 허가증은 끝내 받지 못했다고 설명한다.

"그 변호사란 사람, 이름은 아나요?"

후안 마누엘이 고개를 끄덕인다.

스타크 형사는 고개를 절레절레 흔든다.

"수사해야 할 사건이 하나 더 생긴 것 같네요."

샬럿이 끼어든다.

"후안 마누엘, 당신이 로드니 사건의 주요 증인으로 나서주면,

우리가 그 사기꾼 변호사를 잡을 수 있을지도 몰라요. 더 많은 사람이 그런 일을 당하기 전에 잡아야죠."

"다른 사람이 그런 일을 또 당해서는 안 됩니다." 후안 마누엘이 말한다.

"맞아요. 그리고 후안 마누엘." 샬럿이 말한다. "우리 로펌의 파트너인 가르시아가 이민법 담당이에요. 원하면 소개해줄게요. 노동 허가증을 다시 발급 받을 수 있는지 알아봐요."

"네, 그거 좋네요. 걱정되는 게 한둘이 아닙니다. 매니저님만 해도 그래요. 그분은 알고 있습니다. 제가 경찰에게 말해야 할 때 침묵을 지켰다는 걸요. 틀림없이 절 해고할 겁니다."

"그렇지 않네. 매니저는 지금 어느 때보다도 자넬 필요로 해."

"우리 모두 마찬가지예요." 스타크 형사가 덧붙인다. "우린 당신이 증언해줬으면 해요. 로드니와 블랙이 호텔을 통해 마약 카르텔을 운영했고, 당신이 그들에게 학대당하고 이용당했다는 사실요. 당신이 도와주면 왜 로드니가 살인까지 저질렀는지 알아낼 수 있을지도 몰라요. 로드니는 살인에 있어서는 결백을 주장해요. 마약 혐의는 인정하지만 살인은 인정하지 않고 있어요. 아직은요."

후안 마누엘은 잠시 침묵하더니 입을 연다.

"제가 도울 일이 있다면 돕겠습니다."

"고마워요." 스타크 형사가 말한다. "그리고 몰리, 지젤에 대해서 우리에게 말해줄 게 또 있나요? 지젤이 지금 어디에 있을지 알아요?"

"준비가 되면 나타날 거예요." 내가 말한다.

"그러길 바라죠." 스타크 형사가 말한다.

나는 머나먼 백사장에 있을 지젤을 상상한다. 휴대전화로 뉴스를 읽다가 로드니가 체포되었고, 내가 혐의를 벗었다는 걸 알게 될 것이다. 그 후에는 어떻게 할까? 경찰에 연락할까? 아니면 모든 걸 잊어버릴까? 다른 부자의 지갑을 노릴까? 아니면 정말로 성장하고 변할까?

나는 사람을 볼 줄 모른다. 진실도 너무 늦게 파악한다. 후안 마누엘이 말한 대로 가끔은 좋은 일을 하려면 나쁜 일도 해야 한다. 어쩌면 이번에는 지젤이 좋은 일을 할지도 모른다. 아닐 수도 있고.

"이제 후안 마누엘은 어떻게 되죠? 저는요?" 내가 묻는다.

"음, 당신은 자유예요. 모든 기소가 취하됐어요." 스타크 형사가 말한다.

"하지만 전 여전히 해고된 상태인 거죠?"

나는 그 생각을 하니 낭떠러지에서 떨어져 죽는 기분이다.

"아니다, 몰리." 프레스턴 씨가 말한다. "넌 복직될 거야. 매니저가 너와 후안 마누엘에게 직접 말할 거야."

"정말이요? 우리 둘 다 해고되지 않는 거예요?"

"매니저가 너희 둘 다 모범적인 직원이고, 리전시 그랜드 직원의 본보기라고 했어." 프레스턴 씨가 말한다.

"하지만 재판은 어쩌고요?" 내가 묻는다.

"재판은 한참 후에 열릴 거예요." 샬럿이 대답한다. "준비하는

데 몇 달이 걸릴 거고요. 하지만 스타크 형사님 팀과 협력하면 로드니를 오랫동안 감방에 처넣을 수 있어요."

"잘됐네요. 로드니는 거짓말쟁이에 깡패, 사기꾼이에요."

"또 살인자이기도 하고." 프레스턴 씨가 덧붙인다.

나는 아무 말도 하지 않는다.

"형사님." 샬럿이 말한다. "제 고객이 피곤한 것 같네요. 오늘 아침에 살인죄로 누명을 쓰고, 지금 자기 집 거실에서 자신을 기소했던 형사와 함께 차를 마시니 오늘 하루가 얼마나 힘들었겠어요. 더 하고 싶은 말이 있으신가요?"

스타크 형사가 헛기침을 한다.

"그냥, 음, 당신을…… 유치장에 가뒀던 게 후회되네요."

"그렇게 말해주다니 친절하시네요, 형사님. 형사님도 중요한 교훈을 배웠기 바라요." 내가 말한다.

스타크 형사는 바늘방석에라도 앉은 듯 자세를 바꾸며 묻는다.

"뭐라고요?"

"아마 형사님은 저에 대해 속단하셨을 거예요. 저에게서 형사님이 정상이라고 생각하는 특정한 반응이 나올 거라고 예상했고, 그 반응이 나오지 않자 절 유죄라고 짐작하셨어요(assume). 형사님과 절 바보로 만드셨죠(ASS out of U and ME)."

"그렇게 표현할 수도 있겠네요." 그녀가 말한다.

"할머니는 늘 살다 보면 배우게 된다고 하셨어요. 다음번에는 형사님도 함부로 짐작하지 않으실지도 모르죠."

"우린 같아 보여도 사실은 다 다르니까요." 후안 마누엘이 덧붙인다.

"흠, 그렇겠죠."

스타크 형사가 말하더니 자리에서 일어나 시간을 내줘서 고맙
다고 인사한 뒤 신발을 신고 나간다.

현관문이 딸각 닫히자 나는 녹슨 빗장을 옆으로 걸어 잠그고
땅이 꺼지게 안도의 한숨을 내쉰다.

뒤를 돌아보니 텅 빈 거실이 아닌 세 친구의 얼굴이 보인다.
다들 미소 짓고 있다. 눈이 함께 웃는 미소다. 나는 평생 처음으
로 진정한 친구가 어떤 의미인지 깨닫는다. 진정한 친구란 그저
날 좋아하는 사람이 아니다. 날 위해 기꺼이 행동하는 사람이다.

"스타크 형사가 핀잔을 너무 많이 먹어서 배가 부르겠구나. 기
분은 어떠니, 몰리?"

나는 이루 말할 수 없이 마음이 놓였으나 단지 그뿐이 아니다.

"제가…… 제가 이럴 자격이 있는지 모르겠어요."

"당연히 자격이 있죠. 당신은 결백해요." 샬럿이 말한다.

"기소가 취하된 일만을 말하는 게 아니에요. 세 분이 아무 이
유 없이 제게 보여준 친절을 말하는 거예요."

"친절을 베푸는 데는 이유가 필요 없어요." 후안 마누엘이 말
한다.

"맞다." 프레스턴 씨가 말한다. "누가 늘 그렇게 말했는지 아
니?"

"누군데요?"

"네 할머니."

"할머니는 두 분이 어떻게 아는 사이인지 한 번도 말해주지 않으셨어요."

"그래, 그랬겠지."

프레스턴 씨가 숨을 깊이 들이쉰다.

"우린 약혼했었단다. 아주 오래전에."

"뭐라고요?" 샬럿이 놀라서 묻는다.

"네가 태어나기 전의 일이다, 얘야. 네가 모르는 내 삶이지."

"믿을 수가 없어요. 그걸 왜 이제야 말해주시는 거예요?" 샬럿이 말한다.

"근데 왜 헤어지셨나요?"

후안 마누엘이 스타크 형사가 앉았던 의자에 앉으며 묻는다.

"네 할머니, 플로라는 멋진 여자였단다, 몰리. 다정하고 감수성이 풍부했지. 또래 다른 여자들과 확연히 달랐고, 나는 플로라에게 푹 빠졌어. 우리 둘 다 열여섯이 됐을 때 청혼했더니 플로라가 승낙했지. 하지만 플로라의 부모님이 허락하지 않았어. 플로라의 집안은 부유한 데다 나보다 신분이 훨씬 높았거든. 하지만 플로라는 한 번도 내게 거만하게 굴지 않았어."

나는 이 이야기에 너무 놀라고, 큰 충격을 받는다. 할머니에게도 비밀이 있으리라는 걸 짐작했어야 하리라. 우린 모두 비밀이 있다. 누구나 그렇다.

"아, 할머니가 널 얼마나 사랑했는지 모른다. 네가 아는 것보다 훨씬 더 널 사랑했어." 프레스턴 씨가 말한다.

"그래서 그동안 계속 할머니와 연락하고 지내신 거예요?"

"그래, 플로라는 내 아내 메리와도 알고 지냈어. 가끔씩 어려운 일이 생기면 내게 연락하곤 했지. 하지만 진짜 문제는 일찌감치 터졌다."

"무슨 말씀이세요?"

"너한테 할아버지가 있다는 생각은 해본 적 있니?"

"네, 할머니가 그분도 '믿을 수 없는 사람(fly-by-night)'이라고 하셨어요."

"그랬니? 그에게 여러 가지 장단점이 있지만 그건 아니다. 그에게 선택권이 있었다면 절대 야반도주는 하지 않았을 거야(여기서 프레스턴 씨는 'fly-by-night'를 야반도주로 해석한다-옮긴이). 억지로 떠나야만 했어. 어쨌든 나도 그와 아는 사이였다. 친구라고 할 수 있지. 아무튼 사랑에 빠진 지 얼마 되지 않고, 하루하루가 꿈만 같을 때는 무슨 일이 생기는지 너도 잘 알 거다."

프레스턴 씨는 헛기침을 한다.

"플로라가 임신을 한 거야. 더는 그 사실을 숨길 수 없게 되자 그걸 안 플로라의 부모님이 등을 돌려버렸다. 영원히. 가여운 플로라. 아직 열일곱도 안 됐는데 말이다. 자기도 아직 어린 나이인데 아이를 데리고 몰래 도망쳐야만 했지. 그래서 가사 도우미로 일하게 된 거야."

도저히 상상이 안 된다. 할머니가 그렇게 가족과 재산을 잃고 혼자 살아야 했다니. 어깨가 무거워진다. 정확하게 규정할 수 없는 막연한 슬픔이 밀려온다.

"네 할머니는 아주 똑똑했단다. 어느 학교에 응시했어도 장학

금을 받았을 거야." 프레스턴 씨가 말한다. "하지만 그 시대에 미혼모가 된다는 건 교육과 영영 작별한다는 뜻이지."

"잠깐만요, 아빠." 샬럿이 끼어든다. "좀 이상한데요? 그 친구라는 분이 누군가요? 그분은 현재 어디 계시죠?"

"마지막으로 소식을 들었을 때는 자기만의 화목한 가정을 꾸렸다고 들었다. 하지만 플로라를 잊지는 않았어. 절대."

샬럿은 고개를 갸웃하고 내가 잘 이해할 수 없는 이상한 눈으로 아버지를 바라본다.

"아빠, 제가 알아야 할 게 또 있나요?" 샬럿이 묻는다.

"얘야, 이미 충분히 말한 것 같구나." 프레스턴 씨가 말한다.

"저희 엄마도 알고 지내셨어요?" 내가 프레스턴 씨에게 묻는다.

"그럼. 유감스럽지만 네 엄마야말로 정말 믿을 수 없는 사람이었지. 네 엄마가 나쁜 녀석과 동거했을 때 네 할머니가 그 애를 좀 설득해달라고 부탁했다. 그 애를 만나서 싸구려 하숙집에서 데리고 나오려 했지만 도무지 말을 듣지 않더구나. 불쌍한 플로라. 그런 식으로 자식을 잃는 아픔이라니……."

프레스턴 씨가 눈시울을 붉히자 샬럿이 그의 손을 잡는다.

"네 할머니는 정말 좋은 사람이었다. 정말 그랬어. 메리가 죽기 직전 사투를 벌이고 있을 때 네 할머니가 와서 구해줬지." 프레스턴 씨가 말한다.

"그게 무슨 말이죠?" 내가 묻는다.

"메리는 통증이 극심했고 그런 메리를 지켜보는 나도 너무 괴로웠다. 나는 침대 옆에 앉아 메리의 손을 잡고 '제발 떠나지 마.

아직은 안 돼'라고 말했지. 그 모습을 전부 지켜본 플로라가 날 옆으로 불러내더니 이렇게 말하더구나. '모르겠어요? 당신이 가도 된다고 말해주기 전까지는 메리가 못 떠날 거라고요.'"

정확히 할머니가 했을 법한 말이다. 그렇게 말하는 할머니의 목소리가 귓가에 울린다.

"그래서 어떻게 됐나요?"

"메리에게 사랑한다, 그러니 이제 그만 편히 쉬라고 했지. 플로라가 말한 대로. 메리는 그 말이 듣고 싶었던 거야."

프레스턴 씨가 더 이상 참지 못하고 흐느낀다.

"잘하셨어요, 아빠. 엄마는 고통스러워했어요." 샬럿이 말한다.

"늘 네 할머니에게 빚을 갚고 싶었다. 내게 충고해준 대가로."

"이젠 빚을 갚으셨어요, 프레스턴 씨. 절 도와주셨잖아요. 할머니도 고마워하실 거예요."

"아니다, 그건 내가 아니라 샬럿이 했지."

"아니에요, 아빠. 아빠가 계속 우기셨잖아요. 아빠와 함께 일하는 메이드를 도와야만 한다고 절 설득했어요. 아빠가 왜 그렇게까지 고집을 피우셨는지 이젠 알겠어요."

"어려울 때 도와주는 친구가 진짜 친구죠. 할머니가 고마워하실 거예요. 여러분 모두에게요. 이 자리에 계셨다면 직접 그렇게 말씀하셨을 거예요."

그러자 프레스턴 씨가 자리에서 일어나고 샬럿도 일어난다.

"울고 짜는 짓은 그만하자꾸나."

프레스턴 씨는 그렇게 말하며 눈물을 닦는다.

"우리는 그만 가는 게 좋겠다."

"힘든 하루였어요." 샬럿이 덧붙인다. "후안 마누엘, 우리가 당신 사물함에서 당신이 하룻밤 자는 데 필요한 물건을 가져왔어요. 현관 벽장 옆에 뒀어요."

"고맙습니다." 그가 말한다.

난데없이 다급한 기분이 든다. 저들이 떠나는 게 싫다. 저들이 내 삶에서 걸어 나가 다시는 돌아오지 않으면 어쩌지? 전에도 그런 일이 있었다. 그렇게 생각하니 대번에 초조해진다.

"두 분을 다시 볼 수 있을까요?"

내가 초조함을 감추지 못한 목소리로 묻자 프레스턴 씨가 껄껄 웃는다.

"싫어도 보게 될 거다."

"앞으로 자주 보게 될 거예요. 함께 재판 준비도 해야죠." 샬럿이 대답한다.

"재판이 없다고 해도 넌 우리에게서 빠져나갈 수 없다, 몰리. 나는 늙은 데다 매일 똑같은 일상을 보내는 홀아비야. 이상하게 들리겠지만 난 이번 일이 좋았다. 전부 다. 너희를 만난 것도. 마치 우리가……."

"가족이 된 기분이었나요?" 후안 마누엘이 묻는다.

"그래, 딱 그런 기분이로구나." 프레스턴 씨가 말한다.

"우리 집에서는 일요일에 온 가족이 저녁을 함께 먹는 규칙이 있습니다. 가족과 헤어져서 가장 그리운 게 바로 그거예요."

"그건 쉽게 해결할 수 있어." 내가 말한다. "샬럿, 프레스턴 씨,

괜찮으면 이번 주 일요일에 저희와 함께 저녁을 드시겠어요?"

"제가 요리할게요!" 후안 마누엘이 말한다. "아마 제대로 된 멕시코 음식은 한 번도 안 드셔보셨을 거예요. 우리 엄마가 만드는 그런 요리요. 제가 '투어 오브 멕시코'를 만들겠습니다. 마음에 쏙 드실걸요."

프레스턴 씨가 샬럿을 바라보자 그녀가 고개를 끄덕인다.

"우린 디저트를 가져오마." 프레스턴 씨가 말한다.

"그리고 축하하기 위해 샴페인 한 병도요." 샬럿이 덧붙인다.

현관에서 나는 샬럿과 프레스턴 씨가 신발 신기를 기다린다. 조금 전에 날 감옥에서 꺼내준 두 사람에게 어떻게 작별 인사를 해야 예의 있는 행동일지 모르겠다.

"왜 그렇게 우두커니 서 있니? 어서 이 늙은이를 포옹해다오." 프레스턴 씨가 말한다.

나는 그 말대로 했다가 깜짝 놀란다. 아빠 곰을 껴안는 골디락스(《골디락스와 세 마리 곰》이라는 동화에 나오는 여자아이-옮긴이)가 된 기분이다.

샬럿도 껴안는다. 기분 좋은 포옹이지만 아까와는 완전히 다르다. 나비의 날개를 어루만지는 기분이다.

두 사람은 팔짱을 낀 채 함께 나서고 나는 현관문을 닫는다. 후안 마누엘이 현관에 서서 안절부절못한다.

"오늘 밤 내가 정말 여기서 자도 되겠어, 몰리?"

"응, 오늘 밤만." 그다음 말이 입에서 속사포처럼 튀어나온다. "넌 내 방에서 자. 난 할머니 방에서 잘게. 지금 시트를 갈아야겠다. 나는 늘 시트를 표백해서 다리고 여분을 두 개씩 준비해둬.
욕실은 위생적이고 주기적으로 소독하니까 안심해도 돼. 혹시 칫
솔이나 비누처럼 필요한 물건이 있으면 내가……."

"몰리, 괜찮아. 아무 문제 없어."

속사포처럼 튀어나오던 말이 멈춘다.

"난 이런 일에 익숙하지 않아. 호텔에서 손님 맞이하는 법은
알지만 우리 집에 온 손님은 어떻게 대해야 할지 모르겠어."

"날 특별하게 대해줄 필요 없어. 난 조용히, 깨끗하게 지낼 거
고 도울 일이 있으면 도울게. 아침 먹는 거 좋아해?"

"응, 좋아해."

"잘됐네. 나도."

나는 혼자 침대 시트를 바꾸려 하지만 후안 마누엘이 거든다.
우리는 함께 베들레헴 스타가 그려진 퀼트 이불을 걷어내고 시
트를 벗긴 다음, 새것으로 간다. 그동안 후안 마누엘이 고향에 있
는 세 살짜리 조카 테오도로 이야기를 해준다. 테오도로는 그가
침대 정리를 할 때마다 늘 침대에 올라가 폴짝폴짝 뛴다고 한다.
그 이야기를 들으니 머릿속에서 그 장면이 생생히 살아난다. 침
대에서 뛰면서 장난치는 꼬마가 눈에 선하다. 마치 바로 여기에
우리와 함께 있는 듯하다.

침대 정리가 끝나자 후안 마누엘은 한동안 말이 없다.

"난 이제 잘 준비가 됐어, 몰리."

"뭐 필요한 거 없어? 코코아 우유 한 잔이라든가 목욕에 필요
한 세면도구라든가."

"아니, 괜찮아."

"알겠어." 나는 침실을 나서며 말한다. "잘 자."

"잘 자, 몰리."

후안 마누엘은 그렇게 말하고 조용히 침실 문을 닫는다.

나는 사뿐사뿐 복도를 지나 욕실로 간다. 잠옷으로 갈아입고 천천히 이를 닦는다. 어금니를 하나도 빠뜨리지 않기 위해 꼼꼼히 이를 닦는 동안 〈해피 버스데이〉를 세 번 부른다.

세수하고 소변을 본 다음, 손을 씻는다. 세면대 아래 서랍장에서 유리 전용 세정제 윈덱스를 꺼내 재빨리 거울을 닦는다. 거울 속에 빛나는 내가 있다. 티끌 한 점 없이, 깨끗하게.

더 꾸물거려봐야 소용없다.

'때가 됐다.'

나는 복도를 지나 할머니의 침실 앞에 선다. 이 문을 마지막으로 닫은 때가 기억난다. 장의사와 그의 직원들이 할머니의 시신을 운반해 나가고, 내가 이 방을 샅샅이 청소하고, 시트를 빨아서 침대를 다시 정돈하고, 베개를 톡톡 쳐서 부풀리고, 싸구려 장신구를 하나도 남김없이 다 닦고, 문에 걸려 있던, 할머니가 집에서 입는 스웨터를 집어 든 뒤였다. 그 스웨터는 빨지 않고 남아 있는 할머니의 유일한 옷이었던 터라 나는 그것마저 빨래 바구니에 넣기 전에 얼굴로 가져가 할머니의 흔적을 들이마셨다. 이 침실 문이 날카롭게 딸칵 닫히는 소리가 곧 죽음처럼 마지막이었다.

나는 손을 뻗어 문손잡이를 잡는다. 손잡이를 돌려 문을 연다. 할머니의 침실은 내가 둔 그대로다. 서랍장 위에 놓인 로얄 덜튼

도자기 인형은 드레스를 입고 춤추는 자세에 멈춰 있다. 하늘색 침대 스커트에 달린 러플 장식은 새것 같다. 베개는 봉긋하고 주름 하나 없다.

"아, 할머니."

슬픔의 해일이 밀려오고, 그 해일은 너무 강력해서 날 침대로 떠민다. 나는 침대에 눕고 불현듯 망망대해에서 길을 잃은 구명보트가 된 기분이다. 베개를 껴안고 거기에 얼굴을 묻지만 너무 깨끗하게 세탁한 탓인지 할머니의 냄새는 남아 있지 않다. 할머니는 사라졌다.

할머니가 돌아가시던 날 나는 할머니와 함께 있었다. 할머니는 지금 나처럼 침대에 누워 있었고, 나는 현관 옆에 있던 의자(기도문이 새겨진 쿠션이 놓인 의자)를 끌고 와서 할머니 옆에 앉아 있었다. 내가 출근하고 없는 동안 할머니가 자연 다큐멘터리와 내셔널 지오그래픽 채널을 볼 수 있도록 일주일 전에 거실에 있던 텔레비전을 이 방 서랍장 위로 옮긴 터였다. 나는 할머니를 혼자 두고 싶지 않았다. 단 몇 시간 동안이라도. 할머니는 심각한 통증에 시달렸다. 비록 혼신의 힘을 다해 그 사실을 부인했지만.

"얘야, 넌 출근해야지. 넌 벌집에서 중요한 역할을 맡고 있잖니? 난 혼자 있어도 괜찮다. 내게는 홍차와 진통제가 있어. 콜롬보도 있고."

며칠이 지나며 할머니는 안색이 변했다. 더는 콧노래를 흥얼거리지 않았다. 아침에도 말이 없었다. 머리가 잘 돌아가지 않았고, 욕실까지 가는 일이 대장정이었다.

나는 필사적으로 할머니를 설득하려 했다.

"할머니, 이제 그만 앰뷸런스를 불러요. 병원에 가셔야 해요."

할머니는 천천히 고개를 저었다. 솜털 같은 은발이 베개 위에서 파르르 떨렸다.

"그럴 필요 없다. 나는 지금이 좋아. 내겐 진통제가 있잖니? 그리고 내가 있고 싶은 곳은 여기란다. 홈 스위트 홈."

"하지만 의사들이 뭔가 해줄 수 있을지도 모르잖아요. 어쩌면 의사들이……."

"쉬이이이."

내가 할머니 말을 안 들을 때마다 할머니는 그렇게 말했다.

"우린 이미 약속했잖니? 약속이란 뭐라고 했지?"

"약속이란 지키기 위한 것이다."

"그래, 역시 내 손녀로구나."

돌아가시던 날, 할머니는 어느 때보다 통증이 심했다. 나는 다시 한번 할머니에게 병원에 가자고 설득했지만 소용없었다.

"곧 〈콜롬보〉가 시작될 거야." 할머니가 말했다.

나는 텔레비전을 켰고 우리는 〈콜롬보〉를 보았다. 사실은 본 사람은 나 혼자고, 할머니는 눈을 감은 채 침대 시트를 꽉 쥐고 있었다.

"나도 듣고 있다." 할머니가 속삭이듯 말했다. "네가 내 눈이 돼다오. 내가 봐야 할 걸 말해주렴."

나는 텔레비전을 바라보며 무슨 일이 벌어지는지 설명했다. 콜롬보가 트로피 와이프를 면담하고 있었다. 트로피 와이프는 백

만장자 남편이 살인 사건의 주요 용의자가 아닐 수도 있다는 사실을 알고도 별로 동요하지 않는 듯했다. 나는 두 사람이 이야기를 나누는 레스토랑, 초록색 식탁보, 여자가 머리를 움직이는 방식, 안절부절못하는 몸짓을 설명했다. 콜롬보가 그녀를 범인으로 의심하며 다른 누구보다 먼저 진실을 알아냈음을 보여주는 표정이 나오자 나는 할머니에게 말해주었다.

"그래, 아주 훌륭하다. 이젠 너도 표정을 읽을 줄 아는구나." 할머니가 말했다.

에피소드의 절반쯤 보았을 때 할머니가 몸을 뒤척였다. 통증이 너무 심한지 몸을 움찔거리고 눈물을 흘렸다.

"할머니, 제가 어떻게 해드릴까요? 뭘 해드릴까요?"

할머니가 힘겹게 숨 쉬는 소리가 들렸다. 숨을 들이쉴 때마다 목에서 무언가에 걸렸다. 배수관을 꿀럭꿀럭 내려가는 물처럼.

"몰리, 때가 됐다." 할머니가 말했다.

텔레비전에서는 콜롬보가 수사를 계속했다. 그는 트로피 와이프가 범인임을 알게 되었다. 모든 조각이 짜 맞춰졌다. 나는 소리를 줄였다.

"아뇨, 할머니, 전 못 해요."

"할 수 있어. 약속했잖니?"

나는 거부했다. 할머니를 논리적으로 설득하려 했다. 제발, 제발, 제발 앰뷸런스를 부르게 해달라고 애걸했다.

할머니는 내 폭풍이 지나가기를 기다렸다가 다시 말했다.

"홍차 한 잔 다오. 때가 됐어."

———

나는 해야 할 일이 있다는 사실이 너무 감사해 벌떡 일어났다. 부엌으로 달려가 할머니가 가장 좋아하는 찻잔(예쁜 시골 풍경이 그려진)에 최단 시간으로 홍차를 우렸다.

차를 들고 다시 침실로 가서 머리맡 테이블에 내려놓았다. 할머니가 몸을 좀 더 세울 수 있도록 베개를 하나 더 받쳐드렸다. 하지만 아무리 조심해도 내 손이 닿을 때마다 할머니는 측은할 정도로 신음했다. 덫에 걸린 짐승처럼.

"내 진통제, 남은 거 다 다오." 할머니가 말했다.

"소용없을 거예요. 몇 개 안 남았어요. 다음 주에 더 탈 수 있어요."

나는 할머니에게 다시 사정했다. 애원했다.

"약속은……."

할머니는 숨이 차서 말을 다 끝마치지 못했다.

마침내 나는 포기했다. 진통제 병을 열어 찻잔 받침에 내려놓았다. 그러고는 찻잔을 할머니 손에 쥐여주었다.

"진통제를 홍차에 넣어다오."

"할머니……."

"부탁이다."

나는 남은 진통제를 홍차에 쏟아부었다. 전부 네 알이었다. 이걸로는 부족하다. 닷새는 지나야, 고통스러운 닷새를 보내야만 새로운 처방전을 받을 수 있다.

나는 눈물을 글썽이며 할머니를 보았다. 할머니는 눈을 깜빡거리더니 찻잔 받침에 놓인 스푼을 바라보았다.

나는 스푼을 집어 들어 홍차를 젓고 또 저었다. 잠시 뒤에 할머니가 다시 눈을 깜빡거릴 때까지. 나는 스푼을 내려놓았다.

할머니는 안간힘을 써서 몸을 앞으로 내밀었다. 내가 할머니의 잿빛 입술에 찻잔을 가져갈 수 있을 정도로. 할머니에게 홍차를 먹이는 동안에도 나는 사정했다.

"마시지 마세요, 할머니. 제발……."

하지만 할머니는 내 말을 듣지 않고 홍차를 다 마셨다.

"맛나구나."

할머니가 속삭였다. 그러고는 베개에 편안히 몸을 기댄 채 양손은 가슴에 올려두었다. 할머니의 입술이 움직였다. 할머니가 말하고 있었다. 나는 무슨 말인지 들으려고 할머니의 입술에 귀를 바짝 대야 했다.

"사랑한다, 우리 손녀. 이제 어떻게 해야 하는지 알지?"

"할머니, 전 못 해요!"

하지만 난 볼 수 있었다. 할머니의 몸이 경직되고 통증이 다시한번 할머니를 점령하는 모습을. 할머니의 숨은 한층 더 얕아졌고 목에서 나는 소리는 더 커졌다. 이젠 드럼 소리 같았다.

우리는 이 일을 이미 의논했고, 나는 약속했다. 할머니는 늘 이성적이고 논리적이었으며, 나는 할머니의 마지막 소원을 들어드리지 않을 수 없었다. 할머니가 무엇을 원하는지 알고 있었다. 할머니는 이런 고통을 겪어야 할 이유가 없었다.

'내가 바꿀 수 없는 일은 받아들이는 평온을 주시고, 바꿀 수 있는 일은 바꾸는 용기를 주시며, 이 두 가지를 구분할 수 있는

지혜를 주십시오.'

나는 뒤쪽 의자에서 기도문이 새겨진 쿠션을 집어 들었다. 그러고는 할머니의 얼굴로 쿠션을 가져가 그대로 눌렀다.

도저히 쿠션을 바라볼 수가 없어서 대신 할머니의 손에 집중했다. 노동자의 손, 메이드의 손, 나와 너무나 비슷한 손. 짧게 깎은 손톱, 굳은살이 박인 관절, 종잇장처럼 얇은 피부, 그 아래로 흐르던 푸른 강이 서서히 멈추더니 점차 사그라든다. 손가락이 활짝 펴지더니 무언가를 움켜잡으려고 손을 뻗지만 너무 늦었다. 우리는 이미 마음의 결정을 내렸다. 손가락은 어딘가에 닿기 전에 힘을 잃는다. 다 놓아버린다.

오래 걸리지 않았다. 주위가 조용해지자 나는 쿠션을 치웠다. 그러고는 있는 힘을 다해 쿠션을 가슴에 끌어안았다.

할머니가 누워 있었다. 누가 봐도 곤히 잠든 듯했다. 눈을 감고, 입을 살짝 벌린 할머니의 얼굴은 평온했다. 할머니는 영면에 들었다.

이제 아홉 달이 넘어 나는 할머니의 침대에 누워 있고, 저쪽 방에는 후안 마누엘이 있다. 나는 지금까지 있었던 일들, 내 인생을 뒤엎어놓은 지난 며칠을 생각한다.

"할머니, 너무 보고 싶어요. 다시 할머니를 볼 수 없다는 게 믿기지 않아요."

'네가 누리는 축복을 세어보렴.'

"네, 할머니, 그럴게요. 양을 세는 것보다 그편이 훨씬 나아요."
나는 큰 소리로 말한다.

금요일

26

나는 아침 식사를 준비하는 익숙한 소리와 냄새에 잠에서 깬다. 커피 냄새, 슬리퍼 끄는 소리. 심지어 콧노래 소리까지.

하지만 할머니가 아니다.

내가 누워 있는 곳도 내 침대가 아니다. 할머니 침대다.

그제야 전부 기억이 난다.

'어서 일어나라, 얘야. 새날이 밝았어.'

나는 침대에서 내려와 슬리퍼에 발을 밀어 넣고 잠옷 위에 할머니의 가운을 걸친다. 세수하러 살금살금 욕실로 갔다가 부엌으로 간다.

부엌에는 후안 마누엘이 있다. 샤워를 했는지 머리카락이 젖어 있다. 짧은 가락을 흥얼거리며 접시를 달그락거리고, 가스레인지에서 스크램블드에그를 만들고 있다.

"좋은 아침!"

프라이팬에서 고개를 들며 그가 말한다.

"기분 나쁘지 않았으면 좋겠네. 슈퍼에 갔다가 다시 조용히 집에 들어왔어. 달걀이 없더라고. 그리고 이 빵은……."

그가 조리대에 놓인 크럼펫을 가리킨다.

"내게는 생소해서 어떻게 요리해야 할지 모르겠더라. 구멍이 숭숭 뚫렸어."

"그건 크럼펫이야. 아주 맛있어. 그냥 구워서 버터와 마멀레이드를 발라 먹으면 돼."

나는 크럼펫 봉지를 집어 들고 두 개를 꺼내 토스터에 넣는다.

"내가 아침을 만들어도 괜찮은 거지?"

"물론이야. 오히려 고맙지."

"커피도 사 왔어. 난 아침에 커피 마시는 걸 좋아하거든. 우유를 넣어서. 그리고 달걀 요리랑 토틸라도. 하지만 오늘은 새로운 걸 시도해보려고. 너의 구멍이 숭숭 뚫린 크럼펫을 먹어볼 거야."

우리는 함께 부산을 떨며 아침 식사를 준비한다. 할머니가 아닌 다른 사람과 부엌에 있으니 기분이 말할 수 없이 이상하지만 순식간에 준비를 끝낸다. 우리는 함께 식탁에 앉고 나는 크럼펫에 버터와 마멀레이드를 바를 준비를 한다.

"내가 발라도 괜찮아? 나 손 씻었어."

"내가 이 세상에서 깨끗하다고 믿는 사람이 있다면 그건 너야." 후안 마누엘이 말한다.

나는 칭찬에 미소 짓는다.

"정말 고마워."

스크램블드에그는 유달리 맛있다. 향신료가 들어간 소스를 넣었다고 하는데 그래서인지 톡 쏘는 맛이 난다. 마멀레이드나 크럼펫과 궁합이 잘 맞는다. 후안 마누엘이 아침의 참새처럼 계속 떠들어대는 덕분에 나는 말없이 한 입 한 입 음미할 수 있다. 그는 말하는 동안 포크를 들고 있는데 놀랍게 그런 자세를 하고도 팔꿈치를 식탁에 올리지 않는다.

"오늘 아침에 가족들이랑 영상 통화를 했어. 가족들은 이번 일은 전혀 몰라. 나도 말 안 할 거고. 하지만 어젯밤에 내가 친구 집에서 잤다는 건 알지. 그래서 네 방이랑 부엌, 거실을 보여줬어. 네 사진도."

후안 마누엘은 커피를 한 모금 마신다.

"네가 기분 나쁘지 않았으면 좋겠다."

나는 입에 음식이 들어 있어서 대답할 수가 없다. 입에 음식이 든 상태로 말하는 건 무례하기 때문이다. 하지만 기분 나쁘지 않다. 전혀 기분 나쁘지 않다.

"아, 내 사촌 중에 페르난도라고 있거든? 다음 달이면 그 애 딸이 열다섯 살이야. 도저히 믿기지가 않아! 멕시코에서는 여자아이가 열다섯 살이 되면 성대한 가족 파티를 열어. 마리아치 밴드를 고용하고, 진수성찬을 차리고, 밤새 춤을 추지. 우리 엄마는 감기에 걸렸는데 이제는 많이 좋아졌어. 이번 주 일요일 저녁에 온 가족이 모여 사진을 찍어서 내게 보내줄 거야. 너한테 우리 가족을 다 보여줄게. 내 조카 테오도로도. 테오도로는 농장에 가서 당나귀를 타고 왔는데 그 뒤로는 하루 종일 당나귀 흉내만 낸대. 진짜 웃겨. 아, 다들 너무 보고 싶다."

나는 입안의 크럼펫을 마저 삼키고 커피로 내려보낸다.

"가족을 영상 통화로만 볼 수 있다니 정말 힘들겠다."

"가족은 멀리 떨어져 있지만 또 내 곁에 있기도 해."

나는 죽은 그의 아버지와 내 할머니를 생각하며 말한다.

"그래, 네 말이 맞아."

우리가 좀 더 이야기를 나누려는데 거실에 놓아둔 내 휴대전화가 울린다.

"잠깐 실례할게. 원래는 식사 중에 전화를 받지 않지만……."

"알아, 알아." 후안 마누엘이 내 말을 자른다.

나는 거실로 걸어가 전화를 받는다.

"여보세요? 몰리입니다. 뭘 도와드릴까요?"

"몰리, 나 매니저일세."

"아, 안녕하세요?"

"어떻게 지내나?"

"아주 잘 지냅니다. 신경 써주셔서 감사해요. 매니저님은요?"

"힘든 시기였네. 자네에게는 정말 미안해. 경찰이 자네가 받았던 혐의는 모두 사실이 아니라고 말해줬네. 내가 진작 알았어야 했는데. 우리 객실은 자네의 관리가 필요하네. 가까운 미래에 자네가 우리 호텔에 복귀해줬으면 좋겠어."

그 말을 들으니 기쁘다. 뛸 듯이 기쁘다.

"유감이지만 지금 당장은 일할 수 없어요. 아침을 먹는 중이거든요."

"아, 물론이지. 지금 당장 나오라는 뜻이 아니야. 자네가 준비되면 나와달라는 말일세. 당연히 원하는 만큼 쉬고 오게."

"내일부터 출근하면 어떨까요?" 내가 묻는다.

스노우 씨가 안도의 한숨을 내쉬는 소리가 들린다.

———

"그렇게 해주면 정말 좋지, 몰리. 불행히도 셰릴이 병가를 내서 다른 메이드들이 두 배로 일하고 있네. 메이드들은 자네를 무척이나 보고 싶어 해. 걱정하기도 하고. 자네가 돌아온다는 소식을 들으면 아주 기뻐할 거야."

"제 안부를 전해주세요."

나는 마음 한구석에 무언가가 걸려서 말하기로 한다.

"매니저님, 몇몇 동료가 절…… 이상하게 생각한다는 걸 알게됐어요. 저한테 '괴짜'라고 했던 사람들도 있고요. 이 문제에 관해 매니저님의 의견을 들을 수 있을까요?"

스노우 씨는 잠시 뜸을 들이다가 입을 연다.

"내가 생각하기에 자네 동료 중에는 철이 들어야 할 사람들이 있어. 우리가 운영하는 건 벌집이지 유치원이 아니야. 자네야말로 아주 좋은 쪽으로 독특한 사람일세. 그리고 리전시 그랜드에서 일했던 메이드 중에 최고이기도 하고."

나는 자부심에 몸이 둥실 떠오르는 듯하다. 키가 몇 센티미터는 더 커졌다 해도 무리가 아니다.

"매니저님?"

"왜 그러나, 몰리."

"후안 마누엘은요?"

"그 친구에게도 전화할 걸세. 원하는 한 언제든 여기서 일할수 있다고 말해줄 거야. 듣자 하니 노동 허가증 문제도 해결될 것같더군. 그 친구는 잘못한 게 없어."

"맞아요. 후안 마누엘도 여기 있어요. 통화하실래요?"

"뭐라고? 그 친구가…… 아, 그러지. 그거 좋겠네."

나는 부엌으로 걸어가 후안 마누엘에게 휴대전화를 건넨다.

"여보세요? 네, 네…… 정말 죄송합니다, 매니저님, 전…… 아뇨, 전……."

처음에는 후안 마누엘이 제대로 말을 꺼내지 못한다.

"네, 매니저님…… 압니다, 매니저님. 매니저님은 모르셨죠. 그래도 감사합니다……."

대화가 계속되며 후안 마누엘도 말할 기회를 얻는다.

"물론입니다, 매니저님. 오늘 변호사랑 얘기할 겁니다. 감사합니다. 저도 다시 일하게 돼서 정말 기쁘네요."

둘 사이에 대화가 더 오가더니 마침내 후안 마누엘이 말한다.

"가능한 한 빨리 복직하겠습니다. 안녕히 계세요, 매니저님."

후안 마누엘은 전화를 끊고 전화기를 식탁에 내려놓는다.

"믿을 수가 없어. 내가 계속 일할 수 있다니."

"나도."

몸에 온기가 퍼진다. 한동안 느끼지 못했던, 정확히 뭐라고 말할 수 없는 기운이다.

후안 마누엘이 두 손을 맞잡고 말한다.

"그러니까 지금 이 부엌에는 오늘 비번인 두 사람이 있는 거네. 둘이 뭘 할지 궁금한데?"

"있잖아, 후안 마누엘, 너 혹시 아이스크림 좋아해?"

THE
MAID

몇 달 뒤

27

오늘은 여러 가지 이유로 좋은 날이다. 지난밤에 침대에 누워 내가 누리는 축복을 세어봤는데 너무 많아서 금세 백 개가 넘어갔다. 결국에는 잠이 들었지만 밤새 세어도 끝나지 않았으리라.

그런데 오늘은 좋은 일이 더 많다. 너무 많아서 셀 수 없을 정도다.

태양이 환히 빛나고 있다. 날씨는 따뜻하고, 하늘에는 구름 한 점 없다. 나는 이제 막 리전시 그랜드에 도착해 진홍색 카펫이 깔린 계단을 폴짝폴짝 뛰어서 프레스턴 씨에게로 간다. 프레스턴 씨는 조금 전 호텔에 도착한 손님들의 짐을 옮겨준 뒤였다.

"몰리!"

프레스턴 씨의 얼굴에 미소가 가득하다.

"사람들로 붐비는 법정이 아니라 이렇게 호텔에서 보니 좋구나."

"오늘 정말 좋은 날이죠, 프레스턴 씨?"

"그렇구나. 우리는 출근했고, 로드니는 감옥에 있고. 세상이 제대로 돌아가는구나."

로드니의 이름을 듣고도 속이 쓰리지 않고, 턱에 힘이 들어가지 않는 날이 과연 올까?

"후안 마누엘은 어디 있니?" 프레스턴 씨가 묻는다.

"곧 올 거예요. 한 시간 뒤가 교대 시간이거든요."

"우리 이번 주 일요일에 만나는 거 맞지? 후안 마누엘이 만들어주는 엔칠라다를 얼른 먹고 싶구나. 난 음식에 관해서는 그다지 모험을 하지 않는 편이야. 게다가 오래전에 메리가 죽은 뒤로 부엌에서 많은 시간을 보내지도 않고. 하지만 네 남자 친구가 내 미각을 깨어나게 했어. 너무 깨어나서 탈이지."

프레스턴 씨가 킬킬 웃으며 배를 토닥인다.

"후안 마누엘이 그 얘기를 들으면 아주 기뻐할 거예요, 프레스턴 씨. 맞아요, 이번 주 일요일, 늘 보던 시간에 다 함께 만날 거예요. 전 그만 가봐야겠어요. 오늘 할 일이 산더미예요! 결혼식과 세미나가 있거든요. 매니저님이 일주일 내내 모든 객실이 다 예약되어 있다고 했어요. 샬럿에게 안부 전해주세요."

"그러마. 조심해라."

프레스턴 씨는 손님들을 도우려고 몸을 돌린다. 나는 회전문을 밀고 들어가 로비를 감상한다. 내가 처음 본 날처럼 여전히 웅장하다. 근엄한 대리석 계단, 난간을 타고 오르는 황금색 뱀, 에메랄드빛 벨벳 소파, 손님들과 발레파킹 직원들, 포터들이 부산하게 서성이면서 만들어내는 웅성웅성, 웅웅 소리. 나는 심호흡을 하고 지하로 향한다. 계단을 막 내려가려는 찰나, 프런트 데스크를 지키는 단정한 펭귄들이 눈에 들어온다. 그들은 모두 동작을 멈춘 채 나를 바라보고 있다. 몇몇은 내 마음에 들지 않는 태도로, 전혀 마음에 들지 않는 태도로 속닥거린다.

스노우 씨가 프런트 데스크 뒤에서 나오더니 날 발견한다.

"몰리!" 그가 외치며 달려온다. "자네 대단했어. 정말 대단해."

나는 그의 말에 집중하기가 힘들다. 펭귄들을 바라보며 이번에는 그들이 왜 날 저렇게 뚫어지게 보는지 이해하려 한다.

"전 그저 제가 아는 진실을 말했을 뿐이에요."

"그래, 하지만 자네가 아는 진실, 자네의 증언이 결정적 역할을 했네. 증인석에서 정말 침착하고 흔들림이 없더군. 그리고 정말 말을 잘하더군. 사소한 것도 잘 기억하고. 판사도 그 점을 보고 자네가 믿을 만한 증인임을 깨달은 거야."

"저들이 왜 절 보고 있는 거죠?"

"뭐라고?"

스노우 씨가 되묻더니 내 시선을 따라 프런트 데스크를 바라본다.

"아, 저 친구들 말이군. 굳이 짐작해보자면 저건 경외의 눈빛이네. 자네를 존경하는 눈으로 바라보는 걸세."

존경. 나는 저런 눈빛을 받는 데 전혀 익숙하지 않은 터라 알아볼 수조차 없다.

"고맙습니다, 매니저님. 전 그만 가봐야겠어요. 완전무결한 상태로 돌려놓아야 할 객실이 많거든요. 아시다시피 객실은 저절로 깨끗해지지 않으니까요."

"그거야 물론이지. 좋은 하루 보내게, 몰리."

나는 하우스 키핑 부서가 있는 아래층으로 향한다. 늘 그렇듯이 아래층은 환기가 잘 안 되고 답답하지만 나는 전혀 개의치 않는다. 사물함으로 가서 선다. 깨끗이 드라이클리닝해서 빳빳하게 다린 다음, 거미줄처럼 얇은 비닐을 씌운 내 유니폼이 걸려 있다. 유니폼 또한 내가 누리는 축복 중 하나다. 아름다운 물건이다.

유니폼을 들고 탈의실로 가서 갈아입은 다음 다시 사물함으로 간다. 스타크 형사에게 진작 지젤의 모래시계를 돌려받았고 나는 그걸 사물함 맨 위 선반에 보관한다. 지젤을, 우리를, 우정이기도 했고 아니기도 했던 우리의 이상한 관계를 기억하기 위해.

'때가 됐다.'

사물함에는 모래시계 말고도 내가 보관하는 새로운 물건이 있다. 내 옷차림의 일부이기도 한 직사각형의 금색 명패다. 나는 가슴 바로 위에 명패를 다는데 거기에는 이렇게 적혀 있다.

수석 메이드, 몰리 그레이.

스노우 씨는 한 달 전쯤에 뜻밖의 대담한 조치를 단행해 날 승진시켰다. 안 좋은 소문을 퍼뜨리고 싶은 생각은 추호도 없지만, 셰릴의 노동관이 스노우 씨의 수준 높은 기준에 못 미친 모양인지 셰릴은 수석 메이드 자리를 박탈당했고 내가 그 역할을 맡게 되었다.

그 후로 나는 벌집에서의 전반적인 기능 향상과 사기 진작을 위해 몇 가지 새로운 수칙을 제안했다. 첫째로 근무를 시작할 때마다 나는 각 메이드의 청소 카트에 비품이 제대로, 그리고 충분히 채워져 있는지 확인한다. 나는 이 업무가 매우 즐겁다. 비누와 자그마한 샴푸들을 정리하고, 광택 천과 세제를 다시 채워놓고,

보송보송한 새 수건들을 단정하게 쌓아 올린다. 어머니의 날 같은 특별한 날에는 카드와 함께 작은 선물을 카트에 넣어두기도 하는데 카드에는 이렇게 적었다.

'메이드 몰리로부터. 당신이 하는 일도 이 초콜릿처럼 달콤하다는 사실을 알아주세요.'

또 다른 새로운 수칙은 근무를 어떻게 시작할지 정하는 것이다. 일단 메이드들은 전부 카트를 끌고 집합해서 청소하게 될 객실 수나 받게 될 잠재적 팁을 고려해 공정하고 공평하게 객실을 분배한다. 나는 셰릴에게 다른 메이드에게 배정된 방을 절대 '미리 보는' 일이 있어서는 안 되며 다른 메이드의 팁을 한 푼이라도 가져갔다가는 벌집에서 인정사정없이 내쫓아 카트로 들이받아 버리겠다고 분명히 말해두었다.

우리 팀에 새로운 메이드가 들어왔다. 그의 이름은 리키로 선샤인의 아들이다. 셰릴은 리키가 혀짤배기소리를 하고 아이라인을 그리고 다닌다고 지적했으나 솔직히 말해서 두 사실은 우리가 하는 일과 전혀 무관한 터라 나는 리키가 교육받는 한 달 동안 그걸 전혀 알아차리지 못했다. 반면 리키가 얼마나 빨리 배우는지, 침대를 주름 하나 없이 말끔히 정리하는 걸 얼마나 좋아하는지, 유리잔을 얼마나 반짝이게 닦는지, 얼마나 공손하게 손님을 맞이하는지 알아차렸다. 리키는 매니저 관점에서 볼 때 오래 남아주기를 바라는 직원이었다.

나는 승진하면서 급료가 인상되었다. 그 인상액에다 현재 월세를 반만 내는 터라 나만의 파베르제를 모을 수 있었다. 아직 많지 않은 금액이고 고작 몇백 달러에 불과하지만 내게는 계획이 있다. 이 돈을 계속 모아서 다시 인근 대학에서 호텔 경영과 서비스직 프로그램을 공부할 것이다. 스노우 씨의 허락을 받아 1~2년 동안 일과 학업을 병행할 수 있을 것이다. 그러다 우수한 성적으로 대학을 졸업하면 훨씬 더 향상된 기술과 호텔 경영에 관한 보다 완전한 지식으로 리전시 그랜드에서 풀타임으로 근무할 수 있다.

내 인생의 가장 큰 변화는 이제는 모든 사람이 알게 되었는데 바로 내게 정인이 생겼다는 사실이다. 요새는 '파트너'라는 말을 쓰는 게 유행이라고 들어서 그 말에 익숙해지려고 노력 중이다. 하지만 '파트너'라는 말을 쓸 때마다 같이 범죄를 저지르는 파트너가 생각난다. 어떤 면에서는 우리도 그러기는 했다. 당시에는 몰랐지만.

마침내 후안 마누엘이 다시 노동 허가증을 받고 호텔 주방으로 복귀하자 스노우 씨는 그에게 자립할 때까지 호텔 객실에서 지내게 해주었다. 하지만 평일 저녁과 주말, 그리고 일하지 않는 날이면 후안 마누엘과 나는 많은 시간을 함께 보냈다. 그가 겉보기와 정말로 같은 사람, 그러니까 좋은 종자라는 사실을 완전히 믿기까지는 시간이 걸렸다. 아마 후안 마누엘도 나를 완전히 믿기까지 시간이 걸렸으리라.

나는 행동으로 친구를 판단해야 한다는 걸 배웠는데 후안 마누엘의 행동은 그가 어떤 사람인지 알려준다. 거기에는 날 위해 법정에 서서 내가 호텔에서 벌어지는 어떤 불법적인 일도 몰랐다고 말해주는 거창한 행동들도 있지만 또한 사소한 행동들, 이를테면 날 위해 점심 도시락을 준비해주는 일도 있다. 정확히 평일 정오마다 나는 주방에 들러 그가 준비해둔 작은 갈색 종이봉투를 가져간다. 그 안에는 맛있는 샌드위치와 내가 좋아하는 달콤한 디저트가 들어 있다. 쇼트브레드 비스킷이라든가 초콜릿, 그리고 가끔은 건포도와 겨가 들어간 머핀도.

할머니가 생각나서 아주 슬퍼지는 날이면 그에게 우울하다고 문자를 보낸다. 그러면 바로 답장이 온다. BRT! DGA! 후안 마누엘은 직소 퍼즐을 가져와 나와 함께 맞추거나, 내가 매일 하는 청소를 도와준다. 깔끔한 청소보다 더 기운 나게 해주는 게 있다면 그건 누군가와 함께 하는 깔끔한 청소다. 반대로 후안 마누엘이 울적해하거나 가족을 그리워하면 나는 그에게 티슈를 건네고 싶은 걸 참고 대신 포옹과 키스를 해준다.

두 달 전, 나는 후안 마누엘에게 내 집에서 함께 살지 않겠냐고 물었다.

"무엇보다도 집세를 절약하자는 목적이야."

나는 분명히 말했다.

"설거지를 전부 내가 하게 해준다면 그렇게 할게."

그의 제안에 나는 마지못해 동의했다.

그 후로 우리는 행복하게 함께 살고 있다. 집세를 나눠서 내고, 함께 식사를 준비하고, 그의 가족에게 전화하고, 함께 장을 보고, 함께 올리브 가든에 가고…… 등등. 후안 마누엘도 나처럼 투어 오브 이탈리아를 좋아하게 되었다. 우린 종종 만약 언젠가 무인도에 표류하게 되었는데 투어 오브 이탈리아 중에서 하나만 골라서 먹을 수 있다면 뭘 고를지 결정하는 게임을 한다.

"치킨 파르미자, 라자냐, 페투치네 알프레도 중에서 하나만 고를 수 있어."

"안 돼, 못 골라. 그건 불가능해, 몰리."

"골라야 한다니까. 꼭 하나만 골라야 해."

"못 해. 차라리 죽는 게 나아."

"무슨 그런 말을 해! 건강히 살아 있어야지."

마지막으로 이 게임을 했을 때 우리는 올리브 가든에 있었다. 후안 마누엘은 테이블을 가로질러 몸을 앞으로 내밀더니 내게 키스했다. 펜던트 조명 바로 밑에서. 팔꿈치를 테이블에 올리지도 않았다. 원래 그렇게 예의 바른 사람이기 때문이다.

오늘 밤에 우리는 단둘이서 올리브 가든에 갈 것이다. 축하할 일이 있기 때문이다. 어제는 우리 둘 다에게 중요한 날이었다. 우리는 각각 증인석에 앉아 로드니에게 불리한 진술을 했다. 샬럿은 몇 주 동안 우리를 데리고 반대 신문과 피고 측 변호사가 물어볼 수 있는 온갖 까다로운 질문에 대비시켰다. 마침내 후안 마누엘이 나보다 먼저 증인석에 앉아 슬프고 끔찍한 그의 진실을 이야기했다. 노동 허가증 연장에 필요한 서류를 몽땅 **빼앗겼고**, 로드니가 그와 가족들을 죽이겠다고 협박했고, 그래서 억지로 로드니 밑에서 일해야 했고, 그들이 반복적으로 담뱃불로 지졌다고. 결국 증인석에서 공격받은 사람은 후안 마누엘이 아니라 나였다.

당신은 매일 아침 아무것도 모른 채 테이블에서 코카인의 흔적을 지웠다고 했는데 이 법정이 정말로 그 말을 믿을 거라고 생각했습니까?

당신이 블랙 씨의 공범이었다고 보는 게 정확합니까?

지젤은 당신의 친구였나요? 그래서 그녀를 보호한 겁니까?

나는 그들에게 지젤을 학대하던 블랙 씨가 죽었으므로 이제 지젤은 내 보호가 필요 없다고 말하고 싶었다. 하지만 샬럿에게서 상대편 변호사가 짐작하는(assume) 질문을 할 때는 대답할 필요가 없다는 사실을 배웠다. 나는 날 바보로(A-S-S) 만들고 싶지 않았으므로 샬럿이 이의를 신청하도록 두고 아무 말도 하지 않았다.

스타크 형사는 지젤을 법정에 세우려고 노력했으나 성공하지 못했다. 지젤과 딱 한 번 통화한 적은 있다고 했다. 생트로페의 한 호텔에 묵고 있는 지젤을 찾아냈고, 그녀에게 고국으로 돌아와 증인석에 서달라고 간청했다. 지젤은 피고인이 누구냐고 물었고, 그게 내가 아니라 로드니라는 걸 알게 되자 "미쳤어요? 난 돌아가지 않을 거예요"라고 했다고 한다.

"이유도 말했나요?" 내가 물었다.

"나쁜 남자들에게 인생을 낭비하는 건 그만하고 싶다고 하더군요. 이제는 모든 게 달라졌다고, 태어나서 처음으로 자유롭다고 했어요. 내가 자기를 찾아내 소환장이라도 발부하지 않는 한 죽었다 깨어나도 돌아오지 않을 거라고 했어요. 또 자기는 형사가 아니고, 악당을 감옥에 처넣는 건 형사가 해야 할 일이라고 하더군요."

지젤다운 말이었다. 그렇게 말하는 지젤의 목소리가 들리는 듯했다.

결국 법정에서 내 이야기를 뒷받침해줄 사람은 후안 마누엘뿐이었다.

듣자 하니 내가 잘해낸 모양이다. 내가 증인석에서 아주 차분했고, 판사도 그걸 알아차렸다고 한다. 샬럿 말로는 원래 대부분의 증인은 증인석에서 공격받는 기분을 느끼고 폭발하거나 무너지거나 둘 중 하나라고 한다.

나는 욕을 먹고, 성격이 이상하다고 넌지시 핀잔을 듣는 데 익숙하다. 말로 언어맞고 찔리는 데 익숙하다. 그런 공격은 매일 내게 날아온다. 비록 내가 알아차리지 못할 때가 많지만. 나는 말만이 내 유일한 방어 수단이 되는 데 익숙하다.

증인석에 서는 건 대체로 힘들지 않았다. 내가 할 일은 그저 질문을 듣고 사실대로, 내가 아는 대로 말하면 되는 것이다.

가장 힘들었던 일은 샬럿이 죽은 블랙 씨를 침대에서 발견하던 날의 동선대로 법정에서 움직여보라고 한 것이다. 나는 스위트룸 앞에서 블랙 씨가 하마터면 날 치고 갈 뻔했다고 말했다. 나중에 다시 스위트룸에 들어갔을 때는 지젤이 없었고, 모퉁이를 돌아 침실로 갔더니 침대에 누워 있는 블랙 씨가 보였다고. 그 외에도 기억나는 사소한 것들을 전부 다 말했다. 거실 테이블에 놓여 있던 술병들, 약병에서 쏟아진 알약들, 바닥에 한 짝씩 떨어진 블랙 씨의 구두, 침대에 있던 세 개의 베개. 네 개가 아닌 세 개.

"세 개의 베개요." 샬럿이 말한다. "원래 리전시 그랜드에서는 침대에 베개를 몇 개씩 두죠?"

"네 개를 놓아두는 게 내부 규정입니다. 단단한 것 두 개, 폭신한 것 두 개요. 그리고 장담하건대 전 늘 그 침대에 깨끗한 베개를 네 개씩 놓아둡니다. 제가 원래 디테일에 굉장히 집착하는 사람이거든요."

방청석에서 숨죽인 웃음소리가 퍼져갔다. 날 비웃는 웃음이다. 판사는 정숙하라고 했고, 샬럿은 질문을 계속했다.

"말해주세요, 몰리. 그 스위트룸이나 복도에서 다른 사람을 봤나요? 사라진 베개를 가져갔을 만한 사람이요."

여기가 까다로운 부분이었다. 내가 아무하고도, 심지어 샬럿하고도 의논한 적이 없는 부분. 하지만 난 이 순간을 준비해왔다. 매일 밤 내가 누리는 축복들과 양을 세는 사이사이에 연습했다.

나는 차분한 눈빛으로 담담하게 말했다. 내 피가 흐르는 유쾌한 소리에 집중했다. 그 소리는 귀에서 들렸다. 피가 슉슉 흐르는 소리, 밀려오고 밀려가고, 머나먼 해변에서 굽이치는 파도 소리.

'옳은 건 옳은 거야. 끝난 건 끝난 거야.'

"저 혼자가 아니었어요. 그 침실에서요. 처음에는 그런 줄 알았는데 아니었어요."

샬럿이 날 향해 몸을 빙글 돌리더니 물었다.

"몰리? 그게 무슨 말이죠?"

나는 침을 삼키고 말했다.

"처음에 프런트 데스크에 도와달라고 전화한 다음에 전화기를 내려놓고 침실 문 쪽으로 돌아서다가 그걸 봤어요."

"몰리, 말하기 전에 신중히 생각해주세요."

샬럿은 차분히 충고했지만 그녀의 눈은 놀라서 휘둥그레졌다.

"내가 질문할 테니 당신은 무조건 사실만 말해야 해요. 그때 뭘 봤죠?"

샬럿은 이 모든 게 이해가 안 된다는 듯이 고개를 갸웃했다.

"제게서 멀리 떨어진 맞은편 벽에 거울이 있었어요."

나는 잠시 샬럿이 그 말을 이해하기를 기다렸다. 오래 걸리지 않았다.

"거울이라…… 거기에 뭐가 비쳤죠?" 샬럿이 물었다.

"처음에는 저만 보였어요. 겁에 질린 제 얼굴이 절 바라보고 있더군요. 그러다가 제 뒤 왼쪽, 그러니까 지젤의 옷장 옆 어두컴컴한 구석에…… 사람이 보였어요."

나는 샬럿과 눈이 마주쳤다. 마치 그녀의 머리가 정교한 기계이고, 그 기계가 날 읽으며 이 일을 어떻게 받아들여야 할지 생각하는 듯했다.

"그…… 사람이 뭘 들고 있었나요?" 샬럿이 물었다.

"베개요."

사람들로 가득한 방청석에 속삭임이 퍼졌다. 판사가 정숙하라고 외쳤다.

"몰리, 그 어두컴컴한 구석에 서 있던 사람이 오늘 이 법정에도 있나요?"

"유감이지만 확답은 못 하겠네요."

"당신도 모르기 때문인가요?"

"바로 그 순간에, 그러니까 뒤를 돌아 어두운 구석에 있던 사람을 직접 본 순간, 기절했으니까요. 깨어났을 때 그 사람은 사라지고 없었어요."

샬럿은 고개를 천천히 끄덕이더니 잠시 뜸을 들이다가 말했다.

"그랬겠죠. 당신은 전에도 기절한 적이 있어요. 그렇죠, 몰리? 스타크 형사님의 증언에 따르면 당신은 집 현관에서 한 번, 경찰서에서 한 번 기절한 적이 있어요. 맞나요?"

"네, 전 극도의 위협을 느끼면 기절해요. 억울하게 체포됐을 때 당연히 극도의 위협을 느꼈죠. 그 거울을 보고 방에 나 혼자가 아니라는 걸 깨달았을 때도 그랬고요."

샬럿은 증인석 앞에서 서성거리더니 내 바로 앞에서 멈췄다.

"깨어난 뒤에는 어떻게 했나요?"

"다시 정신을 차린 다음에는 두 번째로 프런트 데스크에 전화했어요. 하지만 그때는 방에 아무도 없었어요. 저뿐이었죠. 그러니까 저와 죽은 블랙 씨만 있었어요."

"이건 어디까지나 질문일 뿐이지 단정은 아닙니다만, 혹시 그때 어두컴컴한 구석에 서 있던 사람이 로드니 스타일스일 수도 있을까요?"

로드니의 변호사가 벌떡 일어나서 말했다.

"이의 있습니다. 유도 신문입니다."

"인정합니다." 판사가 대답했다. "변호인, 다른 말로 질문해주세요."

샬럿은 잠시 침묵했지만 생각하느라 그런 것 같지는 않았다.

그 시간에 나는 로드니를 바라보았다. 그의 변호사가 그에게 몸을 내밀고 귓속말을 속삭였다. 이번에는 또 뭐라고 날 흉보는 걸까? 뭐라고 하든 상관없지만. 로드니는 아주 비싸 보이는 양복을 입고 있었다. 전에는 그가 매우 잘생겼다고 생각했지만 그 순간에는 대체 내가 왜 그런 생각을 했는지 알 수 없었다.

오랜 침묵 끝에 샬럿이 입을 열었다.

"더 이상 질문 없습니다, 재판장님." 그러고는 날 돌아보며 말했다. "고마워요, 몰리."

순간적으로 나는 다 끝났다고 생각했다. 하지만 아직 절반이 더 남았다는 사실이 기억났다. 로드니의 변호사가 날 향해 느긋하게 걸어오더니 바로 앞에서 걸음을 멈추고 날 내려다보았다. 하지만 내게 그런 행동은 전혀 거슬리지 않는다. 나는 저런 표정에 익숙하다. 세상을 통해 단련되었다.

내가 한 말이 다 기억나지는 않지만 내가 똑같은 길을 따라갔고, 질문받을 때마다 똑같은 이야기를 똑같은 방식으로 말한 건 기억난다. 나는 단 한 번도 넘어지지 않았다. 무엇이 그렇고 무엇이 그렇지 않은지 알 때, 어디까지 말할지 정했을 때는 진실을 말하기가 쉽기 때문이다. 반대 신문을 받는 동안 로드니의 변호사가 특히나 더 열심히 따지고 든 적이 딱 한 번 있었다.

"몰리, 당신 증언에서 내가 아직도 이해할 수 없는 게 있습니다. 당신은 여러 차례 경찰서에 연행됐어요. 스타크 형사에게 그날 스위트룸 구석에서 본 인물에 대해 말할 기회도 충분했고요. 그랬더라면 당신이 무죄인 것도 밝혀졌겠죠. 그런데도 당신은 그 방에서 누군가를 봤다고 언급한 적이 한 번도 없습니다. 그 일에 대해 한마디도 하지 않았죠. 그리고 당신 변호사의 행동을 보건 대 변호사도 확실히 지금에서야 그 사실을 알게 된 것 같군요. 왜 그런 거죠, 몰리? 사실은 거기에 아무도 없었기 때문인가요? 당 신이 다른 누군가를 보호하고 있기 때문인가요? 아니면 그 거울 을 봤을 때 보이는 건 죄를 지은 당신의 반사된 얼굴뿐이었기 때 문인가요?"

"이의 있습니다. 증인을 괴롭히고 있습니다. 그것도 아주 치졸 하게요." 샬럿이 말했다.

"인정합니다. 마지막 말은 기록에서 삭제하세요." 판사가 말 했다.

방청석 여기저기에서 쑥덕거리는 소리가 들렸다.

"질문을 바꾸겠습니다." 로드니의 변호사가 말했다. "스타크 형사에게 그 호텔 방에서 뭘 봤는지 처음 말했을 때 거짓말했습 니까?"

"거짓말하지 않았습니다. 오히려 사실대로 말했죠. 변호사님 도 이미 녹취록을 다 읽으셨을 거예요. 아마 그 지저분한 경찰서 에서 제가 처음 신문 당할 때 제 증언을 촬영한 비디오테이프까 지 보셨을 거고요. 제가 스타크 형사에게 우선적으로 분명하게 한 말이 그 스위트룸에 도착했을 때 거기 누군가 있는 것 같다는 말이었어요. 그걸 꼭 적어달라고 부탁까지 했습니다."

"하지만 스타크 형사는 그 누군가를 블랙 씨라고 짐작한 것 같 던데요."

"그래서 짐작이 위험한 겁니다."

변호사가 증인석 앞에서 좌우로 서성이며 대답했다.

"아, 그러니까 당신은 사실 전체를 생략한 거네요. 명확히 말하는 걸 거부했어요. 그런 것도 거짓말이라고 하는 겁니다, 몰리."

변호사는 판사를 바라보았다. 판사는 턱을 살짝 내렸다. 나는 샬럿이 끼어들 거라고 생각했지만 그녀는 그러지 않았다. 그저 의자에 가만히 앉아 있었다.

"제발 설명 좀 해보세요, 몰리. 왜 숱한 기회가 있었는데도 당신이 수사관들에게 '방에 다른 누군가가 있었다'고, 그리고 그 사람이 베개를 들고 있었다고 주장하지 않았는지."

"왜냐하면 전……."

"전 뭔가요, 몰리? 당신은 달변가 같던데 터놓고 말해봐요. 지금이 말할 기회예요."

"전 제가 본 걸 백 퍼센트 확신하지 못해요. 늘 제 자신과 주변 세상에 대한 제 인식을 의심하라고 배웠거든요. 전 제가 다르다는 걸 잘 알아요. 그러니까 대다수 사람과 다르다는 걸요. 제가 인지하는 것과 당신이 인지하는 건 달라요. 게다가 사람들은 제 말을 잘 들어주지도 않고요. 전 종종 사람들이 절 믿어주지 않고, 제 생각이 무시당할까 봐 두려워요. 전 그냥 메이드일 뿐이니까요. 하찮은 사람이죠. 침실 구석에서 무언가를 봤던 그때도 꿈을 꾸는 것 같았어요. 하지만 이제는 그게 현실이었다고 확신해요. 거기 있었던 건 블랙 씨를 죽이겠다는 강한 동기를 가진 사람이었어요. 그리고 그건 내가 아니고요."

나는 그렇게 말하고 로드니를 보았고, 로드니도 날 보았다. 그의 얼굴은 완전히 새로운 표정이었다. 마치 처음으로 진짜 나를 보고 있는 듯했다.

방청석이 소란스러워졌고, 판사는 다시 한번 정숙하라고 외쳤다. 나는 그 뒤에도 질문을 더 받았고, 분명하면서도 정중하게 대답했다. 그 외에 다른 대답은 문제 되지 않았다. 내가 그걸 아는 이유는 샬럿을 보고 있었기 때문이다.

샬럿은 미소 짓고 있었다. 내게는 낯선 미소였다. 머릿속 카탈로그에서 알파벳 A 파일 속에 넣어야 하는 '경외(awe)'의 미소였다. 나는 그녀를 놀라게 했고, 큰 충격을 줬으면서도 상황을 망치지 않았다. 모든 게 우리 계획대로 진행되고 있었다. 샬럿의 미소는 그렇게 말했다.

그리고 샬럿이 옳았다. 모든 것이 우리 계획대로 진행되었다.

이제 와서 그 일, 어제 법정에서 있었던 일을 전부 돌이켜보면 나도 모르게 배시시 웃게 된다.

내게 다가오는 수니타와 선샤인이 보이자 나는 얼른 회상에서 빠져나온다. 두 사람은 이제 막 근무를 시작하려고 왔다.

둘 다 유니폼을 말끔하게 차려입고 머리는 핀을 찔러서 뒤로 깔끔하게 넘겼다. 두 사람은 말없이 내 앞에 선다. 수니타에게는 자연스러운 일이고, 선샤인에게는 극히 드문 일이다.

"안녕? 오늘 하루도 객실을 완전무결한 상태로 되돌릴 준비가 되었으면 좋겠네." 내가 말한다.

두 사람은 여전히 말이 없다. 마침내 선샤인이 말한다.

"어서 몰리에게 말해!"

수니타가 앞으로 한 발짝 나온다.

"이 말이 하고 싶었어. 넌 뱀을 잡았어. 이제 잔디밭은 깨끗해. 고마워."

정확히 무슨 말인지 알 수 없지만 칭찬이라는 건 알 수 있다.

"우리 모두 깨끗한 호텔을 원하니까. 그렇지?"

"그럼, 깨끗한 호텔은 초록색을 의미하지!" 수니타가 말한다.

나는 그 말을 듣고 기분이 무척 좋아진다. 왜냐하면 최근에 내가 메이드 교육 세미나에서 했던 말을 인용한 것이기 때문이다.

'우리가 이 호텔을 깨끗하게 하려고 노력한다면 초록색을 잔뜩 벌어들이게 될 겁니다.'

여기서 초록색이란 돈을 의미한다. 팁과 지폐. 나는 그게 꽤 재치 있는 표현이라고 생각했고, 수니타가 그 말을 기억해줘서 기쁘다.

"오늘도, 앞으로도 팁을 두둑이 받게 되기를!" 그녀가 말한다.

"그게 우리 모두에게 좋지, 안 그래?"

우리는 더 이상 지체하지 않고 청소 카트 뒤로 가서 카트를 밀며 앞으로 나아간다.

엘리베이터 앞에 도착했을 때 주머니에서 휴대전화가 진동한다. 엘리베이터 문이 열린다.

"두 사람 먼저 가. 나는 다음 거 타고 갈게."

둘은 함께 올라가고 나는 잠시 휴대전화를 확인한다. 아마 후안 마누엘이 연락했을 것이다. 그는 종종 내게 문자나 날 웃게 할 만한 사진을 보낸다. 공원에서 우리가 아이스크림을 먹는 사진이나 고향에서 온 가족사진 같은.

하지만 후안 마누엘의 문자가 아니었다. 은행에서 온 이메일이었다. 그걸 보는 순간 가슴이 철렁 내려앉는다. 내 계좌에 무슨 문제가 생겼나 싶어 견딜 수가 없다. 이메일을 열어보니 이렇게 적혀 있다.

샌디 케이맨이 10,000 U.S.달러를 송금하여 고객님 계좌에 자동으로 입금되었습니다.

그 아래 '특별 메시지' 밑에는 두 단어가 적혀 있다.

고마움의 표시.

처음에는 틀림없이 누군가의 실수일 거라고 생각했다. 하지만 점차 감이 잡혔다. 샌디 케이맨. 모래(sandy)사장. 케이맨 제도.

지젤.

지젤이 내게 선물을 보낸 것이다. 그리고 지금 그녀는 거기에 있다. 그녀가 가장 좋아하는 섬에서 그토록 원하던 별장에. 블랙 씨가 죽기 전 그에게 자기 명의로 바꿔달라고 했던 별장에. 블랙 씨는 마침내 동의했다. 포기했다. 로드니의 변호사들이 법정에서 그 사실을 밝혀냈다.

죽던 날 블랙 씨는 지젤에게 결혼반지를 던진 뒤 심경의 변화를 일으켰다. 금고에서 케이맨 제도에 있는 별장 양도 증서를 꺼낸 것이다. 복도에서 하마터면 그와 부딪칠 뻔했을 때 나는 그의 가슴 포켓에 꽂혀 있던 그 증서를 우연히 보았다. 지젤과 말다툼을 벌이기는 했어도 그는 곧장 변호사에게 가서 별장을 지젤 명의로 바꿨다. 그게 그가 호텔로 돌아오기 전에 마지막으로 처리한 업무였다. 이 사실은 많은 것을 시사한다.

나는 햇볕을 받으며 선베드에 누워 있는 지젤을 상상한다. 그녀는 마침내 늘 원하던 것을 얻었다. 자신이 예상하던 것과 다른 방법으로. 어떻게 된 상황인지 몰라도 이제 그녀에게는 돈도 있다. 블랙 씨의 돈은 아니더라도 어쨌든 보상할 돈이 있다.

지젤은 내게 선물을 보냈다.

내 파베르제를 엄청나게 불려준 선물.

설사 내가 돌려주고 싶다고 해도 돌려줄 방법을 모르는 선물.

내가 아주 유용하게 쓸 선물.

할머니는 진실은 주관적이라고 늘 말씀하셨다. 하지만 살면서 그 말을 직접 체감하기 전까지는 무슨 뜻인지 이해하지 못했다. 이제는 이해한다. 내 진실은 여러분의 진실과 다르다. 각자 경험하는 삶이 다르기 때문이다.

'우리는 같아 보여도 사실은 다 다르단다.'

이렇게 진실을 좀 더 유연한 방식으로 보는 건 나도 받아들일 수 있다. 받아들일 수 있는 정도가 아니라 그렇게 생각하는 덕분에 요즘에는 마음이 한결 편안해졌다.

나는 매사에 곧이곧대로 받아들이지 않는 법, 흑백으로 가르지 않는 법을 배우고 있다. 단순히 흑백으로 보는 것보다 다채로운 색이 존재하는 프리즘을 통해 보는 세상이 훨씬 더 좋다. 그 새로운 세상에는 각기 다른 버전과 변주, 회색 지대가 존재할 수 있다.

그날 법정 증인석에서 내가 말한 진실도 정확히 그렇다. 내가 죽은 블랙 씨를 발견한 날의 경험과 기억에 기초한 진실이다. 내 진실은 세상을 바라보는 내 렌즈를 강조하고 우선시한다. 그 렌즈는 내가 가장 잘 보는 것을 강조하고, 내가 이해하지 못하는 것 또는 너무 자세히 보지 않겠다고 선택한 것은 흐릿하게 한다.

정의는 진실과 같다. 정의 역시 주관적이다. 따라서 벌 받아 마땅한 많은 사람이 결코 정당한 대가를 치르지 않는다. 그러는 동안 선한 사람들, 점잖은 사람들만 억울한 누명을 쓴다. 정의는 결함이 있는 시스템이다. 더럽고 지저분하고 불완전한 시스템이다. 하지만 선한 사람들이 개인의 책임을 받아들이고 정의를 실행한다면 이 세상을 좀 더 깨끗이 청소하고, 거짓말쟁이와 사기꾼, 타인을 이용하고 학대하는 사람들에게 책임을 물을 수 있지 않을까?

나는 이런 생각을 많은 사람과 공유하지 않는다. 내 생각을 누가 신경 쓰겠는가? 결국 나는 메이드일 뿐인데.

증인석에 섰던 날 나는 법정에 모인 사람들에게 죽은 블랙 씨를 발견한 날에 대해 말했다. 내가 어떻게 생각했고, 어떻게 행동했는지. 다만 이야기를 축약했다. 그날 나는 정말로 블랙 씨의 맥박이 뛰는지 확인하려고 그의 목에 손을 댔다. 정말로 프런트 데스크에 도와달라고 전화했다. 정말로 침실 문을 향해 돌아섰을 때 거울에 비친 날 흘낏 보았다. 그제야 방에 나 혼자가 아니라는 사실을 깨달았다. 정말로 방구석에 누군가 서 있었다. 그 사람의 얼굴에 그림자가 드리워져서 제대로 볼 수 없었지만 손은 똑똑히 보았다. 그리고 가슴 부근에 꼭 끌어안은 베개도. 그 모습을 보니 나와 우리 할머니가 생각났다. 마치 거울에 두 번 비친 나를 보는 듯했다. 그렇게 나는 기절했다.

이야기는 그 후로도 계속된다. 〈콜롬보〉 에피소드처럼 언제나

전에는 미처 보지 못한 무언가가 있는 법이다.

구석에 있던 사람은 남자가 아니었다.

정신을 차려보니 나는 침대 옆 바닥에 누워 있었다. 누군가가 객실에 비치된 메모지로 날 부채질하고 있었다. 몇 차례 심호흡하고 나니 시야가 또렷해졌다. 여자가 보였다. 중년이었고, 선글라스를 머리띠 삼아 희끗희끗한 머리카락을 뒤로 넘겼다. 머리는 나와 비슷하게 깔끔한 단발이었고 머리카락도 직모였다. 헐렁한 흰 블라우스에 검은색 바지 차림이었는데, 쪼그리고 앉아 걱정스러운 얼굴로 날 내려다보고 있었다. 처음에는 그녀가 누구인지 알아보지 못했다.

"괜찮아요?"

그녀가 부채질을 멈추고 물었다.

나는 본능적으로 다시 전화를 향해 손을 뻗었다.

"제발, 그럴 필요 없어요." 그녀가 말했다.

나는 몸을 일으켜 침대 머리맡 테이블에 등을 기대고 앉았다. 그녀는 두 발짝 물러나 내게 공간을 줬지만 내게서 눈을 떼지 않았다.

"정말 죄송합니다." 내가 말했다. "방에 다른 분이 있는 걸 몰랐어요. 하지만 분명히……."

"당신은 아무 잘못도 하지 않았어요. 제발 부탁인데 전화하기 전에 내 말을 끝까지 들어줘요."

화가 났거나 심지어 긴장한 목소리도 아니었다. 그녀는 그저 제안할 뿐이었다.

나는 그 말대로 했다.

"물 마실래요? 단 음식이라도 줄까요?" 그녀가 물었다.

나는 일어날 준비가 되지 않았다. 다리에 힘이 없었다.

"네, 정말 친절하시네요."

그녀는 고개를 끄덕이고는 방에서 나갔다. 거실에서 무언가를 뒤적거리는 소리가 나더니 수돗물 트는 소리가 났다.

잠시 뒤 그녀가 다시 침실로 돌아와 내 앞에 쪼그리고 앉아 물 잔을 건넸다. 나는 떨리는 손으로 잔을 받아 게걸스럽게 마셨다.

"자, 당신 청소 카트에서 이걸 찾아냈어요."

내가 물을 다 마시자 그녀가 말했다.

손님들에게 서비스로 제공하는 초콜릿이었다. 엄밀히 말해서 내가 먹으면 안 되지만 지금은 특별한 상황이었고 그녀가 이미 포장지를 벗긴 뒤였다.

"기분이 나아질 거예요."

그녀는 내 손바닥에 사각형 초콜릿을 올려놓았다.

"감사합니다."

나는 초콜릿을 통째로 혀에 올려놓았다. 초콜릿이 즉시 녹으며 설탕이 마법을 부렸다.

그녀가 잠시 기다리더니 "내가 일으켜줄까요?"라고 물으며 손을 내밀었다.

나는 떨리는 손으로 그녀의 손을 잡았고, 부축을 받아 금세 그녀 옆에 섰다. 이젠 방 안이 좀 더 또렷하게 보였다. 발밑의 바닥도 단단해졌다.

우리는 그렇게 침대 옆에 서서 잠시 서로를 바라보았다. 둘 다 시선을 돌릴 엄두가 나지 않았다.

"시간이 많지 않아요. 내가 누군지 알아요?" 그녀가 물었다.

나는 그녀를 좀 더 자세히 바라보았다. 살짝 눈에 익은 얼굴이지만 호텔에 자주 오는 다른 중년 여자 고객들과 비슷해 보였다.

"죄송한데 누구신지…….."

그때 기억이 났다. 신문에서 본 적이 있었다. 엘리베이터에서 잠깐 만난 적도 있었다. 블랙 부인이었다. 두 번째 블랙 부인인 지젤이 아니라 본부인인 첫 번째 블랙 부인.

"아, 이제야 기억이 나나 보네요."

그녀가 초콜릿 포장지를 바지 주머니에 넣으며 말했다.

"블랙 부인, 제가 갑자기 들어와서 정말 죄송하지만 전남편분 께서…… 블랙 씨가 돌아가신 것 같아요."

그녀는 천천히 고개를 끄덕였다.

"전남편은 사기꾼이자 도둑, 범죄자, 가정폭력범이었어요."

나는 정신을 차리기 시작했고 그제야 깨달았다.

"블랙 부인, 혹시…… 부인이 블랙 씨를 죽였나요?"

"그건 당신 관점에 달린 것 같네요. 전 저이가 오랫동안 천천히 자신을 죽여왔다고 믿어요. 탐욕에 감염되어 나와 아이들에 게서 평범한 삶을 빼앗고, 인간이 할 수 있는 모든 면에서 타락 과 사악함의 본보기가 되었죠. 내 두 아들은 제 아비를 쏙 빼닮았 어요. 파티장을 전전하며 돈만 물 쓰듯 써대죠. 우리 딸 빅토리아 가 원하는 건 그저 가업을 이어받아 제대로 운영하는 것뿐이에요. 그런데 아버지라는 작자는 그 애랑 의절하고 싶어 하죠. 빅토리아와 내가 빈털터리가 될 때까지 멈추지 않았을 거예요. 빅토리아가 주식의 49퍼센트를 소유한 주주인데도 그랬어요. 이제는 49퍼센트보다 더 늘어나겠네요."

그녀는 침대에 죽어 있는 블랙 씨를 보더니 다시 날 보았다.

"난 그저 이야기만 하려고 왔어요. 빅토리아에게 기회를 달라고 부탁하려고요. 하지만 문을 열어준 그이는 취해 있었어요. 약을 먹고 혀 꼬부라진 소리로 지젤이 돈만 밝히는 년이다, 너랑 똑같다, 너희 둘은 얼굴 말고는 아무짝에도 쓸모없는 빡대가리다, 너희 둘이 내 인생 최대의 실수다, 라고 중얼거리더군요. 아주 혐오스럽게 날 괴롭혔어요. 그게 그이의 평소 모습이죠."

그녀가 말을 멈췄다가 다시 이었다.

"그이가 내 손목을 잡고 흔들었어요. 내일이면 멍이 생길 거예요."

"지젤처럼요." 내가 말했다.

"맞아요. 업그레이드된 새 블랙 부인처럼요. 난 그 여자에게, 지젤에게 경고하려고 했어요. 하지만 내 말을 듣지 않더군요. 아직 너무 젊어서 뭘 모르는 거죠."

"블랙 씨가 지젤도 때렸어요."

"이젠 못 때려요. 나한테도 더 심한 짓을 하려고 했는데 갑자기 숨을 들이쉬면서 헐떡거리더군요. 그러더니 내 손목을 놓아주고 침대로 비틀비틀 걸어갔어요. 구두를 벗어 던지고 벌렁 눕더군요."

블랙 부인이 바닥에 떨어진 베개를 힐끗 보더니 다시 눈을 돌리고 말했다.

"말해봐요. 세상이 거꾸로 돌아간다고 느낀 적 없어요? 나쁜 인간들이 잘살고, 선한 사람들이 고통받는다고 말예요."

마치 내 마음 깊은 곳의 생각을 읽는 듯했다. 머릿속에서 부당하게 날 이용하고 괴롭혔던 사람들의 짧은 명단이 스쳐 갔다. 셰릴, 윌버…… 그리고 한 번도 본 적 없는 내 아버지까지.

"네, 늘 그렇게 느껴요." 내가 대답했다.

"나도요. 내 경험상 선한 사람이 딱히 옳지 않은 일을 해야 할 때가 있는데 그것도 옳은 일이에요."

그렇다, 그 말이 맞다.

"이번에는 다르다면요? 우리가 우리 손으로 문제를 해결하고 저울의 균형을 맞춘다면요? 당신이 날 보지 못했다면요? 내가 그냥 이 호텔을 걸어 나가서 다시는 돌아보지 않는다면요?"

"사람들이 당신을 알아볼 텐데요. 안 그런가요?"

"집 앞에 배달되는 신문을 정말로 읽는다면 그렇겠죠. 하지만 아닐걸요. 난 투명인간에 가까워요. 그저 리전시 그랜드 호텔 뒷문으로 걸어 나가는, 반백에 헐렁한 옷을 입고 선글라스를 쓴 중년 여자에 불과하죠. 또 한 명의 하찮은 사람이에요."

버젓이 존재하지만 보이지 않는 사람. 나와 똑같다.

"뭘 만졌나요?" 내가 물었다.

"뭐라고요?"

"이 스위트룸에 들어와서 뭘 만졌냐고요."

"아…… 문손잡이를 잡았고, 아마 문도 만졌을 거예요. 문 옆 서랍장에도 손을 올려놓은 거 같아요. 앉지는 않았어요. 앉을 수가 없었죠. 찰스가 소리를 지르고 내 얼굴에 침을 뱉어대면서 쫓아왔거든요. 그러더니 내 양 손목을 잡았어요. 그러니까 아마 그이의 몸에 내 손이 닿지는 않았을 거예요. 그러다 내가 침대에 있던 베개를 집어 들었고…… 그게 전부예요."

우리 둘 다 잠시 말없이 바닥에 떨어진 베개를 바라보았다. 나는 다시 할머니를 생각했다. 당시에는 할머니를 이해할 수 없었다. 하지만 블랙 부인과 함께 있는 동안 불현듯 명확히 깨달았다. 자비가 뜻밖의 형태로 나타날 수 있음을.

나는 나와 너무도 비슷하지만 사실상 이방인인 그녀를 올려다보았다.

"아무도 오지 않을 거예요. 아까 당신이 도움을 청한 전화 말이에요." 그녀가 말했다.

"네, 그렇겠죠. 사람들은 제 말을 귀담아듣지 않아요. 다시 전화해야 해요."

"지금요?"

"아뇨, 조금 있다가요."

나는 또 무슨 말을 해야 할지 알 수 없었다. 긴장하면 늘 그렇듯이 발이 돌덩이처럼 무거웠다.

"부인은 그만 가시는 게 좋겠어요."

마침내 내가 입을 열었다.

"제발 저 때문에 지체하지 마세요."

나는 무릎을 살짝 굽혀 인사했다.

"그럼 당신은 어떻게 할 거예요? 내가 떠난 뒤에?"

"늘 하던 대로 할 거예요. 전부 다 닦아야죠. 제가 마신 물잔도 치우고, 문손잡이랑 서랍장도 닦고, 욕실 수도꼭지도 닦아야죠. 바닥에 떨어진 베개는 제 세탁 바구니에 넣을 거예요. 그럼 지하에서 세탁해서 완전무결한 상태로 다른 객실에 돌아갈 거예요. 아무도 그 베개가 여기 있었다는 걸 모를 거예요."

"나처럼요?"

"네, 그리고 스위트룸의 몇몇 곳을 완전무결한 상태로 되돌린 뒤에 다시 프런트 데스크에 전화해서 도와달라고 말할 거예요."

"당신은 날 본 적이 없는 거예요." 블랙 부인이 말했다.

"부인도 절 본 적이 없고요." 내가 대답했다.

그러자 블랙 부인이 자리를 떴다. 그저 침실에서 걸어 나간 다음 스위트룸 출입문을 열고 밖으로 나갔다. 그녀가 출입문을 딸각 닫는 소리가 들리기 전까지 나는 움직이지 않았다.

그게 블랙 부인, 블랙 씨의 전처를 마지막으로 본 때였다. 또는 보지 않은 때이기도 했고. 당신 견해에 따라 다르다. 블랙 부인이 떠나자 나는 아까 말한 대로 주변을 닦았다. 그녀가 남기고 간 베개를 청소 카트 속 세탁물 바구니에 넣었다. 그러고는 프런트 데스크에 전화했다. 법정에서 말했던 대로 그때는 의식이 완전히 돌아온 상태였다. 그리고 마침내 몇 분 뒤 도와줄 사람들이 왔다.

요즘은 밤에 잠을 잘 잔다. 아마 그 어느 때보다 푹 잘 것이다.

옆에 후안 마누엘, 이 세상에서 나와 가장 친한 친구가 누워 있기 때문이다. 그는 할머니처럼 잠을 깊이 잔다. 베개에 머리가 닿자마자 곯아떨어진다. 우리는 베들레헴 스타 퀼트 이불을 덮고 함께 잔다. 세상에는 약간 바뀌어야 더 좋은 게 있는 반면 그대로 두는 게 더 좋은 것도 있기 때문이다. 침실 벽에 걸려 있던, 할머니가 그린 풍경화는 떼어내고 대신 후안 마누엘과 함께 찍은 사진을 걸어놓았다.

나는 그의 숨소리에 귀를 기울인다. 파도처럼 밀려왔다, 밀려가고, 다시 밀려오는 소리. 그리고 내가 누리는 축복을 세어본다. 너무 많아서 다 세기가 버겁다. 양심에 거리끼는 일도 별로 없다. 왜냐하면 매일 밤 즐거운 꿈나라로 가기 전에 내가 누리는 좋은 것들을 세어보는 시간이 점점 짧아지기 때문이다. 나는 즐겁고 새로운 기분으로 잠에서 깨어나 오늘 하루를 즐길 준비를 한다.

이 모든 일을 통해 내가 배운 것이 있다면 내게는 미처 몰랐던 힘이 있다는 사실이다. 내 손에 비상한 힘이 있다는 건 알고 있었다. 나의 두 손은 주위를 깨끗이 하고, 먼지를 닦고, 박박 문지르고, 소독하고, 물건을 제자리에 돌려놓는다. 하지만 이제는 다른 데에도 힘이 있다는 걸 안다. 바로 내 머리다. 그리고 마음에도.

결국 할머니가 옳았다. 이 모든 일, 세상 모든 일에 있어서.

'오래 살수록 더 많이 배우게 될 거다.'

'사람은 절대 풀리지 않는 미스터리야.'

'인생은 저절로 알아서 풀려.'

'결국에는 모든 게 잘될 거다. 잘되지 않았다면 끝이 아니야.'

메이드 The Maid

제1판 1쇄 발행 | 2023년 1월 30일
제1판 5쇄 발행 | 2024년 10월 7일

지은이 | 니타 프로스
옮긴이 | 노진선
펴낸이 | 김수언
펴낸곳 | 한국경제신문 한경BP
책임편집 | 이혜영
교정교열 | 김명재
저작권 | 박정현
홍보 | 서은실 · 이여진
마케팅 | 김규형 · 박정범 · 박도현
디자인 | 이승욱 · 권석중
본문디자인 | 디자인 현

주소 | 서울특별시 중구 청파로 463
기획출판팀 | 02-3604-590, 584
영업마케팅팀 | 02-3604-595, 562   FAX | 02-3604-599
H | http://bp.hankyung.com   E | bp@hankyung.com
F | www.facebook.com/hankyungbp
등록 | 제 2-315(1967. 5. 15)

ISBN 978-89-475-4876-2   03840